Kaltes Fleisch

Eva Rossmann

Kaltes Fleisch

Ein Mira-Valensky-Krimi

Folio Verlag

ISBN 3-85256-220-1

Lektorat: Franz Schuh

Erste Auflage 2002

Grafische Gestaltung: Dall'O & Freunde
Druckvorbereitung: Graphic Line, Bozen
Druck: Dipdruck, Bruneck

ISBN 3-85256-220-1

Gewidmet allen Supermarktkassierinnen

[1.]

Grete sah verstohlen auf die Uhr. Zwei Minuten nach halb acht. Sie zog eine Packung Frischmilch, zwei Becher Erdbeerjoghurt, eine Tube Senf, eine Tasse mit Hühnerkeulen über das Glasfeld der Scanner-Kassa.

Die anderen elf Kassen waren schon geschlossen. Warum immer sie am Ende übrig blieb? Ihr Rücken tat weh. Wechselgeld. Auf Wiedersehen.

Nach diesem Kunden würde sie das große, gläserne Eingangsportal abschließen müssen. An sich war das Sache des Filialleiters, aber der hatte ihr wie so oft den Schlüssel anvertraut und dabei getan, als handle es sich um eine Auszeichnung. Die Hintergrundmusik hatte Grete wie jeden Tag erst im Nachhinein wahrgenommen, dann, als die Berieselung pünktlich zu Geschäftsschluss aufgehört hatte. Die Lichter, die keine andere Funktion hatten, als zum Kauf zu animieren, gingen aus. Die Regale mit den Süßwaren, denen Grete vis-a-vis saß, lagen nun im Halbdunkel. Ihre Kolleginnen rechneten bereits die Einnahmen der Schicht ab. Irgendwo, ganz oben bei der Frischfleischabteilung, wurde gerade die große Nassreinigungsmaschine abgeschaltet. Ob Hans zu Hause sein würde?

Sie seufzte, als noch ein Kunde auftauchte. Sie hörte zuerst gar nicht hin, sondern grüßte nur freundlich, so, wie sie es gelernt hatte. Es lag bloß ein Ultrakauf-Plastiksack auf dem Förderband, dahinter stand eine Flasche Bier. Der Mann räusperte sich. „Hören Sie nicht? Das Bier ist mir egal, ich will Ihre Kassa. Und zwar schnell.“

Sie sah ihm ins Gesicht, noch ohne Angst, einfach ungläubig. Er hatte den Rollkragen bis zu den Augen hochgezogen. Helle, wässrige Augen. Jung. Er sah sich gehetzt um und drückte ihr eine Pistole an den Hals.

„Schwarz“, ging es ihr durch den Kopf, „ich dachte, sie seien silbern.“ Dann war noch die Angst da und sonst nichts. Nichts von dem, was sie gelernt hatte, falls sie in eine Situation wie diese geraten sollte. Nichts von dem, was Kolleginnen im Pausengespräch für die beste Reaktionsmöglichkeit gehalten hatten – rein theoretisch. Schweiß brach ihr aus. Sie starrte ihn an.

„Geben Sie mir Geld und ich geh. Schnell. Wenn wer kommt, sind Sie tot.“

Grete drückte die Knöpfe, mit einem Schnapper sprang die Kassa auf. Er presste die Pistole fester an ihren Hals und deutete mit einer Kopfbewegung auf den Plastiksack. Sie hatte zu viel Spucke im Mund, konnte nicht schlucken. Sie schaufelte das Geld hinein. Fünfhunderter, Hunderter, Fünfziger, so schnell, als würde sie selbst es stehlen wollen. Zwanziger, Zehner.

„Her damit“, befahl er. Sie reichte den Sack hinüber. Fast wirkte er leer. „Papiergeld hat wenig Gewicht“, dachte sie.

„Hast du verstanden?“, herrschte er sie an.

Sie sah erschrocken auf.

„Blöde Nuss. Du sagst zehn Minuten kein Wort. Ich finde dich.“

Er rannte nach draußen. Die Bierflasche stand immer noch auf dem Förderband. Gutes Bier, die Lieblingsmarke ihres Vaters. Jetzt erst schluckte Grete und wollte schreien. Aber daraus wurde nichts als ein gedämpftes Schluchzen. Sie hatte das Gefühl, wieder einmal alles falsch gemacht zu haben. Und sie hatte Angst, der Mann im braunen Rollkragenpullover würde wiederkommen.

Schritte. Sie duckte sich.

Es war die rote Karin. „Was ist? Bist du eingeschlafen?“

Grete schüttelte den Kopf.

„Was ist los? Ist dir schlecht?“

„Überfall“, krächzte Grete. Sie begann zu weinen.

Die rote Karin bombardierte sie mit Fragen. Wann, wer, wie viel? Doch Grete schüttelte nur weiter den Kopf und weinte.

„Ich hol den Feinfurter", sagte die rote Karin und verschwand.

Für Grete schienen Stunden zu vergehen. Endlich kamen die rote Karin, Filialleiter Feinfurter und drei Kassierinnen.

Karin nahm ein Fläschchen Weinbrand vom Kassenregal, schraubte es auf und befahl: „Trink!"

Grete trank. Noch immer saß sie hinter ihrer Kassa. Langsam konnte sie erzählen.

„Wir müssen wissen, wie viel fehlt", sagte Feinfurter.

Die Chefkassierin bat Grete, ihr Platz zu machen. Grete nickte, stand auf und taumelte. Die rote Karin fing sie auf und hielt sie am Arm fest. „Schweinerei", knurrte Karin in Richtung Filialleiter, „wir müssen die Polizei verständigen."

„Ich muss Heller verständigen. Und man muss wissen, was fehlt. Der ist über alle Berge, der Räuber. Wann ist das gewesen? Wann?" Wenn Feinfurter erregt war, neigte er dazu, Worte zu wiederholen. Anders als sonst, grinste heute aber niemand darüber.

„Kurz nach halb acht."

„Das ist mehr als eine Viertelstunde her. Sinnlos. Was haben Sie so lange gemacht? So lange?"

„3.042,75 Euro müssten in der Kassa sein", sagte die Chefkassierin, „kein besonders starker Tag."

Feinfurter drückte hektisch die Tasten seines Mobiltelefons. Der dünne, beinahe farblose Schnurrbart zitterte.

„Ist dir etwas passiert?", fragte die rote Karin erst jetzt.

Grete schüttelte langsam, so als ob sie erst selbst darüber nachdenken müsste, den Kopf.

Eine weitere Viertelstunde warteten sie auf Regionaldirektor Heller. „Vorerst keine Polizei", hatte er befohlen. Grete saß wieder auf dem Drehstuhl hinter der Kassa, die anderen standen um sie herum und diskutierten, wie sie sich verhalten hätten. „Die Waffe war sicher nicht echt", meinte die eine, die erst seit einigen Wochen in der Filiale arbeitete. „Ich hätte sie ihm aus der Hand geschlagen."

„Wir brauchen einen Notrufknopf, genau so einen wie in der Bank“, befand die Kollegin mit den kurzen, grauen Haaren, die bis vor einiger Zeit noch als Kellnerin gejobbt hatte.

Grete sagte nichts. Ihr war schlecht.

„Du musst doch noch irgendetwas bemerkt haben“, insistierte die rote Karin.

Grete schüttelte den Kopf. Dann murmelte sie halblaut: „Ich glaube, er hat seine Stimme verstellt. Aber vielleicht hat das auch nur der Rollkragen über dem Mund gemacht.“

Alle hoben den Kopf. Ein schwarzer Porsche war mit quietschenden Reifen stehen geblieben. Die Autotür fiel mit dem elegant-dunklen „Plopp“ teurer Autos ins Schloss. Mit energischen Schritten kam Heller auf die Glasfront zu. Er klopfte gegen die Scheibe. Feinfurter rannte hin.

„Dass jemand im Rennen buckeln kann“, sagte die rote Karin laut genug, dass Feinfurter es hören konnte.

Die anderen grinsten.

Feinfurter hielt Heller die Tür auf.

„Warum haben Sie nicht abgeschlossen, was ist das für eine Sauerei?“, empörte sich Heller. Auf seiner beigen Freizeitjacke war deutlich das Label „Cerruti“ zu sehen.

„Wicht“, murmelte die rote Karin.

Tatsächlich war Hellers Gestalt gegen die von Karin wenig eindrucksvoll. Sie: Einen Meter achtzig groß, hundertfünf Kilo, leuchtend rot gefärbte Haare, Anfang fünfzig. Er: Knapp eins siebzig, schmächtig, sechsundzwanzig Jahre alt. Aber er war ihr Chef. Er war genau genommen sogar der Chef ihres Chefs.

Mit seinen genagelten Schuhen kam er auf Grete zu. Sie starrte ihn angsterfüllt an.

„Was muss ich hören? Was war hier los?“ Sein Auftritt wirkte seltsam unecht, Bühnengehabe.

Feinfurter sprang ein und erzählte.

„Und wer sagt, dass ihre Geschichte stimmt?“, fragte Heller.

„Was glauben Sie denn?“, fuhr die rote Karin empört dazwischen. „Dass sie sich selbst eine Pistole an den Kopf gehalten hat?“

Sie drehte Gretes Kopf so, dass Heller den Hals sehen konnte. „Da hat er ihr die Pistole hineingedrückt."

Grete nickte erschöpft. Sie wollte nur weg. Heim.

„Keine Polizei. Was geschehen ist, ist geschehen. Alles andere wirbelt nur unnötigen Staub auf. Ultrakauf kann solche Schlagzeilen nicht brauchen. Ultrakauf wird ausnahmsweise für den Fehlbetrag aufkommen."

„Das wär ja auch noch schöner, wenn nicht", meinte die rote Karin.

„Warum sind Sie eigentlich überall dabei, wo es Ärger gibt?", fauchte Heller mit zusammengekniffenen Augen.

Sie straffte sich, sah auf ihn herunter und sagte: „Wahrscheinlich liegt das am Ärger."

Einen Moment lang war Heller irritiert, dann befahl er: „Und damit klar ist: Je weniger darüber geredet wird, desto besser. Zeit, heimzugehen. Ihre Arbeitszeit hat vor ...", er schob den Ärmel seiner Freizeitjacke nach oben und ließ eine Calvin-Klein-Uhr sehen, „... vor fünfunddreißig Minuten geendet."

„Wenn das Freizeit ist, jemandem nach einem Überfall zu helfen", gab Karin zurück.

„Hatten Sie eine dienstliche Anweisung, länger zu bleiben?"

„Und was ist mit Grete Berger?"

„Sie soll froh sein, dass wir den Schaden übernehmen." Damit ging er.

Grete saß da wie eine lebensgroße Puppe und genau so fühlte sie sich. Wie aus massivem, hartem rosa Plastik. Sie nahm nicht wahr, was die rote Karin hinter Regionaldirektor Heller herschimpfte. Sie nahm nicht wahr, dass Filialleiter Feinfurter die letzten zehn Minuten stumm in einer Ecke gestanden war. Sie bemerkte auch nicht, wie sich ihre drei Kolleginnen anstießen und auf die Uhr deuteten.

[2.]

Ich habe davon erst ein paar Wochen später erfahren. Es war ein Donnerstag und ich hatte es geschafft, noch knapp vor Geschäftsschluss in den Ultrakauf zu hetzen. Milch, Sauerrahm, Crème fraîche, Butter, Eier. Dann Ananassaft, für Gismo Hühnerkrägen, ein Biobaguette, standhaft vorbei an dem Regal mit den frisch gebackenen Torten, weiter zum Fleisch. Das meiste war schon ausverkauft. Da, ein Stück Kalbslungenbraten. Passt. Frischer Ziegenkäse. Ein Blick auf die Uhr. Drei Minuten vor halb acht. Irgendetwas fehlt noch. Keine Ahnung, wird schon nicht so wichtig sein. An der Kassa anstellen. Ich atmete durch. Andere ließen sich mehr Zeit, schlenderten noch durch die langen Regalreihen, so als ob es keinen Ladenschluss gäbe.

Mich hatte ein lästiger Anruf beinahe zu lange in der Redaktion des „Magazins" festgehalten. Eine der jungen, schicken, schlanken, gut gekleideten PR-Frauen, die in Werbeagenturen und Öffentlichkeitsabteilungen wie Gemüse sprießen. Manchmal hatte ich den Verdacht, sie seien auch nicht viel intelligenter als Broccoli, aber das war wohl nur der Neid auf ihr knackiges Aussehen und ihre simpel-positive Sicht der Welt. Jedenfalls hatte mir die Öffentlichkeitsarbeiterin wortreich erklärt, warum ein Benefiz-Landhockey-Match der österreichischen Meisterinnen gegen eine Riege von Promi-Frauen ein Ereignis war, an dem unsere Wochenzeitung einfach nicht vorbeigehen könne. Landhockey, du meine Güte, das würde alle von den Stühlen reißen. Und die meisten aus der angeblichen Prominentenmannschaft kannte nicht einmal ich.

Lifestyle-Reporterin zu sein hat seine netten Seiten. Man hat den Kopf für andere Dinge frei. Man verdient das nötige Geld, um sich selbst und auch Katze Gismo zu erhalten. Auch wenn es Menschen gab, die fanden, das sei kein Job für eine fast vierzigjährige promovierte Juristin, mir machte die Sache Spaß. Zumindest wenn mir nicht irgendwelche aufgedrehten Werbetussis absurde Veranstaltungen einreden wollten und mich daran hinderten, rechtzeitig einkaufen zu gehen.

Ich nickte der Kassierin zu. Sie war wohl schon mehrere Jahre bei Ultrakauf, doch mehr als Grußworte hatten wir nie gewechselt. Sie wirkte schüchtern, zurückhaltend, fast abweisend. Irgendwann würde ich ihr sagen, dass sie den Friseur wechseln sollte. Ihre kinnlangen Haare waren nicht blond, sondern gelb, die Dauerwelle hatte nur dazu geführt, dass ihr die Haare vom Kopf abstanden wie Stroh. Als ich mit der Bankomatkarte zahlen wollte, sprach mich die Kassierin an. Sie musste sich räuspern, bevor herauskam, was sie mir sagen wollte.

„Kann ich mit Ihnen reden? Ich kenne Sie, ich meine, ich weiß, wer Sie sind. Und dass Sie mit solchen Sachen schon zu tun gehabt haben."

„Was für Sachen?"

„Kriminelle Sachen. Sie haben in Ihrer Zeitung darüber geschrieben. Nicht, dass es um so was wie Mord geht. Aber bei uns läuft da etwas komisch. Und die rote Karin, ich meine Karin Frastanz, die Stärkere, Rothaarige, meine Kollegin, die Leiterin der Fleischabteilung, ist fast erschlagen worden."

Nicht, dass ich deren Namen gekannt hätte, aber mit der Rothaarigen hatte ich mehr Kontakt. Die Rote war schlagfertig, immer zu Späßen aufgelegt, mit einem Mundwerk wie ein Schwert. „Worum geht es?"

„Kann ich es Ihnen erzählen? Jetzt gleich? Ich meine, ich kann aufhören, in fünf Minuten, wenn Sie ..."

Um neun wollte Oskar mit den Fotos aus New York vorbeikommen. Eigentlich hatte ich in Ruhe duschen und dann kochen wollen. Trotzdem nickte ich. „Aber ich hab heute leider noch etwas vor."

„Ich will Sie nicht ..."

„Wir treffen uns am Parkplatz, ist das in Ordnung?"

Die Kassierin zögerte. „Geht es, dass wir uns weiter oben in der Mayerlinggasse treffen? Bei der Ampel? Ich will nicht, dass die Leute hier ..."

„Ist okay." Ich packte meinen Einkaufswagen und schob ihn durch die geöffnete Glastür ins Freie. Schon bereute ich, dass ich die Gelbgefärbte nicht auf morgen vertröstet hatte. Was wollte sie überhaupt von mir? Ihre Kollegin war beinahe erschlagen worden, das war entweder ein Fall für die Polizei oder es war ein Unfall gewesen. Und wenn es die Polizei bequemerweise als Unfall sehen wollte? Ich sollte endlich lernen, meine Nase nicht in die Angelegenheiten anderer Leute zu stecken. Aber es hatte die Kassierin sicher einige Überwindung gekostet, mich anzusprechen. Und vielleicht hatte sie ja sonst wirklich niemanden, an den sie sich wenden konnte.

„Mira Valensky", sagte ich zu mir, „genau auf diese Art bist du schon einige Male in Schwierigkeiten geschlittert. Denk daran, dass damals im Park nur Glück das Ärgste verhindert hat." Die andere Mira freilich widersprach: „Das war nicht Glück, sondern Vesna. Und Oskar. Und Zuckerbrot. Und auch dein Verstand."

Wahrscheinlich wurde ich schizoid. Auch eine Möglichkeit, sich nicht verwickeln zu lassen, indem man sich in sich selbst verwickelte.

Ich sperrte die beige Leineneinkaufstasche in den Kofferraum meines kleinen Fiat, ging über den beinahe leeren großen Parkplatz vor zur Mayerlinggasse, hinauf bis zur nächsten Ampel. Es dauerte keine drei Minuten, da stand die Kassierin keuchend neben mir. Ich erkannte sie nur an ihren Haaren. Die blau-gelben Uniformkittel von Ultrakauf machten ihre Trägerinnen schwer unterscheidbar, anonym.

„Ganz schnell, wenn ich Ihnen erzählen darf ... Ich weiß gar nicht, wie Sie dazu kommen ... Ich meine ..."

Ich war peinlich berührt. Die Frau war mindestens Mitte dreißig und stotterte herum, als ob längst klar sei, dass sie auch bei dieser

Prüfung jedenfalls durchfallen würde. Gleich hinter der Kreuzung war ein Espresso. „Gehen wir dort hinein, in Ordnung?"

Sie nickte. „Ich möchte Ihre Zeit nicht ..."

Die Ampel stand auf Rot, das nächste Auto war weit genug entfernt. „Kommen Sie", sagte ich und wir gingen bei Rot über die Straße. Im „Espresso Evi" war es dunkel, es roch nach einer Mischung aus abgestandenem Bier, kaltem Zigarettenrauch und Pissoir. Kein Ort, an dem ich alt werden wollte. Keiner, an dem man jung bleiben konnte. Ohne die Kassierin zu fragen, bestellte ich zwei Gläser Weißwein.

Wir ließen uns in einer Nische mit orange-braun gepolsterter Eckbank nieder. Der Wein kam, und die Kassierin wollte wieder zu reden beginnen.

„Zuerst trinken Sie. Vorausgesetzt, der Wein ist trinkbar. Und dann erzählen Sie." Schlimmstenfalls würde ich mit Oskar auswärts essen gehen.

Sie nahm brav einen Schluck. Vielleicht tat sie immer das, was man ihr befahl. Aber mich um Rat zu fragen, hatte ihr wohl niemand bei Ultrakauf angeschafft.

„Also?"

„Ich weiß nicht", seufzte sie und legte die Hände in den Schoß.

Langsam wurde ich ungeduldig. „Sie wollen mir etwas erzählen. Ich bin da. Ich höre zu."

„Ich weiß nicht ...", sagte sie wieder, „aber irgendwas ist nicht in Ordnung. Sie kennen die rote Karin? Wir nennen sie so wegen ihrer roten Haare. Und weil sie bei der Gewerkschaft ist. Überhaupt schnell auf hundert. Sie hat mir ziemlich geholfen bei der Sache mit dem Überfall. Deswegen glaube ich, dass ich ihr auch helfen muss. Sie liegt im Krankenhaus, jetzt wenigstens nicht mehr auf der Intensivstation. Letzte Woche ist sie im Lager fast erschlagen worden. Ein ganzer Stapel mit Getränkekartons ist auf sie draufgefallen. Die rote Karin ist immer in dieses Eck im Lager gegangen, wenn sie in Ruhe eine Zigarette rauchen wollte. Rauchen darf man bei uns im Gemeinschaftsraum nicht mehr, und im Fleischraum geht es natürlich auch nicht. Wenn sie eine Besprechung gehabt hat, war sie auch dort. Gewerkschaftssachen und so. Das hätte sie während der Dienstzeit nicht dürfen. Aber diesmal war sie allein, als der Stapel umgekippt ist. So ein Stapel, das sage ich Ihnen, der kippt nicht von allein. Das sagen alle bei uns. Sie hätte tot sein können. Sie wäre sicher tot gewesen, wenn da nicht ganz vorne ein paar leere Kartons gewesen wären. So ist man dann auch dahinter gekommen, dass der Cognac aus den Kartons geklaut worden ist. Das war aber sicher nicht sie, auch wenn es der Heller vermutet. Da bin ich mir ganz sicher. So etwas würde sie nicht machen, und so dumm noch dazu schon gar nicht. Die leeren Kartons haben ihr jedenfalls das Leben gerettet. Na ja, und die Geschäftsleitung wollte keine Polizei, aber das geht automatisch, wenn die Rettung kommt. Auf alle Fälle sagen die jetzt in der Geschäftsleitung, dass es ein Unfall gewesen ist, und sie beschuldigen die Lagerarbeiter, nicht richtig gearbeitet zu haben, oder sagen, dass die Diebe da etwas umgestapelt haben. Und außerdem soll die rote Karin auch selbst dran schuld sein, weil es ja verboten ist, im Dienst ins Lager eine rauchen zu gehen. Aber da ist irgendetwas faul. Ich bin sonst keine, die sich einmischt, aber das hat sich die Karin nicht verdient, dass sie fast tot ist und dann auch noch selbst dran schuld sein soll. Wo sie mir beim Überfall so geholfen hat und wo sie eh in der Geschäftsleitung nicht gut angeschrieben ist, weil sie uns alle mobilisieren will. Gewerkschaftlich. Ich hab da nie mitgetan, weil was kann unsereins schon groß ändern? Besser, man legt sich nicht mit denen da oben an. Aber sie war Feuer und Flamme, dass wir gemeinsam stark sind und so. Sie ist ja auch Abteilungsleiterin und eine gelernte Kraft, auf die können sie nicht so leicht verzichten, gerade beim Fleisch nicht."

Jetzt, da die Schleusen einmal geöffnet waren, konnte ich sie kaum mehr stoppen. Ich wedelte schon geraume Zeit mit der rechten Hand vor ihrem Gesicht herum.

„Der Heller ist ein Bösartiger, aber es ist eben schon so, dass die rote Karin ihn auch nie ernst nimmt. Und ihm das zeigt. Auch wenn er erst sechsundzwanzig ist, er ist nun einmal der Chef. Und dass sie doppelt so viel wiegt, sagt auch nicht viel. Ich glaube schon, dass sie gescheiter ..."

„Was ist mit dem Überfall?“

„Der Überfall ...“, sie zögerte und fuhr sich durchs strohige Haar. „Da soll ich nicht darüber reden und die anderen auch nicht, hat der Heller gesagt. Er ist unser Regionaldirektor, hat alle Ultrakauf-Filialen in Wien unter sich. Obwohl es mir nach dem Überfall gar nicht gut gegangen ist. Immer wieder hab ich mir gedacht, der nächste Kunde zieht seinen Rollkragenpullover über den Kopf und drückt mir eine Pistole an den Hals. Ich weiß, dass das Unsinn ist, aber dagegen kann man schwer an. Und erst, wenn es gegen Geschäftsschluss geht und nur mehr wenige Menschen da sind. Immer, wenn sie um Punkt halb acht die Musik abdrehen, bekomme ich einen Schweißausbruch. Auch jetzt noch. Die rote Karin hat wirklich versucht, mir zu helfen. Dass ich eine psychologische Betreuung bekomme, aber das hat die Geschäftsleitung abgelehnt. Da hat die rote Karin dann wenigstens auf dem informellen Weg dafür gesorgt, dass ich nicht mehr als Letzte an der Kassa Dienst tun muss. Das würde ich wirklich nicht aushalten. Ja, und jetzt liegt sie im Krankenhaus.“

Eine Weile später wusste ich, wie sich der Überfall abgespielt hatte und was unmittelbar danach passiert war. Die Kassierin hatte sich erschöpft an die dünne Kunststoffpolsterung gelehnt. Die Eckbank sah genau so aus, wie es in dem Espresso roch.

Da fiel mir ein: „Ich weiß nicht einmal Ihren Namen.“

„Oh“, sie schreckte auf, „wie unhöflich, entschuldigen Sie. Ich heiße Grete, eigentlich Margarita Berger.“

„Ich weiß nicht, wie ich Ihnen helfen kann“, sagte ich langsam, „ich bin beim ‚Magazin‘ für etwas ganz anderes zuständig. Und ...“

„Aber Sie haben doch diese Fälle geklärt. Das mit der Volksmusik-Hitparade und dann war da noch was, die Sache mit dem Mord in dem Psycho-Museum.“

„Dem Freud-Museum.“

„Richtig, eben.“ Sie spielte mit ihren Händen. Sie waren groß, leicht gerötet, rissig. Seltsame Hände für eine Supermarktkassierin. Sie musste meinen Blick wohl gesehen haben, sie ließ die Hände links und rechts von ihrem Körper auf die Sitzbank fallen. „Ich muss sie wieder einschmieren. Aber man greift eben immer wieder mit bloßen Händen hin und dann nützt es nicht viel."

„Im Supermarkt?"

„Nein, wo denken Sie hin? In der Landwirtschaft", erwiderte sie irritiert. „Ich arbeite am Hof meiner Eltern, zumindest zwei, drei Tage die Woche. Die können selbst nicht mehr so. Dann schlaf ich auch bei ihnen und nicht in Wien bei meinem Mann." Sie stoppte abrupt. „Aber das wird Sie wohl nicht so interessieren."

Ich seufzte. „Was soll ich tun?"

„Vielleicht könnten Sie die rote Karin besuchen und mit ihr reden? Mir sagt sie nicht viel, mich will sie schonen, wegen dem Überfall und so. Es ist etwas faul bei uns." Das sagte sie mit erstaunlich fester Stimme und sah mir dabei direkt in die Augen. Vielleicht hatte ich sie falsch eingeschätzt. Verstohlen sah ich auf die Uhr. Kurz vor halb neun. Gut möglich, dass sich Oskar ohnehin verspätete. Außerdem hatte er einen Schlüssel. „Wo finde ich sie?"

„Im Krankenhaus der Barmherzigen Schwestern. Pavillon 3, erster Stock, Zimmer 17. Besuchszeiten sind zwischen neun und elf und dann wieder zwischen fünfzehn Uhr und achtzehn Uhr, aber man kann telefonisch auch etwas anderes vereinbaren. In der kommenden Woche habe ich an den Nachmittagen Dienst, Freitag hab ich frei. Sofern sie den Dienstplan nicht wieder umstoßen."

Ich notierte mir alles und stellte mit Verwunderung fest, dass die Kassierin mich genau dort hatte, wo sie wollte. Schon in der Tür sagte ich: „Nehmen Sie's mir nicht übel, aber Sie sollten sich einen anderen Friseur suchen."

„Friseur? Das mach ich mir selber. So kommt es billiger."

„Dann wechseln Sie die Farbe."

„Das hat die rote Karin auch schon gesagt, aber mein Mann mag blonde Haare. Deswegen sind sie eben blond. Man muss ihn ja nicht extra dazu bringen, sich nach anderen Blonden umzusehen."

Ich nickte. Oder hätte ich ihr etwa einen Vortrag über Eigenständigkeit und selbst bestimmtes Frauenleben halten sollen?

Kurz vor neun keuchte ich die acht Treppen zu meiner Altbauwohnung hinauf. Ich sollte mehr Sport treiben. Aber war das nicht Sport genug? Besser, die Hauseigentümer ließen endlich wie versprochen einen Lift einbauen. Gismo lauerte schon hinter der Türe. Ihr flammend orangeroter Streifen quer über der Brust leuchtete, die gelben Augen waren erwartungsvoll aufgerissen. Sie wummerte mir den Kopf in die Kniekehle und hätte mich damit beinahe zu Fall gebracht. „Schleich dich", sagte ich zu meiner Schildpattkatze. Sie wusste, dass ich es nicht ernst meinte. Und wenn: Es hätte sie wenig gestört. Sie tänzelte vor mir, bis ich die Hühnerkrägen aus der Einkaufstasche genommen hatte. Dann setzte sie sich auf ihr nicht eben zierliches Hinterteil und starrte die Beute regungslos und gebannt an. Ich entfernte das Plastik und stellte die Styroportasse auf Gismos Futterplatz. Jetzt hatte ich Ruhe. Aus der Ecke war das Knacken von Knochen zu hören, begleitet von einem tiefen Schnurrlaut.

Vielleicht stand die Kassierin, diese Grete Berger, noch unter dem Eindruck des Überfalls und fantasierte sich etwas zusammen. Spätestens morgen Mittag müsste meine Reportage über die New Yorker In-Lokale fertig sein. Am Nachmittag könnte ich die rote Karin besuchen. Ich hasse Krankenhäuser. Noch nie war ich als Patientin in einem gewesen und als Besucherin ging ich nur hin, wenn es sich absolut nicht vermeiden ließ. Schon allein der Geruch nimmt mir den Atem. Wenn es leicht geht, dann blende ich Krankheit, Leid und Tod aus.

Ich öffnete den Kühlschrank, fand noch ein Fläschchen Campari Soda und goss den Inhalt in ein hohes, dickwandiges Glas. Herb und erfrischend.

Die New-York-Reise mit Oskar war schön gewesen. In den letzten Jahren war ich lieber alleine gereist, man kann tun, was man will, muss sich nach niemandem richten, braucht nur für sich selbst Pläne zu machen oder man macht eben keine Pläne und schaut, was sich ergibt. Oskar war sensibel genug, mir genug Raum zu lassen. War ich das umgekehrt auch? Vielleicht war er für einen Anwalt etwas zu gutmütig. Auf alle Fälle hatten wir die meiste Zeit in New York gemeinsam verbracht, nur weniges hatten wir getrennt unternommen.

Ob ich noch kochen sollte? Es war gegen halb zehn. Dass er immer zu spät kam, nervte. Andererseits: Wir hatten bloß vereinbart, uns ungefähr um halb neun zu treffen, er hatte gesagt, dass sein letzter Termin auch länger dauern könnte. Was für ein Termin? Welcher Rechtsanwalt empfing um diese Zeit noch Klienten? Oder war es eine Klientin? Ich musste grinsen. Womöglich wurde ich auf meine alten Tage noch eifersüchtig.

Ich würde uns ein einfaches Trüffelsoufflé machen und danach überbackenen Kalbslungenbraten. Als ich die Packung mit dem Fleisch öffnete, war Gismo wie ein Blitz neben mir. Ich schaute auf ihre Schüssel. Nichts war von der üppigen Portion Hühnerkrägen noch übrig. Oder sie hatte, während ich in Gedanken war, einige der Hühnerkrägen für schlechte Zeiten versteckt. Ich zuckte mit den Schultern. Spätestens in ein paar Tagen würde ich es riechen, wenn sie einen zu fressen vergessen hatte. Wahrscheinlicher war, dass Vesna ihn vorher finden würde. Vesna ist meine Putzfrau, aber sie ist eigentlich viel mehr als das. Freundin, Partnerin in heiklen Situationen und dazu eben auch, was man in Wien „Bedienerin" nennt. Das Wort behagt Vesna gar nicht. Sie sei kein Dienstbote, keine Dienerin, sondern putze Dreck weg, korrigiert sie, wenn sie jemand so nennt. Was sie wohl von der Sache im Supermarkt halten würde?

Ich versuchte Gismo zu ignorieren, heizte das Backrohr an, schnitt den Kalbslungenbraten in dicke Scheiben, salzte und pfefferte sie, gab Butter und Öl in eine Pfanne und briet die Stücke bei maximaler Hitze auf beiden Seiten an.

Wahrscheinlich hatte die rote Karin einfach Pech gehabt. Ein schlecht geschlichteter Stapel, in dem vorne ein paar Cognacflaschen fehlten, und schon konnte so etwas passieren. Oder war sie etwa hinter den Cognacdieben her gewesen? Aber das hätte sie ihren Kolleginnen wohl erzählt. Spätestens im Krankenhaus.

Noch einmal etwas frisches Öl und Butter in eine Keramikpfanne, dann die Fleischstücke und darauf etwas vom cremigen Ziegenkäse. Pfeffer. Das Ganze würde später für zehn Minuten ins nicht allzu heiße Rohr kommen.

Offenbar war Ultrakauf sehr darauf bedacht, Polizei und sicher auch Medien draußen zu halten. Ein Wunder? Ein Überfall zu Geschäftsschluss, die Leiterin der Fleischabteilung wird fast erschlagen, Cognacdiebstähle. Das passte nicht zur schönen, heilen Einkaufswelt.

Gismo gab spitze, bittende Laute von sich. Ich schob sie mit dem Fuß zur Seite. Ob ich auf den Ziegenkäse etwas von der Trüffelpaste geben sollte? Oder war das dann zu viel Trüffel? Es war Oktober, es war kalt, Trüffel tröstete zumindest etwas darüber hinweg. Oder eben Trüffelpaste als Ersatz.

Die Kassierin färbte sich ihre Haare blond, weil ihr Mann auf blonde Frauen stand. Ob er auch gelbhaarige Frauen attraktiv fand? Was wäre ich für Oskar bereit zu tun? Vielleicht sollte ich zehn Kilo abnehmen? Ausgerechnet. Oskar hatte um die hundertzehn Kilo, allerdings war er auch einen Meter dreiundneunzig groß. Ein Mann zum Anlehnen. Unterordnung war nicht nötig. Und Anpassung? Nicht mein Fall, zumindest bisher nicht.

Ich gab Crème fraîche, ein ganzes Ei, Salz, Pfeffer und ausreichend viel Trüffelpaste in ein Gefäß, verquirlte alles mit dem Stabmixer, schmierte eine passende Form mit Butter aus und goss die Masse hinein.

Es war kurz vor zehn. Ich schob die Form ins Rohr. Entweder Oskar war in zwanzig Minuten da, oder ich würde alleine essen.

Es klingelte, ich raste zu Gismos Schreck zur Gegensprechanlage.

„Es ist später geworden."

„Komm rauf."

Oskar hatte zwar seit einiger Zeit einen Wohnungsschlüssel, läutete aber trotzdem regelmäßig, bevor er sich an den Aufstieg machte. Wahrscheinlich fand er es höflicher, mich nicht zu überraschen. War ja schließlich meine Wohnung. Auch wenn bereits eine zweite Zahnbürste im Badezimmerregal stand.

Ich hörte ihn die Treppen heraufkommen, hatte wieder einmal Schmetterlinge im Bauch, überlegte kurz, ob ich mit meinen vierzig nicht schon zu alt für derartige Zustände sei, strahlte, sah durch den Spion, wie er noch einmal kräftig durchschnaufte, und öffnete die Türe. Er küsste mich und wieder einmal war ich überwältigt von seiner Größe und Masse.

Gismo drängte sich dazwischen und brüllte. Oskar stellte seine dicke braune Aktentasche auf den Boden, streichelte die Katze, gurrte: „Ich hab dir etwas mitgebracht, du Schöne." Er zog ein Plastiksäckchen mit einigen schwarzen Oliven heraus.

Wäre es Gismo möglich gewesen, sie hätte Pirouetten gedreht und Saltos geschlagen. Schwarze Oliven sind ihre Leidenschaft. Sie sah Oskar verliebt an und tanzte um ihn herum, bis sie die erste Olive bekam.

Mein neues Familienidyll? Idyllen sind mir verdächtig, vielleicht auch nur, weil ich sie für allzu vergänglich halte. „Du sollst sie nicht so verwöhnen", sagte ich.

„Dir hab ich auch etwas mitgebracht."

„Mich kannst du verwöhnen, auf meinen starken Charakter hat das keinen schlechten Einfluss." Besser locker vor sich hinquatschen, als zu viel Sentimentalität aufkommen lassen.

Er grinste und holte ein weiteres Päckchen aus der Tasche. „Das ist der Roquefort, der dir so gut geschmeckt hat."

„Mit Käse will er mich locken."

Jedenfalls ein perfekter Nachtisch. Wir harmonierten eben gut miteinander. Besonders, wenn es ums Essen ging. Oskar bestätigte mir das, als er das Trüffelsoufflé roch.

[3.]

Blumen oder Bonbons? Ich stand vor dem Krankenhauskiosk und überlegte. Blumen muntern auf, aber Bonbons auch. Ich nahm Blumen und Bonbons, holte tief Luft und machte mich auf zum Pavillon 3. Kiesbestreute Wege. Eine alte Frau, unter deren Mantel die Beine einer beigen, zerknitterten Schlafanzugshose zu sehen waren, wurde von einer jüngeren am Arm geführt.

Gefängnisse und Krankenhäuser lösen bei mir das gleiche Gefühl von Freiheitsberaubung aus. Manche Häftlinge wissen wenigstens, dass sie selbst schuld an ihrem jetzigen Aufenthalt sind. Rund um Krankenhäuser aber schwebt eine beklemmende Dunstglocke aus Schicksal, Zufall, Leid und Hoffnung. Kein Wunder, dass Ärzte „Götter in Weiß" genannt werden und sich Gewisse auch so fühlen.

Ich hielt den zu großen Blumenstrauß wie eine Waffe in meiner rechten Hand und beobachtete verstohlen die wenigen anderen Menschen, die hier unterwegs waren. Patienten? Mit welcher Krankheit? Besucherinnen? Zu wem gingen sie? Bestand noch eine Überlebenschance?

Pavillon 3 war ein Gebäude aus der Gründerzeit. Angegrautes Weiß, aber sichtlich neu renoviert und nun den technischen Erfordernissen des einundzwanzigsten Jahrhunderts entsprechend ausgestattet. Die breite Glastür glitt von selbst zur Seite, ich trat in die hohe Eingangshalle, fand eine Wegweistafel, atmete vorsichtig, vorbereitet auf den unvermeidlichen Geruch von Desinfektionsmitteln und Angst. Erster Stock. Zimmer 17. Ich wickelte die Blumen aus dem Papier, klopfte und trat ein. Seltsam, die Supermarktfleischerin zu besuchen, bei der ich sonst nach besonders abgelegenem Beiried gefragt hatte.

Vier Betten standen im Zimmer, zwei davon waren leer. Viel Weiß, es wirkte nicht sauber, auch nicht hell, sondern bloß unpersönlich steril. Im Bett näher zu mir las eine junge Frau in einer Modezeitschrift. Ihr Bein war eingegipst und hing an einem Seilzug. Ich hätte mich anmelden sollen. Aber Grete Berger hatte gemeint, ihre Kollegin werde sich jedenfalls freuen.

„Ich pack's nicht", hallte es aus dem Bett am Fenster, als ich noch unschlüssig in der Tür stand. „Wen suchen Sie denn? Die Hornweger ist gestern entlassen worden. Oder haben Sie sich im Zimmer geirrt?"

Ich ging auf die rote Karin zu. Rot war an ihr momentan allerdings gar nichts, sie trug einen voluminösen Kopfverband. Beide Beine waren geschient, der linke Arm war mit einer Infusionsflasche verbunden.

„Ich wollte Sie besuchen", sagte ich. „Wohin kann ich die Blumen tun?" Auf ihrem Nachtkästchen standen schon ein großer Strauß bunter Rosen und eine Vase mit Tulpen. Neben ihrer Farbenpracht wirkte mein gemischter Strauß zwar groß, aber gleichzeitig einfallslos und mickrig.

„Schon wieder Blumen", sagte sie mit einem Seufzer. „Ich läute einer Schwester wegen einer Vase." Sie drückte den Klingelknopf und fragte dann: „Warum?"

„Warum? Na ja, ich habe auch Bonbons mitgebracht."

„Bonbons? Wunderbar, das ist eine wirkliche Freude. Aber ich habe gemeint, warum Sie mich besuchen kommen. Wenn mich auch nur ein Bruchteil meiner Kundinnen besuchen käme, wäre es hier ziemlich überfüllt. Ich meine, ich freue mich, aber: Warum?"

Ich zog umständlich die Bonboniere aus meiner übergroßen Handtasche.

„Legen Sie sie einfach auf das Bett. Das ist schon in Ordnung. Meine rechte Hand ist zum Glück unverletzt."

„Soll ich das Zellophan weggeben?"

„Ja, das wäre fein. Ich hab ohnehin noch den faden Geschmack des Mittagessens im Mund und meine Schokoladevorräte sind aufgebraucht."

Sie nahm nach einem zufriedenen Kennerinnenblick ein Stück und schob es in den Mund. Noch lutschend wiederholte sie: „Warum?"

Ich nahm mir einen Sessel, zog ihn näher zum Bett, warf einen Blick auf ihre Zimmernachbarin.

„Vergessen Sie sie", wisperte die rote Karin, „die interessiert sich für gar nichts außer für ihre dämlichen Modehefte."

Ich räusperte mich. „Eigentlich hat mich eine Kollegin von Ihnen geschickt", begann ich dann leise. „Grete Berger."

„Das ist eine Liebe und Gute, viel zu gut ist sie und viel zu brav. Der haben sie bei dem Überfall schlimm mitgespielt. Wissen Sie davon?"

Ich nickte. „Und Sie sind nur ein paar Wochen später beinahe von einem Stapel mit Getränkekartons erschlagen worden."

„Da besteht kein Zusammenhang. Grete ist wegen dem Überfall noch etwas durcheinander."

„Sie hat auch nicht gesagt, dass sie einen direkten Zusammenhang vermutet. Aber sie hat immer wieder gesagt, dass in der Filiale etwas faul ist."

Die rote Karin lachte und verzog dann schmerzhaft den Mund. „Rippenbrüche. Mit so was sollte man nicht lachen. Aber zum Lachen ist es schon. Etwas faul bei Ultrakauf? Kommt darauf an, was sie meint. Wenn sie meint, dass immer wieder Arbeitsstunden einfach vergessen und nicht bezahlt werden oder dass Leute eine mündliche Zusage haben, nur am Vormittag arbeiten zu müssen, und dann trotzdem für den Nachmittag und Abend eingeteilt werden, dann ist da eine Menge faul. Von unseren Gehältern gar nicht zu reden."

„Sie sind bei der Gewerkschaft, hat Ihre Kollegin mir erzählt."

„Ich bin sogar Betriebsrätin, aber darum geht es nicht. Die wenigsten bei uns haben den Mumm, sich zu organisieren, sie nehmen lieber alles hin."

„Könnte es da einen Zusammenhang mit Ihrem Unfall geben?"

„Was weiß man? Aber wahrscheinlich hab ich einfach Pech gehabt. Stehe nichts ahnend in meiner Ecke, rauche eine – auch so etwas, das sie uns verboten haben – und: Bumm. Na ja, wie es aussieht, werde ich es überleben. Aber was interessiert Sie an der Sache?"

„Mich hat Ihre Kollegin angesprochen und ich habe ihr versprochen, mit Ihnen zu reden."

„Lassen Sie es, nicht böse sein, ich freue mich über Ihren Besuch, aber das, was bei uns faul ist, können wir nur intern regeln. Indem wir uns auf die Füße stellen."

„Und die Gewerkschaftsspitze?" Ich musste den Mund verzogen haben, ich kannte einige der Spitzenfunktionäre aus den Medien. Bei Society-Events tauchte seit einiger Zeit ein neuer Gewerkschafts-Shootingstar auf, der etwas von Mit-den-Unternehmern-an-einem-Strang-Ziehen, Flexibilität und Wohlstand für alle faselte.

„Na ja", erwiderte sie, „ein Männerverein eben, was willst du da schon groß? Die denken, dass für uns ein Taschengeld schon reicht. Jedenfalls die meisten. Brauchen tun wir sie trotzdem, wäre nur an der Zeit, dass dort andere Typen sitzen würden."

„Sie waren allein, als der Unfall geschah?"

„Ich sage nicht, dass es ein Unfall war. Ich weiß nur nichts anderes und letztlich ist es auch nicht so wichtig. Ja, ich war allein."

„Was ist mit den Cognacdiebstählen? Waren Sie hinter den Dieben her?"

Ihr Lachen ging in ein Grunzen über. „Hören Sie auf, mich zum Lachen zu bringen. Warum sollte ich Cognacdiebe jagen wollen? Ich hab davon erst im Krankenhaus gehört, wenn die Diebe gefunden werden, werde ich mich bei ihnen bedanken. Vielleicht haben sie mir das Leben gerettet. Wegen der leeren Kisten vorne."

„Wissen Sie, wer den Cognac geklaut hat?"

„Weiß ich nicht, aber es werden wohl welche aus unserem Lager gewesen sein oder ein paar der Zulieferer. Blöd, wie sie sich offenbar angestellt haben. Einfach aus den vordersten Kisten die Flaschen herausnehmen, dort, wo es am schnellsten auffällt. Wissen Sie,

Diebstähle werden bei uns meistens aufgeklärt. Wareneingang und Warenausgang sind computerisiert, da wird dauernd verglichen und Fehlbestände werden so sofort sichtbar. Außerdem beschäftigen sie für so etwas hin und wieder Privatdetektive, zur Abschreckung. Auf der anderen Seite steht alles offen herum. Wenn das für gewisse Idioten keine Einladung ist ..."

„Ultrakauf ist also selbst schuld?"

„So weit würde ich nicht gehen ... Aber in gewisser Weise. Sie können es verkraften, glauben Sie mir." Nach sorgfältiger Überlegung nahm sie ein Bonbon mit einer aufgesetzten Mandel und deutete dann auf die Schachtel. „Nehmen Sie sich auch eines, die sind köstlich."

Ich schüttelte den Kopf.

„Mögen Sie nicht?"

„Ich mag Bonbons zu sehr, das ist das Problem."

Sie musterte mich kritisch. „Sie haben eine tadellose Figur, also was spricht dagegen?"

„Ich habe zehn Kilo zu viel."

„Wer sagt das?"

Ich verstummte und nahm ein Bonbon mit dunklen und hellen Schichten. Ja, wer sagt das?

„Richten sie Grete vielen Dank aus, es ist nett, dass sie sich so um mich kümmert. Muss für sie gar nicht so einfach gewesen sein, Sie anzusprechen. Schüchtern, wie sie ist. Aber: In einer Woche oder in zwei bin ich zurück. Die Sache ist abgehakt. Wer weiß, vielleicht bekommt unsere Gewerkschaftsgruppe sogar neuen Auftrieb."

„Wer ist eigentlich dieser Regionaldirektor Heller?"

Sie sah mich aufmerksam an. „Wie kommen Sie auf den?"

„Na ja, scheint so etwas wie Ihr Lieblingsfeind zu sein."

„Der Wicht? Er ist in erster Linie unser Personalchef. Er genehmigt Dienstpläne und Stundenabrechnungen, er teilt ein, wie viele Menschen pro Filiale beschäftigt werden. Dafür musst du nicht viel können – nach oben buckeln und nach unten treten, das reicht. Und das kann er."

„Waren Sie immer schon so ...?"

„Sagen Sie es nur: rabiat."

„Kämpferisch, wollte ich sagen."

„Nein, war ich nicht. Eigentlich, auch wenn Sie es nicht glauben werden, war ich früher sehr schüchtern. Hab mir meinen Teil gedacht, mich aber nichts zu sagen getraut. Ich war schon als Kind groß und fett. Man wird gehänselt, wissen Sie. In der Schule war ich gut, aber meine Mutter ist immer an die falschen Männer geraten und so haben wir fast jedes Jahr die Wohnung und die Schule gewechselt. Ich glaube, ich bin eine der ganz wenigen Wienerinnen, die sich in allen Bezirken auskennen. Bin ja dann zwischendurch einmal auch Taxi gefahren. Sie würden es allerdings gar nicht glauben, wie viele Taxler sich nicht auskennen. Auf alle Fälle hab ich nicht eben ein überwältigendes Selbstbewusstsein gehabt. Dass ich den Mund aufmache, ist ganz plötzlich gekommen. Ich war damals in einer Großfleischhauerei angestellt. Dort hat es eine Kollegin gegeben, die mit ein paar Anhängerinnen alle anderen terrorisiert hat. Sie hat mich immer nur ‚das Fett' genannt und ihre Freundinnen haben gelacht. Dabei war sie selbst hässlich wie die Nacht. Irgendwann einmal hab ich dann, ohne viel nachzudenken, gesagt: ‚Wer so deppert und schiach ist, sollte lieber seinen Mund halten.' Sie war total verdattert. Das war eine Befreiung und von da an hab ich zurückgeredet und mir gedacht, dass ich auch stark genug bin, um zurückzuschlagen, wenn es sein muss. Sie hat mich nie mehr ‚Fett' genannt und war auch sonst vorsichtig im Umgang mit mir. Wäre ja auch dumm für sie gewesen, sich beim Chef zu beschweren, dass sie eine Kollegin ‚deppert und schiach' genannt hat. Seither denk ich mir immer wieder: Was soll mir schon groß passieren? Schlimmstenfalls werfen sie mich hinaus beim Ultrakauf, aber ich bin eine ausgebildete Fleischhauerin, ich kriege schon wieder einen Job. Wenn nicht, hab ich immer noch die Pension von meinem verstorbenen Mann. Ich lass mir nichts mehr gefallen. Gerade beim Fleisch könnte ich Ihnen Geschichten erzählen ... Na ja, das sollte man einer Kundin gegenüber wahrscheinlich nicht, aber wenn ich daran denke ... Früher hab ich ja auch mitgemacht, wenn hin und wieder Fleisch umgepackt oder Knackwürste abgewaschen worden sind. Wenn das Ablaufdatum vorbei ist, muss alles ins Zentrallager zurückgeschickt werden. Je mehr man zurückschickt, desto geringer wird natürlich der Gewinn. Also wird von oben eben etwas Druck ausgeübt. Es stimmt ja, bei uns sind die Ablauffristen recht streng, anders als bei irgendwelchen Billigketten, die verkaufen Fleisch noch legal, wenn es schon ziemlich alt ist. Aber ich wollte diese Umpackerei eben nie. Nicht, weil ich mich vor dem Lebensmittelinspektorat gefürchtet hätte, weil essbar waren die Sachen allemal, aber warum soll ich illegale Sachen machen, nur damit ein paar Hunderter mehr in der Kassa sind? Also hab ich mich gewehrt. Seit zwei Jahren, seit ich mich vom Tod meines Otto wieder etwas erholt habe, verweigere ich solche Aktionen. Und, siehe da, jetzt gibt es sie nicht mehr. Also", sie hob ihre rechte Hand, „reiße eben ich meinen Mund auf und spiele nicht überall mit. Vielleicht nutzt es ja etwas. Und wenn nicht, hab ich's wenigstens probiert."

Sie hatte Recht, wir machten uns alle ständig viel zu viele Sorgen, was passieren könnte. Andererseits: Sie war fast erschlagen worden. „Könnte der Stapel Getränkekartons von einem umgestoßen worden sein, der sich an Ihnen rächen wollte?"

„Was weiß ich? Glaube ich kaum, ich bin bei unseren Leuten gut angeschrieben, zumindest bei den meisten. Und glauben Sie ernsthaft, der Herr Generaldirektor würde kommen und mir eigenhändig im Lager eines überbraten, nur weil ich aufmüpfig bin? Zu viel der Ehre. Ich weiß, dass mir Grete dankbar ist. Wenn sie etwas für mich tun will, dann soll sie der Gewerkschaft beitreten."

„Ich werde es ihr ausrichten." Ich starrte auf die prächtigen Blumen und überlegte, wie ich mich verabschieden könnte. Wenngleich dieser Krankenbesuch viel unterhaltsamer gewesen war, als ich befürchtet hatte.

Die rote Karin deutete meinen Blick falsch. „Prächtig, nicht wahr? Die sind von den Kollegen meines verstorbenen Mannes. Im Allgemeinen halte ich zwar von den Männern nicht viel, aber er war ein Goldstück. War bei der Wiener Müllabfuhr, ein sicherer Job, und dann von heute auf morgen: Herzinfarkt und tot." Sie seufzte. „Das ist jetzt schon drei Jahre her, sechsundfünfzig war er erst. Sein

Hobby war es, Blumen zu fotografieren. Mit ein paar von seinen Kollegen bin ich heute noch in Kontakt. Und was bringen sie? Natürlich Blumen. Die dämlichen Schwestern haben vergessen, für Ihre Blumen eine Vase zu bringen. Das heißt, die Schwestern sind okay, aber eben total überlastet. Nicht nur bei Ultrakauf wird gespart."

„Tja dann ..."

„Bis in ein, zwei Wochen. Ich nehme ja nicht an, dass Sie mich jetzt täglich besuchen kommen."

Ich grinste. „Täglich wäre zu viel, aber vielleicht komm ich noch einmal vorbei."

„Würde mich freuen, aber ich sage Ihnen, ich bleib keinen Tag länger hier, als ich muss. Die Gehirnerschütterung klingt schon ab, Unkraut vergeht nicht."

Als ich ging, las die junge Frau im Nebenbett immer noch in ihrer Modezeitschrift.

Ich stoppte beim Supermarkt, parkte und blieb im Auto sitzen. Es war vier oder fünf Jahre her, dass die Ultrakauf-Filiale in der Mayerlinggasse aufgesperrt worden war. Ich hatte mich über die Eröffnung gefreut. Endlich ein großer Supermarkt mit einem guten Warenangebot und einem Parkplatz nicht allzu weit von meiner Wohnung. Erst heute fiel mir auf, dass der flache Bau mit seiner futuristischen Alufassade und der Glasfront auf der Seite der Eingangstüren nur zum Teil für die Öffentlichkeit zugänglich war. Gut ein Viertel seiner Fläche bestand offenbar aus Lagerräumen. Dort waren die Cognac-Kartons. Hatte ich mir je über die Kassierinnen oder Verkäuferinnen Gedanken gemacht? Mir waren einige sympathischer, einige weniger sympathisch. Immer wieder schienen neue Gesichter dazuzukommen. Der Filialleiter war ein Mann und das fand ich irgendwie absurd. Politiker sprachen immer wieder gerne von der „Supermarktkassierin", vor allem dann, wenn über Sozialpolitik gestritten wurde. Die „Supermarktkassierin" diente ihnen als statistisches Ausstellungsstück. Man sollte sie einen Monat von dem leben lassen, was eine Kassierin verdiente. Oder eine Fleischerin. Ich kramte nach einer Münze für den Einkaufswagen.

Nieselregen hatte eingesetzt. Ein typischer Oktobertag. Ich sehnte mich fort. In New York hatten die Supermärkte rund um die Uhr geöffnet. Nachtschichten, weil irgendein Spinner den Zucker vergessen hatte oder kurz nach Mitternacht Lust auf Pastrami bekam. Ich saß immer noch im Auto, sah den feinen Regenschlieren zu, die über die Windschutzscheibe nach unten glitten, und reiste im Kopf ins Veneto. Bei Armando war Pilzsaison, allein die Vorstellung seiner Menüs trieb mir das Wasser im Mund zusammen. Im Hotel bei Gianni würde schon das Feuer im großen offenen Kamin prasseln. Das Veneto war eine Gegend für alle Jahreszeiten, etwas, das man von Wien nun wirklich nicht behaupten konnte. Wien hatte ich am liebsten, wenn es im Sommer wie ausgestorben wirkte. Oder wenn frischer Schnee gefallen und auf den Straßen liegen geblieben war. Dann war Wien verwunschen leise, alles stand still und selbst die Flüche der Autofahrer hatten nichts von ihrer üblichen Aggressivität.

Ich stieg aus, ging rasch die paar Meter durch den Regen, nahm einen Einkaufswagen, schob ihn durch die gläserne Drehtüre, vorbei an dem Werbeplakat mit den Sonderangeboten der Woche und sah den Kassierinnen aufmerksamer als sonst ins Gesicht.

[4.]

Oskar war ein einfühlsamer Liebhaber, ich genoss seine Zärtlichkeit und sein überraschendes Temperament. Es gab für mich einige Gründe, nicht ohne Mann zu leben, guter Sex war einer davon. Trotzdem war ich heute nicht voll bei der Sache. Er musste es bemerkt haben, runzelte die Stirn und fragte. „Was ist los? Willst du mich nicht mehr?“ Ich schüttelte den Kopf, drehte mich dennoch etwas weg von ihm und sah aus dem Fenster. „Natürlich will ich dich. Nur: Die Supermarktfrauen gehen mir nicht aus dem Sinn. Weißt du, dass sie nicht einmal billiger einkaufen können? Sie bezahlen dasselbe wie ich.“

„Viel kann ich als Lover nicht taugen, wenn dich so was ablenkt.“

Sein Mangel an Selbstwertgefühl verblüffte mich immer wieder. „Was willst du hören?“, sagte ich sanft und streichelte über seinen Nasenrücken, „dass du großartig bist? Du bist großartig. Du hast sogar bemerkt, dass ich abgelenkt bin. Ich möchte eine Story über die Frauen im Supermarkt schreiben. Als Aufhänger könnte ich ja vielleicht den vertuschten Überfall nehmen oder den Unfall im Lager.“

„Du hast mir doch erzählt, dass über den Überfall nicht gesprochen werden darf. Woher solltest du also davon wissen, ohne dass die Frauen Probleme mit der Geschäftsleitung bekommen?“

Ich seufzte. „Ob die Frauen fair behandelt werden?“

„Was heißt schon ‚fair‘?“

„Was heißt ‚fair'?", fragte mich Vesna, als wir am nächsten Morgen in der Küche bei einem Espresso saßen. „Arbeit im Supermarkt ist nicht so schlecht. Außerdem: Frauen sind auch selber schuld. Was lassen sie sich Kinder machen und alle Arbeit umhängen? Dann müssen sie schlechte Jobs nehmen. Und: Was kümmern sie sich nicht um anderen Job, wenn sie den nicht mögen? Können sie auch putzen gehen oder sonst was tun."

Es galt, etwas nachzulegen. „Grete Berger vermutet, dass die Cognac-Kartons nicht zufällig umgefallen sind, man wollte ihre Kollegin erschlagen, weil sie aufgemuckt hat."

Vesna sah mich nun aufmerksam an. „Aber Beweise gibt es nicht? Und welchen Verdacht?"

Ich zuckte mit den Schultern. „Vielleicht hat sie sich das auch alles bloß zusammengereimt. Wer versucht schon jemanden wegen ein bisschen Gewerkschaftsarbeit umzubringen?"

„Hängt davon ab, Mira Valensky. In Bosnien, als wir noch Jugoslawien waren, du hast bei der richtigen Gewerkschaft sein müssen. Alles andere war nicht erlaubt."

„Aber umgebracht wurde auch niemand deswegen."

„Gefängnis reicht."

„Wir sind in Österreich."

„Hat sie was gesehen oder gehört, bevor die Kartons gefallen sind?"

„Sie sagt, nein."

Vesna stand auf, füllte einen Eimer mit Wasser und sah auf die Uhr. „Du musst heute nicht in die Redaktion?"

Ich gähnte träge. „Doch, muss ich."

„So ein gutes Leben wie Journalistin hat eben nicht jede. Ich nicht und die im Supermarkt nicht. Mach dir keine Gedanken, mein Leben ist auch nicht schlecht. Man muss eben selbst schauen, dass es passt."

Ich hatte mir im Sitzungszimmer bloß einige Zeitungen holen wollen, aber als ich bemerkte, dass die Redaktionssitzung noch in vollem Gang war, blieb ich in der Tür stehen. Unser Chefredakteur legte Wert darauf, dass so viele Leute wie möglich an diesen Konferenzen teilnahmen. Die Verpflichtung dazu bestand aber nur für die Ressortchefs. Der Chefredakteur lieferte gerade wieder eine seiner Selbstdarstellungsshows und bemerkte mein verspätetes Eintreffen gar nicht. „Politik“, sagte er, „ist wichtig. Schon richtig. Aber alles ist Politik. Politik sind die Spielregeln für gesellschaftliches Zusammenleben. Sagen Sie mir also nicht, dass das Ranking der hundert besten Schönheitschirurgen nicht Politik ist. So etwas bestimmt das gesellschaftliche Zusammenleben ganz wesentlich, oder?“

Ich sah, wie Droch spöttisch die Lippen verzog und den Kopf schüttelte. Droch war Leiter des Politikressorts, einer der bekanntesten Kommentatoren des Landes. Mit ihm würde sich der Chefredakteur nie direkt anlegen. Allerdings hielt es Droch für unter seiner Würde, auch nur ein Wort über Politikverständnis und Zeitungsphilosophie des Chefredakteurs zu verlieren. So taten sie beide, was sie wollten. Unsereins konnte dann ausbaden, was dem Chefredakteur gerade einfiel. Droch nickte mir zu. Seit einem heldensagenumrankten Kriegsberichterstattereinsatz in Vietnam saß er im Rollstuhl. Ob er schon vor dem Unfall, dessen wahren Hergang ich als eine von ganz wenigen kannte, den meisten Menschen gegenüber so distanziert gewesen war? Ich jedenfalls hatte das Privileg, von ihm gemocht zu werden. Vor einiger Zeit hatte es beinahe ausgesehen, als könnte daraus noch mehr werden. Ich musterte Droch. Seine kurz geschnittenen grauen Haare waren widerborstig wie sein Charakter, kühle blaue Augen, ein Gesicht, das mit den Jahren nicht schwammig wurde, sondern an Konturen gewann.

Der Chefredakteur hatte sich endgültig in einen Wirbel über die Zusammenhänge von Schönheitschirurgie und Politik geredet. Er sah Droch an, bemerkte unseren Blickwechsel und fand einen Weg, sich aus der Sackgasse zu befreien: „Unsere Mira Valensky, nächtlich im Einsatz, um uns über die Welt der Reichen, Schönen und Berühmten zu berichten. Welcher Star hat Sie denn gestern so lange mit Beschlag belegt, dass Sie erst jetzt aus dem Bett gefunden haben?“

Ich weiß, er wollte nur das Thema wechseln, trotzdem ärgerte ich mich über seinen Ton. Okay, ich arbeitete im Ressort Lifestyle, das hieß aber noch lange nicht, dass ich eine jener Tussis war, die nur von Premierenfeiern, Business-Cocktails und mühsam kreierten Events für alternde Salonlöwen berichtete. Zumindest nicht immer. Wohl um mir selbst etwas zu beweisen, erwiderte ich: „Ich recherchiere gerade eine Story über Arbeitsbedingungen in Supermärkten. Lifestyle einmal von der anderen Seite."

Der Chefredakteur sah mich an und lachte. „Ein Scherz, das war ein Scherz, ihr könnt mitlachen."

Meine Kolleginnen und Kollegen hatten unser Wortgeplänkel zum Großteil dafür genutzt, um miteinander zu tratschen oder sich geistig auszuklinken. Die Sitzung dauerte schon mehr als lange. Die erwünschte Reaktion blieb aus und der Chefredakteur war bemüht, wieder ungeteilte Aufmerksamkeit zu bekommen. „Eine Story über Verkäuferinnen. Das wird die Leser von den Hockern werfen. Das, was sie täglich sehen, können sie jetzt auch noch lesen. Ich fürchte fast, da müssen wir unseren Aufmacher mit den Schönheitschirurgen noch einmal schmeißen."

„Mehr Politik ist das allemal."

„Aber wer sagt, dass die Leute etwas über Politik lesen wollen?"

Gegen seine Art des Standpunktwechsels war man machtlos. Droch sah fast so spöttisch drein wie alle anderen.

Als die Sitzung dann endlich vorüber war, stellte ich Droch im Gang zu seinem Zimmer. „Danke für deine Unterstützung."

„Sei froh, dass ich nichts gesagt habe."

„Was hast du gegen Supermarktkassierinnen?"

„Liebe Güte, einkaufen geht meine Frau – zum Glück. Ich hab nichts für und nichts gegen sie. Nur muss ich nicht die Welt retten wie eine gewisse Frau Valensky."

„Das ist eine gute Story. Wer macht sich schon Gedanken über die Frauen in Supermärkten?"

„Eben, darüber will sich niemand Gedanken machen."

„Und so soll es bleiben." Ich hatte mich in Rage geredet.

Droch grinste. „So bleibt das, ob du willst oder nicht. Außerdem gibt es eine Menge an gesetzlichen Bestimmungen, viel zu viele, wenn du mich fragst. Konzerne hüten sich, sie nicht einzuhalten, sonst haben sie gleich ein paar aufgeplusterte Sozialromantiker wie dich am Hals."

„Bei Ultrakauf wurde ein Überfall vertuscht. Einige Wochen später wäre die Leiterin der Fleischabteilung fast ums Leben gekommen. Das interessiert auch niemand?"

Droch schüttelte milde den Kopf. Mich machte das nur noch wütender. Ich fühlte mich im Recht und doch kam ich mir lächerlich vor. „Die rote Karin wäre fast von einem Stapel Cognac-Kartons erschlagen worden."

„Die ‚rote Karin' – du meine Güte, wo bist du da wieder hingeraten. Kommunistin, darf ich tippen? Daher dein plötzlicher Weltverbesserungsanfall."

„Rote Haare, mindestens eins achtzig groß, über fünfzig, liegt im Krankenhaus." Das mit der Gewerkschaft verschwieg ich lieber. Droch war ein konservativer alter Zyniker, dumm, bei ihm auch andere, menschlichere Züge zu vermuten. Droch ergriff meine rechte Hand. „Du brummelst so wütend vor dich hin, dass ich es kaum wage, dich auf ein schnelles Mittagessen einzuladen."

Wider Willen musste ich lächeln. „Wann?"

„Sagen wir halb zwei? Beim Türken?"

So zeitig war ich schon lange nicht mehr aufgestanden. Aber in der Früh, dachte ich, würde im Ultrakauf noch wenig Betrieb sein und ich könnte in Ruhe meine Fragen stellen. Schon als ich in den Parkplatz einbog, erkannte ich meinen Irrtum. Er war bereits zu gut zwei Drittel gefüllt. Mit morgendlichem Elan strebten Frauen und wenige Männer der Glasfront des Einkaufstempels entgegen. Euromünzen wurden in Einkaufswägen gesteckt, schon gefüllte Einkaufswägen Richtung Auto gekarrt, Taschen und Säcke wurden verladen, Autotüren geöffnet und zugeschlagen. Was wollten all die Menschen hier kurz nach acht? Einige Momente überlegte ich, ob ich per Zufall in eine Sonderangebotsaktion geschlittert war. Dann aber erinnerte ich mich daran, dass der Lebensrhythmus vieler Leute eben anders war als meiner. Eine jüngere Frau hetzte mit konzentriertem Gesicht an mir vorbei, wahrscheinlich musste sie Punkt neun in der Arbeit sein. Männer unter sechzig waren um diese Tageszeit so gut wie keine zu sehen. Die traf man bisweilen am späten Nachmittag oder aber sie klammerten sich an Wochenenden an den Einkaufswagen ihrer Frau, reagierten aggressiv auf alle anderen, die nach Beute jagten und bildeten nahezu unüberwindbare Verkehrshindernisse.

Ob ich es später noch einmal probieren sollte? Ich hatte in der Redaktion eine Menge an Routinearbeit zu erledigen, also schnappte auch ich mir einen Einkaufswagen und drängelte mit den anderen durch die automatische gläserne Drehtüre. Grete Bergers gelbe Haare leuchteten mir entgegen. Ich ging zu ihrer Kassa, sie sah mich erschrocken an. „Gibt es etwas Neues?"

„Nicht direkt, ich wollte bloß mit einigen Leuten ..."

Die Kundin an der Kassa mischte sich empört ein: „Werden da Privatgespräche geführt oder machen Sie endlich weiter?" Ihr Ton war scharf und spitz, er passte so gar nicht zu dem rosa Kostüm mit dem eng sitzenden Rock, der viel von ihren allzu sehr gerundeten Knien sehen ließ. Die Kassierin zuckte zusammen. „Später", zischte sie mir zu und zog schon wieder eilfertig Waren über die Scannerkassa. Ich sah die Schlangen an allen Kassen und fragte mich, wie spät „später" denn sein würde.

Grete hatte allen Mut zusammengenommen und sich kurzfristig ablösen lassen. Wir standen im Eck bei dem Automaten für Pfandflaschen.

„Die rote Karin und andere machen das immer wieder. Sie sagen, sie müssen auf die Toilette. Auch Kassierinnen sperren für ein paar Minuten ihre Kassa zu. Aber gerade in der Früh ist das gar nicht gern gesehen. Was gibt es?"

„Na ja", erwiderte ich unschlüssig, „nicht, dass es etwas Neues gäbe. Aber ich habe mir Gedanken darüber gemacht, was mir die rote Karin erzählt hat. Ich wollte mit einigen Ihrer Kolleginnen über die Vorfälle reden. Vielleicht finden wir so heraus, was gelaufen ist. Wenn Sie mir den Kontakt machen können, geht das natürlich einfacher."

Grete stieg nervös von einem Fuß auf den anderen. „Ich weiß nicht recht. Ich glaube nicht, dass die viel wissen. Die meisten werden nicht reden wollen. Beim Überfall war ich allein mit dem Mann. Und Karin war allein im Lager, als es passiert ist. Zumindest gibt es niemand, der gesagt hat, dass er was gesehen hat. Die rote Karin hat mich gestern Abend angerufen und gemeint, dass Sie vielleicht etwas über ihre Gewerkschaftssachen schreiben werden. Wenn es darum geht: Lassen Sie sich von Karin nichts einreden. Was ihr passiert ist, hat sie wirklich nicht verdient, aber manchmal übertreibt sie einfach. Die Arbeit ist nicht so übel hier. Wir haben ein fixes Gehalt und bei uns ist der Filialleiter recht in Ordnung. Mit den anderen aus der Zentrale haben wir wenig zu tun. Die Karin kommt eben aus der Stadt und weiß nicht, wie es ist, anderswo zu arbeiten, in der Landwirtschaft zum Beispiel, da arbeitest du auch hart, hängst immer dran, und wenn dann ein Hagel kommt oder Ungeziefer, gibt es kein Geld. Und eigenes Geld ist es nie, das kommt aufs Konto der Eltern, solange ihnen der Hof gehört."

„Also soll ich die ganze Sache sein lassen?"

Sie sah mich erschrocken an. „Nein ... das heißt ... ja. Nein, nicht das mit dem Unfall, oder was immer das war. Nur diese Gewerkschaftssache ..."

„Wenn diese Gewerkschaftssache daran schuld ist, dass die rote Karin ihren ‚Unfall' hatte?"

„Ich glaube das eigentlich nicht mehr, da habe ich mir was Dummes zusammengereimt, denke ich."

„Also was jetzt?" Ich muss böser geklungen haben, als ich es wollte. Aber ich war eben zu früh aufgestanden, das bekommt weder mir noch meinen Mitmenschen.

Grete Berger zuckte jedenfalls zusammen. „Sie waren so freundlich, ich wollte Sie nicht verärgern. Also, ich weiß ja nicht, ob Ihnen die Kolleginnen viel sagen werden können ..."

Ich sah eine junge Frau mit dunklen Haaren, die Joghurt in das Milchregal schlichtete und deutete auf sie. „Was ist zum Beispiel mit ihr?"

Die Kassierin schüttelte den Kopf. „Sie ist Ausländerin."

„Kann sie kein Deutsch?"

„Das kann sie schon, aber sie sagt sicher nichts. Die sagen sicherheitshalber nie etwas. Außerdem ist sie nur Regalschlichterin."

An die interne Hierarchie im Supermarkt musste ich mich erst gewöhnen. „Warum sagen die nie etwas?"

Grete Berger zuckte die Achseln. „Die sind mehr unter sich."

„Gehen Sie wieder zu Ihrer Kassa, ich frag sie selbst. Und wenn Ihnen jemand einfällt, der vielleicht etwas wissen könnte, dann werden Sie mich schon finden."

„Ich wollte Sie nicht ...", stammelte die Kassierin.

„Schon okay." Nichts wie weiter, bevor mir die Nerven durchgingen. Es würde schon Gründe dafür geben, warum Grete Berger so war, wie sie war, aber es war anstrengend, nervend, um genau zu sein. Vor allem in der Früh.

Ich ging auf die Regalschlichterin zu. Aus der Nähe war sie weit jünger, kaum zwanzig. „Kann ich Sie etwas fragen?"

Sie unterbrach ihre Arbeit und sah mich an. „Was suchen Sie?"

Ihr Deutsch war fast akzentfrei.

„Auskünfte. Ich bin Journalistin und schreibe eine Reportage über Supermärkte."

Ihr Gesicht verschloss sich.

„Das bleibt natürlich alles anonym."

„Woher soll ich das wissen?"

„Es geht um nichts Besonderes. Waren Sie da, als die Sache mit Karin Frastanz passiert ist?"

„Karin Frastanz? Wer ist das?"

Das durfte wohl nicht wahr sein. „Na die Leiterin der Fleischabteilung, die im Lager unter die Kisten gekommen ist."

„Ach so, rote Karin. Ich bin erst zwei Monate in dieser Filiale, da kennt man noch nicht alle. Aber die kenne ich natürlich. Nein, war ich nicht da. Zum Glück."

„Warum zum Glück?"

„Ist besser, wenn man nicht da ist, wenn was passiert."

„Waren Sie an dem Abend da, als es den Überfall gegeben hat?"

Sie begann wieder Joghurts einzuschlichten. Zwei Reihen Erdbeerjoghurts, zwei Reihen Vanillejoghurts. Ich dachte schon, sie hätte mich vergessen, als sie sagte: „Ich halte mich an die Weisungen, das kann ich Ihnen sagen."

Grete Berger hatte Recht gehabt, von der Regalschlichterin würde ich nichts erfahren. Nur eines interessierte mich noch: „Wie lange sind Sie schon in Österreich?"

„Das ist alles in Ordnung, da brauchen Sie nicht fragen. Ich bin schon mit neun Jahren gekommen, nächstes Jahr bin ich schon zehn Jahre da."

„Sind Sie mit Ihrer Arbeit zufrieden?"

„Ja, bin ich. So viel Arbeit gibt es nämlich nicht, wissen Sie. Man wird schnell arbeitslos und dann ist man ein Schmarotzer-Tschusch. Nein, wissen Sie nicht." Sie warf zornig einen leeren Karton zur Seite und zog sich einen, der mit Himbeerjoghurt gefüllt war, her.

Ich sah mich nach einem neuen Opfer um. Bei der Theke mit dem Frischfleisch standen zwei Verkäuferinnen, die ich nicht kannte. Aber mit einer der Wurstverkäuferinnen hatte ich schon öfter geplaudert. Zwar hatten sich unsere Themen bisher auf die Vorzüge von Beinschinken gegenüber Pressschinken und auf die Geschmacksvielfalt italienischer Salamis beschränkt, aber das konnte ja anders werden. Sie stand mit drei ihrer Kolleginnen hinter der langen Glasvitrine und bediente. Zehn Deka Käsewurst, fünfzehn Deka Polnische. Ich stellte mich an und hatte das Glück, dass sie frei war, als ich an die Reihe kam. Ich ließ mir zwanzig Deka vom Bioschinken einpacken. „Haben Sie drei Minuten Zeit für mich?", fragte ich.

Sie sah mich freundlich, aber misstrauisch an. „War etwas nicht in Ordnung?"

„Nein, alles bestens, ich möchte Sie nur gerne etwas fragen."

Sie runzelte die Stirn und wusste sichtlich nicht, wie sie mit meiner Bitte umgehen sollte. Schließlich streifte sie die Plastikhandschuhe ab, deutete hinüber zur Käsevitrine und sagte: „Kommen Sie."

„Ich bin Journalistin."

„Ich weiß."

„Woher ...?"

„Manches kriegt man eben mit. Sie machen die Berichte über Prominente und irgendwann war da auch so ein Skandal ..."

„Jetzt arbeite ich an einer Reportage über Supermärkte."

„Du liebe Güte."

„Haben Sie die Sache mit Karin Frastanz, der roten Karin, mitbekommen?"

Sie schüttelte den Kopf. „Sie ist wie ich eine der wenigen, die schon seit der Eröffnung hier arbeiten. Sie ist in Ordnung, auch wenn sie manchmal den Mund zu weit aufreißt und herumgeschaftelhubert. Manche sagen, sie muss halt immer im Mittelpunkt stehen. Aber als das passiert ist, war ich nicht da. Da hatte ich Vormittagsschicht. Und außerdem: Mit Medien dürfen wir nicht reden, nicht einmal der Filialleiter darf das. Dafür haben sie in der Zentrale ein eigenes Medienbüro."

„Mir geht es nur um Hintergrundinformationen."

„So war das auch, als vor zwei Jahren jemand von einer Konsumentenschutzzeitung gekommen ist. Der Filialleiter hat ihn über alle möglichen Hygienevorschriften und Auflagen informiert und ist dann vom Regionaldirektor vor allen Leuten zusammengebrüllt worden, wie der Artikel erschienen ist."

„War das dieser ... Sascha Heller?"

„Nein, den gibt es erst seit rund einem Jahr. Aber er ist auch um nichts besser. Gut, der andere hat getrunken, aber Heller muss dafür ununterbrochen beweisen, dass er der Chef ist. Wahrscheinlich, weil er noch so jung ist, und der Größte ist er ja auch gerade nicht. Er kann einen schon ziemlich sekkieren. Aber ich wohne bloß drei Straßen weiter, es ist für mich ziemlich bequem, hier zu arbeiten. Und jetzt – bitte verstehen Sie – muss ich zurück. Meine Kolleginnen werden sich eh schon fragen, was ich da mit Ihnen so lange berede. Wenn sie sich zusammenreimen, dass wir über die Sache mit Karin gesprochen haben ..."

„Aber die werden wohl nichts weitererzählen."

Die Wurstverkäuferin lachte auf. „In drei Monaten wird die Abteilungsleitung Feinkost neu besetzt. Drei von uns haben sich beworben. Da geht es jede gegen jede."

Eine Stunde später schwor ich mir, mich bei Supermärkten ab nun wieder ausschließlich für das Warenangebot zu interessieren. Ich war durch eine der Türen mit Plastiklamellen in die Lagerhalle geschlüpft, sofort entdeckt und wieder in die Verkaufsräume expediert worden. Niemand konnte oder wollte mir etwas über den Überfall erzählen, keine schien etwas von dem Unfall im Lager bemerkt zu haben. Die meisten schienen mit ihrer Arbeit zufrieden zu sein. Die rote Karin war fast allen sympathisch, ihre Gewerkschaftsideen aber hielten viele für kontraproduktiv, zumindest aber für sinnlos. Es lief eben nicht anders als bei uns in der Redaktion auch: Letztlich wollte man es sich mit den Chefs, und seien es auch bloß ganz kleine Chefchens, nicht verscherzen. Daran änderte auch der Umstand nichts, dass niemand Regionaldirektor Heller ausstehen konnte. Es lebe die Hierarchie! Selbst Grete Berger hatte mir an der Kassa peinlich berührt zugenickt. Dabei war sie es doch gewesen, die die Sache ins Rollen gebracht hatte.

Nach einer Menge langweiliger Routinearbeit in der Redaktion hatte ich mich auf einen friedlichen Abend zu Hause gefreut. Keine Premierenfeiern, keine Eröffnung irgendeiner angeblich gesellschaftlich relevanten Ausstellung, nicht einmal eine Party mit so hohem Promi-Faktor, dass meine berufliche Anwesenheit verlangt wurde, auch keine privaten Verabredungen. Oskar erstickte nahezu in Aufträgen und mir war es ganz recht, wenn wir nicht jeden Abend gemeinsam verbrachten. Das hält eine Beziehung lebendig. Alltag und Routine sind meine Sache nicht. Vielleicht aber hatte ich auch nur davor Angst, dass unsere Beziehung für mich allzu selbstverständlich werden könnte. Was, wenn sich dann herausstellte, dass sie es doch nicht war? Die Verletzung könnte tief gehen. Oskar war mir Schritt für Schritt sehr nahe gekommen. Näher als Joe Platt, sein Vorgänger. Das war eine der lockeren Beziehungen à la Valensky gewesen, allerdings hatte ihr auch einiges gefehlt. Ich keuchte die Stufen zu meiner Wohnung nach oben und beschloss, mutiger zu werden. Beziehungsmutiger. Dafür war eine andere Art von Mut notwendig, als dazu, immer wieder die Nase in fremde Angelegenheiten zu stecken. Wobei ich, anders als Vesna, Gefahren ohnehin gerne aus dem Weg ging. Von einem Supermarktregal würde ich mich jedenfalls nicht erschlagen lassen.

[5.]

Ich hatte nur einkaufen gehen wollen. Keine Fragen stellen, über nichts weiter nachdenken als darüber, ob ich Fleisch oder Fisch nehmen sollte. Aber dann kam, kaum dass ich meinen Einkaufswagen den ersten Gang zur Hälfte hinaufgelenkt hatte, der Filialleiter auf mich zu. Üblicherweise grüßte er mich freundlich, ich war eben auch eine gute Kundin. Diesmal jedoch zeigte seine Miene nur wenig professionelle Freundlichkeit, dafür viel Unsicherheit und eine Spur Autorität.

„Feinfurter, mein Name, Feinfurter."

Ich nickte. „Valensky." Ich war gespannt.

„Ich weiß. Selbstverständlich weiß ich. Man hat mich ersucht, mit Ihnen zu reden."

Für einen Moment dachte ich, Grete Berger oder die rote Karin hatte ihn dazu gebracht, mir seine Sicht der Vorfälle zu schildern. Herzlichen Dank, aber es war zu spät. Kein Interesse mehr.

„Die Geschäftsführung lässt Ihnen mitteilen, dass Medienkontakte, dass Medienkontakte nur von der Medienabteilung aufgenommen werden dürfen. Ich hoffe, Sie verstehen das nicht falsch ..."

„Ich kaufe hier ein. Das ist kein ‚Medienkontakt'."

„Sie haben bei meinen Leuten herumgefragt. Das meine ich. Man hat mir berichtet, sie hätten herumgeschnüffelt, verzeihen Sie den Ausdruck."

„Ich habe mir erlaubt, mich für ihre Arbeit zu interessieren. Mich interessiert eben, wie die Leute leben und arbeiten, mit denen ich fast täglich Kontakt habe."

„Entschuldigen Sie, wenn man das nicht ganz glauben kann. Unsere Geschäftsführung hat eben ihre Erfahrungen mit Medien. Nicht, dass ich denke, dass Sie persönlich, nicht persönlich, aber es geht doch oft wohl um irgendwelche Sensationen und darum geht es ..."

„Sie meinen den Überfall, und dass die Chefin der Fleischabteilung beinahe erschlagen worden wäre?"

„Nein, nein, das meine ich nicht, meine ich nicht. Ich meine das nur grundsätzlich. Sie sollen sich bitte an die Medienabteilung von Ultrakauf wenden."

Der Filialleiter machte mich mit seiner Angewohnheit, Satzteile zu wiederholen, ganz kribbelig.

„Wer hat Sie geschickt, um mit mir zu reden?"

„Wer? Ich selbst, ich selbst."

Das kam mir unwahrscheinlich vor, ihm schien dieses Gespräch zu peinlich zu sein, als dass er es gesucht hätte. „Glaube ich nicht, ist nicht Ihr Stil. Bisher haben Sie anders mit mir geredet."

„Ja, nein, natürlich schon. Also gut, es war eine Bitte von oben." Seine Augen blickten tatsächlich himmelwärts. „Die Geschäftsführung. Ich hätte das nicht ganz so formulieren wollen, aber die Geschäftsführung lässt ausrichten, dass Sie kein Recht haben, unsere Belegschaft auszufragen, auszufragen."

„Wer von der Geschäftsführung?"

„Pardon. Pardon. Das kann ich nicht sagen. Also bitte. Und nichts für ungut."

„Sie werden mich ab jetzt unter Beobachtung halten, wann immer ich hier einkaufe?" Ich hatte das spöttisch gemeint, schien aber ins Schwarze getroffen zu haben. Er zuckte zusammen.

„Mir ist das unangenehm, sehr unangenehm, aber die Geschäftsführung ... und der ruhige Verlauf der Geschäfte, der Geschäfte, für die ich immerhin zuständig bin ..."

„Machen Sie sich keine Sorgen. Kümmern Sie sich lieber darum, dass nicht noch jemandem etwas passiert." Damit drehte ich mich um und ging an den Fruchtsäften vorbei hin zu dem Regal mit Senf und Ketchup.

„Was kann ich ...?"

Ich blickte noch einmal zu ihm zurück. Er lehnte sich an einen Stapel mit Dosenbohnen und konnte erst im letzten Moment verhindern, dass er umfiel.

Ich wuchtete meine Einkäufe aus dem Kofferraum. Aus Protest gegen Ultrakauf und seine misstrauische Geschäftsführung hatte ich dort nur das Nötigste genommen und war dann zum Naschmarkt gefahren. Ein gefährliches Gebiet für Kochfreaks wie mich. Natürlich hatte ich wieder viel zu viel eingekauft. Ob ich in meinem Tiefkühlschrank genug Platz hatte, um die zweite Lammkeule einzufrieren, war nicht ganz sicher. Aber ich hatte einfach nicht widerstehen können, mehr als eine zu nehmen. Paprika, Tomaten, ein paar exotische Früchte – das war ein gutes Programm, um das triste Herbstgrau zu vertreiben. Drei Säcke in der linken Hand, drei Säcke in der rechten Hand. Ärgerlich, dass ich den nächsten freien Parkplatz erst zwei Gassen von meiner Wohnung entfernt gefunden hatte. Ich trabte ums Eck – und natürlich: Jetzt gab es einen freien Platz, der nur zwanzig Meter vom Haus entfernt war.

Das Nächste, was ich sah, war Vesna. Sie hechtete förmlich auf ihre Maschine und fuhr unter ohrenbetäubendem Geknatter ab. Das Übernächste war ein Streifenpolizist, der sich auf sein Motorrad schwang, um sie zu verfolgen. Vesna hatte ihre Maschine vor Jahren in Bosnien mit der Hilfe ihrer Brüder zusammengebaut. Die Teile stammten von den unterschiedlichsten Fabrikaten und ich war mir nicht sicher, ob alle ursprünglich für Motorräder gedacht gewesen waren. Jedenfalls hatte Vesna in Österreich für diese Mischmaschine keine Zulassung bekommen. Das war den Behörden ausnahmsweise nicht zu verdenken. Sie verstieß gegen mehr Vorschriften, als auf einen Strafzettel passten. Da waren die Lärmbelästigung, die Geruchsbelästigung, das seltsam flackernde Rücklicht, der viel zu starke Motor.

Gar nicht gut, wenn Vesna von der Polizei geschnappt würde. Ihr Aufenthaltsstatus in Österreich war eher schwebend, eine Arbeitsbewilligung hatte sie auch nicht. Gehetzt sah ich mich um. Dann stellte ich meine Beute einfach am Gehsteig ab, sprang auf die Straße und fuchtelte vor dem Motorradpolizisten mit den Armen herum. Das war knapp. Zwei Meter mehr und er hätte mich überrollt. Ich schloss vor Schreck die Augen. Als ich sie wieder aufklappte, stand er ungehalten vor mir.

„Sie haben eine Amtshandlung vereitelt“, sagte er und es klang hohl, weil er seinen Helm aufbehalten hatte.

Ich stellte mich dumm und versuchte Zeit zu gewinnen. „Ich? Ich verstehe nicht. Ich hab Sie doch aufgehalten, damit Sie amtshandeln.“

Jetzt war es an ihm, dumm zu schauen. „Warum?“

Ich zuckte die Achseln und sah mich hilfesuchend um. Meine sechs Einkaufssäcke standen noch immer am Gehsteig. „Haben Sie nicht gesehen, dass mir jemand die Taschen entreißen wollte?“

„Die?“

„Ja.“

„Aber die stehen doch unbehelligt am Gehsteig.“

Ich wollte schon fragen, wie man Taschen ‚behelligen‘ konnte, ließ es aber dann doch lieber bleiben. „Na weil der Täter geflohen ist, als ich Sie herangewunken habe.“

„Und was ist in diesen Taschen?“

„Einkäufe. Gemüse, Fleisch, Obst.“

„Und deswegen stören Sie meine Amtshandlung?“

Jetzt bloß stur beim Thema bleiben. „Welche Amtshandlung? Er wollte meine Taschen stehlen.“

„Wie hat er ausgesehen?“

„Es ging so schnell. Mittelgroß, braune Haare, zirka eins achtzig groß.“

„Ausländer?“

„Inländer.“

„Woher wollen Sie das wissen?“

„Warum fragen Sie mich dann, ob es ein Ausländer war? Er war Inländer, weil er ‚her damit‘ gesagt hat, und das hat sehr wienerisch geklungen.“

„Haben Sie das Motorrad gesehen?“

„Er hatte kein Motorrad, er war zu Fuß.“

„Das Motorrad, das geflohen ist?“

Jetzt konnte ich nicht mehr anders. „Ein Motorrad? Ganz allein?“

„Mit einem Fahrer.“

„Aber er hatte kein Motorrad.“

„Nicht er, sondern ein anderer.“

Jetzt müsste Vesna weit genug entfernt sein. Zum Glück hatte der Streifenpolizist offenbar keine Nummer notiert. Die Nummerntafeln, die Vesna üblicherweise auf ihre Maschine montierte, stammten von einem alten Motorrad eines Cousins. „Also hat es gleich zwei Überfälle gegeben? Fürchterlich.“

Es war ihm klar, dass es nur zwei Möglichkeiten gab: Entweder ich hielt ihn zum Narren oder ich selbst war eine Närrin. Aber was sollte er tun?

„Wollen Sie Anzeige erstatten?“, fragte er dann.

Das hätte gerade noch gefehlt. „Nein, es ist ja nichts gestohlen worden. Weil Sie gerade vorbeigekommen sind. Herzlichen Dank.“

„Sie haben den Motorradlenker nicht schon einmal gesehen? Könnte ja sein, dass er sich öfter hier herumtreibt.“

Was für ein Glück, dass Vesna zwar nicht groß, dafür aber muskulös war. Mit ihren schmalen Hüften und einem Helm auf dem Kopf konnte sie gut für einen Mann gehalten werden. „Ich habe nicht einmal das Motorrad bemerkt.“

Er brauste ab. Ich griff mir meine Taschen und schleppte sie weiter. Hunderte Male hatte ich Vesna schon gesagt, sie soll ihre Höllenmaschine daheim lassen. Was, wenn sie wirklich erwischt würde? Abgeschoben wurde man schnell.

Ich sah auf die Uhr. Nur mehr eine Stunde Zeit bis zum Galaabend für behinderte Kinder. An sich hätte die Ressortleiterin selbst darüber berichten sollen, aber auch sie war ein Opfer der Grippewelle geworden. Also musste ich einspringen. Das Ganze lief unter der Schirmherrschaft der Gattin eines ehemaligen Bundeskanzlers. Die Prominenz aus Politik, Kunst und Wirtschaft würde dicht wie sonst selten vertreten sein. Dem Anlass entsprechend würden sich sogar ein paar der wirklich Reichen und Mächtigen sehen lassen. Alle waren dafür, behinderten Kindern zu helfen.

Ich stellte Gismo mit einem Stück Lammleber ruhig, verstaute meine Beutestücke und hetzte dann ins Bad. Jeans, Bluse, Unterwäsche landeten auf dem Boden. Das Duschwasser war so heiß, dass der Spiegel schneller anlief, als ich in die Brausetasse steigen konnte. Ich fragte mich, warum die Politiker nebst Gattinnen, die heute, über sich selbst begeistert, spenden würden, nichts dafür unternahmen, dass sich der Staat ausreichend um behinderte Kinder und ihre Bedürfnisse kümmerte. Aber Sozialpolitik läßt sich eben schlecht mit einer Gala feiern.

Noch eine halbe Stunde. Ich rief ein Taxi. Das war im Spesenbudget drinnen. Mag zwar sein, dass ich mit der U-Bahn etwas schneller gewesen wäre, aber ich war heute schon genug herumgehetzt. Der Wagen käme in drei bis fünf Minuten, teilte mir eine weibliche Stimme in der Taxizentrale mit. Ich legte auf, sah noch einmal auf das Telefon und rief Vesna an.

Sie war schon nach dem ersten Läuten am Apparat, aber ihre Wohnung bestand auch nur aus zwei Zimmern.

„Was gibt es, Mira Valensky?“, fragte sie.

„Nichts Besonderes. Ich wollte mich bloß melden. Irgendwelche besonderen Vorfälle?“

„Vorfälle? Keine. Gismo hat Müllsack umgedreht, du darfst Olivenkerne nicht hineintun, Mira Valensky. Das riecht sie und hofft auf Oliven und dreht alles um.“

„Und sonst?“

„Was sonst?“

„Na ja.“

„Doch, noch etwas, war knapp, aber großer Spaß. Habe heute eine weiße Maus abgehängt, Motorradpolizist, du weißt schon. Ich gehe harmlos zu Maschine und sehe, wie er neben seinem Motorrad steht und herumschaut. Weiß nicht, was er will. Ich natürlich nichts wie weg. Er hinter mir drein. Aber ich habe ihn abgehängt. Meistens kommen diese Motorradpolizisten vom Land. Ich aber lebe fast zehn Jahre in Wien. Fahre durch ein paar schmale Gassen, Einfahrten, weg war er. Gute, starke Maschine."

Kurze Zeit war ich sprachlos. Dann rückte ich mit meiner Version der Geschichte heraus.

„Auch gut, vielen Dank. Wenn du wieder einmal Hilfe brauchst, auch du kannst auf mich zählen. Aber abgehängt ich hätte ihn sowieso."

„Du kannst mir helfen, indem du deine Mischmaschine verschrottest."

„Das meinst du nicht im Ernst. Du erinnerst dich, wie wir damals gemeinsam in der Nacht durch Wien geglüht sind?"

Ich erinnerte mich daran, aber nicht gern. „Das war ein Notfall."

„Notfall kann es immer geben."

„Zum Beispiel, dass du überraschend zu mir putzen kommen musst."

„Auch da hätte Notfall passieren können."

Ich gab es auf.

„Danke, Mira Valensky", sagte Vesna mit warmer Stimme, „und es ist wahr: Wenn du mich brauchst, ich bin da."

Mehrere hundert Menschen, die pro Kopf mehrere hundert Euro dafür bezahlt hatten, sahen gerührt, wie behinderte Kinder gemeinsam mit dem Ensemble der Wiener Staatsoper Ballett tanzten. Das war der Höhepunkt und Schluss des Galaabends. Man fühlte sich erhoben, man fühlte sich gut, mit dabei gewesen zu sein, Gutes getan zu haben für welche, die es nicht nur brauchten, sondern es sich auch verdienten. Leistung muss eben sein. Ich schüttelte den Kopf, als ich mich mit einigen Kollegen aus der Journalistenloge drängte. Kein Grund für Zynismus. Es war ein schönes Programm gewesen, und hätte Rainhard Fendrich nicht zum tausendsten Mal „We are from Austria" gesungen, wäre die Gala restlos gelungen gewesen. Doch der Abend war noch nicht vorbei, jetzt kam das, weswegen zumindest ich da zu sein hatte. Der Champagnerempfang, bei dem man über Gutes und weniger Gutes reden oder irgendwelche gemeinsamen Bekannten ausrichten konnte, feststellte, wer da war und wer nicht da war und wer mit wem da war. Eine ganzes Rudel von Fotografen war bereits ausgeschwärmt, ich hatte mich mit der Fotografin des „Magazins“ schon vor Beginn der Veranstaltung abgesprochen.

Mein schwarzes Kleid, das ich zu allen festlicheren Anlässen trug, spannte um die Hüften. Ich zupfte es nach unten, versuchte den Bauch einzuziehen und sah mich um. Allzu lange würde ich nicht mehr bleiben müssen. Eine kleine, einfache Story mit vielen Bildern und einer Menge Namen. Die aufgedonnerte Frau des auf allen Society-Events unvermeidbaren Wurstfabrikanten hatte mich entdeckt und winkte mir zu. Ich nickte zurück und ging eilig weiter. Das hätte mir gerade noch gefehlt, von ihr ins Gespräch gezogen zu werden. Aber sie musste sich ohnehin keine Sorgen machen, sie würde in meinem Bericht vorkommen. Wo konnte man bloß ein Kleid in derart schreiendem Pink kaufen? Wieder winkte jemand, diesmal von der Champagnerbar her, er stand ganz vorne und war von einer Menschentraube verdeckt, zuerst konnte ich gar nicht erkennen, wer es war. Vielleicht war auch gar nicht ich gemeint. Ich sah mich um, Menschen gab es genug in der Winkrichtung, aber niemand schien zu reagieren. Dann wurde ein blonder Haarschopf sichtbar. Joe. Meine Gefühle, ihn hier zu treffen, waren geteilt. Vor rund einem halben Jahr hatte ich ihm wegen Oskar den Laufpass gegeben. Unsere Beziehung war nicht mehr besonders intensiv gewesen, dennoch spürte ich so etwas wie Schuldgefühle. Allerdings war da schon auch noch etwas anderes, mein Herz klopfte etwas schneller, als er sich mit zwei Gläsern Champagner durch die Menge zu mir drängte. Joe trug einen schwarzen Smoking, der seine breiten Schultern betonte, und sah einfach hinreißend aus. Als TV-Moderator volkstümlicher Musikshows war er einer der Lieblinge diverser goldener und silberner Blätter. Privat war er immer gut angezogen, nur quasi dienstlich trug er bisweilen Sakkos, die weit über meiner

Peinlichkeitsgrenze lagen. Ich erinnerte mich an jenes mit dem röhrenden Hirschen auf der Brust und mich schauderte noch immer.

„Hallo Joe, was machst du denn hier?“

Er lächelte, gab mir einen Kuss auf die Wange und ich ertappte mich beim Gedanken, dass Oskar nie so elegant wirken würde. „Ich bin einer der Paten dieser Gala“, erwiderte er. „Tolle Sache, was?“

Ich nickte. Unser Gespräch war schon jetzt ins Stocken geraten. Es hatte eine Zeit gegeben, da hatten wir uns viel zu sagen. Oder war es damals bloß egal gewesen, ob und worüber wir sprachen? „Wie geht es dir?“

„Gut so weit. Gut. Ich mache die neue EU-Show gemeinsam mit einer Kollegin aus Deutschland.“

„Ja, das hab sogar ich mitbekommen. Herzlichen Glückwunsch.“

„Und dir? Wie geht es dir?“

„Auch gut. Ich mache immer dasselbe.“

„Keine Morde?“

„Keinerlei Morde, harmlose Gesellschaftsberichterstattung, so wie heute Abend. Nächste Woche darf ich sogar wieder einmal etwas halbwegs Intelligentes machen. Ich interviewe Carla Novy, du weißt, den neuen Literatur-Shootingstar aus der Schweiz.“

„Ja ... Und sonst?“

„Sonst?“

„Privat?“

„Na ja, ich bin immer noch mit Oskar zusammen. Und du?“

„Niemand. Hab ohnehin keine Zeit.“

Mir gab es einen Stich, zehn Prozent Bedauern, neunzig Prozent Eitelkeit. Hatte er sich unsere Trennung so sehr zu Herzen genommen? Aber das war wohl Unsinn, es stimmte schon, er war eben fast ständig unterwegs. „Na ja, dir rennen die Frauen ohnehin die Türe ein.“

Er verzog das Gesicht.

Ich nippte am Champagner. Mir wurde wehmütig-nostalgisch zumute. Es war schon eine schöne Zeit gewesen mit ihm, auch wenn ich den Eindruck nicht losgeworden war, dass er selbst abseits der

Kameras nicht aufhören konnte, sich selbst zu inszenieren. Aber wer tat das nicht?

Joe sah sich Hilfe suchend um. Ihn hatten offenbar weder Schweigen noch Champagner in die Vergangenheit versetzt. Er zeigte auf drei Männer im Smoking, die sich in eifrigem Gespräch zueinander beugten. Jeweils einen halben Schritt hinter ihnen standen ihre Frauen. Stumm, ausgeschlossen aus dem engen Kreis, aber auch zu fest verbunden, um sich lösen zu können. „Van der Fluh, mit dem muss ich noch reden. Praktisch, dass er da ist. Ich habe einen neuen Werbevertrag. Mit Ultrakauf, der Supermarktkette, du weißt schon."

Wenn das kein Zufall war. Andererseits: Große Supermarktketten gab es nur wenige und Joe war einer der TV-Lieblinge, die seit Jahren regelmäßig für Bier, für Käse oder sonst etwas Österreichisch-Kulinarisches warben. „Was hat van der Fluh für eine Funktion bei Ultrakauf?"

„Generaldirektor."

„Ich würde ihn auch gerne etwas fragen, kannst du mich vorstellen?"

Joe sah mich verblüfft und etwas misstrauisch an. „Was hast du mit ihm zu tun?"

„Das ist eine lange Geschichte. Jedenfalls will ich wissen, ob er den Auftrag gegeben hat, mich an meinen Recherchen zu hindern."

Joes Blick war so strafend, dass ich lachen musste.

„Keine Sorge, es geht nicht um Mord. Maximal um Mordversuch."

Er tat es nicht gerne, aber er stellte mich van der Fluh vor. Der Ultrakauf-Generaldirektor war massig, ohne fett zu sein. Er musterte mich distanziert. Ich widerstand der Versuchung, wieder an meinem etwas zu eng gewordenen Kleid herumzuzupfen.

„Sie sind also vom ‚Magazin'", begann van der Fluh nach den Begrüßungsfloskeln. Joe hatte Bekannte erspäht und machte sich mit dem Versprechen davon, gleich wieder da zu sein.

„Ja, die Gala heute gehört sozusagen zu meiner Arbeit. Lifestyle."

„Und was ist an meinem Lifestyle so interessant, dass ich die Ehre habe?“, drechselte er.

„Man sieht Sie üblicherweise nicht bei den so genannten gesellschaftlichen Ereignissen.“

„Nein“, er lachte trocken, „das ist nicht meine Welt. Aber heute ließ es sich nicht vermeiden und es war dann doch auch ein sehr schöner Abend. Können Sie zitieren, wenn Sie wollen. Aber jetzt muss ich ...“

„Ich wollte Sie eigentlich etwas ganz anderes fragen.“

„Schießen Sie los, wie wir Deutschen sagen. Ich habe zwei Geschäftspartner mit und kann sie, auch wenn ich gerne länger Ihre Gesellschaft genießen würde, nicht allein herumstehen lassen.“

„Haben Sie den Auftrag gegeben, mich daran zu hindern, dass ich im Ultrakauf in der Mayerlinggasse recherchiere?“

Er sah mich verblüfft an. „Wie meinen Sie? Warum?“

„Ich hatte vor, eine Reportage über Supermärkte zu machen. Als ich das letzte Mal – ich bin dort Kundin – einkaufen ging, verbot mir der Filialleiter im Namen der Geschäftsführung, mit den Mitarbeiterinnen zu reden.“

Er hob beschwörend seine Hände. Es waren große, fleischige Hände, zu denen die sorgfältig manikürten Fingernägel nicht zu passen schienen. „Ich weiß nicht, wovon Sie sprechen. Ja, wir haben eine Ultrakauf-Filiale in der Mayerlinggasse. Viel mehr kann ich Ihnen aber nicht sagen. Unser Geschäftsprinzip lautet: Global denken, dezentral handeln. Modernes Management lagert Aufgaben aus, es gibt eine Reihe von Subdirektoren.“

„Wie zum Beispiel Regionaldirektor Heller.“

„Wie wen? Ach ja, das ist einer unserer jungen Regionaldirektoren. Wir haben mehr als dreißig davon und sie arbeiten auch nicht mit mir direkt, sondern mit unseren Sektordirektoren zusammen. Aber wenn Sie eine Story über unsere Supermärkte machen wollen, sind Sie natürlich willkommen. Da muss es ein Missverständnis gegeben haben. Wahrscheinlich hat der Filialdirektor nur gemeint, Sie sollten sich besser an unsere Öffentlichkeitsabteilung wenden. Sie dürfen nicht jedes Wort auf die Goldschale legen. Wir bilden unsere Kräfte gut aus, aber eben vor allem fachlich. Verbal ist der Herr offenbar etwas ... ungeschickt." Van der Fluh sah zu seiner kleinen Gesellschaft hinüber. „Sie entschuldigen mich?"

„Sollte ich noch Informationen brauchen – kann ich mich an Sie wenden?"

„Selbstverständlich, natürlich. Ich bin froh, dieses Missverständnis ausgeräumt zu haben. Aber reden Sie erst einmal mit der Öffentlichkeitsabteilung, ja?"

Das nannte man elegant abserviert.

Ich nahm mir noch ein Glas Champagner und zwei Kanapees mit Lachs. Das Gedränge hatte deutlich nachgelassen. Gut, dass ich mir schon vor Beginn der Gala Notizen gemacht hatte. Ein Missverständnis war das also gewesen. Ich war mir nicht im Klaren darüber, warum ich van der Fluh nicht auf den Überfall und auf den Unfall im Lager angesprochen hatte. Aber vielleicht wollte ich noch etwas in der Hinterhand haben. Für alle Fälle.

[6.]

Die rote Karin hatte zu einem Genesungsfest gebeten. Ganz offiziell mit einem Billett, auf dem die Karikatur einer mehr oder weniger vollständig in Bandagen gehüllten Frau zu sehen war. In den letzten beiden Wochen hatte ich mich um die Supermarktgeschichte nicht weiter gekümmert. Zufall oder nicht, ich war in dieser Zeit auch nie in der Ultrakauf-Filiale gewesen, sondern hatte entweder bloß schnell im kleinen Supermarkt, der am Weg zwischen Redaktion und Wohnung lag, vorbeigeschaut oder mir die Zeit genommen, am Naschmarkt und in kleinen Feinkostläden einzukaufen. Vor lauter Glück und Idylle mit Oskar hatte ich zwei Kilo zugenommen.

Es war der erste Samstag im November und seit langer Zeit schien endlich wieder einmal die Sonne. Hinter mir hupte es genervt. Ich hatte übersehen, dass die Ampel auf Grün gesprungen war. Auf dem Nebensitz hatte ich die Wiener Straßenkarte ausgebreitet. Karin Frastanz' Fest sollte in völliger Missachtung der Jahreszeit in ihrem Kleingartenhaus stattfinden. Kleingartensiedlungen gehören für mich zu den seltsamsten Attraktionen, die Wien zu bieten hat. Miniaturhäuschen, Miniaturgärten, Miniaturträume, einer neben dem anderen, oft hunderte an einem Fleck.

In dieser Gegend Wiens kannte ich mich nicht gut aus. Dreimal verfuhr ich mich, dann fand ich die Gasse endlich, von der aus es zu den schmalen Wegen der Kleingartensiedlung ging. Die rote Karin hatte unverschämtes Glück. Der heutige Nachmittag war so schön, dass man sich gerne für ein, zwei Stunden im Freien aufhielt. Parkplätze gab es genug, die meisten der Gärten und Häuschen waren längst winterfest gemacht worden und für ein paar Monate verwaist.

Vorbei an einer Schar bedrohlich aussehender Gartenzwerge, vorbei an einem Miniaturpalazzo mit schönbrunngelber Farbe und weißem Stuck, vorbei an einigen schon eher baufälligen Holzhäuschen. Noch bevor ich die Hausnummer lesen konnte, hörte ich die rote Karin lachen. Warum sie mich wohl eingeladen hatte? Am Telefon hatte sie nur gemeint, ich sei eben als einzige Kundin zu ihr ins Spital gekommen.

Ich öffnete die Gartentüre und kramte mein Geschenk, einen Kilo feinste Bonbons, heraus. Karin Frastanz strahlte über das ganze Gesicht. Weder das deutlich sichtbare Cut oberhalb des rechten Auges noch das Bein in Gips, noch die bandagierte Hand vermochten etwas daran zu ändern, dass sie munterer und tatkräftiger wirkte denn je. Grete Berger war auch gekommen, sie begegnete mir mit sichtlich gemischten Gefühlen. Drei weitere Frauen waren mit ihren Männern gekommen, ich konnte mich nur vage erinnern, auch sie im Ultrakauf gesehen zu haben.

Karin stellte mir zwei Kollegen ihres verstorbenen Mannes vor. Der eine war schon über fünfzig und schmächtig, der andere Mitte zwanzig und breit wie ein Schrank. Sie klopfte dem Älteren auf die Schulter und sagte: „Sie werden es nicht glauben, der ist der Zäheste von allen. Mein Mann war über eins neunzig, aber Schorsch hat immer gleich viel heben können."

Schorsch grinste zu Karin hinauf. „Das ist nicht wahr, dich hätte ich nie derhoben, da hat es den Otto gebraucht." Er wandte sich zu mir: „Das meine ich natürlich im übertragenen Sinn. Wobei ich nicht sagen kann, dass ich den Otto nicht beneidet hab um die Karin. So eine ist selten."

Die Fleischerin schien verlegen, jedenfalls wechselte sie das Thema, verwies auf Wein und Bier und das Buffet, das im Wohnzimmer des Gartenhäuschens aufgebaut war. Ich öffnete die gläserne Verandatür und stand schon vor dem kleinen Esstisch. Er bog sich unter seiner Last: Tellergroße kalte Schnitzel, dralle Fleischlaibchen, kalter Schweinsbraten, Nudelsalat, Aufstriche, Brot und Gebäck. Vielleicht nicht so nobel wie bei den Events, zu denen ich dienstlich musste, dafür viel appetitanregender. Die rote Karin hinkte zu mir und sagte: „Das mache ich wirklich gerne, solche Sachen. Früher hat es ja mein Mann gemacht, der hat ursprünglich Koch gelernt, aber ich hab viel von ihm gelernt." Es klang mehr Stolz als Wehmut mit.

„Ein Prachtexemplar", sagte ich, legte mir ein Schnitzel auf den Teller.

„Das Schnitzel oder mein Mann?", fragte Karin und lachte.

Grete Berger stand auf der Veranda, ließ sich von der Sonne wärmen und drehte unsicher ihr Bierglas in der Hand.

„Leicht ist es nicht für mich, allein, aber mein Mann und ich haben viele schöne Jahre miteinander gehabt, sie hat nicht so ein Glück", flüsterte die rote Karin mir zu. „Ihren Mann habe ich natürlich auch eingeladen, aber er ist wie immer nicht mitgekommen. Er geht so gut wie nie mit ihr fort."

„Warum?"

Sie zuckte mit den Schultern. „Ich jedenfalls würde mir das nicht gefallen lassen."

„Alle sind eben nicht wie Sie."

„Das können Sie laut sagen. Wahrscheinlich ist das eh ein Glück. Nehmen Sie sich noch ein Fleischlaiberl, die sind ziemlich gut geworden."

„Später."

„Grete hat mir von Ihrer Tour durch den Supermarkt erzählt. Unser Filialleiter, an sich heißt er Feinfurter, aber wir nennen ihn Frankfurter, weil er einem bleichen Würstchen so ähnlich ist, er hat gesagt, dass wir nicht mit Ihnen reden sollen. Er habe Ihnen klargemacht, dass Sie sich an die Pressestelle wenden müssen. Beinahe gebrüstet hat er sich damit, Sie vertrieben zu haben. Dabei ist er sonst ganz umgänglich, aber da ist wohl ein Befehl von oben gekommen. Grete hat ein schlechtes Gewissen, immerhin hat sie Sie ja um Hilfe gebeten. Aber ich finde, das ist Schnee von gestern."

Ich nickte und erzählte ihr, dass mir Generaldirektor van der Fluh über den Weg gelaufen war.

„Das glaub ich schon, dass der von nichts gewusst hat“, sagte die rote Karin. „Es gehört mit zum Geschäftsprinzip, nur das zu wissen, was man wissen will. Von wegen dezentral und Verantwortung nach unten geben und so. In Wirklichkeit hat die Direktion überall ihre Finger drin. Ich weiß das, weil ich als Betriebsrätin mehr erfahre als die anderen. Normalerweise merkt man von den Herren in der Direktion bei uns ja kaum was, aber sie sind immer da. Durch ihre Stellvertreter.“

„Sie meinen den Filialleiter?“

„Aber geh, Filialleiter haben bei uns nicht viel zu sagen, dafür aber eine Menge Arbeit. Wenn etwas schief läuft, sind sie schuld. Und sie müssen alles durchdrücken, was von oben kommt. Dabei bekommen sie nicht einmal besonders gut bezahlt dafür. Nicht geschenkt möchte ich diesen Job.“

„Also Sascha Heller.“

„Ja, zum Beispiel er und die ganze Partie dieser Regionaldirektoren. Der Heller ist nicht einmal einer der Schlimmsten. In Salzburg ist eine Frau Regionaldirektorin. Das soll eine ganz Arge sein. Da denkst du dir, mit einer Frau müsste es besser laufen, und dann führt sie sich auf wie die schlimmsten Männer. Na ja. Jedenfalls ist das wieder einmal typisch, dass der Generaldirektor von nichts wissen will. Das System, mit dem er seine kleinen Direktoren die Drecksarbeit erledigen lässt, ist einfach: Sie bekommen Prämien. Die Zentrale gibt zum Beispiel allen Regionaldirektoren vor, mit welchen Personalkosten sie in ihren Filialen auskommen müssen. Wenn sie die Vorgabe erreichen, gibt es die Prämie. Wenn sie die Vorgabe übertreffen, gibt es eine Zusatzprämie. Kein Wunder, dass da Dienststunden manchmal plötzlich verschwinden, obwohl sie ursprünglich von den Verkäuferinnen eingetragen worden sind. Aber die letzte Kontrolle über diese Eintragungen hat eben der Regionaldirektor.“

„Und dann?“

„Na entweder man wehrt sich, oder man hält den Mund. Aber die meisten halten eben leider lieber den Mund. Vom Filialleiter gibt es wenig Rückendeckung. Er ist ja mit dabei im Prämienspiel. Bei ihm geht es allerdings nicht um die Personalkosten, damit hat er nichts zu tun, sondern um den Umsatz. Die Strategen in der Zentrale rechnen für jede Filiale ein Ertragsziel aus. Mitzureden hat so ein Filialleiter nichts, aber wenn er das Ziel erreicht, dann gibt es Geld für ihn. Nicht viel in diesem Fall, aber immerhin. Also schauen sie, dass so viel wie möglich verkauft wird und so wenig wie möglich verdirbt."

„Wie häufig werden abgelaufene Waren eigentlich umdatiert?"

„Vergessen Sie es. Das geht eigentlich nur beim Fleisch und da hab ich es eingestellt. Öfter als ein paarmal im Jahr ist so was nie vorgekommen."

„Er hat es akzeptiert, dass Sie sich weigern?"

„Was hätte er tun sollen? Das geht ja alles unter der Hand. Offiziell weiß die Geschäftsleitung auch davon nichts, will es nicht wissen. Also kann er sich schlecht über mich beschweren. Außerdem, glaube ich, ist es ihm ohnehin lieber. Er ist im Prinzip anständig."

Grete blickte unschlüssig zu uns herein. Ich prostete ihr zu. Sie schien das für eine Aufforderung zu halten und kam zu uns ans Buffet. Ich nahm rasch einen Bissen vom Schnitzel, es war köstlich.

„Ich erzähle Frau Valensky gerade von unserer lieben Generaldirektion", grinste die rote Karin.

„Besser, du denkst nicht zu viel darüber nach. Bevor dir noch einmal was passiert."

„Schmink dir das ab. Jetzt habe ich erst richtig Lust, ein paar unserer Lämmchen munter zu machen. Immerhin hatte ich drei Wochen Zeit, um neue Kraft zu tanken."

Grete schüttelte besorgt den Kopf. „Ich weiß nicht, ob das was bringt. Du solltest wirklich vorsichtig sein."

„Ich war viel zu lange vorsichtig, worauf soll ich warten? Ich bin zweiundfünfzig."

Ich mischte mich ein und fragte Grete: „Meinen Sie noch immer, dass der Unfall mit der Gewerkschaftsarbeit zu tun haben könnte?"

„Na ja, ich weiß nicht. Andererseits ..."

Die rote Karin lachte. „Frau Valensky hat den van der Fluh kennen gelernt. Irgendwie schaut er schon aus wie ein Attentäter, nicht wahr? Massig, aber gut angezogen, wie die von der Mafia."

Ich grinste auch. „Kennen Sie van der Fluh?"

„Vom Händeschütteln. Jedes Jahr zu Weihnachten ist ein Empfang, zu dem alle Betriebsräte eingeladen werden. So als ob er sonst nicht alles täte, um unsere Arbeit zu unterminieren. Aber da wird dann auf ‚Wir-sitzen-ja-alle-in-einem-Boot-und-sind-ein-Team' gemacht. Bei den Gehaltsverhandlungen sieht die Sache anders aus. Der braucht sich nicht die Finger schmutzig machen, indem er Cognac-Kisten auf kleine Betriebsrätinnen stürzt."

Nun strömten auch die anderen Gäste ins Wohnzimmer, ihre Wangen hatten sich von der Winterluft, dem Wein und dem Bier gerötet. „Jetzt wird es kalt", rief Schorsch mit lauter Stimme.

„Alle herein in die gute Stube", kommandierte die rote Karin, „ich hab schon Glühwein vorbereitet."

Wir waren elf und konnten uns im Miniaturwohnzimmer des Miniaturhäuschens kaum umdrehen. Aber als ich gegen Mitternacht nicht mehr ganz nüchtern zu meinem Auto spazierte, hatte ich das Gefühl, ein paar Freundinnen mehr zu haben.

Am Montag lachte van der Fluh von den Wirtschaftsseiten der meisten Zeitungen. Er hatte leicht lachen. Die Gewinne des Kauf-Konzerns würden heuer alle Prognosen übertreffen, und das trotz der anhaltenden Konjunkturflaute. Vielleicht sollte ich mir auch Aktien kaufen, dann würde ich mich mit ihm freuen können. Aber womit? Mein Geld investierte ich ins tägliche Leben, in ein recht angenehmes tägliches Leben allerdings, zugegebenermaßen. Mein Kollege vom Lifestyle-Ressort lugte zu mir herüber. „Dein neuer Schwarm?", feixte er, als er die aufgeschlagenen Zeitungen liegen sah. Das war eben einer der vielen Nachteile eines Großraumbüros. Ungestört war man nie.

„Sonst noch was", antwortete ich, aber er war schon auf meine Seite herübergekommen und las die Bildunterschriften.

„Hm, Generaldirektor der Kauf-Gruppe. Willst du etwa immer noch eine Story über Supermärkte schreiben?“

Ich ärgerte mich. „Warum über Supermärkte? Über den Superboss der Supermärkte.“

„Klingt ganz interessant, muss ich zugeben. Auch wenn du es offenbar mit den Supermärkten hast.“

Ich hatte meinen Kollegen mit dieser Antwort bloß ruhig stellen wollen, aber nun begann ich zu überlegen: Warum eigentlich nicht? Wäre doch reizvoll, sich anzusehen, wie van der Fluh als Privatmann so lebt. Vielleicht könnte ich dem das Kleingartenhäuschen der roten Karin gegenüberstellen? Ein hübscher Kontrast. Vergiss es, Mira. Klassenkampf und „Magazin“, das war ein Gegensatz schlechthin.

Schon am Nachmittag war der Termin fixiert: Diesen Freitag würde mir van der Fluh eine Stunde, seine Gattin auch länger, zur Verfügung stehen. Ich brannte schon darauf, es der roten Karin zu erzählen.

[7.]

Für diesen Abend hatte ich ein besonderes Essen geplant. Einfach, weil es Winter wurde und venetische Küche sehr gut zu dieser Jahreszeit passte. Fasan in einer Sauce aus Rotwein, Prosciutto, Leber, Zwiebel und vielem mehr. Dazu Polenta. Zwei Nudelgänge vorneweg. Irgendeine kleine Vorspeise. Kerzen am Tisch, etwas Romantik und viel Wärme. Ich zog einen schwarzen Rollkragenpulli über, nahm meine geliebte Kordsamtjacke vom Haken und sah auf die Uhr. Höchste Zeit. Später als um elf durfte ich heute nicht in die Redaktion kommen, ich musste es schaffen, vorher einkaufen zu gehen. Wenn nicht, konnte ich bestenfalls kochen, was ich in meinem Gefrierschrank fand. Ich stolperte fast über Gismo, verhinderte gerade noch, dass sie mir wieder einmal ins Stiegenhaus entkam. Ich lief, beflügelt von der Aussicht auf ein venetisches Nachtmahl, die Stiegen hinunter.

Auf dem Ultrakauf-Parkplatz standen zwei Polizeiwagen. Mein Herz machte einen kleinen, aufgeregten Sprung. Ich mag es nicht, wenn ich merke, wie mein Herz schlägt. War Karin, genau so wie Grete es prophezeit hatte, wieder etwas zugestoßen? Dann erst machte ich mir klar, dass die rote Karin noch im Krankenstand war. Rasch einen Einkaufswagen, hinein in den Ultrakauf. Drinnen war alles wie immer. Beinahe. Denn da und dort sah ich Verkäuferinnen und Regalschlichterinnen aufgeregt zusammenstehen und tuscheln. Die Kundinnen schienen davon nichts wahrzunehmen, zu sehr waren sie darauf konzentriert, das Beste zum günstigsten Preis zu ergattern, nichts zu vergessen, rasch weiterzukommen, ins Büro, in die Küche, ins Fitnesscenter. Ich suchte nach einem bekannten Gesicht. Grete kam, ihre Kassenlade unter dem Arm, direkt auf mich zu. Ihre Augen waren vor Aufregung aufgerissen, die gelben Haare standen ihr unvorteilhafter denn je vom Gesicht ab.

„Was ist los?“, fragte ich.

„Heller. Erschossen. Er ist im Lager gelegen, nicht weit von dort, wo der Cognacstapel umgekippt ist.“

„Hast du ihn gesehen?“

„Ja, ich war bei den Ersten. Der Filialleiter hat aufgesperrt und die Leute vom Lager sind hineingegangen. Ich hätte nicht so früh da sein brauchen, aber das hat sich so ergeben. Mein Mann hat Nachtdienst gehabt und da koche ich ihm um sechs etwas, aber er hat so schlechte Laune gehabt, dass ich dann gleich gegangen bin. Weil ich auch immer zurückreden muss. Jedenfalls schreien die Lagerarbeiter plötzlich nach dem Feinfurter, da sind wir natürlich gleich alle hinübergelaufen. Und da ist er dann gelegen: auf dem Boden, zwischen den Regalen, eine Hand am Herz und rund um ihn eine große Blutlache. Feinfurter ist sofort schlecht geworden, er ist hinausgelaufen und hat dann auch die Polizei verständigt. Aber ich bin an Blut gewöhnt, wir haben früher bei uns am Hof Schweine abgestochen. Also hab ich etwas genauer hingeschaut. Der Heller hat einen ganz erstaunten Gesichtsausdruck gehabt, so als könnte er gar nicht glauben, was ihm da passiert ist.“

„Hast du sonst etwas gesehen?“

„Nein, nichts. Nur sein Schlüsselbund ist neben ihm gelegen. Seit einiger Zeit hat er Schlüssel für alle Filialen, damit er immer und unerwartet nachschauen kann, hat er gesagt. Die rote Karin ist darüber sehr wütend gewesen, sie hat nicht eingesehen, was er, wenn das Geschäft geschlossen ist, herumspionieren muss.“

„Weiß man, wann der Mord geschehen ist?“

„Die Polizei ist gekommen und hat alles abgeriegelt. Und dann haben sie ihn abtransportiert. Jetzt wird er wohl untersucht, gerichtsmedizinisch. Wie man das aus den Filmen kennt.“

„Weißt du, wann der Supermarkt gestern abgesperrt worden ist?“

„Keine Ahnung, momentan hab ich ja Frühschicht. Es wird wie normal gewesen sein. So zwischen halb acht und acht.“

„Und dann kann niemand mehr rein?“

„Nein, niemand.“

„Heller hat offenbar die Alarmanlage ausgeschaltet. Aber warum ist er gekommen?“

Grete sah mich an und schüttelte den Kopf. „Eine Alarmanlage haben wir nicht, das ist ihnen zu teuer und auch zu mühselig. Wahrscheinlich hat Heller einfach herumschnüffeln wollen, aber dann war da noch wer ...“

„Vielleicht die, die den Cognac gestohlen haben.“

„Danach haben die von der Polizei auch schon gefragt. Aber ich weiß nicht. Cognac zu klauen und jemanden umzubringen, das sind schon zwei Paar Schuhe. Wer rennt schon mit einer Pistole herum, wenn er ein paar Flaschen Cognac abzweigen will?“

„Das klingt so, als hättest du eine Vermutung.“

Sie klopfte nervös mit der linken Hand auf ihre Kassabox. „Es wird sein wie immer, es war schon wer von der Belegschaft oder einer von den Zulieferern. Wir haben viele da, die nur stundenweise arbeiten, alle kenne ich gar nicht. Aber einen Mord ...“

Ich fingerte nach meiner Brieftasche und zog meinen Journalistinnenausweis heraus. „Die Kriminalpolizei, ich muss mit ihr reden. Bitte hör dich um, ich bin jetzt sozusagen dienstlich hier.“

Grete erschrak. „Dienstlich darf ich mit dir nicht reden.“

„Sollst du auch nicht. Wir reden privat. Keine Sorge, niemand erfährt von mir, mit wem ich geredet habe.“

Grete sah sich besorgt um. Ich kritzelte meine Telefonnummern auf die Rückseite einer alten Rechnung und gab sie ihr. Sie nickte.

„Wo ist eigentlich der Filialleiter?“, fragte ich.

„Der hat gegen den Schock eine Spritze bekommen, ich glaube, er ist im Büro.“

„Die Kriminalbeamten sind im Lager?“

Grete nickte wieder. Ich winkte ihr zu und eilte davon. Die Türen mit den schweren durchsichtigen Plastiklamellen kannte ich ja bereits. Diesmal ging ich deutlich zielstrebiger als noch vor zwei Wochen in die Lagerhalle. Gänge mit metallenen Regalen, die mindestens fünf Meter hoch waren, gefüllt mit Kartons, Kisten, in Plastik eingeschweißten Großpackungen. Diffuses Licht, eine Mischung aus zu schwachen Neonlampen und dem blassen Herbsttageslicht, das vom anderen Ende der Lagerhalle, von dort, wo das Einfahrttor für die Lastwagen war, hereinschien. Betonfußboden, unverputzte Decke. Heute herrschte hier lähmende Stille. Keine Hubstapler, keine Lagerarbeiter. Niemand kam, um mich aufzuhalten. Ich ging eilig durch die drei hohen Regalreihen. Wie in einer schäbigen Kirche, dachte ich. Konsumtempel, die Rückseite. Nach den Regalen war ein freier Platz für Paletten mit Waren. Oft waren mehrere von ihnen übereinander gestapelt. Wenn so etwas umgestoßen wurde ... Mir schauderte. Das riesige hydraulische Tor, durch das die LKWs ihre Ladung direkt ins Lager fahren konnten, stand offen. Verglichen mit dem schwachen Neonlicht schien die matte Spätherbstsonne strahlend hell. Bei einem Stapel mit roten Limonadenkisten stand ein Häufchen Menschen.

Ich ging auf sie zu und wusste nicht, ob ich hoffen oder fürchten sollte, auf Zuckerbrot, meinen alten Bekannten, den Chef der Mordkommission 1, zu treffen. Er war seit Jugendtagen mit Droch befreundet, das hatte mir in der Vergangenheit die eine oder andere Extrainformation gebracht. Andererseits hielt Zuckerbrot gar nichts davon, wenn sich Menschen wie ich in seine Fälle einmischten. Für ihn hatte alles korrekt abzulaufen, entsprechend den Regeln, die er zwar nicht gemacht hatte, an die er sich aber hielt. Dass ich mit unkonventionelleren Methoden und Vesnas Hilfe bisweilen mehr Glück gehabt hatte, hinderte ihn nicht, mich möglichst weit vom Geschehen abzudrängen. Nun gut, ich schätze es auch nicht, wenn andere in meinen Texten herumfuhrwerken. Von unseren dienstlichen Unstimmigkeiten einmal abgesehen, war er ein ganz sympathischer Mensch. Was man lange nicht von allen Polizisten sagen kann.

Einige Beamte des Erkennungsdienstes waren dabei, den grauen Boden Millimeter für Millimeter abzusuchen und Spuren zu nehmen. Was sollte das bringen? Ein paar Fasern, die später einen Verdächtigen überführen würden? Dafür musste man allerdings erst einmal einen Verdächtigen haben. Ich glaubte Kriminalbeamte aus Zuckerbrots Team zu erkennen, ihn selbst sah ich allerdings nicht. Der Filialleiter jedenfalls war nicht in seinem Büro, sondern lief hier händeringend auf und ab. Ich nahm meinen Presseausweis in die Hand und fragte einen schlanken Beamten in schwarzen Hosen und Lederjacke, ob ich Zuckerbrot sprechen könne. Er warf einen misstrauischen Blick auf meinen Ausweis und rief dann den anderen zu. „Na fein, jetzt haben wir die Journaille da!“

Filialleiter Feinfurter zuckte zusammen, als er mich sah. Das gönnte ich ihm.

Eine jüngere Frau, die mit den Ermittlungsbeamten am Boden gekniet war, erhob sich, wischte ihre Hände an den Jeans ab und kam zu mir herüber.

„Tut mir Leid, Sie haben hier nichts verloren. Binder, zeig ihr den Weg.“

Der Mann in der Lederjacke deutete auf den Ausgang.

„Wo ist Ihr Chef?“, fragte ich. „Das ist doch die Mordkommission 1, oder?“

„Ich bin der Chef“, sagte die Frau und sah mir böse ins Gesicht.

Demnächst werde ich vierzig. Vielleicht ist es eine Alterserscheinung, dass ich Menschen, die deutlich jünger sind als ich, schlecht als Chefs akzeptieren kann. „Und wo ist Zuckerbrot?“

„Darüber bin ich Ihnen keine Auskunft schuldig.“

Einer der Beamten, die ich vom Sehen kannte, mischte sich ein und grinste süffisant. „Zuckerbrot ist auf Urlaub, und so lange leitet unsere Kollegin ...“

Sie unterbrach: „Ich leite die Ermittlungen.“

Sah so aus, als hätte sie es nicht ganz leicht, sich bei ihren männlichen Kollegen Respekt zu verschaffen. Aber deswegen musste sie nicht die Knallharte markieren. Mir gegenüber schon gar nicht. Ich nickte und versuchte ein Lächeln. „Mira Valensky, vom ‚Magazin‘, ich hab schon hin und wieder mit Zuckerbrot zu tun gehabt.“

„Warum wissen Sie, was hier los ist?“

„Zufall. Ich wollte einkaufen. Mich überrascht eher, warum die Kollegen noch nicht da sind."

„Manchmal hat man eben auch Glück", murmelte die Kriminalbeamtin. Sie war sicher kaum über dreißig, klein, schlank, hatte kurz geschnittenes braunes Haar und wache, dunkle Augen.

„Ihr erster Fall?" Die Frage war mir so herausgerutscht, nicht eben sinnvoll, wenn ich mit ihr eine Gesprächsbasis aufbauen wollte. Aber wollte ich das überhaupt?

„Bitte", sagte sie eisig und deutete auf die Tür, die hinter den Regalwänden verborgen war.

Ich öffnete ein Glas mit Tomatensugo. Der Inhalt roch intensiv nach Süden. Das Sugo war eine Eigenmarke meines sizilianischen Großhändlers im Veneto. Ich sah seine Tanten und Cousinen vor mir, wie sie mit schwarzen Kopftüchern in der zu heißen halbdunklen Küche stehen, durch die halb geschlossenen Balken dringen Bündel gleißend-heller südlicher Sonnenstrahlen herein, die Frauen pürieren Tomaten zu einer blutroten, dicklichen Masse. Es war viel besser, dieses Sugo zu verwenden, als sich an den blassen, geschmacklosen Wintertomaten zu versuchen.

Die Blutlache des toten Regionaldirektors war am Boden des Lagers noch deutlich zu sehen gewesen, kein roter, sondern ein dunkelbrauner bis schwarzer Fleck am Beton. Er hatte sich Schlüssel machen lassen, um auch außerhalb der Geschäftszeiten Nachschau halten zu können. War das üblich? Wollte er besonders eifrig erscheinen? Van der Fluh hatte kaum seinen Namen gekannt. Aber in den Wiener Ultrakauf-Filialen war Heller als großer Boss aufgetreten. Ich hatte ihn nie zu Gesicht bekommen. Klein, jung, schmächtig, mit genagelten Schuhen. In den Augen der roten Karin ein „Wicht". Aber diese Sichtweise hatte vielleicht auch etwas mit ihrer eigenen Körpergröße zu tun. Ein Glück, dass ich einiges über eins siebzig war.

Ich schwitzte klein gehackte Zwiebel und Knoblauch in Olivenöl an und fügte dann die Stückchen vom frischen Thunfisch dazu. Ein Zweig Rosmarin, ein Zweig Thymian, Lorbeerblatt, Salz, frisch gemahlener Pfeffer.

Ob Heller hinter den Cognacdieben her gewesen war? Warum hätte er das tun sollen? Wenn ich richtig verstanden hatte, dann war er so etwas wie der Personalchef der Wiener Ultrakauf-Filialen. Was ging es also ihn an, wenn etwas aus dem Lager wegkam? Das wäre wohl eher Sache des Filialleiters gewesen. Aber vielleicht wollte er sich eine besondere Belobigung der Oberbosse holen. Andererseits: Grete schien es abwegig, dass solche Diebe mit geladenen Pistolen unterwegs waren. Was wusste sie schon von Kriminalität? Vielleicht waren die Diebe Teil einer Bande? Was wusste ich schon von dieser Art von Kriminalität? Schade, dass Zuckerbrot auf Urlaub war. Bei seiner Vertreterin hatte ich mich denkbar schlecht eingeführt. Ich würde Droch fragen, wann Zuckerbrot wieder zurückkam.

Beinahe hätte ich den Thunfisch zu lange anbraten lassen, schnell goss ich das Tomantensugo darüber, gab einen Schuss Madeira dazu und rührte gut durch. Fünf Minuten, dann war die Sauce für die „bigoli con tonno" vorbereitet.

Ich würde mich erkundigen müssen, was Heller für ein Mensch gewesen war. Ärgerlich, dass ich nicht rechtzeitig mit ihm einen Termin vereinbart hatte. Fast überall hatte ich nachgefragt, selbst mit van der Fluh geredet, nur an Heller hatte ich nicht gedacht.

Immerhin, jetzt hatte ich meine Story über einen Supermarkt – wenn auch anders, als gedacht. Ich hatte noch im Ultrakauf meinen Chefredakteur angerufen, er war in spontanes Gelächter ausgebrochen und hatte gehöhnt, dass Mira Valensky wohl immer bekomme, was sie wolle, und wenn dafür ein Mord geschehen müsse. Ausnahmsweise hatte ich Verständnis für seine Meinung.

Morgen würde sich entscheiden, wie viel Platz im nächsten Heft ich für die Reportage bekommen würde. Ich war gespannt, ob mein Termin mit van der Fluh halten würde. Freitag war spät, aber ich konnte sein Statement zum Mordfall noch einbauen. Die Zusage hatte ich für eine klassische Homestory, ich sollte darüber berichten, wie der Generaldirektor der Kauf-Gruppe lebte, welche Möbel er bevorzugte, was er las, welche Hobbys seine Frau hatte oder ob sie gar berufstätig war. Er musste mir die Fragen über Heller nicht beantworten. Aber vielleicht tat er es freiwillig.

Ich sah auf die Uhr. Ich mag mich beim Kochen nicht hetzen, aber es war besser, meine Gedanken nicht mehr allzu weit abschweifen zu lassen. In einer Stunde würde Oskar kommen. Natürlich hatte er keinerlei Recht darauf, dass das Abendessen pünktlich am Tisch stand. Eine solche Pünktlichkeit hätte mich auch zu sehr an meine Kindheit erinnert. Selbstverständlich war es so gewesen, dass sich meine Mutter als Gattin eines Landesrates um den Haushalt kümmern musste. Der Vater brachte das Geld nach Hause und legte dafür Wert auf gute Bedienung. Wann immer er heimkam, sollte das Essen fertig sein, seine Frau fröhlich, entspannt und bereit, ihm zuzuhören. Die meiste Zeit aß er als Politiker ohnehin auswärts mit irgendwelchen Parteifreunden oder Lobbyisten, und das machte es für meine Mutter nicht einfacher, sich ein perfektes Timing anzugewöhnen. Seit er in Pension war, hatte die Arme öfter Gelegenheit, es zu üben.

Dennoch: Auch wenn Oskar nie so etwas von mir fordern oder auch nur wünschen würde, ich wollte das Essen halbwegs rechtzeitig fertig haben. Denn immerhin hatte ich sechs Gänge geplant und man braucht auch seine Zeit, sie zu genießen. Ich suchte im überfüllten Küchenschrank nach den extradicken Spaghetti, die im Veneto „bigoli" heißen, und fand zum Glück eine Packung.

Das Telefon läutete. Ich fluchte, sah mich um, ob Gismo die Gelegenheit benutzen konnte, etwas zu stehlen, entdeckte sie nirgendwo und lief dann ins Vorzimmer.

„Karin Frastanz, die rote Karin."

Ihr hatte ich eigentlich von meinem Termin bei van der Fluh erzählen wollen, aber inzwischen war einiges passiert.

„Ich hab erst jetzt erfahren, dass Heller erschossen worden ist. Es kam gerade in den Nachrichten. Offenbar hat es keine meiner Kolleginnen der Mühe wert gefunden, mich zu verständigen."

„Die meisten waren eben ziemlich aufgeregt."

„Woher willst du das wissen?"

Kleinlaut sagte ich: „Ich war am Vormittag im Ultrakauf. Zufällig." Auch ich hatte nicht daran gedacht, sie zu informieren.

„Jedenfalls muss ich dich dringend sprechen."

„Geht es morgen?"

„Heute." Das kam mit Bestimmtheit.

„Ich bin gerade beim Kochen."

„Aber ich brauche dich."

„Kannst du mir nicht am Telefon sagen, was los ist?"

„Nein."

Mein schönes Abendessen. Ich unternahm noch einen Versuch. „Vielleicht kannst du kurz herkommen?"

„Ich hab kein Auto, und mit meinem Gipsfuß möchte ich nicht in ein Taxi steigen."

„Es ist wirklich so wichtig?"

„Entscheidend. Wenn auch total verwirrend. Ich muss es dir einfach erzählen, vielleicht kannst du damit etwas anfangen. Wir sollten ungestört sein."

Die rote Karin klang durcheinander, so, wie ich sie noch nie erlebt hatte. „Unser Gespräch hat mit dem Mord zu tun?"

Jetzt wurde sie eindeutig ungeduldig. „Sage ich ja die ganze Zeit, natürlich. Glaubst du, ich belästige dich wegen Kleinigkeiten?"

Kochen konnte ich immer noch. Später. Oder morgen. Ich wollte ohnehin keine werden, die ihrem Liebsten täglich am Abend pünktlich ein Essen ... Eben. Ich schrieb mir Karins Telefonnummer auf und versprach, sie in ein paar Minuten zurückzurufen.

Nach einem längeren Geplänkel über wichtige Besprechungen und Klienten stellte mich Oskars Sekretärin dann durch. Er wirkte kurz angebunden.

„Können wir das Essen auf neun, halb zehn verschieben oder willst du das venetische Menü lieber morgen?"

„Morgen kann ich nicht."

„Dann heute, später? Komm einfach, wenn du fertig bist. Wahrscheinlich bin ich dann ohnehin schon zurück."

„Was ist los? Der Mord im Supermarkt?"

„Erraten. Ich muss noch einmal kurz weg."

„Oje."

„Dauert nicht lange, ich verspreche es."

„Soll ich weiterkochen?"

„Weißt du, wie man eine venetische Sauce macht?"

„Ich kann eine andere machen.“

„Kümmere dich um Gismo, dreh den Fernseher auf, tu sonst irgendetwas. Ich koche.“

„Zu Befehl. Ich muss jetzt ...“

„Ich auch, ciao, bis dann.“

„Bis dann, wann immer das ist.“

Ich lief in die Küche und ertappte Gismo, wie sie auf der Arbeitsplatte saß und gerade das letzte Blatt Prosciutto hinunterwürgte. Mir einem Schrei stürzte ich in ihre Richtung, sie entkam mit einem eleganten Sprung, raste ins Wohnzimmer und versteckte sich hinter dem Sofa. Sie wusste genau, dass ich sie von dort nur mit großem Aufwand hervorholen konnte. Also schimpfte ich in ihre Richtung, ging dabei zurück in die Küche, drehte den Herd ab, deckte das Thunfischsugo zu und sicherte alles andere, über das sie in meiner Abwesenheit herfallen konnte. Auf einen Zettel schrieb ich: „Hallo Liebster, keine Oliven für Gismo!!! Bis bald, M.“

Ich hätte in solchen Wohnblocks nie leben können, ein Eingang sah aus wie der andere, in mehreren Reihen standen die Gebäude da wie große gestrandete Schlachtschiffe, massig und abweisend, trotz der großzügigen Balkone, mit denen ein Teil der Wohnungen ausgestattet war. Die kleinste Unaufmerksamkeit, der kleinste Schwips würden reichen und man fände den richtigen Stiegenaufgang nicht mehr. Wie viele Menschen hier wohl lebten? Ich tippte auf zehn- bis zwanzigtausend. Eine Kleinstadt.

Es dauerte, bis ich die richtige Eingangstüre fand und läutete.

„Erster Stock“, ließ mich die rote Karin durch die Gegensprechanlage wissen. Bei den Stiegenhäusern hatte man Platz gespart. Wer nicht mit einem der beiden Aufzüge fuhr, musste die engen und durch kleine, runde Bullaugen ins Freie schlecht beleuchteten Treppen benutzen.

Karin ließ mich ein. Sie schien es plötzlich nicht mehr so eilig zu haben, mir ihre wichtigen Neuigkeiten zu erzählen. Sie wirkte, soweit es bei ihr möglich war, unsicher und verlegen. Zum ersten Mal wurde mir bewusst, dass sie tatsächlich schon einiges über fünfzig war. Um ihre Mundwinkel hatten sich zwei tiefe Falten gekerbt, sie fuhr durch ihre rote Mähne und entschuldigte sich, mich hergebeten zu haben.

„Die Aufregung, ich hab wohl falsch reagiert“, sagte sie und lachte so, dass es mit ihrem üblichen lauten, frohen Gelächter gar nichts zu tun hatte. Ich nahm in dem dunkelbraunen Ledersessel Platz, starrte auf eine jener dunkelbraunen Einbauwände aus den Katalogen billiger Möbelhäuser und hoffte, sie würde zu erzählen beginnen.

„Eng ist es hier“, sagte sie und blieb in der Mitte des Zimmers stehen, „ich weiß. Aber es war Zeit, dass die Kinder eigene Wohnungen bekommen. Also habe ich unsere Gemeindewohnung Claudia überlassen und für Peter eine Eigentumswohnung angezahlt. Ich wollte ohnehin einen Tapetenwechsel, nachdem mein Mann gestorben war. Also hab ich mir hier eine Eineinhalbzimmerwohnung genommen. Claudia ist momentan für ein halbes Jahr in Kalifornien, sie hat ein Stipendium bekommen. An sich sind es ja meine Kinder, ich habe sie in die Ehe mitgebracht. Aber Otto betrachtete sie auch als seine, was man von ihrem richtigen Vater nicht eben sagen kann. Dabei haben wir uns erst zusammengetan, als die Kinder schon fast erwachsen waren. Ottos erste Frau ...“ Die rote Karin verstummte. „Aber deswegen bist du nicht hergekommen.“ Sie nahm den Schaukelstuhl, zog ihn zu meinem Sessel und setzte sich. „Also dann ...“, sagte sie.

Ich verbot mir, auf die Uhr zu sehen.

„Kann sein, dass du jetzt wütend wirst auf mich, aber trotzdem. Ich sage es. Was soll mir schon passieren?“

Sie schaukelte gedankenverloren vor und zurück und sagte gar nichts. Ich wartete. Hätte ich etwa sagen sollen, dass ich unter keinen Umständen wütend werden würde? Unser schönes venetisches Essen. Der romantische Abend mit Kerzenlicht.

„Ich bin mir sicher, dass die Sache im Lager damals kein Unfall war. Und ich weiß auch, wer die Cognac-Kartons auf mich gekippt hat: Sascha Heller.“

Mag sein, dass mir der Mund offen blieb. Jedenfalls machte ich nur mit der Hand eine Geste, sie solle fortfahren.

„Na ja“, sagte die rote Karin und lachte abgehackt. „Ich hab ihn nicht gesehen, aber ich hab seine Schuhe gehört. Er trägt doch immer diese genagelten Schuhe. Die Lagerarbeiter tragen Turnschuhe. Ich hab gehört, wie er fortgelaufen ist, nachdem der Stapel über mir zusammengebrochen ist. Dann erst bin ich bewusstlos geworden.“

„Du kannst dir das auch eingebildet haben.“

Sie zögerte. „Darüber habe ich nachgedacht, aber ich glaube es nicht. Ich habe das Geräusch zu deutlich gehört. Er hat auch entsprechend reagiert.“

„Wann?“

„Ich habe ihn getroffen.“

„Du liebe Güte.“

„Ich dachte ... Ich dachte, ich könnte aus der Sache Kapital schlagen. Für die Gewerkschaftsarbeit. Ich meine, ich hatte endlich etwas gegen ihn in der Hand. Deswegen habe ich euch auch nichts gesagt.“

Ich hatte mich in der fröhlichen roten Karin offenbar gründlich getäuscht. „Erpressung also.“

„So würde ich es nicht nennen ... Ich wollte nur etwas Druck in die richtige Richtung machen.“

„Also nur gute Absichten. Uns hast du zum Narren gehalten.“

Sie schüttelte langsam den Kopf. „Es war ja nicht ich, die dir von der Sache erzählt hat. Ausgerechnet Grete, die brave Grete hat sich in den Kopf gesetzt, mich zu rächen.“

„Und du hättest ihr nicht die Wahrheit sagen können?“

„Sie hätte mich beschworen, zur Polizei zu gehen.“

„Sie hätte gesagt, dass man da eh nichts tun kann.“

„Vielleicht. Vielleicht auch nicht, ich wollte es nicht drauf ankommen lassen.“

„Auch mir konntest du nicht die Wahrheit sagen?“

„Ich kannte dich doch kaum, außerdem ... Das wäre doch ein Bombenstoff für deine Zeitung gewesen.“

„Ohne Beweise? Kaum.“

„Du hättest versucht, welche zu bekommen.“

„Mein Chefredakteur hätte die Story niemals gebracht.“

„Jedenfalls ..."

„Jedenfalls ist Heller jetzt tot. Wo warst du gestern Nacht?"

Sie sah mir erschrocken ins Gesicht. „Das meinst du nicht ..."

„Ich nicht, aber andere könnten meinen."

„Sie wissen ja nichts davon, dass Heller hinter der Aktion im Lager gesteckt ist, und so soll es auch bleiben."

„Aktion? Er hätte dich fast umgebracht. Warum?"

Sie hob die Hände und ließ sie mit einer resignierenden Geste wieder sinken. „Ich weiß es nicht. Ich zermartere mir den Kopf, aber ich weiß es nicht. Ich war gestern Nacht jedenfalls hier in meiner Wohnung."

„Allein?"

„Natürlich, was sonst?"

„Hast du mit jemandem telefoniert?"

„Nein, hab ich nicht. Niemand wird zwischen mir und Heller eine Verbindung vermuten."

„Hoffentlich. Jedenfalls frage ich mich ... Könnte es vielleicht doch sein, dass Heller dich als übereifrige Betriebsrätin ausschalten wollte?" Mir kam die Frage, schon während ich sie formulierte, lächerlich vor. Wir waren nicht im Chicago der Zwanzigerjahre.

Karin schüttelte den Kopf. „Ich kann's mir nicht vorstellen, natürlich habe ich ihn etwas sekkiert, aber mehr kann ich nicht tun. Meine Kolleginnen wollen ohnehin keinen Ärger, selbst wenn das auf ihre Kosten geht."

„Wie hat Heller reagiert, als du ihm erzählt hast, dass du weißt, wer die Cognac-Kisten auf dich gekippt hat?"

„Ich hab es ihm nicht direkt gesagt. Ich hab nur gesagt, dass ich weiß, was läuft und was im Lager los war. Deutlicher wollte ich nicht werden, weil ich ja keine Ahnung habe, warum er es getan hat. Er ist ganz bleich geworden und hat mich gefragt, wovon ich überhaupt rede. Ich habe gesagt, dass ab jetzt die Schikanen aufhören müssen, und er hat einfach stumm mit dem Kopf genickt."

„Weiß jemand von eurem Treffen?"

„Wer soll davon wissen? Niemand weiß davon. Außer dir jetzt."

Ich nickte und schwieg.

„Außerdem“, fuhr die rote Karin fort, „wer hätte mir schon geglaubt? Ich bin eine aufsässige Fleischerin und er ist Regionaldirektor. Wie wird die Polizei da schon reagieren?“

„Ich hätte dir geglaubt. Und Grete wohl auch.“

„Und mit welchem Ergebnis?“

„Ich muss gehen.“

„Jetzt bist du sauer.“

„Du lässt uns die ganze Zeit im Dunkeln tappen, spinnst dir irgendwelche gewerkschaftlichen Vorteile zusammen, was erwartest du dir?“

Sie sah zu Boden. „Ich weiß nicht ... Eh nichts. Wahrscheinlich hat Grete Recht. Man kann eben nichts tun.

„Kann man doch.“

„Zur Polizei gehen?“

„Jetzt? Keine Ahnung. Ich muss nachdenken.“

„Die Sache muss geklärt werden.“

„Und ich weiß nie, ob du die Wahrheit sagst oder gerade wieder einmal höhere Gewerkschaftsziele verfolgst.“

„Du hast etwas gegen die Gewerkschaft.“

„Nur gegen Funktionäre.“

„Wie viele von ihnen kennst du?“

Besonders viele kannte ich nicht, das musste ich zugeben. Höchste Zeit, heimzufahren und diesen unerfreulichen Tag zu vergessen.

„Wirst du mir helfen, die Sache aufzuklären?“, fragte Karin.

„Ich dir helfen? Wie willst du die Sache ‚aufklären‘? Sei froh, wenn du nicht selbst unter Verdacht kommst.“

„Eben. Schon deshalb geht mich die Sache was an.“

„Ich denk darüber nach.“

„Ja.“

Ich stand auf.

Wir standen stumm im Vorzimmer, das gerade groß genug war, um fünf Zentimeter Abstand zwischen uns zu lassen. Sie klopfte mir auf die Schulter und umarmte mich dann. „Tut mir Leid“, sagte sie.

Ich umarmte sie auch.

Oskar saß mit meiner Katze auf dem Schoß vor dem Fernseher. Als ich kam, schaltete er ihn mit der Fernbedienung aus und rief mir zu: „Ich hab mir schon etwas Weißbrot genommen, sonst wäre ich verhungert. Warum hätte ich Gismo keine Oliven geben sollen?“

Ich warf meine Handtasche auf den Sessel im Vorzimmer, zog die Jacke aus und ging zu Oskar, um ihm einen Kuss zu geben. „Weil sie den gesamten Prosciutto gestohlen hat.“

Er kraulte die Katze weiter und sagte: „Oje.“

„Tut mir Leid, dass es so spät geworden ist. Willst du trotzdem das vollständige Menü?“

Wir einigten uns auf die schon vorbereiteten „bigoli con tonno“ und auf ein Risotto. Oskar bestand darauf, in der Küche zu essen. Immerhin brauche die Zubereitung von Risotto einige Zeit und er sei heute Abend schon lange genug allein herumgesessen.

Ich holte die beiden Kerzenleuchter und wir machten es uns in der Küche gemütlich. Als die Nudeln gegessen waren, wusste er in groben Zügen über den Mord und Hellers Attacke auf Karin Bescheid. „Glatter Mordversuch“, konstatierte der Anwalt, „zumindest dolus eventualis. Das heißt, der Täter hat in Kauf genommen, dass sie stirbt.“

„Ich hab auch Jus studiert, nur falls du das vergessen hast.“

„Vergesse ich tatsächlich immer wieder. Nimm es als Kompliment.“

Der Merlot, ein Geheimtipp aus dem Weinviertel, wärmte uns den Magen. Draußen passierten Morde, es wurde Winter, aber hier war alles in Ordnung. Die Kerzen flackerten, selbst Gismo verhielt sich ruhig. Was allerdings nach dreißig Deka Prosciutto und einigen Oliven kein Wunder war.

Oskar öffnete einen im kleinen Eichenfass gereiften Cabernet vom selben Weinbauern und ich stand auf, um das Risotto zuzubereiten. Auf dem Herd köchelte schon ein Topf mit Rindssuppe vor sich hin. Ich hackte Zwiebel klein, tat dasselbe mit einem halben Apfel. Ich wärmte in einem Topf Butter, glacierte die Zwiebeln, gab die Äpfel dazu, etwas später den Reis und rührte kräftig durch.

„Was für ein Typ war Heller eigentlich, abgesehen davon, dass ihn niemand leiden konnte?“, fragte Oskar.

„Keine Ahnung“, erwiderte ich, „angeblich hat er ein Studium abgebrochen, seine Mutter ist Teilhaberin bei der großen Parkgaragenkette und er fuhr einen schwarzen Porsche.“

„Den wird sich die Mutter leisten können.“

„Nehme ich einmal an.“

„Chefs werden selten gemocht, vielleicht war er gar nicht so übel.“

„Vielleicht, aber es war jedenfalls übel, die Cognac-Kisten umzustoßen.“

„Wenn er es gewesen ist.“

Richtig, wenn er es gewesen war. Ich wusste nicht, wie sehr ich mich auf die rote Karin verlassen konnte. Sie spielte ihre eigenen Spielchen, Sympathie hin oder her. Ich goss ein Glas trockenen Weißwein über den Reis, rührte wieder durch, gab Salz und etwas Pfeffer dazu. „Vielleicht will Karin Heller etwas anhängen? Vielleicht deckt sie die Leute, die den Cognac geklaut haben?“

„Warum?“, fragte Oskar. Viel zu viele Warums. Der Reis hatte einen Teil des Weins aufgesogen, ich goss mit einem Schöpfer Rindsuppe auf. Immer wieder aufgießen, wenn der Großteil der Flüssigkeit aufgesogen ist. Immer wieder rühren. Beruhigend. Vor allem, wenn man schon eine Vorspeise im Magen hat. „Wir sollten wissen, wer den Cognac gestohlen hat“, meinte ich.

„Wir?“

„Karin. Grete. Ich.“

„Warum eigentlich du?“

„Weil es mich ärgert, wie sie beim ‚Magazin‘ mit der Sache umgehen.“

Ein trockenes „Ah“ war die Antwort. Wenigstens versuchte er mich nicht von meinen Recherchen abzuhalten.

„Vielleicht bin ich auch bloß neugierig.“

„Aber auf Karin kannst du dich nicht verlassen, und so wie du Grete schilderst, ist sie eine Duckmäuserin.“

Ich goss wieder einmal auf. „Schon, aber wieder auch nicht. Ich glaube, sie hatte einfach nie die Chance, viel Selbstbewusstsein zu entwickeln. Sie ist zu sehr bemüht, es allen recht zu machen."

„Die rote Karin hat offenbar genug Selbstbewusstsein."

„Menschen sind eben verschieden."

„Genau."

„Aber Menschen können sich ändern."

„Können sie?"

„Klar", sagte ich und feixte. „Ich zum Beispiel komme jetzt, statt mich um wichtige Storys zu kümmern, heim und koche für meinen Liebsten."

„Du hast immer schon gekocht."

„Schon, aber ich bin nicht so ohne weiteres heimgekommen."

„Du wirst alt."

„Du bist alt. Ich werde vierzig. Du bist siebenundvierzig."

„Uralt."

Der Reis war beinahe weich. Ich gab ganz fein geschnittene Radicchiostreifen dazu, noch einmal etwas Suppe, einen Spritzer Wein. Zwei Minuten durchrühren, dann die Herdplatte abdrehen.

„Wo werden wir deinen Geburtstag feiern?"

„Bis dorthin sind es noch zwei Monate, man wird sehen." Lieber keine Pläne machen, die allzu weit in die Zukunft reichen. Vielleicht brachte das Unglück.

„Karibik?"

„Klingt traumhaft, kann ich mir aber nicht leisten."

„Aber ich mir. Könnte ja mein Geburtstagsgeschenk sein. Das muss man allerdings planen."

Oskar war einer, der gerne plante. Ich schüttelte, obwohl ich gerührt über seine Großzügigkeit war, den Kopf. „Warum möchtest du das?"

„Weil ich dich liebe", kam es zurück.

Das Risotto war fast ausgekühlt, als ich mich ausreichend vergewissert hatte, wie denn Liebe schmeckt. Ich goss noch einmal etwas Suppe nach, wärmte das Ganze langsam und gab dann einige Deka Butter und geriebenen Parmesan dazu. Der Reis duftete, die Kerzen waren schon zur Hälfte heruntergebrannt und auch meine schon von den Vormietern übernommenen etwas schäbigen weißen Küchenmöbel konnten nichts daran ändern, dass mir dieser Ort an diesem Abend romantischer erschien als jeder Sonnenuntergang am Palmenstrand.

[8.]

Ich saß an meinem Schreibtisch in der Redaktion und war sauer. Für den Mord an Heller hatte ich lediglich eine halbe Seite Platz bekommen – die Hälfte davon sollte ein Foto einnehmen, das den Supermarkt von außen zeigte. Morde werden in unserem Blatt üblicherweise groß aufgemacht. In Österreich ist Mord nicht eben häufig und somit allemal eine Sensation, die Spekulationen möglich macht und mit einigem Glück die Auflage steigern kann. In diesem speziellen Fall aber hatte der Chefredakteur die ganze Sache für „nicht so wichtig" erklärt und außerdem gemeint, es sei „pietätlos", im Leben des armen Heller herumzuschnüffeln und die Ultrakauf-Angestellten zu befragen. Als ob Pietät bei seinen sonstigen Überlegungen eine Rolle gespielt hätte.

Ich kritzelte wütend spitze Pfeile auf meine Schreibtischunterlage. Gegen Ende der Sitzung hatte er mir auch noch geraten, van der Fluh nicht mit einer Homestory zu quälen. Immerhin habe der jetzt andere Sorgen. So als ob einer seiner liebsten Freunde gestorben wäre, dabei hatte er kaum Hellers Namen gekannt. Das war ein Rat gewesen, kein Befehl, zumindest kein ausdrücklicher. Ich würde seinen Rat nicht befolgen. Vorausgesetzt, van der Fluh selbst machte mir keinen Strich durch die Rechnung. Zeit und Ort waren fix vereinbart, ich hatte also keinen Grund, ihn vor unserem Treffen noch einmal anzurufen.

Mir war klar, warum der Chefredakteur so reagierte: Superkauf und Ultrakauf waren gute Anzeigenkunden. Da wollte man sich lieber keinen Ärger einhandeln. Zum Teufel mit dem vorauseilenden Gehorsam. Oder hatte van der Fluh etwa anrufen lassen? Egal, jedenfalls war Sascha Heller nicht eben beliebt gewesen. Das würde ich schreiben und auch die Gründe dafür nennen. Die rote Karin war bereit, als Betriebsrätin zumindest so viel zu sagen, wie sie mit der Verschwiegenheitspflicht gegenüber der Firma vereinbaren konnte. Schade allerdings, dass ich kein Wort über Hellers Mordversuch verlieren durfte. Aber das hätte Karin in große Schwierigkeiten gestürzt. Den Cognacdiebstahl würde ich natürlich erwähnen und die erstaunlich schlechten Sicherheitsvorkehrungen. Wenn ich dann noch ein Statement von van der Fluh bekäme ... Wie sollte ich das alles auf dem bisschen Platz, das ich bekommen hatte, unterbringen?

Das Telefon klingelte. „Ja?“, fauchte ich in den Hörer.

„Vesna ist es. Du klingst wütend, Mira Valensky. Ich habe nichts getan.“

„Kann ja nicht wissen, wer anruft.“

„Eben.“

Ich seufzte. „Irgendetwas nicht in Ordnung?“

„Alles in Ordnung. Bis auf diese Sache mit Mord.“

„Was weißt du davon?“

„Ich kann lesen. Ich muss es aus der Zeitung erfahren, wo Mira Valensky selbst dabei gewesen ist.“

„Das steht aber nicht in der Zeitung.“

„Das hat mir eine Frau, die dort arbeitet, erzählt. Hat bei dir angerufen und ich habe sie berichten lassen. Karin, Nachname habe ich nicht verstanden.“

„Was wollte sie?“

„Sie hat gemeint, du bist grantig auf sie. Dabei, hat sie gesagt, findet sie dich sympathisch und für eine von der Zeitung auch gar nicht von oben herab.“

Ich musste grinsen. Die rote Karin hatte sicher nicht angenommen, dass ihre Bewertungen eins zu eins an mich weitergeleitet würden. Oder doch? Immerhin war sie im Manipulieren gar nicht schlecht. „Und sonst?“

„Na, wir haben geplaudert über Supermarkt."
„Soll ich sie zurückrufen?"
„Sie muss jetzt in die Klinik wegen dem Fuß, zur Kontrolle. Ich werde im Supermarkt arbeiten und nachsehen."
Vor Überraschung ließ ich den Hörer fallen. „Warum?"
„Weil jemand schauen muss, was da lauft."
„Kann ich dich zum Mittagessen treffen?"
„Nein, Kinder kommen früher aus der Schule."
„Bist du noch in der Wohnung?"
„Natürlich, ich mache meine Arbeit."
„Ich komme."

Zwanzig Minuten später oder vier U-Bahn-Stationen und fünf Minuten in raschem Tempo zu Fuß schloss ich meine Wohnungstür auf. Vesna bearbeitete mit dem Staubsauger den Wohnzimmerboden und gab vor, mich nicht bemerkt zu haben. Wie immer, wenn der Staubsauger an war, saß Gismo mit schreckgeweiteten Augen auf dem doppeltürigen Weinschrank im Vorzimmer. Der Einfachheit halber zog ich den Stecker aus der Steckdose. Plötzlich war es ruhig. Ganz ruhig. Vesna drehte sich langsam um und sagte: „Oh, Mira Valensky." Mich immer mit Vor- und Nachnamen anzusprechen, hat sie seit der Zeit beibehalten, als ich ihr das Du-Wort angeboten hatte, sie es aber für unschicklich hielt, ihre Arbeitgeberin zu duzen.

„Oh, Vesna Krajner", äffte ich sie nach, „warum willst du im Supermarkt arbeiten?"

„Weil ich finde, Sache stinkt. Deine Freundin Karin sieht das auch."

„Sie ist nicht meine Freundin."

„Egal, jedenfalls ist sie sehr dafür, dass ich nachsehe. Es geht gut. Mein Steuerberaterkunde ist fast zwei Monate weg, ich muss nicht putzen. Bei dir mache ich nur Nötigstes, dafür, dass ich dir bei Story helfe. Und andere zwei kann ich der Cousine überlassen."

„Mir hilfst du damit?"

„Brauchst du keine Story?"

„Ich hab schon diese Woche fast keinen Platz dafür bekommen. Ultrakauf ist einer der besten Anzeigenkunden des ‚Magazins'."

Vesna schnalzte mit der Zunge. „Und deswegen du gibst bei klein?"

„Klein bei."

„Dann eben das."

„Tue ich nicht."

„Scheint aber so. Ich kann herausfinden, was läuft. Mich kennt niemand und lange bleibe ich auch nicht, nur einen Monat oder zwei. Wird gut gehen."

„Außer ein Stapel Cognac- oder Whiskykisten erwischt dich."

„Dann lieber Cognac."

„Hat dir deine neue Freundin Karin erzählt, dass sie uns belogen hat? Dass sie weiß, vorausgesetzt das stimmt jetzt, dass Heller die Cognac-Kisten umgestoßen hat?"

„Sie hat. Aber was hat sie tun sollen? Auf Polizeiergebnisse warten? Besser, man nimmt Sache in die eigene Hand."

„Und lügt."

„Hat nur nicht alles gesagt."

Ich spielte mit dem Staubsaugerkabel und dachte nach. Vielleicht war es gar keine so schlechte Idee, wenn sich Vesna den Supermarkt einmal von innen ansah. Auf Vesna war Verlass.

„Wo willst du eine Arbeitserlaubnis herbekommen?"

„Also siehst du ein, Mira Valensky, dass es eine gute Idee ist."

„Abhalten kann ich dich ohnehin nicht. Auch wenn ich nicht weiß, ob ich je darüber so werde schreiben können, wie ich es will. Klar ist, dass dir das ‚Magazin' diesmal weder Spesen noch sonst etwas zahlen wird."

„Ist klar. Ich bekomme Job ja bezahlt. Sache mit Arbeitsgenehmigung muss klappen. Karin sagt, sie haben zu wenig Personal. Es gibt Aktion für Frauen mit Aufenthaltsbewilligung, und so eine bin ich, dass sie ganz kurze Arbeitsgenehmigung kriegen, wenn es keine Österreicher gibt, die Job tun wollen. Werde ich Regal schlichten oder besser noch im Lager arbeiten. Aber Karin sagt, dort nehmen sie nur Männer. Als ob ich nicht stark wäre. Hast du Zeit? Ich verschiebe Staubsaugen und du erzählst alles, was du weißt."

Zwei Stunden später luden wir Vesnas Zwillinge auf eine Pizza ein, sie waren begeistert.

Von van der Fluh war nichts zu hören gewesen. Mit gemischten Gefühlen machte ich mich auf nach Döbling. Zum Glück hatte jene Fotografin Zeit, mit der ich am liebsten zusammenarbeitete. Sie hielt dicht und war auch zu Aktionen bereit, die den Ärger unseres Chefs herausfordern konnten. Wir hatten vereinbart, uns vor der Haustüre van der Fluhs zu treffen. Erst als ich mit meinem kleinen Fiat durch die Straßen dieses Nobelviertels kurvte, wurde mir bewusst, dass die Haustüren hier meist ein ganzes Stück von der Straße entfernt waren. Je nach Größe und Anlage der Villen gab es Vorgärten, ausgedehntere Gartenlandschaften und Auffahrten durch Parks, an deren Ende man die Gebäude meist nur noch erahnen konnte.

Die Adresse, die mir van der Fluhs Sekretärin gegeben hatte, gehörte zu einem Anwesen der letzteren Sorte. Ich bremste und blieb stehen. Meine Fotografin stand schon, behängt mit allem, was sie für Innen- und Außenaufnahmen brauchte, am Gehsteig vor dem schmiedeeisernen Portal und winkte. „Ziemlicher Palast", meinte sie durch mein heruntergekurbeltes Seitenfenster. „Wer ist van der Fluh?"

„Generaldirektor der Kauf-Kette."

„Kein Wunder, dass das Joghurt schon wieder um zehn Cent teurer geworden ist. Immerhin hat so ein Kasten Betriebskosten."

„Meinst du, dass ich mit dem Auto die Allee hinauffahren kann?"

„Mit dem da? Macht aber nicht viel Eindruck."

„Vielleicht lassen sie uns wenigstens zum Lieferanteneingang. Ich wette, das ist ein Haus, das einen hat. Jedenfalls besser, als diese Auffahrt nach oben zu wandern."

Die Fotografin nickte, schmiss ihr Zeug auf die Rückbank und stieg ein. Ich läutete am Tor. Jetzt würde sich gleich herausstellen, ob mich van der Fluh empfangen wollte. Ein Summen ertönte und Tonnen von Schmiedeeisen schwangen auf. Misstrauisch sah ich mich um. Klar, da hing eine Videoüberwachungsanlage. Wir fuhren die Kastanienallee entlang. Oben, auf einer Hügelkuppe, lag das Haus. Die Villa. Das Anwesen. Ein weißes Gebäude, dreigeschossig, massiv, mit mindestens zwölf stuckverzierten Fenstern pro Stockwerk. Die Auffahrt endete vor einer geschwungenen Freitreppe. Wenn man rechtzeitig links abbog, kam man zu einem flachen, eindeutig später errichteten Gebäude, einer Garage, die mindestens vier oder fünf Autos Platz bot. Davor war ein Parkplatz, auf dem lediglich ein stinknormaler grüner Mazda stand. Wir parkten unmittelbar daneben, ich half meiner Fotografin, indem ich mir das größere Stativ unter den Arm klemmte, und wir gingen die Freitreppe nach oben. Diesmal musste ich nicht einmal klingeln. Die massive Eichentüre wurde wie von Geisterhand geöffnet. Für einen Moment war ich an einen Filmausschnitt aus der Rocky Horror Picture Show erinnert. Die ältere Frau, die uns öffnete, war rundlich, trug ein klein geblümtes Kleid, lächelte und sagte: „Frau Valensky vom ‚Magazin‘?“

Ich nickte. Bevor ich einen gravierenden Fehler machen und sie fragen konnte, ob denn die Herrschaften zu sprechen seien, fuhr sie fort: „Mein Mann wird in Kürze kommen. Am besten, wir setzen uns so lange in den Salon und Sie erzählen mir, was Sie von uns wollen.“

Meine Fotografin war so baff wie ich. Wir traten ein und gingen durch einen Vorraum, in dem man ohne Probleme Tanztees für zwanzig Personen geben konnte. Wie kam ich auf „Tanztees“? Ich wusste nicht einmal, was das war, aber hierher schien es mir jedenfalls zu passen.

Wenig später saßen wir in einer Ledergarnitur, die gar nichts mit solchen aus durchschnittlichen Möbelhäusern gemeinsam hatte. Feinstes Kalbsleder, hohe Polster, kaum trauten wir uns Platz zu nehmen. Frau van der Fluh brachte das gewünschte Mineralwasser. Kein Perrier oder eine andere Nobelmarke, sondern ein stinknormales Wasser in der Literflasche mit drei Gläsern. Wenn sie mir jetzt noch erzählte, dass sie keine Bediensteten hatte, sondern selbst putzte, kochte und bügelte, würde ich es fast glauben.

„Sie sind Österreicherin, nicht wahr?“

„Ja", sagte sie und lächelte, „ich stamme aus Wien. Die letzten dreißig Jahre habe ich allerdings mit meinem Mann in Deutschland verbracht. Dass ich wieder zurück wollte, war mit ein Grund, warum er das Angebot der Kauf-Kette angenommen hat."

Ich hatte mich pflichtschuldigst informiert. Van der Fluh war vor seinem Engagement bei der Kauf-Gruppe Chef der deutschen Stahl-Holding gewesen, der Konzern gehörte zu den weltweit fünf Größten dieser Branche.

„Darf ich hier fotografieren?", wollte meine Begleiterin ganz höflich wissen. Üblicherweise war sie bekannt für ihr loses Mundwerk und dafür, dass sie nicht erst lange Fragen stellte, bevor sie ihre Bilder schoss.

Frau van der Fluh nickte.

„Ein schönes Haus", sagte ich. Was hätte ich auch sonst sagen sollen? Dass sich hier meine Katze Gismo jeden Tag im Jahr wo anders verstecken könnte?

Die Gastgeberin nickte. „Ja, es gehört meiner Familie. Nach dem Tod meiner Eltern ist es die letzten Jahre über leer gestanden. Man bekommt kaum Mieter für so einen Kasten. Aber ich hänge daran, hier bin ich aufgewachsen."

Jedenfalls mit jeder Menge Platz.

„Ultrakauf ...", begann ich.

Sie unterbrach mich. „Nein, mit der Firma hat dieses Haus nichts zu tun. Es wäre mir auch lieb, wenn Sie das schreiben könnten. Es macht keinen guten Eindruck, wenn der Direktor einer Supermarktkette in einem Haus wie diesem wohnt. Sie wissen schon: Alle die Menschen, die sich überlegen, was ein Liter Milch kostet, und dann sehen sie unser Haus in einer Zeitschrift."

Ich sah zu meiner Fotografin hinüber. Aber sie war eifrig dabei, das Licht zu messen.

„Und all die Verkäuferinnen, die keine tausend Euro verdienen", konnte ich mir nicht verkneifen.

„Ach", seufzte Frau van der Fluh, „an den Euro kann ich mich immer noch nicht gewöhnen. Der gute alte Schilling. Und mit der Mark hat man sich so sicher gefühlt."

Energische Schritte hallten durch den Vorraum. Van der Fluh kam herein, reichte mir jovial die Hand, begrüßte auch die Fotografin und fragte seine Frau dann: „Wo ist Frau Brauneder?"

„Sie ist unterwegs, einkaufen."

Es gab also doch Personal, das war beinahe beruhigend.

„Meine Güte, Clara, du hast die beiden Damen hier doch nicht nur bei Wasser warten lassen? Es ist Freitagnachmittag. Was darf ich Ihnen anbieten? Ich habe einen erstklassigen Chardonnay aus Napa Valley da, oder einen Pinot? Oder einen steirischen Sauvignon Blanc? Ich liebe die steirischen Weine!"

Was für einen Grund hatte van der Fluh, gar so herzlich mit uns zu sein? Egal, ich entschied mich für einen Sauvignon Blanc, meine Begleiterin blieb beim Mineralwasser.

„Eine hervorragende Wahl", jubelte der Hausherr mir zu.

„Ich hole den Wein, Viktor", sagte Frau Clara. Er bat sie, sitzen zu bleiben, und entschwand. Es war wie in einem alten Gesellschaftsstück. Bloß dass die meisten Bühnen nicht so viel Platz boten.

Van der Fluh erzählte über seinen Arbeitsalltag und davon, dass er es genoss, Rosen zu züchten, aber auch eigenhändig Kartoffeln anzubauen. Das sei eine sentimentale Erinnerung an seine Kindheit in Mecklenburg. Er habe im Garten ein Stück Erde umgestochen und pflanze alte Sorten an. „Zu sehen, wie Kartoffeln wachsen, macht einen wieder demütig", meinte er mit ernstem Gesicht. Ich habe für die Landwirtschaft dann am meisten übrig, wenn ich ihre Produkte frisch und nett präsentiert am Ladentisch sehe. Dennoch fand ich van der Fluh in gewisser Weise beeindruckend. Zumindest aber war er ganz anders, als ich ihn eingeschätzt hatte.

Er sah auf die Uhr. „In zwanzig Minuten muss ich Sie leider verlassen." Offenbar hatte er exakt eine Stunde für uns reserviert. Warum er sich überhaupt Zeit nahm, wusste ich immer noch nicht. Die van der Fluhs wirkten nicht so, als sähen sie sich und ihr edles Heim gerne auf den Hochglanzseiten des „Magazins".

Vielleicht noch ein paar Fotos vor dem Kartoffelfeld?

Van der Fluh lachte. „Da ist jetzt nichts zu sehen als Erde. Die Kartoffeln sind längst geerntet."

Dann ein Foto mit einer Kartoffel? Frau van der Fluh eilte, um eine aus dem Keller zu holen. Der Generaldirektor und seine eigene Kartoffel. Wenn das nicht ans Gemüt ging.

Höchste Zeit, ihn endlich nach dem Mord zu fragen. Nach meiner Rechnung fehlten nur mehr fünf Minuten auf die volle Stunde.

„Was sagen Sie eigentlich zum Tod von Heller?"

Sein Gesicht verschloss sich, die Antwort kam jedoch gleich bleibend freundlich: „Wir haben ein Pressekommuniqué herausgegeben, haben Sie es nicht gesehen? Ich lasse Ihnen eines in die Redaktion schicken. Eine schlimme Sache."

„Er hatte Schlüssel für alle Filialen, ist das üblich?"

„Nein, keinesfalls. Aber er wollte wohl besonders eifrig sein. So jung und jetzt ... Man sagt mir, dass er Einbrecher ertappt haben könnte, aber das werden Sie als gute Journalistin wohl schon gehört haben."

„Ja, immerhin ist einige Wochen vorher Cognac gestohlen worden."

„Wenn Sie wüssten, was in Supermärkten alles gestohlen wird", warf Frau van der Fluh ein und seufzte.

„Dahinter kam man, weil die Leiterin der Fleischabteilung beinahe von einem Stapel Cognac-Kisten erschlagen worden wäre."

Jetzt waren seine Augen nur mehr dünne Schlitze, sein Mund aber lächelte immer noch. „Sie sind sehr gut informiert, besser als die meisten in Ihrer Branche. Meinen Glückwunsch. Offenbar hatte Heller nicht so viel Glück wie die Fleischerin. Aber ich bitte Sie, zur Veröffentlichung ist das nicht gedacht, was ich jetzt so vor mich hin rede."

Ich nickte. Das hatte ich befürchtet. „Irgendetwas, das Sie offiziell dazu sagen können?"

„Halten Sie sich bitte an das Pressepapier, ja und natürlich: Wir sind erschüttert und werden alles Menschenmögliche zur Unterstützung der Sicherheitsbehörden beitragen. Warum sind Sie so an dem

Fall interessiert? Ich dachte, ihr Metier sei ‚Lifestyle', oder wie man das nennt."

„Zufall", sagte ich knapp. „Nur eines noch: Stimmt es, dass Regionaldirektor Heller vehement gegen gewerkschaftliche Aktionen aufgetreten ist?"

Frau van der Fluh schüttelte tadelnd den Kopf.

Herr van der Fluh erhob seine roten, fleischigen Hände mit den auch heute wieder perfekt manikürten Fingernägeln. „Ich bitte Sie", sagte er beschwörend, „lassen Sie sich da von einigen ewig Unzufriedenen nichts einreden. Wir schätzen die Gewerkschaft als Gesprächspartner und arbeiten eng mit unseren Belegschaftsvertretern zusammen. Alle unsere Subdirektoren sind angehalten, sich ebenso zu verhalten. Nur gemeinsam sind wir stark, das klingt banal, ist aber wahr. Aufwiegler gibt es immer wieder, aber Derartiges ist bei uns selten. Wir achten darauf, unsere Mitarbeiter gut zu behandeln, und unsere Mitarbeiter achten darauf, ihr Bestes zu geben – in ihrem eigenen Interesse und im Interesse der Firma. Wie sonst, glauben Sie, hätten wir entgegen allen Trends der Zeit ein so gutes Jahresergebnis eingefahren?"

Ich nickte. Die Frage hatte ihn sichtlich geärgert, die Antwort aber war wie aus einem Werbeprospekt. Zu viel Hochglanz, ich arbeitete nicht umsonst beim ‚Magazin', um derartigen Fassaden zu misstrauen.

[9.]

Die einstweilige Leiterin der Mordkommission 1 hieß Katharina Schneyder und nahm sich alle Beschäftigten des Ultrakaufs in der Mayerlinggasse persönlich vor. Bald wusste sie ganz genau, welche bösen Bemerkungen – freilich immer in dessen Abwesenheit – über Heller gefallen waren, auch Drohungen und Verwünschungen waren dabei. Die Belegschaft erfuhr über wundersame Umwege sehr rasch, was der jungen Kriminalbeamtin alles erzählt worden war. Nach einigen Tagen misstraute jeder jedem. Mit der Loyalität unter den Kassierinnen, Regalschlichterinnen, Verkäuferinnen und Lagerarbeitern war es offenbar nicht weit her.

Die rote Karin war trotz Krankenstand gebeten worden, im Sicherheitsbüro zu erscheinen. Ihre lieben Kolleginnen hatten ausgeplaudert, wie gespannt das Verhältnis zwischen ihr und dem Regionaldirektor gewesen war.

Lächerlich, von den üblichen Feindseligkeiten auf ein Mordmotiv zu schließen. Noch viel lächerlicher, wenn man wusste, dass es Heller gewesen war, der versucht hatte, Karin zu ermorden. „Dolus eventualis", diese beiden Worte spukten mir im Kopf herum. Er hatte es zumindest in Kauf gekommen. Heller hatte man aus nicht einmal einem Meter Entfernung von vorne in die Brust geschossen. Das war glatter Mord, nicht bloß ein Spielen mit der Möglichkeit, ihn umzubringen.

Droch kannte Zuckerbrots Vertretung nicht. Aufgrund unserer

ersten Begegnung war ich mir sicher, dass es nicht viel Sinn haben würde, sie um Informationen zu bitten.

Was ich über den Stand der Ermittlungen wusste, hatte ich von einigen Verkäuferinnen im Supermarkt. Sie waren nach dem Mord gesprächiger geworden. Dabei hatten sie eine Menge zu tun, die Geschäfte gingen ausgezeichnet. Die Medienberichte hatten Schaulustige angezogen, die ihre zwanzig Deka Extrawurst nun eben in der Mayerlinggasse kauften. Das und einige andere Umstände führten dazu, dass Vesna tatsächlich schon sehr bald mit einer befristeten Arbeitsgenehmigung als Regalschlichterin eingestellt wurde.

„Ist nur Halbtagesarbeit", erzählte sie, „ganztag gibt es nicht, auch wenn ihnen Leute fehlen. Kann man so besser einteilen, hat der Chef gesagt. Mir wäre ganztag lieber gewesen, mehr Chance, alles mitzubekommen. Aber Frauen sagen, wenn so viel los ist wie jetzt, werden Halbtagskräfte trotzdem den ganzen Tag beschäftigt."

Wir saßen im dunkel-muffigen „Espresso Evi" in der Mayerlinggasse, hatten etwas vor uns, das die Bedienung Tee genannt hatte, aber wie abgestandenes warmes Wasser schmeckte. Vesna erstattete Bericht.

„Das ist erlaubt?", fragte ich.

Vesna zuckte die Schultern. „Nächste Woche kommt die rote Karin zurück, die kann man fragen. Entweder man tut es, oder man kann gehen."

„Und sonst?"

„Noch nicht viel. Alle glauben, dass Heller von irgendjemandem aus Rache umgebracht worden ist. Aber das kann ich nicht glauben. Mordgedanken schon, aber Mord?" Sie schüttelte den Kopf.

„Die Cognacdiebe?"

„Waren, sagen alle, welche von der Belegschaft oder von den Lieferanten. Ich weiß nicht, alle erzählen darüber, nur der Tschuschenblock sagt nichts. Ich mag das Wort nicht, aber sie heißen so und sagen auch selbst so. Ich kann mit ihnen reden, gehöre dazu irgendwie als eine von Bosnien. Aber sie trauen mir nicht, weil ich so viel mit denen aus Österreich rede. Da gibt es einen Anführer, den nennen sie Capo, er arbeitet im Lager. Und seine Freundin schlichtet wie ich Regale. Die geben Ton an."

„Was tun sie?"

„Nichts, nur reden, wie die anderen. Aber nicht über die Cognacsache. Vielleicht reden sie nicht, weil sie etwas wissen." Vesna schob den so genannten Tee angeekelt von sich. „Außerdem es gibt einen neuen Regionaldirektor, zumindest provisorisch. Er kommt aus der Zentrale und heißt Klaus-Peter Kunz-Klein. Natürlich heißt er bei allen Kurz und Klein."

„Wie ist er?"

„Meinst du etwa, ich sehe hohes Tier wie ihn? Ich schlichte Thunfisch- und Erbsendosen."

Der Chefredakteur war für einige Tage verreist gewesen. Wellness für Topmanager. In irgendeinem kalten Kaff im Waldviertel Sport zu treiben und mich gesund zu ernähren hätte mir gerade noch gefehlt. Aber ich war ja keine Topmanagerin. Vielleicht gab es bei dieser Sorte Mensch eine gewisse Tendenz zum Masochismus. Es dauerte jedenfalls nicht lange, bis mich der Chefredakteur holen ließ. Ich seufzte und speicherte die Veranstaltungstipps für die nächste Woche ab. Im Sommer hatte sich eine Volontärin um den Kleinmist gekümmert, aber die studierte jetzt wieder Publizistik und so blieben derartige Niederungen angewandter Medienarbeit mir und meinen beiden Kollegen überlassen.

Der Chefredakteur sieht überhaupt nicht erholt aus, dachte ich mir, als ich ihn wie üblich ganz weit hinten in seinem schwarzledernen Schreibtischsessel lehnen sah.

„Ich sehe hier ...", er blätterte in unserem Seitenplan für das kommende Heft, „eine Story über van der Fluh. Dreiseitig, Fotos, wie sie leben, et cetera, et cetera." Er blickte mich an.

Ich starrte zurück.

„Ich habe Sie gebeten, die Homestory nicht zu machen. Ich habe Ihnen deutlich gesagt, was ich von Ihren aufgebauschten Recherchen über Ultrakauf halte. Es interessiert niemand. Niemand."

„Die Redaktionskonferenz war anderer Ansicht."

„Die Redaktionskonferenz bin ich."

Heilige Demokratie. „Das Ehepaar van der Fluh hat nichts dagegen, er war sogar, wenn Sie mir den Ausdruck gestatten, scheißfreundlich."

„Scheißfreundlich also? Warum glauben Sie wohl, hat mich dann der Marketingdirektor ersucht zu überprüfen, ob Sie noch Aktivitäten in Richtung Ultrakauf setzen?"

„Warum? Weil er nichts über Mord, nichts über Mordversuch und schon gar nichts über die Arbeitsbedingungen bei Ultrakauf lesen will."

„Das hat er mit unseren übrigen Lesern gemeinsam."

„Seit wann wollen die nichts über Mord lesen?"

„Gibt es neue Erkenntnisse?"

„Nicht, wenn ich nicht recherchieren darf. Ich wünschte nur, Sie könnten mir erklären, warum van der Fluh uns eine Stunde geschenkt hat und vor Charme fast zerflossen ist."

Der Chefredakteur runzelte die Stirn. „Er probiert es eben auf die weiche Tour, seine Leute probieren es anders."

Vielleicht war da etwas dran, er versuchte, uns mit einer harmlosen Homestory zufrieden zu stellen und mir zu zeigen, dass er doch nett, aufgeschlossen, kooperativ und auch sonst ein Menschenfreund war. Dafür hatte ich ab jetzt Ruhe zu geben. Sollte er daran glauben. Eine Nachfolgestory über den Mord an Heller war in dieser Woche ohnehin nicht geplant. Es gab zu wenig Neues. Aber das konnte sich ändern. Ich lächelte den Chefredakteur an.

Er lächelte irritiert zurück. „Also vergessen Sie Ultrakauf."

„Ich bin eine gute Kundin."

„Können Sie nicht woanders einkaufen?"

„Wollen Sie Ultrakauf schädigen? Was ist jetzt mit der Homestory? Van der Fluh hat unser Besuch gefallen. Er rechnet damit, dass er seine kostbare Zeit nicht umsonst verschwendet hat. Egal, was sein Marketingchef sagt."

„Ja ... so gesehen ist gegen diese Story nichts einzuwenden. Aber es ist die letzte, die mit Ultrakauf zu tun hat, hören Sie?"

„Außer es tut sich etwas, über das wir berichten müssen. Kann ja sein, rein theoretisch natürlich, dass wir eine sensationelle Geschichte haben, die niemand anderer kennt. Wegen der uns das ‚Magazin' nur so aus der Hand gerissen wird. Wäre doch schade, wenn wir die nicht brächten."

„Vergessen Sie es."

„Ich weiß nicht, woran Sie denken, ich denke an eine Wirtschaftsstory über die sensationellen Umsatzzuwächse der Kauf-Gruppe, neue Marketingideen, neue Börsenideen ..."

Er hatte mit Sicherheit den Verdacht, dass ich ihn auf den Arm nehmen wollte, aber wie hätte er das zugeben sollen? So blickte er nur auf die Uhr und murmelte etwas von wichtigen Terminen.

Am Gang stieß ich beinahe mit Droch zusammen.

„Wann kommt Zuckerbrot wieder?"

„Ich wusste gar nicht, dass du solche Sehnsucht nach ihm hast."

Ich verzog das Gesicht. „Allemal."

„Dabei hab ich gehört, dass du die Supermarktsache ohnehin vergessen sollst. Sind nicht bald wieder irgendwelche Modeschauen oder andere einschlägige Veranstaltungen, die dich ablenken könnten?"

„Du weißt genau, dass ich für Mode nicht zuständig bin. Aber woher weißt du ...?"

Er grinste. „Ich weiß es eben."

Bei uns wurde ebenso getratscht wie im Ultrakauf. Nur zwischen van der Fluh und seiner Marketingabteilung gab es offenbar wenig Austausch. Oder spielte man bloß mit verteilten Rollen?

Droch sah mich an. „Du murmelst vor dich hin wie eine Geistesgestörte. Du brütest etwas aus."

„Ich brüte nur. Ob etwas dabei herauskommt, weiß ich noch nicht." Das war die reine Wahrheit und nichts als die Wahrheit.

„Ich gehe heute Mittag mit Zuckerbrots Vertretung essen."

Ich war verblüfft. „Warum?"

„Vielleicht kann ich dir ja mit einigen Informationen dienen?"

„Seit einiger Zeit sind alle Leute so entgegenkommend. Etwas dagegen, dass ich da misstrauisch werde?"

Er grinste. „Ich habe sie angerufen, um zu erfahren, wann Zuckerbrot von seiner Kur zurückkommt. Und da hat sich herausgestellt, dass es sich bei seiner Vertretung um ein sehr nettes Mädchen handeln dürfte. Zuckerbrot hat ihr einiges über mich erzählt, sie wusste auch von unseren regelmäßigen Mittagessen und da habe ich ihr vorgeschlagen, heute beim Mittagessen seinen Platz einzunehmen."

„‚Nettes Mädchen' wird der interimistischen Leiterin der Mordkommission 1 wenig gefallen, ich warne dich."

Es gab mir einen kleinen Stich. Die Frau war viel zu jung für ihn. Ich rief mich zur Ordnung. Er wollte mit ihr essen gehen, er wollte sie nicht heiraten. Er war schon verheiratet. Eben. Abgesehen davon war ich seit einem halben Jahr mit Oskar zusammen und sehr glücklich, und zuvor war ich mit Joe zusammen gewesen, auch recht glücklich. „Viel Spaß!", rief ich ihm nach, als er schon durch den Gang davongerollt war und gerade seine Zimmertür öffnete. Sollte er doch tun, was er wollte. Wer weiß, vielleicht schauten wirklich ein paar Informationen heraus. Obwohl die Schneyder nicht so aussah, als würde sie irgendetwas preisgeben. Sie war überhaupt viel weniger liebenswert als ihre virtuellen Kolleginnen im Fernsehen. Aber das würde Droch schon noch herausfinden. Armer Droch.

Ich lag in der Badewanne. Auf einem Sessel stand ein Glas mit eiskaltem Pinot Grigio, neben dem Glas saß Gismo und starrte misstrauisch auf die Schaumbläschen, die in allen Farben schillerten und sich dann ganz leise in nichts auflösten. Mein Badezimmer misst knappe vier Quadratmeter, eine kleine, gut gewärmte Höhle. Um nachzudenken, ist ein warmes Schaumbad fast ebenso gut, wie zu kochen. Bloß dass ich heute und hier zu keinem Ergebnis kam. Welches Motiv hätte van der Fluh, um etwas mit dem Tod von Heller zu tun zu haben? Warum aber, wenn er nichts damit zu tun hatte, wollte er mich von meinen Recherchen abhalten? Ging es ihm nur um den Ruf von Ultrakauf? Allerdings hatten wir den Homestory-Termin schon vor dem Mord vereinbart. Weil er wusste, dass Heller sterben würde? Unwahrscheinlich. Man denke bloß an sein

Anwesen, besser an das seiner Frau: Warum sollte er sich die Mühe machen, irgendwelche kriminellen Dinger zu drehen oder zu unterstützen? Er lebte doch auch so gar nicht schlecht. Der Schein konnte trügen. Vielleicht hatte er eine junge Freundin, der Trend zu kostspieligen Zweitfrauen war bei erfolgreichen Fünfzigern weiterhin ungebrochen. Eine Trophäe mehr, die den Mann in den so genannten besten Jahren nun endgültig bestätigen, glücklich und zufrieden machen sollte. Vielleicht hatte er mehrere Freundinnen. Aber wie hing das wieder mit Heller zusammen? Womöglich war es gar nicht seine Frau, die er uns vorgestellt hatte, sondern seine Haushälterin, und seine Frau lag seit Wochen im angeblichen Kartoffelacker. Wer kannte die Frau schon, die die letzten dreißig Jahre mit ihm in Deutschland verbracht hatte? Ihre Eltern waren tot, hatte sie erzählt. Heller hatte davon erfahren. Van der Fluh kannte Heller kaum. Wer weiß, ob er da nicht gelogen hatte. Vielleicht hatte der Direktor seine Frau ermordet und seine Haushälterin und ... Ich musste eingenickt sein. Auf einem Kartoffelacker tanzten van der Fluh, seine Frau, Heller und ein paar Nymphen Ringelreihen. In der Mitte stand die rote Karin in wallendem Gewand und murmelte über einer Tasse mit Hühnerkeulen verzweifelt Zaubersprüche. Ich war wie eine Kartoffel mit Wurzeln an den Boden gefesselt. Neben mir spross eine Distel, der Blütenkopf war eindeutig Vesnas Kopf. Van der Fluh kam herübergehopst und wollte sie ausreißen.

Ich war wohl tiefer in die Wanne gerutscht, jedenfalls bekam ich Schaum in Mund und Nase, spuckte, hustete und war wieder halbwegs klar bei Verstand. Wenn man wüsste, wer den Cognac geklaut hat, gäbe es vielleicht einen Anhaltspunkt.

Gismo war vorsichtshalber auf den Boden gehüpft, saß jetzt auf einigen Tageszeitungen und blickte misstrauisch zu mir herauf. Ich war heute noch nicht dazu gekommen, einen Blick in die Zeitungen zu werfen. Man hatte mich in der Redaktion gebeten nachzuprüfen, was ein Gelegenheitsmitarbeiter geliefert hatte: Henrik Nordenthal, Hauptdarsteller in diversen Ärzteserien, soll seine Frau verlassen und sich – ausgerechnet – in eine junge Ärztin verliebt haben. Wenn das nicht wahre Identifikation mit seinem Job war! So etwas nachzurecherchieren ist gar nicht einfach. Ganz abgesehen davon, dass ich Schlüssellochgeschichten wie alle neugierigen Menschen zwar bisweilen gerne lese, aber es doch degoutant finde, sie zu schreiben. Jedenfalls hatten mir die Nachbarn bestätigt, dass Nordenthals Frau das Haus mit einigen Koffern verlassen hatte. Überdies stellte sich durch die Eingabe der entsprechenden Suchbefehle in diversen Pressediensten heraus, dass Nordenthal wegen eines geringfügigen Herzproblems vor kurzem eine Woche in einer Privatklinik zugebracht hatte. Just in dieser Klinik arbeitete die junge Ärztin, mit der er, wollte man den Gerüchten Glauben schenken, liiert war. Wenn das sein Herzproblem nur nicht größer gemacht hatte. Jedenfalls beschlossen wir, dass die Geschichte plausibel genug war, um gedruckt zu werden.

Ich griff nach der ersten Zeitung. Für Politik hatte ich nicht viel übrig, also überflog ich bloß die Schlagzeilen, sah mir dann genauer als sonst den Wirtschaftsteil an, las den Auslandsteil und stellte fest, dass in Mittelamerika ein Hurrikan im Anzug war, schweifte kurz ab und dachte an Oskars Idee mit der Karibikreise. Planungen erschreckten mich. Hätte er gesagt, morgen fahren wir in die Karibik, ich wäre ihm begeistert um den Hals gefallen. Aber zu planen hieß das Schicksal herauszufordern, und das meinte es mit mir momentan im Großen und Ganzen sehr gut. Ich ließ die Zeitung fallen, entdeckte in der nächsten nicht viel anderes, lachte über eine Karikatur, die unseren Kanzler zeigte, aber der war ja nun wirklich leicht zu karikieren. Jetzt lag nur mehr das „Blatt“ ungelesen auf dem Boden. Ich hob es mit spitzen Fingern auf. Da wurden wenigstens nicht Meinungsvielfalt, demokratische Grundwerte, Seriosität oder sonst etwas geheuchelt, das für gewöhnlich in salbungsvollen Worten in der Beschreibung der „Blattlinie“ stand. Die Schlagzeile lautete: „Linke Chaoten – zurück an den Absender!“ Auf dem Bild waren einige jüngere Frauen und Männer zu sehen, die fest verschnürt in Hand- und Fußfesseln am Boden lagen, offenbar unfähig, sich zu rühren. Im Bildhintergrund saßen zwei Polizisten mit gezückten Schlagstöcken auf massigen Pferden und blickten siegreich auf die „Chaoten“ herunter. Der untere Teil der Seite eins wurde von der Überschrift dominiert: „Sexy Sue auf Tour – 78 Prozent aller Frauen möchten einen Busen wie ihren, 94 Prozent aller Männer lieben solche Busen". Ein Foto wurde für das Blattinnere angekündigt. So brachte man die Menschen dazu, die Zeitung aufzuschlagen. Ich sah mir das Busenwunder an und wusste, dass ich zu den zweiundzwanzig Prozent der Frauen gehörte, die nichts von dieser Ausstattung hielten. Wie sollte man mit diesem Busen auf dem Bauch schlafen können? Ich schlafe gerne auf dem Bauch.

Die Chronikseiten brachten in großer Aufmachung etwas über die Bedrohung durch die chinesische Mafia in Wien. Ich fand den Großteil der China-Restaurants bedrohlich genug, aber das traf auch auf viele Lokale mit österreichischer Küche zu.

Auf der nächsten Seite stand zu lesen: „Gewerkschaft in Mord an Jungmanager verwickelt?" So arg wird es schon nicht gewesen sein, dachte ich und blätterte weiter. Aber war da nicht etwas von „Ultrakauf" gestanden? Ich blätterte zurück. Ich las.

„Gewerkschafterin bedrohte Jungmanager – jetzt ist er tot! Wie berichtet, wurde vergangene Woche Sascha H., Regionaldirektor der Kauf-Kette, erschossen im Lager der Ultrakauf-Filiale Mayerlinggasse aufgefunden. Nun zeichnet sich für die ermittelnden Beamten eine heiße Spur ab: Eine Betriebsrätin der Filiale hatte den Jungmanager wiederholt bedroht, wie Zeugen berichten. Die Frau, die sich bereits seit mehreren Wochen im Krankenstand befindet, wird von Kollegen als ‚radikal' und ‚bedrohlich' beschrieben. Wie aus gut informierter Quelle verlautet, könnte sie versucht haben, ihn zu erpressen. Denn wie erst jetzt bekannt wird, gab es zwei Vorfälle, die Sascha H. lieber intern und in stiller Zusammenarbeit mit der Polizei regeln wollte, statt sein Unternehmen öffentlich in ein schlechtes Licht zu rücken: Vor zwei Monaten wurde eine Kassierin der Filiale überfallen, der Räuber erbeutete damals über 2.500 Euro. Nur wenige Wochen darauf gab es einen Unfall im Lager, der mit dem Diebstahl von Cognacflaschen in Zusammenhang steht und bei dem die nämliche Betriebsrätin verletzt wurde. Der Pressesprecher des Gewerkschaftsbundes ließ wissen, dass man unbewiesene Beschuldigungen nicht kommentieren werde. Jedenfalls arbeiteten die

Gewerkschaft und alle ihre Funktionäre mit friedlichen Mitteln. ‚Unser Engagement ist heute nötiger denn je.‘ Die Kriminalbeamten werden zu klären haben, wie weit dieses Engagement im Fall der Betriebsrätin in der Ultrakauf-Filiale tatsächlich gegangen ist."

Ich sprang auf, griff mir ein Handtuch und rubbelte mich trocken. Das war diese Schneyder gewesen, sie war profilierungssüchtig, sicher. Arbeitete mit dem „Blatt" zusammen, die fügten ein paar ihrer haltlosen Verdächtigungen dazu und schon hatte man den Salat. Aber was hatte sie davon? Sie wurde nicht genannt. Ich mochte sie nicht besonders, aber welcher Frau, die einen halbwegs guten Job hatte, wurde nicht vorgeworfen, profilierungssüchtig zu sein? Besser, sich von solchen Vorurteilen nicht anstecken zu lassen. Also noch einmal ganz ruhig nachdenken. Woher konnte das „Blatt" die Informationen haben? Die Sache mit dem Unfall und den Cognacdiebstählen hatte ich schon im „Magazin" geschrieben, keine Rede davon, dass das neu war. Blieben aber immerhin noch die Vorwürfe gegen die rote Karin. Ich selbst hatte ihr vorgeworfen, Heller erpresst zu haben. Aber nun fragte ich mich, ob die rote Karin gezielt verunglimpft werden sollte oder ob es durch unbedarfte Wichtigtuerei dazu gekommen war.

Ich schlüpfte in meine Jeans, zog ein langärmliges T-Shirt über und überlegte weiter: Wer sagte mir, den ganzen tendenziösen Mist abgezogen, dass die Sache im Großen und Ganzen nicht so gelaufen war, wie sie das „Blatt" schilderte? Ich konnte mich in Menschen irren, war mir schon öfter passiert. Was weder das „Blatt" noch die Polizei wusste, war, dass sich Karin zu allem Überfluss mit Heller getroffen hatte – um ihn zu bedrohen. Nein, um die Tatsache, dass er die Cognac-Kisten auf sie gekippt hatte, gegen ihn und seine Geschäftspraktiken zu verwenden.

Ob Karin die Zeitung schon gelesen hatte? Immerhin war es halb acht Uhr abends. Jetzt war schon die nächste Abendausgabe am Markt. Wahrscheinlich wäre es sinnvoll, würde sich Karin von Oskar beraten lassen. Ohne Honorar? Konnte ich Oskar einfach so einspannen? Ich versuchte Vesna zu erreichen. Niemand zu Hause.

Ich lief die Stufen nach unten, sah mich nach einem Zeitungskolporteur um. Der Standort war nicht immer besetzt, klar war ausgerechnet heute niemand zu sehen. Ich trabte im eisigen Wind zur großen Kreuzung vor, gab das übliche Trinkgeld und machte mich wenig später wieder an den Aufstieg zu meiner Wohnung.

Wann immer ich heimkam, rechnete Gismo damit, gefüttert zu werden. Falsch gedacht, Gismo, ich war bloß zwanzig Minuten weg und du hast deine Ration schon bekommen. Sie rief sich in Erinnerung, indem sie unmittelbar vor meinen Füßen blieb. Mit Fauchen erreichte ich gar nichts, mit einem leichten Tritt nur, dass sie mich entsetzt ansah. Also fütterte ich sie noch einmal und sah dann die Abendausgabe durch. Kein Wort von Ultrakauf und dem Mord. Eine Eintagsfliege – oder nur der erste Versuch? Ich konnte mir nicht vorstellen, dass andere Zeitungen die Spekulationen übernehmen würden, aber was im „Blatt“ stand, fand auch so Verbreitung genug. Wie würden die Kriminalbeamten damit umgehen? Vielleicht wusste Droch etwas?

Seine Frau war am Apparat. Ihr Mann habe sich gerade zurückgezogen, sie werde sehen, ob er noch zu sprechen sei. Noch? Es war kurz nach acht. Droch war noch nie einer gewesen, der früh schlafen ging. Droch und seine Frau hatten getrennte Zimmer. Die Ehe war nicht unbedingt glücklich, zumindest hatte er mir das bei einem recht romantischen Abendessen am Ufer der Donau erklärt. Aber welche Männer gaben in gewissen Situationen nicht solche und ähnliche Erklärungen ab? Wie lange war das schon her? Mehr als zwei Jahre.

„Droch.“

„Ich bin es, Mira.“

„Sie hat gesagt, die Redaktion sei dran.“ Das klang nach dicker Luft im Hause Droch.

„Ich hab mich mit meinem Namen gemeldet.“

„Glaube ich dir. Nur für den Fall, dass du jemals heiraten solltest: Vereinbare, dass ihr euch nach zehn Jahren wieder scheiden lasst.“

„Wie lange bist du verheiratet?“

„Dreiunddreißig Jahre.“ Das klang so, als wäre es nicht dreimal, sondern dreißigmal zu lang. Mir war klar, dass Droch ein ziemlicher Egoist sein konnte – auch daheim.

„Du warst mit der Schneyder essen?"

„Weißt du doch."

„Was hat sie dir erzählt?"

„Deswegen rufst du mich jetzt an?"

„Es stehen miese Gerüchte im ‚Blatt'."

„Das Blatt besteht aus miesen Gerüchten, deswegen lesen es die Leute gerne."

Droch hatte heute offenbar seinen menschenfreundlichen Tag. „Anschuldigungen gegen Karin Frastanz, die Leiterin der Fleischabteilung, die Betriebsrätin, ich habe dir von ihr erzählt. Und jetzt wollte ich wissen ..."

„Ob mir Zuckerbrots Vertretung etwas Einschlägiges erzählt hat. Nein, hat sie nicht. Wir haben nur sehr wenig über den Fall gesprochen. Sie hat sich über die Machos ausgeweint, die sie nicht akzeptieren wollen."

„Ausgerechnet bei dir."

„Na ja, sie hat eben meinen weichen Kern erkannt. Eine sehr sympathische und intelligente Person übrigens."

„Sie wird dir eben schöngetan haben, auf so etwas fallen alle Männer herein."

„Ja und jetzt kommt der alte Witz, dass Männer eben besser schauen als denken können. Wobei sie wirklich attraktiv aussieht, muss man schon sagen."

Wollte er mich provozieren? Ich schluckte alles hinunter, was mir als Erwiderung einfiel. Allzu Schlagfertiges war ohnehin nicht dabei. „Hat sie dir nicht irgendetwas über den Stand der Ermittlungen erzählt?"

„Nein, aber sie hat nach dir gefragt. Ich habe ihr gesagt, dass du eine der wenigen halbwegs seriösen Journalistinnen bist – soweit das in unserem Beruf möglich ist. Nur mischst du dich eben gerne in Angelegenheiten, die mit deinem Ressort gar nichts zu tun haben."

„Und wer hat mitgemischt, als es um die Mordsache im Wahlkampf gegangen ist?"

„Ich bin schließlich Chef der Innenpolitik."

„Wirst du dich wieder mit ihr treffen?"

„Ja, solange Zuckerbrot auf Kur ist, geht sie an seiner Stelle mit mir einmal in der Woche Mittag essen." Wo Droch doch sonst kaum jemand an sich heranließ. „Aber du darfst auch mit mir essen gehen."

„Welche Ehre."

„Eben."

„Wenn du etwas herausfindest ..."

„Ich werde sie nicht aushorchen."

„Darum geht es nicht. Wie schätzt du sie ein?"

„Ernsthaft?"

„Ja."

„Sie ist klug und ehrgeizig, aber nicht besonders erfahren. Sie hat eine Menge Kurse belegt und ein abgeschlossenes Jusstudium. Offenbar wird sie jetzt quer durch die Abteilungen geschickt."

„Kann man sich auf sie verlassen?"

„So gut kenne ich sie nicht. Warum fragst du?"

Ich hatte Droch nie erzählt, dass Karin zu wissen glaubte, wer die Cognac-Kisten umgestoßen hatte. Aber auf ihn war jedenfalls Verlass. Er pfiff durch die Zähne.

„Das wirft ein neues Licht auf die Sache – vorausgesetzt, es war so."

„Ja, aber es entlastet Karin nicht, ganz im Gegenteil. Irgendjemand muss mit dem ‚Blatt' gesprochen haben."

„Ich weiß nicht ..." Droch zögerte. „Die Kriminalbeamtin war es, glaube ich, nicht. Aber ihr nachträglich von der Geschichte zu erzählen, könnte die Fleischerin in Schwierigkeiten bringen. Die junge Kommissarin glaubt noch an den Rechtsstaat und daran, dass sich ihm alle unterzuordnen haben."

„Na dann wünsche ich fröhliches Speisen."

[10.]

Länger konnte ich das Telefonklingeln nicht mehr ignorieren. Genervt kletterte ich aus dem Bett und schlurfte ins Vorzimmer. Es war Vesna, sie klang aufgeregt wie selten. Karin Frastanz sei in den Ultrakauf gekommen, humple mit ihrem Gipsbein durch die Gänge und stoße Drohungen gegen alle aus, die sie anschwärzen wollten. Ich verzichtete auf eine Dusche, putzte mir nur rasch die Zähne und hetzte aus der Wohnung, ehe Gismo noch munter geworden war. Die Katze hatte meinen Lebensstil übernommen: Lange schlafen, spät zu Bett gehen. Nur, dass sie tagsüber noch ein längeres Nickerchen einschieben konnte.

Ich parkte gerade mein Auto, als ich sah, wie der Filialleiter Karin mit Nachdruck aus der Türe des Supermarkts schob. Neben ihm stand Grete und versuchte, Karin zu beruhigen.

„Ich möchte wissen, welches Miststück mit dem ‚Blatt' geredet hat, vorher gehe ich nicht!“, schrie Karin. Ihre rote Mähne hing ihr ins Gesicht, das Gipsbein und die Narbe im Gesicht ließen sie doppelt wild aussehen. Hätte sie eines ihrer Fleischermesser mitgehabt, ich wäre davongelaufen. Was für ein Glück, dass kein Fotograf vom „Blatt“ auf sie lauerte.

„Ich werde mich umhören, beruhige dich“, antwortete Grete, „wir alle werden uns umhören.“

„Ja, ich mich auch“, ergänzte der Filialleiter, „das war nicht in Ordnung, das nicht.“

„Ich bringe das Miststück um!“

„Ich bitte dich, hör auf zu drohen, das macht die Sache nicht besser."

„Ich drohe, wem ich will! Wer hilft mir schon, wenn ich mir nicht helfe?"

Jetzt hatte Karin mich entdeckt. Vielleicht konnte ich sie beschwichtigen. Weit gefehlt. Sie schrie, dass es über den ganzen Parkplatz schallte: „Noch eine von dem Gesindel. Wahrscheinlich lachst du über das Ganze!"

Ich war sprachlos. Dann eilte ich auf sie zu, packte sie hart am unverletzten Arm und zischte: „Wenn du durchdrehen willst, bitte. Aber lass mich damit in Ruhe."

Sie blinzelte verwirrt. Ihre Wut schien gebrochen. „Es ist so eine Sauerei", sagte sie schon viel leiser. „Und dass sie da auch noch die Gewerkschaft mit hineinziehen."

„Na ja, das Sudelblatt."

„Alle lesen es. Ich hab es erst am Abend gelesen, da war das Geschäft schon zu. Ich möchte wirklich wissen ..."

„Du wirst es nie erfahren."

Sie seufzte. „Es war blöd von mir. Ich wollte nur kommen und mich ganz ruhig erkundigen, wer denn mit dem ‚Blatt' ... Aber dann hab ich die Gesichter gesehen: Voll Sensationsgier haben sie mich angestarrt, ein paar haben höhnisch gegrinst."

„Nicht alle", mischte sich Grete ein, „lange nicht alle. Ich glaube, dir ist das nur so vorgekommen."

„Ich sehe, was ich sehe. Und dann bin ich ausgerastet. War wahrscheinlich nicht sehr klug."

„War es nicht", bestätigte ich ihr. „Jetzt haben sie eine Bestätigung dafür, wie leicht du durchdrehst."

Der Filialleiter räusperte sich. „Also ... wenn Sie jetzt in Ruhe heimgehen wollen ... Jedenfalls finde ich auch nicht in Ordnung, was in der Zeitung gestanden ist. Dass sie auf dem alten Überfall und Ihrem Unfall herumreiten – das verunglimpft auch Ultrakauf, auch Ultrakauf."

Kurz dachte ich, Karin würde wieder zu schreien beginnen. Aber sie machte nur eine müde Handbewegung und sagte dann mit einem halben Grinsen: „Also sitzen wir in einem Boot, wie die Geschäftsleitung immer sagt."

„Genau!", antwortete der Filialleiter und strahlte.

„Komm", sagte ich zu Karin und führte sie zu meinem Auto. „Vielleicht war es gar niemand aus dem Supermarkt, der mit dem ‚Blatt' geredet hat, es kann auch jemand von der Polizei gewesen sein."

Sie schnaubte ungläubig. „Es sind ja Kolleginnen genannt. Wenn auch nicht mit Namen. ‚Radikal', haben sie gesagt, bin ich. Die werden schon noch sehen, was wirklich radikal ist."

„Das kann das ‚Blatt' erfunden haben. Passiert öfter, als du denkst. Da sagt einer von der Polizei, dass das eine ganz Radikale sein soll, und dann legen sie es jemand anderem in den Mund."

„Ich muss etwas dagegen tun. Was kann ich dagegen tun? Du kennst dich da aus."

„Du kannst gar nichts tun, alles, was du versuchst, schaukelt die Sache nur weiter auf."

„Irgendjemand müsste der Polizei erzählen, dass Heller im Lager war, als ich unter die Cognac-Kisten gekommen bin."

„Was sagt das schon?"

Sie seufzte.

Von van der Fluh, dem Haus seiner Frau und seinen salbungsvollen Worten über Belegschaftsvertreter erzählte ich ihr lieber nichts. Ich wollte keinen weiteren Wutausbruch provozieren.

Karin schwieg vor sich hin, als wir uns durch die vom Frühverkehr verstopften Straßen schoben. Dann fiel mir ein: „Wir haben beinahe den Überfall vergessen. Dabei war er quasi der Auftakt der ganzen Serie."

„Er hat mit den anderen Dingen nichts zu tun. Nichts hat miteinander zu tun. Die Cognacdiebe sind nicht die Mörder. Heller hat versucht, mich ruhig zu stellen. Aber nicht ich habe ihn ermordet." Karin wirkte müde und mutlos.

„Alles Zufall?", fragte ich.

„Was weiß ich."

„Kann es sein, dass Heller umgebracht wurde, weil du ihn bedroht hast?"

„Warum?“

Ja, warum. Vorsichtig fragte ich: „Im ‚Blatt‘ ist gestanden, du hättest Heller nicht nur einmal gedroht. Ich weiß, dass das meiste, was im ‚Blatt‘ steht, nicht stimmt. Aber ist da etwas dran?“

Die rote Karin murmelte: „Nicht so, wie es klingt. Natürlich hab ich ihm immer wieder gesagt, dass ich seine Machenschaften kenne und dass er schon seine Wunder erleben wird, wenn er sich nicht endlich an die Vorschriften hält und zur Belegschaft fair ist.“

„Denk nach: Hattest du mit ihm einen Auftritt, kurz bevor er die Cognacflaschen auf dich gekippt hat?“

„In den letzten Monaten gab es regelmäßig solche Streitereien. Aber nicht nur mit ihm. Auch mit Feinfurter. Die Fleischqualität wird immer schlechter, das geht schon ein paar Monate so. Dann hat er wieder einmal durch die Blume angeregt, dass wir schon abgelaufenes Fleisch auspacken und in den offenen Verkauf geben sollen. Es stimmt, dass ich mein Kontingent an Retourware überschritten habe, aber was will man machen, wenn die Qualität nicht passt? Mit Heller ist es auch immer schlimmer geworden, seit er seinen neuen schwarzen Porsche bekommen hat. Offenbar hat er das Gefühl gehabt, noch mehr Geld einsparen zu müssen, um noch höhere Prämien zu kassieren. Sein ganzes Designergewand ...“ Karin zischte abschätzig: „Wer nichts ist und nichts kann, braucht wenigstens ein paar Designerklamotten, damit er nach etwas aussieht.“

„Wie viel verdient ein Regionaldirektor?“

„Keine Ahnung, das halten sie sicherheitshalber geheim, es könnte böses Blut machen.“

„Aber ein Porsche kostet viel Geld, seine Kleidung hat offenbar auch viel gekostet. Kann sich das mit seinem Gehalt ausgehen?“

„Meinst du, dass er selbst Grete überfallen hat, um sich etwas Benzingeld zu verschaffen? Da bist du falsch gewickelt. Erstens war der Räuber laut Grete deutlich größer und zweitens hat seine Mutter Geld wie Heu.“

„Woher weißt du das?“

„Spricht sich eben herum.“

„So wie manches andere.“

Karin seufzte. Von ihrem üblichen Optimismus war nichts mehr übrig. „Du sagst es."

Ich beantwortete gerade eine wütende E-Mail des Agenten von Nordenthal. Er beschwerte sich über unsere Reportage und darüber, dass die „privaten Verhältnisse" seines Klienten „entstellt" an das „Licht der Öffentlichkeit gezerrt" worden seien. Als ob Agenten nicht die Hälfte ihrer Zeit damit beschäftigt wären, ihre Stars samt ihrem Privatleben an Medien zu verkaufen.

Das Telefon läutete. Dankbar für eine Unterbrechung hob ich ab. Vesna klang schon wieder aufgeregt. Was für ein Tag. Ich seufzte und sehnte mich weit weg. War Karin etwa zurückgekommen und hatte erneut Radau geschlagen? Keine Zeit, noch einmal ihr Kindermädchen zu spielen. Dann erst hörte ich genauer hin.

„Kann nicht reden am Handy. Ich muss dich sofort sehen, Mira Valensky. Wir haben einen entscheidenden Fortschritt. Aber ich muss beraten mit dir. Schnell."

„Wo bist du?"

„Im Ultrakauf."

„Wie lange noch?"

„Bin fertig."

„Ich hole dich ab."

„Es ist nicht gut, wenn sie uns zusammen sehen. Ich nehme die U-Bahn und wir treffen uns beim Türken an der Ecke von der Redaktion. Gut?"

Ich sah auf die Uhr. Es war ohnehin schon halb zwei und ich hatte heute nicht einmal gefrühstückt. Ich löschte sowohl meinen Antwortentwurf als auch die E-Mail des Agenten, schnappte meine Tasche, nahm die schwarze, seidengefütterte Jacke vom Haken und lief nach unten.

Von meinem gemischten Vorspeisenteller war fast nichts mehr übrig, als Vesna endlich hereineilte. Anders als sonst, blieb sie nicht an der Theke stehen, um einige Stücke der viel zu süßen und viel zu fetten türkischen Desserts mitzunehmen. Sie ließ sich samt Mantel in den Sessel vis-a-vis von mir fallen, sah sich vorsichtig um und flüsterte dann: „Ich habe die Cognacdiebe."

Nachdem wir zwei große Dönerkebab gegessen hatten, nachdem wir hin und her überlegt hatten, wie wir weiter vorgehen sollten, stand fest: Wir würden der Mordkommission ein anonymes Gedächtnisprotokoll schicken. Nur so hatte Vesna eine Chance, weiter unerkannt im Ultrakauf zu arbeiten. Ich bat Vesna, alles möglichst detailgetreu aufzuschreiben. Am Abend setzte ich mich gemeinsam mit ihr vor den Laptop und formulierte das Protokoll so um, dass nicht mehr auf jemanden mit anderer Muttersprache geschlossen werden konnte:

„Anonymes Gedächtnisprotokoll.

Ich will keine Kollegen anzeigen, aber trotzdem zu den Ermittlungen im Mordfall beitragen. Deswegen erhalten Sie dieses Protokoll anonym.

Wie immer sah ich mich gestern im Lager um. Durch meine Tätigkeit habe ich freien Zugang. Wie Sie wissen, sind im Lager nicht nur die Lagerarbeiter, Regalschlichterinnen und Verkaufspersonal unterwegs, sondern auch Zulieferer von Waren, die mit ihren LKWs bis in die Halle fahren können. Zu Mittag herrscht am wenigsten Betrieb. Es gibt weniger Kunden und ein Teil der Kollegen ist auf Mittagspause.

Ich kam durch die Warengänge im Lager auf den offenen Lagerplatz. Ein LKW stand mit dem Heck herinnen. Die Aufschrift des LKWs hatte nichts mit Spirituosen zu tun und deswegen erregte es meine Aufmerksamkeit, dass der LKW-Lenker und ein Lagerarbeiter einige Kartons mit Whiskyflaschen von dem Palettenstapel zum LKW trugen. Ich versteckte mich hinter einem Stapel in der Nähe und konnte beobachten, wie sie zehn Kisten verschiedener Whiskymarken in den LKW verluden. Da ich wusste, dass es viel zu spät war, jetzt die Polizei zu verständigen, und ich – wie erwähnt – auch keine Kollegen ausliefern will, stellte ich die beiden zur Rede.

Sie drohten mir zuerst, dass mir dasselbe wie Karin Frastanz passieren würde, die ja fast von einem Stapel Cognac-Kisten erschlagen worden wäre, aber ich konnte nicht glauben, dass sie damit zu tun gehabt haben. Ich sagte also, sie sollten mit der Sprache herausrücken oder ich würde sofort alles erzählen. Sie gestanden, seit einiger Zeit Kontakt mit Schwarzhändlern zu haben. Wann immer sie Spirituosen – in erster Linie Whisky und Cognac – abzweigen konnten, bezahlten diese ihnen für ihre Beute die Hälfte des Schwarzmarktpreises. Sie hätten meist die Mittagszeit abgewartet und dann einfach, wenn es möglich war, einige Kisten in den LKW gepackt.

Ich forderte sie auf, die Kisten zurückzustellen, und sie taten es auch.

Ich hatte nicht den Eindruck, dass es sich bei ihnen um hart gesottene Gangster handelte.

Ich warf ihnen dennoch vor, dass sie versucht hätten, Karin Frastanz zu ermorden. Sie reagierten mit Angst und Ablehnung. Sie erzählten mir Folgendes: Normalerweise hatten sie leere Kartons, die bei uns im Lager herumliegen, rechtzeitig zur Seite gestellt, um bei Bedarf die gestohlenen durch Leerkartons zu ersetzen. Damit ihr Diebstahl nicht zu schnell auffiel, haben sie auch dafür gesorgt, dass die leeren Kartons nicht in der ersten Reihe, sondern weiter hinten standen. Deswegen sei eine Zeit lang, bis eben zu dem Angriff auf Karin Frastanz, auch nichts aufgefallen.

An diesem Tag hatten sie wieder ein paar Cognac-Kisten abgezweigt, waren aber gestört worden. Regionaldirektor Heller sei von hinten durch das große, hydraulische Tor ins Lager gekommen. In großer Eile hatten sie so getan, als würden sie volle Kisten tragen, und die leeren Kisten schnell vorne dazugestellt. Sie sagten zu Heller, dass sie den Stapel sichern müssten, damit er nicht umfiel. Heller hat sich daraufhin erkundigt, ob es leicht sei, den Stapel zu kippen, und der Lagerarbeiter hat ihm gezeigt, wo man theoretisch ansetzen müsste. Eine Viertelstunde später sei dann der Unfall mit Karin Frastanz passiert und sie hätten es so mit der Angst bekommen, dass sie wochenlang keine Kartons hätten mitgehen lassen. Gestern haben sie es zum ersten Mal wieder versucht, aber da habe ich sie entdeckt. Sie schworen mir, mit den Diebstählen aufzuhören. Ich habe sie dann auch noch gefragt, ob der Stapel von alleine umgefallen sein kann, aber der Lagerarbeiter hat das heftig bestritten. Soviel ich weiß, haben auch die polizeilichen Erhebungen im Lager dasselbe ergeben. Man soll über Tote ja nichts Schlechtes sagen, aber einige Indizien sprechen dafür, dass Heller den Stapel umgestoßen haben könnte. Ich ersuche Sie, das nachzukontrollieren. Ich halte es außerdem für unwahrscheinlich, dass niemand außer den beiden Heller gesehen hat.

Hochachtungsvoll
jemand, der die Polizeiarbeit unterstützen möchte."

Gewisse Feinheiten standen freilich nicht in Vesnas Gedächtnisprotokoll. Vesna grinste, als wir die Endfassung des Briefes noch einmal durchlasen. „Die beiden sind zum Glück sehr dumm. Auch Diebstahl war dumm gemacht und wäre auch ohne Kartons auf Karin bald aufgefallen. Weißt du, wie man besser stiehlt?"

Ich schüttelte den Kopf.

„Am besten ist, man zweigt Leerflaschen ab aus Hotels oder so, füllt sie dann mit brauner Flüssigkeit und stellt sie kartonweise statt der gestohlenen auf. Da merken erst Kunden, dass etwas nicht stimmt – wenn sie es merken. Aber zumindest man nimmt keine leeren Kisten, sondern füllt sie mit irgendetwas, das ähnlich schwer ist. Leerkisten merkt man schnell."

„Woher hast du das?"

„Man hört einiges. Die beiden jedenfalls sind keine Schwerverbrecher, nur eben nicht ehrlich. Dafür gehört ihnen schon der Schreck. Aber nicht mehr."

Was auch nicht in dem Gedächtnisprotokoll stand: Vesna hatte sich den beiden Gelegenheitsdieben gegenüber als Privatdetektivin ausgegeben, die im Auftrag des Unternehmens den Mordfall klären sollte.

„Dass sie das geglaubt haben, zeigt schon, wie beschränkt sie sind", fügte ich hinzu.

Vesna sah mich böse an. „Warum sollte das wer nicht glauben? Mache ich etwa zum ersten Mal Detektivarbeit oder was? Hätte ich österreichischen Pass ..."

Ich unterbrach sie beschwichtigend. „Ich weiß, aber zu glauben, dass du als Privatdetektivin der Firma nichts über die Diebe erzählen wirst ..."

„Das ist schon wahr. Andererseits: Ich will eben weiter unerkannt mitarbeiten, da sind ein paar kleine Diebe nicht so wichtig, wenn sie jetzt mit dem Stehlen aufhören. Und sie haben ja gute Informationen geliefert. Vielleicht liefern sie in Zukunft noch mehr. Ich habe sie jedenfalls aufgefordert dazu."

„Werden sie wirklich nicht mehr klauen?"

Vesna zuckte die Schultern, gähnte und nahm einen Schluck Rotwein. „Woher soll ich wissen? Aber sie haben Angst."

„Wenn sie herumerzählen, dass du Privatdetektivin bist?"

„Dann lasse ich mir etwas einfallen. Ich glaube aber nicht, dass sie es tun. Der Franjo, der Lagerarbeiter also, hat außerdem vor Capo, dem Tschuschenblockchef, Angst."

„Warum eigentlich?"

„Wegen nichts, glaube ich. Er ist ein Verlierer, wenn du verstehst, was ich meine. Und der Capo macht eine Menge Worte und ist der Anführer. Das ist mehr so eine Männersache, der Capo ist eben Gockelhahn Nummer eins und hackt auf die anderen hin. Jedenfalls glaube ich nicht, dass Franjo was sagt. Der LKW-Fahrer ist ein Österreicher. Der redet schon gar nicht. Wem soll er was erzählen? Was ich allerdings glaube: Ein paar haben gewusst, wer Cognac klaut. Weil im Lager ist immer etwas los. Und sehr geschickt waren die beiden nicht. Wenn LKW wenigstens ohne große Aufschrift gewesen wäre. Was haben Cognac- und Whiskykisten in einem Bäckerei-LKW verloren? Aber Kollegen haben weggesehen. Kann man ja auch verstehen. Hätten sie zu den Bossen gehen sollen und verraten? Also. Jedenfalls hat es eine Menge Spaß gemacht, die zwei zu entdecken."

„Aber wenn sie doch gewalttätig gewesen wären? Wer weiß, ob die anderen Lagerarbeiter nicht auch weggesehen hätten, wenn du unter einen Stapel Kisten gekommen wärst?"

„Risiko ist eben dabei. Aber ich habe Recht gehabt."

„Das wird sich erst herausstellen. Immerhin können sie ja auch in den nächsten Tagen reagieren."

„Und nicht sicher sein, ob ich vielleicht doch etwas weitergesagt habe? Oder wie in Filmen Kuvert mit Vorfall hinterlegt habe – weil man ja nie weiß? Glaube ich nicht. Aber ich bin vorsichtig. Sicher."

Wir wollten abwarten, wie die Kommissarin auf das Gedächtnisprotokoll reagieren würde. Nahm sie es ernst, musste sie Lagerarbeiter, Verkäuferinnen und Regalschlichterinnen noch einmal nach dem Tag fragen, an dem Karin verletzt worden war. Vesna würde davon erfahren. Reagierte die Kommissarin auf unseren Brief nicht, dann war er eben nicht nur an die Sicherheitsdirektion, sondern auch an die Redaktion des „Magazins" gegangen und ich würde versuchen, eine entsprechende Reportage unterzubringen. Jedenfalls war ich mit Vesna einer Meinung: Die Cognacdiebe waren nicht die Mörder.

Ich blätterte meine Post durch und gähnte. Eine Menge Einladungen zu Veranstaltungen, alle in der Hoffnung versandt, dass ich darüber im „Magazin" berichten würde. Nichts Interessantes dabei. Zwei Leserbriefe, davon einer positiv, einer negativ. Eine Frau Herta Meinrad als Salzburg empörte sich über die „spöttische Art", mit der ich über das Geburtstagsfest eines vorgestern populär gewesenen Schauspielers berichtet hatte. In den Papierkorb damit! Mein Kollege am Nachbarschreibtisch telefonierte wieder einmal in Turbolautstärke. Sieh an, ein Briefchen von Ultrakauf. Normalerweise bekam ich solche Werbesendungen an meine Privatadresse geschickt. Immerhin war ich Mitglied im Klub Ultrakauf und wurde so „exklusiv" über Sonderangebote und Neuerungen informiert. Ich wollte den Brief schon ungelesen wegwerfen, öffnete ihn aber doch. Das war nicht das billige Papier der Massensendungen, das war dickes, teures Papier. Der Briefkopf war geprägt und informierte mich darüber, dass mir die Geschäftsleitung der Kauf-AG schrieb. Ein Brief mit persönlicher Anrede, unterschrieben von van der Fluh persönlich. Die offizielle Bitte, mich endlich nicht mehr um die Vorfälle im Ultrakauf zu kümmern? Kritik an der Homestory? Aber warum? Sie war harmlos gewesen und ich hatte nur in einem Nebensatz vermerkt, wie glücklich die van der Fluhs darüber waren, dass ihr Haus alter Familienbesitz war, da es als Firmenwohnung von der einen oder anderen Supermarktkassierin oder Kundin vielleicht doch nicht goutiert worden wäre. Misstrauisch las ich:

„Sehr geehrte Frau Dr. Valensky“ – woher um alles in der Welt wussten sie von meinem akademischen Titel? Ich hatte ihn seit mehr als zehn Jahren nicht mehr verwendet.

„Die Kauf-AG ist bemüht, im Interesse ihrer Kunden und Anleger der Konkurrenz immer einen Schritt voraus zu sein. Deswegen habe ich vor kurzem einen Think-Tank eingerichtet, in dem erfahrene Persönlichkeiten aus unterschiedlichen Lebensbereichen gemeinsam mit unseren Entwicklungsexperten über die Zukunft des Unternehmens beraten sollen. Mir geht es dabei um größtmögliche Offenheit, gerade auch von Kritikern können wir lernen.

Es wäre mir eine Freude, Sie in diesem Gremium willkommen zu heißen. Da wir bemüht sind, unseren Vordenkern einen angenehmen Rahmen zu bieten, findet die nächste moderierte Gesprächsrunde am 10. Dezember um 19 Uhr im neu eröffneten Parkhotel Wien statt. Ich freue mich, Ihnen ankündigen zu können, dass Starkoch Martin Guttmayer für unsere Gäste ein Menü zusammenstellen wird, das Diskussionsfreude und Kreativität beflügeln wird.

Mit freundlichen Grüßen
Viktor van der Fluh“

Ein handgeschriebenes Postskriptum ließ mich wissen, dass van der Fluh die Homestory „wirklich sehr nett und ansprechend“ gefunden habe.

Ich faltete den Brief wieder zusammen und klopfte damit so lange nachdenklich auf den Tisch, bis mein Kollege herüberzischte, ich solle endlich mit diesem nervtötenden Geräusch aufhören. Was bezweckte van der Fluh? Ich konnte es nur herausfinden, wenn ich seine Einladung annahm. Wollte er mich einkaufen? Oder mich zumindest für ihn und sein Unternehmen einnehmen? Bestechung war ein Menü jedenfalls keine und von einem Honorar hatte nichts dabeigestanden. Wer waren die anderen „Persönlichkeiten“, die geladen worden waren?

Ich tat etwas für mich Außergewöhnliches und ging freiwillig zum Chefredakteur. Ich las ihm den Brief vor und fragte: „Wie soll ich reagieren?“

„Offenbar haben Sie auf van der Fluh einen guten Eindruck gemacht. Gerade als Frau haben Sie mit Supermärkten sicher Erfahrung und auch für das ‚Magazin‘ könnte es sich als recht nützlich erweisen, mit der Kauf-Gruppe gut zu kooperieren. Immer vorausgesetzt, Sie verzichten auf Ihre klassenkämpferischen Töne.“

Ich zitierte aus dem Brief, dass van der Fluh auch Kritikerinnen willkommen waren.

„Ja, aber nur, wenn die Kritik in Bahnen gelenkt und eingebunden wird. Dagegensein ist nicht gefragt, sondern konstruktive Zusammenarbeit.“

Wahrscheinlich war das die Antwort auf meine Fragen. Ich sollte „eingebunden“ werden. Bloß: Warum hatte van der Fluh ein derartiges Interesse daran? Ich dachte an seine großen, fleischigen Hände mit den sorgfältig manikürten Fingernägeln. Wie sehr waren Machtmenschen bereit, Macht auszuüben?

Entweder hatte van der Fluhs Strategie schon gewirkt, oder ich war im Moment einfach zu faul, um mich mit Kassierinnen, Regionaldirektoren und ihrem Schicksal zu beschäftigen. Ich verzichtete darauf, einkaufen zu gehen, und fuhr gleich zu Oskar. Seine Wohnung lag im Zentrum und hatte eine große Dachterrasse mit Blick über die Dächer Wiens. Ruhe und Freiheit, mitten in der Stadt. Um diese Jahreszeit freilich konnte man die Dachterrasse nur kurz benutzen, um in den weiten Himmel oder hinunter auf die am Abend fast menschenleeren Gassen zu schauen. Dann trieben einen Kälte und Wind wieder in den einzigen, durch schwere Dachbalken gegliederten Raum, von dem nur Schlafzimmer, Bad und WC abgegrenzt waren. Wenige helle Möbel, allein Oskars Schreibtisch war alt und aus massivem Eichenholz.

Oskar war bereits daheim und hatte eine alte Miles-Davis-CD aufgelegt. Der asymmetrische Kachelofen gab eine angenehme Wärme ab und ich wollte heute Abend nichts mehr, als in Ruhe essen und dann zufrieden vor mich hin dämmern. Wenn Oskar keine Zeit zum Kochen hatte, ließ er sich in einem Delikatessenladen alles einpacken, was ihm das Wasser im Mund zusammenrinnen ließ. Meist wäre eine sechsköpfige Holzhackerfamilie davon ohne Probleme satt geworden.

Wir saßen an Oskars rundem Tisch, ich nahm mir noch etwas vom Ziegenkäse und hörte ihm zu, als er über einen ziemlich kompliziert klingenden Wirtschaftsprozess erzählte. Auch wenn seine Kanzlei bisweilen Strafsachen übernahm, spezialisiert waren Oskar und seine Partnerin auf Wirtschaftsrecht. Ohne dass ich es wollte, kam mir der Gedanke, dass Oskar einer war, der van der Fluh und die Kauf-AG vor Gericht vertreten würde, wenn sie gegen irgendwelche Lieferanten, aber auch gegen Kundinnen oder Kassierinnen Klagen erhoben. Aber warum sollte die Kauf-AG schon eine Kassierin klagen? Für sie gab es andere Mittel, um sich durchzusetzen. Welche Mittel? Und: Heiligte der Unternehmenszweck jedes Mittel?

Ich nahm noch einen Schluck Burgunder und ließ mich von Oskars angenehm unaufgeregtem Sprechfluss einlullen.

Oskar hatte das Thema gewechselt und erzählte nun, dass die bisherigen Mietwohnungen im kommenden Jahr in Eigentumswohnungen umgewandelt werden sollten. Ich hielt das zuerst für eine eher grundsätzliche politische Anmerkung, ich hatte schon davon gehört, dass der Staat Wohnungen versilbern wollte, um Geld in die leeren Kassen zu bekommen.

„Ich muss mich entscheiden, ob ich das Vorkaufsrecht in Anspruch nehme und die Wohnung kaufe oder nicht."

„Deine Wohnung?" Ich versuchte, meinen Aufmerksamkeitspegel zu erhöhen. Miles Davis arbeitete im Verbund mit der Wärme weiterhin dagegen.

„Welche sonst? Ich habe gesagt, ich muss meine Wohnung kaufen oder mir mittelfristig etwas anderes suchen. Was meinst du?"

Irritiert sah ich ihn an. „Die Wohnung ist wunderschön."

„Ja, ich hänge auch sehr an ihr. Aber mittelfristig ..." – schon wieder „mittelfristig", das klang so nach sorgfältig formuliertem Anwaltsbrief – „... mittelfristig wird man Entscheidungen treffen müssen, wie es weitergeht."

Schon wollte ich über seinen vagen Anwaltston spötteln, als mir klar wurde: Er sprach über unsere Beziehung. Wollte er etwa nicht mehr? Ich sah ihn verwirrt an. „Was für Entscheidungen?"

„Na ja." Er zögerte. „Wir sind jetzt ein halbes Jahr zusammen."

„Ein schönes halbes Jahr", wollte ich dazwischenrufen.

Oskar fuhr langsam fort. „Irgendwann, ich sage nicht, sofort, aber irgendwann wird sich die Frage stellen, ob es nicht an der Zeit ist, zusammenzuziehen. Auch weil es praktischer ist." Jetzt sah er mich mit großen Seehundaugen an und mir wurde klar, dass er vor meiner Reaktion Angst hatte. Wir bewegten uns plötzlich auf dünnem Eis. Ich wollte nicht weitergehen, hatte mich dort wohl gefühlt, wo wir waren. Was machte es schon aus, immer wieder eine Tasche mit der Kleidung für den nächsten Tag zu packen? Aber Oskar hatte sich, ob ich es wollte oder nicht, hinausgewagt. Ich war ihm eine Antwort schuldig.

„Vielleicht", begann ich, „wäre es ein Anfang, dass du einen Kasten für mein Zeug freiräumst und ich einen Kasten für dein Zeug freiräume?"

„Und Gismo?"

Ich seufzte. Dass Oskar viel öfter bei mir als ich bei ihm übernachtete, hatte vor allem mit Gismo zu tun. Und mir war es auch recht. So schön und so behaglich Oskars Wohnung auch war: Ich hing an meiner eigenen. Andererseits wäre es Oskar schwer zuzumuten, von seiner Dachterrassenwohnung in meine gemütliche, aber alles andere als luxuriöse Altbauwohnung ohne Lift zu ziehen. Gar nicht zu reden davon, dass mir ein gewisser Freiraum eben wichtig war, und sei es nur, weil ich mich in den letzten Jahren daran gewöhnt hatte. Ich trank das letzte halbe Glas Rotwein in einem Zug aus.

„Ich wollte dich nicht drängen“, sagte Oskar und er klang etwas verletzt, „aber in den nächsten Monaten muss ich entscheiden, was ich mit meiner Wohnung tun soll.“

Behalte sie, wollte ich ihm sagen, und ich behalte meine und wir machen weiter wie bisher. Aber ich sagte nichts.

„Willst du mich überhaupt auf Dauer ... oder zumindest bis übermorgen?“, fragte Oskar leise.

„Zumindest bis überübermorgen. Und das jeden Tag.“ Ich war plötzlich so gerührt, dass ich mir eine Träne aus dem Augenwinkel blinzeln musste. „Und du?“

„Ich will dich.“

Wir blieben sitzen, wo wir waren, nicht einmal unsere Hände berührten sich. Wir sahen einander an. Oskar begann zu lächeln, dann zu strahlen. „Ich habe mich fast nicht getraut zu fragen, ich wollte nicht alles zerstören. Also: Wohin ziehen wir ... mittelfristig, natürlich? Zu dir? Zu mir? Oder wollen wir uns eine neue gemeinsame Wohnung suchen? Ein Haus?“

Ich räusperte mich. „Wie wäre es, wenn wir trotzdem noch alles ließen, wie es bisher war?“

[11.]

Ich goss die Blumen im Wohnzimmer. Ich mag Grün, habe aber alles andere als einen grünen Daumen. Für gewöhnlich sorgte Vesna dafür, dass die Pflanzen überlebten. Aber seit Vesna ihren Job im Ultrakauf angetreten hatte, kam sie nur mehr einmal pro Woche. Vielleicht sollte ich doch zu Oskar ziehen? Bei ihm wucherte das Grünzeug. Ich seufzte. Unser Gespräch ging mir nicht aus dem Kopf. Ich hatte den Eindruck, ihn enttäuscht zu haben. Ich wollte ihn nicht verlieren. Ich wollte aber auch mich nicht verlieren. War das so einfach? Jedenfalls liebte ich nicht nur ihn, sondern auch meine Unabhängigkeit. Ich war stolz auf sie. Ich hatte gelernt, selbst durchs Leben zu kommen, niemand anderen verantwortlich zu machen, wenn's nötig war, mich auch selbst wieder aus dem Dreck zu ziehen. Was hatte die Psychotherapeutin letztes Jahr gesagt? Dass ich lernen sollte, mich auf andere zu verlassen. Auf Vesna verließ ich mich. Aber das war etwas anderes.

Ob unser anonymer Brief inzwischen Wirkung gezeigt hatte?

Mein Magen knurrte. Der Lammschlegel duftete verführerisch. Vor vier Stunden hatte ich das Fleisch angebraten und dann mit einigen Zweigen Rosmarin und Olivenöl bei hundertvierzig Grad ins Rohr geschoben. Eine Stunde noch, dann würde Vesna kommen. Sie liebte Lamm.

Ich ging in die Küche und schälte große, mehlige Kartoffeln. Bisher jedenfalls hatten die Cognacdiebe dichtgehalten. Vesna hatte am Telefon sogar amüsiert erzählt, dass sie vom Lagerarbeiter Franjo nun mit äußerstem Respekt behandelt wurde.

Zehn Knoblauchzehen schälen. Kartoffeln und Knoblauchzehen großzügig salzen. Zu schade, dass mir Vesna verboten hatte, mehr als das Lamm vorzubereiten. Erstaunlicherweise aß Vesna lieber viel von einem besonders guten Gericht, als dass sie sich durch ein ganzes Menü durchkosten mochte – dabei wusste ich aus eigener Erfahrung, dass man doch auch viel von mehreren Gängen essen konnte. Aber deswegen hatte ich eben ein paar Kilo zu viel und Vesna nicht.

Ich wuchtete die schwere gusseiserne Pfanne aus dem Rohr und hob den Deckel. Das Lamm löste sich schon vom Knochen. Ich konnte nicht anders, ich musste eine heiße Fleischfaser herunterreißen und verbrannte mir dabei natürlich prompt die Finger. Der Geschmack des Lammstücks entschädigte mich. Ich gab Knoblauch, Kartoffeln und zwei weitere Rosmarinzweige dazu in den Topf, goss mit ganz wenig Rotwein auf und schob ihn wieder ins Rohr.

Draußen begann es zu schneien. Ein eiskalter Spätherbst.

Das Telefon läutete und ich hoffte, dass es Oskar wäre. Am Apparat war meine Mutter. „Schneit es bei euch auch?“, fragte sie zur Eröffnung.

„Ja, es hat eben angefangen.“ Meine Jahreszeit war der Sommer, aber trotzdem: Schneeflocken mochte ich. Mir war friedlich zumute.

„Papa will wissen, wann du zu Weihnachten kommst.“

„Warum fragt er mich dann nicht?“

Meine Mutter seufzte den Seufzer, den ich unter hunderttausenden identifiziert hätte. Ich kannte ihn aber auch bereits seit beinahe vierzig Jahren.

„Also gut“, lenkte ich ein. „Ihr seid wie immer zu den Festtagen daheim?“

„Das weißt du ja. Es sind zu viele Feiern rundum, auf die dein Vater gehen muss. Nicht, dass er es gerne tut, aber ...“

Mein Vater hätte ohne seine politischen Verpflichtungen als Obmann des Pensionistenverbandes gar nicht gewusst, was er tun sollte. Meiner Mutter war das klar und sie war froh, ihn auch nach seiner Pensionierung als Landesrat nicht ständig im Haus zu haben. Mir würde nichts anderes übrig bleiben, als zumindest einen der

Feiertage bei meinen Eltern zu verbringen. Ich mag meine Eltern, aber für gewöhnlich ist es besser, wenn eine gewisse räumliche Distanz zwischen uns liegt. Wir sind zu verschieden. Und sie haben es nie aufgegeben, mich erziehen zu wollen.

„Ich komme am 25., passt euch das?“ Besser, es gleich hinter mich zu bringen.

„Ja, das passt wunderbar. Nimmst du deinen ...“

Bei meinem letzten Besuch hatte ich Mutter in einem schwachen Moment von Oskar erzählt.

„... deinen Freund, oder wie man da sagt, mit?“

„Ich werde ihn fragen.“ Ich hatte nicht vor, mir das anzutun. Mit Schrecken erinnerte ich mich noch an die Begegnung meiner Eltern mit Joe. Sie war mehr oder weniger zufällig am Rande einer Veranstaltung passiert. Meine Mutter hatte Joe gefragt, ob er bei mir fixe Absichten habe, und mein Vater hatte ihn über seine finanziellen Verhältnisse ausgehorcht.

„Er ist sicher sehr nett“, fuhr meine Mutter fort, „Rechtsanwalt ist ein guter Beruf. Außerdem kannst du so jemanden gut brauchen, denke ich. Bei all den Sachen, in die du immer hineingerätst.“

Ich musste grinsen. Oskar als mein persönlicher Rechtsberater in allen Lebenslagen. So hatte ich unsere Beziehung bisher noch nicht gesehen.

Meine Mutter war nun nicht mehr zu stoppen. „Aber warum war er noch nie verheiratet? Ich meine, mir ist das recht so, aber man fragt sich doch, wenn ein Mann in seinem Alter ledig ist. Vielleicht hat er Probleme, sich zu binden. Ich sage das nur, damit du keine unliebsamen Überraschungen erlebst.“

„Um dich zu beruhigen: Er hat beinahe zwanzig Jahre mit einer Frau zusammengelebt, dann hat sie ihn verlassen.“

„Warum hat er sie nicht geheiratet?“

„Weil sie keinen Grund dafür sahen.“

„Und dann ist sie auf und davon.“

„Wer?“

„Na seine Freundin, wahrscheinlich hat er sie zu lange nicht geheiratet.“

„Sie hat einen amerikanischen Undergroundfilmer kennen gelernt. Mit dem ist sie weg."

„Du liebe Güte." Meine Mutter verstummte. Keine Ahnung, was sie sich unter einem Undergroundfilmer vorstellte. Oskars Freundin war wie er Anwältin gewesen. Offenbar hatte sie plötzlich genug vom zufrieden-biederen Leben gehabt. Vor drei Monaten war eine Postkarte von ihr gekommen – sie sei mit ihrem Filmemacher und einigen anderen Leuten auf Motorrädern quer durch die USA unterwegs. Natürlich würde das alles filmisch dokumentiert.

„Jedenfalls würde ich ihn gerne kennen lernen", beharrte meine Mutter.

Die Türglocke beendete unser Gespräch. Vesna stand draußen.

„Es wird früh Winter", sagte sie und hängte den feuchten Mantel auf einen Haken.

Sie ließ sich zu einem Sherry überreden und wir setzten uns an meinen massiven Holztisch im Wohnzimmer. Ich hatte ihren prüfenden Blick bemerkt und sagte: „Ich habe sogar die Blumen gegossen."

Vesna stand auf und kontrollierte es nach. „Aber noch nicht vor lange."

„Ich ersticke schon nicht im Dreck, wenn du eine Zeit lang seltener kommst."

„Na, hoffentlich. Übermorgen komme ich und putze. Oder soll ich jetzt ...?"

„Untersteh dich. Du bist da, um zu essen und mir zu erzählen, was läuft."

„Seltsame Sache", begann Vesna, „die läuft. Karin Frastanz ist heute nicht zur Arbeit gekommen."

„Wahrscheinlich hat sie ihren Krankenstand verlängert. Oder sie hat die Grippe bekommen, das ist bei diesem Wetter ja kein Wunder."

„Aber sie war schon Freitag und Samstag da, nicht offiziell, sie hat Bestände kontrolliert und mit vielen Leuten geredet. Hat gesagt, dass sie topfit ist und froh, dass Arbeit wieder anfangt. Der ist die

Decke schon auf den Kopf gefallen. Außerdem will sie herausfinden, wer sie angeschwärzt hat. War aber ganz friedlich dabei."

„Habt ihr sie angerufen, nachdem sie nicht zur Arbeit gekommen ist?"

„Sie hat sich nicht gemeldet."

Ich ging zum Telefon, fand den Zettel mit ihrer Nummer in meiner Handtasche und wählte. Fünfmal, sechsmal, siebenmal läutete es. Ich zählte noch einmal bis fünf und legte auf. „Habt ihr im Krankenhaus nachgefragt?"

„Ja, das hat Feinfurter gemacht. Alles in Ordnung mit Karin, haben sie gesagt, sie war vor ein paar Tagen zum letzten Mal bei der Kontrolle. Alle sagen, dass das der roten Karin gar nicht ähnlich sieht. Verlässlich ist sie, sagen alle."

„Sie hat Kinder, vielleicht wissen die etwas."

„Wäre möglich, aber seltsam ist es schon. Feinfurter war wütend, weil sie in der Fleischabteilung die einzige Fachkraft ist. Da ist es dumm, wenn sie fehlt. Der Fleischer, der eingesprungen ist, ist jetzt schon in einer anderen Filiale. Wegen der Grippewelle."

„Hat die Kommissarin auf unser Schreiben reagiert?"

„Das war es, was ich eigentlich erzählen will, ja, sie hat. Offenbar ist sie eine Tüchtige. Sie hat Beamte geschickt, die noch einmal alle gefragt haben, was am Tag war, als Karin unter die Kisten gekommen ist. Die rote Karin hat sie am Samstag gleich als Erste gefragt. Von ihr weiß ich das auch. Sie hat der Kommissarin gesagt, jetzt, wo sie darüber nachdenkt: Der Porsche von Heller ist im Hof vor dem Lager gestanden. Mehr hat sie nicht gesagt, sicherheitshalber. Dann ist sie noch gefragt worden, ob Heller ein Motiv gehabt hat, sie ums Eck zu bringen. Sie hat Gewerkschaftssachen erzählt, aber nicht zu viel. Aber ich kann mir nicht vorstellen, dass er deswegen die Kartons umgestoßen hat."

Ich nickte. Mir ging es auch so.

„Ich habe ein komisches Gefühl, dass sie heute nicht aufgetaucht ist."

„Habt ihr es den Kriminalbeamten erzählt?"

„Noch nicht, wir wollen ihr nicht mehr Schwierigkeiten machen, als sie schon hat. Wer weiß, was sie vorhat. Jedenfalls haben auch andere bestätigt, dass der Porsche von Heller da gewesen ist. Nur Franjo hat sich ganz dumm gestellt. Damit sie nicht merken, dass er der Cognacdieb ist und alles erzählt hat. Hoffentlich hat er sich nicht zu dumm angestellt. Und wenn schon: Ich habe ihn nicht auffliegen lassen und ein Dieb ist er."

Ich stellte Gismo mit einer Familienportion Hühnerkrägen ruhig und servierte das Lamm. Vesna stieß entzückte Töne aus. „Genau so haben sie es gemacht bei meiner Tante daheim. Nur eben im großen Ofen, der im Freien war. Genau so hat es gerochen und ausgesehen."

Ich muss zugeben, dass ich ausnahmsweise froh über die Tatsache war, keine Vorspeisen gegessen zu haben. Dieses Lamm verdiente es, dass man sich ihm voll und ganz widmete.

Zufrieden und satt lehnte ich im Sessel und ließ mir von Vesna Geschichten aus dem Supermarkt erzählen. Von Freundschaften und Feindschaften, von Fleißigen und Faulen, Lustigen und Dummen. Von präpotenten Kundinnen und neuen Sonderangeboten.

„Wir müssen in ihre Wohnung", sagte Vesna unvermittelt.

Ich versuchte mich zu konzentrieren. Das war nach einer Flasche Wein, von der Vesna so gut wie gar nichts getrunken hatte, schon ein Problem. „Die der roten Karin?"

„Was sonst? Polizei war noch nicht da, besser, wir sehen die Wohnung vor ihnen. Wer weiß, was wir finden. Ich denke an Drohungen gegen Heller oder so. Vielleicht lasst sich so ganz logisch klären, wo sie ist. Ohne Polizei."

„Aber woher nehmen wir einen Schlüssel?"

„Du weißt, wo sie wohnt?"

„Ich war einmal bei ihr."

„Man müsste mit Hausmeister reden, vielleicht kenne ich wen, der ihn kennt."

„Es ist halb zehn am Abend."

„Wirkt schon komisch, gebe ich zu."

Stille. Ich hörte, wie Gismo ihre Futterschüssel über den gefliesten Küchenboden schubste. Das ist eine ihrer vielen Arten, mir mitzuteilen, dass sie schon wieder hungrig ist.

„Du sagst, sie hat Kinder?“, fragte Vesna nach.

„Die Tochter ist in Amerika, hat sie mir erzählt. Sie ist mächtig stolz darauf, dass ihr Kind ein Stipendium bekommen hat. Dann gibt es noch einen Sohn.“

„Gut. So viele Frastanz kann es in Wien nicht geben.“

„Ich hab keine Ahnung, ob er in Wien ist.“

„Ist einen Versuch wert.“ Vesna stand auf, ging ins Vorzimmer und blätterte im Telefonbuch. „Vier sind es außer Karin!“, rief sie mir zu. „Du sollst anrufen, Stimme ohne Akzent ist besser, da kann man nichts machen.“

Ächzend erhob ich mich. Natürlich hatte Vesna Recht. Es war zumindest eine Möglichkeit, an den Schlüssel der roten Karin zu kommen.

Bei einem Anschluss hob niemand ab, der Herr Frastanz, der unter der zweiten Nummer abhob, war über achtzig und gerne bereit, mit mir die ganze Nacht zu plaudern. Es dauerte geraume Zeit, bis ich den alten Herrn, ohne allzu unhöflich zu sein, loswerden konnte. Beim dritten Versuch klappte es. Karins Sohn reagierte besorgt, konnte aber schlecht von zu Hause weg. Er hütete das Kind seiner Freundin, die für einige Tage beruflich im Ausland war. Mit seiner Mutter hatte er vor einer Woche zum letzten Mal telefoniert. Deswegen wisse er auch von uns und habe kein Problem, uns einen Schlüssel zu geben.

Der Sohn der roten Karin war schlank, groß und schien mir viel zu jung, um schon allein zu wohnen und eine Freundin mit Kind zu haben. Er bestürmte uns mit Fragen und bat uns, ihm so schnell wie möglich zu berichten, was los war. „Dauernd macht sie etwas im Alleingang“, erzählte er, „seit Papa tot ist, ist das noch schlimmer geworden.“

Schlachtschiffe im Finstern. Die Straßenlampen sorgten nicht für Helligkeit, sondern machten lediglich die Dunkelheit rundum sichtbar. Ein Leuchtpunkt neben dem anderen, ein Eingang neben dem anderen. Viele Fenster, aus denen etwas Licht kam. Trotz der Kälte standen zwei junge Mädchen an ein Auto gelehnt und redeten intensiv aufeinander ein. War das der richtige Parkplatz? Ich war irritiert. Eingang 17 b. Hier war 12 c–f. Es dauerte, bis wir den richtigen Verbindungsweg fanden. Dann, überraschend, die richtige Eingangstür.

Vesna sah mich an und läutete bei der Gegensprechanlage. Keine Reaktion. Sie läutete wieder, wartete diesmal aber nicht so lange und sperrte die Haustüre auf. Erster Stock, das schmale Stiegenhaus nach oben. Diesmal läutete ich. Wir erwarteten keine Antwort, trotzdem standen wir wohl zwei, drei Minuten im Flur, bis Vesna behutsam, als würde sie einbrechen, die Wohnungstür aufschloss. Ich nickte ihr zu. Langsam öffnete Vesna die Tür. Der kleine Vorraum. Mir klopfte das Herz und auch Vesna sah ich an, dass ihr das Ganze nicht einerlei war. Wir blickten um uns. Jetzt sollte man eine Waffe haben, ging mir durch den Kopf. Warum eigentlich? Was erwartete ich? Einen Mörder, der neben der roten Karin ausgeharrt hatte und sich jetzt auf uns stürzen würde? Der Vorraum war zusammengeräumt, nichts deutete auf einen überhasteten Aufbruch oder gar einen Kampf hin. Noch immer sprachen wir kein Wort. Vesna winkte mir und gemeinsam sahen wir in die Küche: Einbaumöbel aus hellem Holz, im Spülbecken stand eine große gelbe Kaffeetasse. Ich öffnete den Geschirrspüler. Er war halb voll.

Weiter auf leisen Sohlen ins Wohnzimmer: Der Esstisch mit vier gepolsterten Sesseln, der schwere dunkelbraune Ledersessel. Die Einbauwand mit Fernseher. Keine Spur von Karin Frastanz.

„Die ist nicht da“, sagte Vesna in die Stille hinein.

Ich nickte.

Das Schlafzimmer. Ein Einzelbett mit geblümter und sorgfältig glatt gestrichener Bettwäsche, es schien mir für die rote Karin viel zu kurz und zu schmal zu sein. Am Fenster ein Schreibtisch, auf dem ein paar Rechnungen, Prospekte und ein paar Zeitungen lagen. Kein Drohbrief, keine verfänglichen Aufzeichnungen, alles sauber. Wir schüttelten den Kopf.

„Das Badezimmer“, sagte ich und musste mich räuspern, so eingerostet waren meine Stimmbänder durch das lange, intensive Schweigen. Vesna nickte und öffnete auch diese Tür. Hellblaue Kacheln, ein Waschbecken, eine Waschmaschine, eine Dusche mit blau gestreiftem Synthetikvorhang. Langsam zog ich den Vorhang weg. Nichts. Genauso wenig Ungewöhnliches konnten wir im WC entdecken. Die rote Karin war verschwunden, ohne besondere Spuren zu hinterlassen. Ohne ihre lärmende Energie, ihr Lachen, ihr Temperament wirkte die Wohnung ausgestorben. Ihre Habseligkeiten hätten sich in drei, vier Kisten verstauen lassen, dann wäre von ihr gar nichts mehr übrig gewesen und die Wohnung hätte neu bezogen werden können. Ob alle Wohnungen hier so wirkten? Wohnen auf Abruf, bis ...

Vesna rief mich ins Vorzimmer. „Ihr Mantel ist weg. Sie hat immer den gleichen an, sie hat den Mantel letztes Jahr im Ausverkauf gekauft, hat sie erzählt, etwas mit Kaschmir. Ihre Handtasche kann ich auch nicht finden.“

„Was hatte Karin eigentlich für Hobbys?“ Ich ertappte mich dabei, dass ich von ihr schon in der Vergangenheitsform redete, und korrigierte mich rasch.

Vesna tat so, als hätte sie nichts bemerkt. „Außer der Gewerkschaft? Ich weiß nicht, man kennt Leute oft nicht so gut, wie man glaubt.“

„Der Schrebergarten, wir haben auf ihren Schrebergarten vergessen. Sie könnte dort sein.“

Es war schon deutlich nach Mitternacht, als ich endlich das Häuschen inmitten der Kleingartensiedlung fand. In der Nacht sah eines wie das andere aus, Zwergenwelt der Eigenheime und Gärten, eingewintert, vielleicht würden sie im Frühjahr wachsen. Dass um die Zeit kein Licht brannte, war nicht weiter verwunderlich. Gemeinsam rückten wir eine Bank zum Gartenzaun, das reichte aus, um bequem rüberklettern zu können. Das Gras war feucht, die Erde gab unter unseren Schuhen nach. Vorsichtig, langsam, zögerlich setzten wir die paar Schritte vom Zaun zur Verandatüre.

Wir sahen hinein. Der Tisch war diesmal leer, wir konnten keine Anzeichen ausnehmen, dass die rote Karin hierher geflüchtet war. Wovor geflüchtet? Das Schlafzimmer, so hatte sie mir bei ihrer Genesungsparty erklärt, sei ein Kämmerchen im ausgebauten Dach. Ich klopfte an die Glastüre. Dumpfe Geräusche, die einzigen rundum. Ganz weit entfernt hörte man, dass auf der Hauptstraße noch immer Autos unterwegs waren. Ich klopfte lauter. Schließlich riefen wir. Kein Lebenszeichen von Karin. Vielleicht schlief sie mit Ohropax.

Wir kletterten zurück über den Zaun. Wenn wir wenigstens gewusst hätten, welches Auto sie fuhr. Am großen Parkplatz standen einige, jedes davon konnte ihr gehören. Ich rief ihren Sohn an. Wir konnten ihm nichts Beruhigendes sagen, auch ihren grünen Opel entdeckten wir nicht.

Man konnte die Sache aber auch ganz anders sehen. Der Leiter der Marketingabteilung der Kauf-AG rief am nächsten Morgen in der Redaktion an, um mir klarzumachen, dass beim Ultrakauf in der Mayerlinggasse alles in bester Ordnung war. Vorgeschobener Grund für das Telefonat war die Think-Tank-Sitzung, aber es dauerte keine zwei Minuten und er war beim eigentlichen Thema. In einem früheren Leben musste er Staubsaugervertreter gewesen sein, so flüssig verkündete er seine reinen Wahrheiten. „Nur, damit Sie sich keine unnötigen Gedanken machen. Ich freue mich übrigens sehr, Sie zu unserem kleinen Kreis der Zukunftsdenker zählen zu können. Generaldirektor van der Fluh hat persönlich darauf bestanden, Sie beizuziehen. Wirklich. Gerade deswegen. Es ist mysteriös, sicherlich. Ich habe gehört, Sie machen sich Sorgen und fragen nach. Der Alltag einer Fleischerin ist einigermaßen eintönig, selbst bei Ultrakauf, das sehen Sie doch sicher auch so? Jedenfalls kann sie spontan eine Kreuzfahrt gemacht haben, oder sie hat einen Mann kennen gelernt, sie war ja Witwe und noch recht unternehmungslustig, wie ich gehört habe. Hoffentlich ist das Glück auf Dauer, das weiß man ja nie. Jedenfalls aber genießt sie wohl momentan ihr Glück."

Ich versuchte, seinen Wortschwall zu unterbrechen. „Warum hat sie dann niemandem etwas davon erzählt? Ihren Kindern nicht und ihren Freundinnen auch nicht?“

„Das ist es ja, was ich meine: Einmal ausbrechen aus dem Alltag. Immer hat sie das getan, was man von ihr erwartet hat, jetzt macht sie einmal nur das, was sie will. Wenn sie zurückkommt, wir werden einen Weg finden, dass sie ihren Arbeitplatz nicht verliert. Wir sind da sehr kulant, auch wenn ihr Verhalten der Firma gegenüber nicht eben kooperativ ist.“

Die rote Karin war für Überraschungen gut, das hatte ich erlebt, als sie im Alleingang versucht hatte, aus Hellers Angriff Kapital zu schlagen.

„Was ist mit dem Mord? Auch ganz normal? Der Unfall im Lager? Der Überfall?“

Der Marketingmann holte tief Luft. „Zufälliges örtliches Zusammentreffen von Ereignissen, die für sich gesehen – natürlich abgesehen von dem Mord – wenig spektakulär sind. Warum, glauben Sie, hat sich die Presse nie für den Überfall interessiert? Warum hat die Polizei das Ganze zu den Akten gelegt? Weil derartige Bagatell-Überfälle häufig sind. Wenn niemand zu Schaden kommt, ist alles halb so wild. Das Geld kann man ersetzen. Nicht, dass ich nicht für harte Strafen wäre, aber meist werden die Täter später ohnehin geschnappt. Irgendwann einmal können sie nicht fliehen und dann gestehen sie eine Menge Überfälle. Besser, die Kunden nicht zu verunsichern, noch dazu, wo ihnen keine Gefahr droht. Die Gefahr droht uns und den Tankstellenpächtern und anderen Unternehmungen, aber wir wissen, wie damit umzugehen ist. Was den Unfall im Lager angeht: Sehr bedauerlich, wahrscheinlich war wieder einmal ein Stapel schlecht geschlichtet. Man wird es nicht mehr beweisen können. Erst gestern wieder ist Mehl aus einem Lagerregal im 21. Bezirk gefallen – da stand zum Glück niemand darunter. Es gibt eine Menge Sicherheitsschulungskurse bei uns, aber vor menschlichem Versagen ist eben niemand sicher. Außerdem hätte sich die Frau dort nicht aufhalten dürfen. Wir wissen, warum wir solche Verbote verhängen.“

Ich war gespannt, wie er versuchen würde, sich beim Mord an Heller herauszureden. „Der tote Regionaldirektor", sagte ich bloß und wartete.

Für einen Moment war es tatsächlich still am anderen Ende der Leitung. „Tragisch", erwiderte er dann, „aber ich glaube nicht, dass die Sache mit Ultrakauf zu tun hat. Vielleicht hat jemand von den anderen Unglücksfällen gehört und deswegen den Ultrakauf als Tatort gewählt. Quasi um alle auf eine falsche Fährte zu lenken."

„Und warum hätte Heller ermordet werden sollen?"

„Er war ein junger Mann: Ich würde auf Eifersucht oder Rache tippen. Das spielt bei den meisten Mordfällen eine zentrale Rolle, das Arbeitsleben hingegen so gut wie nie. Da gibt es Fakten. Statistiken." Er lachte abgehackt, es erinnerte mich ein wenig an die Töne, die mechanische Rechenmaschinen beim Addieren von sich geben. „Insgesamt betrachtet haben wir es beim Ultrakauf in der Mayerlinggasse mit einer statistischen Zufallshäufung zu tun. Nichts Besonderes also, über das es sich zu berichten lohnte. Wer will schon etwas über Statistik hören? Oder lesen?"

Wir verabschiedeten uns höflich und ich versprach noch einmal, zu dem Think-Tank-Treffen zu kommen.

Die Kauf-AG war daran interessiert, dass über die Vorfälle in der Mayerlinggasse so wenig wie möglich bekannt wurde. Das war verständlich. Aber ich ließ mir auch nicht einreden, dass es sich hier um statistische Zufallshäufungen oder, einfacher ausgedrückt, um blanke Zufälle handelte. Andererseits konnte ich nicht erkennen, wie alles miteinander zusammenhängen sollte. Man würde eben an verschiedenen Enden ziehen müssen, um zu sehen, wie sich der Knoten lösen ließ.

Ich gab unserer Sekretärin kurz Bescheid und fuhr einkaufen.

Ich nahm Biomilch und etwas Emmentaler, Hühnerkrägen für Gismo. In der Wurstabteilung schien alles seinen gewohnten Gang zu gehen. Ich ließ mir eine Schinkensemmel einpacken. Eine Hilfskraft legte im Selbstbedienungsbereich neue Styroportassen mit Schweinefleisch auf. Beim Frischfleischverkauf stand ein stämmiger

Mann um die vierzig, den ich noch nie gesehen hatte. Niemandem, der hier einkaufen ging, würde auffallen, dass die Leiterin der Fleischabteilung verschwunden war.

Am Stand mit Zeitungen und Zeitschriften lagen das „Magazin" und das „Blatt" einträchtig nebeneinander. Wir titelten diese Woche mit „Sex ist gesund!" Das „Blatt" machte seine heutige Ausgabe mit der Schlagzeile auf: „Die Sexspiele des Ministers!" Bisweilen schien nicht sehr viel Unterschied zwischen unseren beiden Medien zu bestehen. Es ging um die Auflage, um die Verkaufszahlen. Aber allemal: Bei uns wurde recherchiert und nicht denunziert. Zumindest in den meisten Fällen.

Als ich meinen Wagen in den Gang mit Konserven und Fertiggerichten schob, entdeckte ich Vesna. In ihrem blau-gelben Ultrakauf-Kittel sah sie für mich völlig fremd aus. Vesna und jede Art von Uniform – das passte einfach nicht zusammen. Sie nickte mir verstohlen zu. Ich sah mich um und ging zu ihr hinüber. Sie schlichtete Gulaschdosen ein, als hätte sie keine anderen Interessen auf dieser Welt.

„Wo können wir ungestört ...?", flüsterte ich.

„Hier ist in Ordnung", erwiderte sie.

Ich sah zur Decke. Irgendwo würden Überwachungskameras sein.

Vesna deutete meinen Blick richtig und meinte: „Kameras gibt es nicht, zu teuer. Da kommt billiger, was gestohlen wird. Leute sind ziemlich ehrlich, muss man sagen."

„War schon einer der Kriminalbeamten da?"

„Schneyder selbst und ein Zweiter. Haben gefragt, ob wer was über Karin weiß. Ich habe mich blöd gestellt und gefragt, ob man sie als Opfer oder Täterin sucht. Das wissen sie nicht, sag ich dir. Sie haben Verdacht, dass sie sich aus dem Staub gemacht haben kann."

„Ich kann mir das nicht vorstellen, so können wir uns nicht in ihr getäuscht haben."

„Vorstellen kann ich mir das schon, aber glauben?" Vesna wiegte zweifelnd den Kopf.

„Kannst du herausfinden, was in der Fleischabteilung über Karins Verschwinden geredet wird?“

„Ich habe schon probiert. Aber noch hab ich nichts Neues erfahren, da wissen wir mehr als die. Aber vielleicht kann ich in der Pause noch einmal fragen.“

„Ist Grete da?“

„Nein, ich habe sie nicht gesehen. Nie weiß man, wer welche Schicht hat. Lange bleibe ich nicht mehr da. Beim Putzen verdiene ich mehr, bin meine eigene Chefin und kann mir Zeit einteilen, wie es mir passt. Aber zuerst wir müssen herausfinden ...“

Am oberen Ende des Ganges tauchte der Filialleiter auf. Vesna griff nach den nächsten Dosen und ich sagte laut: „Vielen Dank, dann kann man auch nichts machen.“

Sie zwinkerte mir zu und grinste.

Ich grüßte den Filialleiter freundlich und rauschte in Richtung Kassa. Er grüßte irritiert zurück, konnte sich nicht entscheiden, was zu tun war, und tat dann so, als inspiziere er die Regale.

Ob das „Blatt“ schon vom Verschwinden der roten Karin erfahren hatte? In den Presseagenturen hatte ich keine Meldung darüber gefunden. Tagelang war nichts mehr über die Vorfälle im Ultrakauf zu lesen gewesen, aber eines musste man dem „Blatt“ lassen: Es verfügte über ausgezeichnete Quellen. Ich saß im Auto, biss in die Schinkensemmel und blätterte die Zeitung noch am Parkplatz durch.

Ich hatte mich nicht getäuscht.

„Fleischerin verschwunden: Hat sie Chef auf dem Gewissen?

Der Mord an dem Ultrakauf-Regionaldirektor Sascha H. ist weiterhin ungeklärt. Seit Wochen jedoch erhärten sich die Verdachtsmomente, dass die Bluttat in Zusammenhang mit einer Fehde der Gewerkschaft gegen den erfolgreichen Manager steht. Wie berichtet, hatte eine ausgebildete Fleischerin, die auch als Betriebsrätin tätig ist, Sascha H. wiederholt bedroht. Nun wurde bekannt, dass sie untergetaucht ist. Das mysteriöse Verschwinden der Frau könnte als weiteres Indiz dafür gelten, dass sie in den Mordfall verwickelt gewesen ist. Die einstweilige Leiterin der Ermittlungen, Katharina Schneyder, gilt in Polizeikreisen als unerfahren. Die junge Beamtin hat eine Nachrichtensperre verhängt. Gerüchten zufolge könnte sie so versuchen, ihre mangelnden Ermittlungsergebnisse zu kaschieren.

Konfrontiert mit den neuerlichen Verdachtsmomenten, meinte ein Sprecher des Gewerkschaftsbundes, die abgängige Fleischerin sei zwar Betriebsrätin, übe aber keinerlei höhere gewerkschaftliche Funktion aus. Man verwahre sich als Organisation dagegen, in die Nähe von Mordfällen gerückt zu werden."

Zu etwas mehr Unterstützung für Karin Frastanz hätte sich der Gewerkschaftssprecher schon hinreißen lassen können. Aber wer weiß, ob das „Blatt" nicht so lange an der Aussage gedreht und gekürzt hatte, bis das übrig geblieben war? Die Story klang, als hätte die rote Karin Heller mit dem größten ihrer Fleischmesser erstochen. Ich traute ihr inzwischen so einiges zu, hielt es nicht einmal für ausgeschlossen, dass sie in einem Wutanfall jemanden mit bloßen Händen erwürgte. Aber vorsätzlicher Mord? Mörderinnen sahen nicht wie Mörderinnen aus, aber war das nicht auch wiederum bloß ein Klischee? Karins Gesicht schien mir jedenfalls nicht zu einem Mord zu passen. Seit wann fing ich an, den Verdächtigungen des „Blatts" zu glauben?

Oskar war für einige Tage nach Frankfurt gereist, es ging um einen internationalen Prozess in Zusammenhang mit einer Millionenpleite. Er vertrat die österreichischen Zulieferer. Obwohl wir täglich telefonierten, fehlte er mir. Am Abend wirkte meine Wohnung ohne ihn leer und es schien mir, als würde Gismo unruhiger als sonst herumstreifen und nach ihm suchen. In der Früh wurde mir selbst unter der dicken Steppdecke kalt. Dabei sahen wir einander auch sonst nicht täglich. Wahrscheinlich war ich langsam doch reif für eine fixe Beziehung mit gemeinsamem Haushalt und allem, was dazugehört.

Als ich bei meinem zweiten Cappuccino saß, kam Vesna. Ich fragte sie, ob sie vor der Arbeit noch frühstücken wollte: Vielleicht etwas Brot und Schinken? Kaffee? Marmelade? Für mich allein war es mir zu aufwendig erschienen, ein ausgiebiges Frühstück zuzubereiten. Seltsam, es hatte eine Zeit gegeben, in der ich mir mehrgängige Menüs gekocht habe. Vesna winkte ab. Kaffee, ja gerne. Aber sonst nichts. Überhaupt wisse sie nicht so genau, ob sie in Zukunft wieder Schinken, Wurst und Fleisch essen werde. Zumindest nicht aus dem Supermarkt.

Ich drückte auf den Knopf meiner automatischen Kaffeemaschine, schnupperte am extrastarken Espresso und fragte: „Warum?"

Vesna setzte sich, rührte für meinen Geschmack viel zu viel Zucker in den Kaffee und erzählte. „Du hast gesagt, sieh dich bei Fleisch- und Wurstabteilung um, Mira Valensky. Wollte ich sowieso. Hab ich gemacht. Eine der Frauen beim Fleisch ist aus Bosnien. Also wir machen gemeinsam Mittagspause und ich frage vorsichtig. Über Karin hat sie wenig Neues sagen können. Nur dass sie sich nicht vorstellen kann, dass sie einfach so abgehauen ist. Das ist nicht Karin Frastanz, die drückt sich nicht, hat sie gesagt. Und hast du schon gelesen im ‚Blatt'? Die tun so, als wäre sie eine Mörderin. Das ist für die Frau Blödsinn. Die rote Karin hat als Fleischerin lieber im Supermarkt als in einem anderen Fleischerbetrieb gearbeitet, weil sie da die Tiere nicht töten muss. Das Schlachten hat sie nicht mögen, das hat sie allen erzählt. Dann hat mir die Frau noch was über das Umpacken von Fleisch und Wurst verraten, wenn das Datum schon abgelaufen war. Karin hat das abgestellt, das hat sie dir ja auch gesagt, aber früher hat es das gegeben. Weil jede Abteilung nur ein bestimmtes Kontingent hat, bis zu dem man solche Sachen zurückschicken kann. Wenn das Kontingent überschritten ist, dann gibt es Ärger mit den Bossen. Karin hat sich da nicht viel gekümmert, aber andere ... Besser, man weiß gar nicht so genau, was man isst. Frau schwört, dass so etwas nie bei verdorbenen Waren passiert ist, aber ich weiß nicht. Wo ist die Grenze? Jedenfalls will ich wissen, wenn was schon nach dem Ablaufdatum ist."

Ich schüttelte mich. „Glaubst du, erzählt deine Informantin das auch in einem Interview?" Ich glaubte selbst nicht daran.

Vesna sah mich entsprechend mitleidig an. „Nur weil alle es wissen, sie sagen es noch lange nicht. Wo soll Jitka anderen Job finden? Meinst du, anderer Supermarkt gibt ihr Job, wenn sie erzählt, was lauft? So Sachen machen sie ja überall."

„Vielleicht anonym?"

„Nicht einmal anonym."

„Dann muss ich selbst eine anonyme Verkäuferin erfinden. Die Sache ist wahr, entsprechende Gerüchte gibt es auch immer wieder. Vielleicht gibt es da einen Zusammenhang mit dem Verschwinden von Karin. Vielleicht ist sie einfach zu unbequem geworden. Wer weiß, ob die Geschäftsführung nicht mit drinnen hängt?"

Vesna zuckte mit den Schultern. „Wer kann das sagen? Jedenfalls spart es Geld, wenn so was lauft."

„Das ist eine Story wert, das interessiert die Leute. Es ist viel besser, als der Mist im ‚Blatt'."

„Wird dem obersten Boss gar nicht gefallen, diesem Fluh."

„Höchste Zeit, dass ihm etwas nicht gefällt."

Diesmal war ich nicht so dumm gewesen und hatte in der Redaktionssitzung eine Supermarktreportage vorgeschlagen. Warum den anderen eine Bühne für ihre Vorurteile liefern? Der Chefredakteur war, wie er es bisweilen tat, in unserem Großraumbüro unterwegs und schaute dem arbeitenden Volk über die Schulter. Momentan schien es ihm vor allem Sandra angetan zu haben, sie war neu, kaum älter als zwanzig, hatte endlose Beine und einen Schmollmund. Dass sie darüber hinaus blitzgescheit und lesbisch war, konnte der arme Chefredakteur nicht wissen. Jedenfalls hatte die Redaktion ihren Spaß an seinen eher plumpen Versuchen, anzubandeln. Den größten Spaß dabei hatte allerdings Sandra selbst.

Ich winkte diesem Pechvogel von Chefredakteur und er kam zu mir herüber. „Ja?", sagte er lange nicht so verständnisvoll, als wenn ich jung, mit endlosen Beinen ausgestattet und ihm sonst ziemlich unbekannt gewesen wäre.

„Fleisch läuft ab. In der Fleischabteilung wird es gewaschen, umgepackt und dann wieder verkauft. Oder es kommt in den offenen Verkauf. Ich habe eine Zeugin. Und: Die Fleischermeisterin ist verschwunden. Niemand weiß, warum. Klar ist, dass sie solche Aktionen verweigert hat. Sie war rundum unbequem."

Er runzelte die Stirn. „Sie ist die Mordverdächtige. Außerdem: Die Zeugin könnte lügen. Gibt es Beweise?"

„Die Zeugin muss übrigens anonym bleiben."

„Sie haben ein Trauma mit Ihrem Supermarkt. Eine anonyme Zeugin!"

„Als ob sonst nicht geschrieben würde, was auf anonymen Hinweisen beruht. Tatsache ist: Was die Frau sagt, stimmt."

„Wir reden hier von Wirtschaftsberichterstattung."

„Ich finde, die Reportage passt eher in den Chronikteil."

„Das ändert nichts, hier geht es um Wirtschaft. Beweisen Sie Ihre Anschuldigungen, dann drucken wir sie."

„Die Zeugin arbeitet im Supermarkt. Sie will ihren Job behalten."

„Dann sollte sie lieber nicht mit Journalistinnen wie Ihnen über Interna reden."

„Sie haben nicht das Gefühl, dass wir etwas gegen solche Praktiken unternehmen sollten?" Ich machte eine Kunstpause und verwendete ein Argument, das sonst immer zog. „Gar nicht zu reden davon, dass die Menschen an Fleischskandalen und Ähnlichem immer interessiert sind. Es hat mit ihrem alltäglichen Leben zu tun. Die Vegetarier einmal ausgenommen, aber die lesen es, damit sie sich so richtig gut fühlen können."

„Natürlich sind solche Praktiken unappetitlich. Gerüchte gibt es immer wieder. Meine Frau kauft deswegen seit langem nur mehr in Bioläden und direkt beim Bauern ein."

„Kann sein, dass nicht alle Leute so viel Zeit und Geld haben. Hätten Sie etwa die Zeit?"

Er sah mich verblüfft an. Die Idee, regelmäßig einkaufen zu gehen, war ihm offenbar noch nie gekommen.

„Menschen haben ein Recht auf gesunde Nahrungsmittel, das sagt doch auch unser Landwirtschaftsminister. Ich sollte ihn anrufen und zu den Aussagen der Zeugin befragen."

Der Chefredakteur baute sich vor mir auf. „Um es noch einmal ganz deutlich zu sagen: Ohne handfeste Beweise keine Story. Wir bringen einen kleinen Artikel über das Verschwinden der Fleischerin, aber ohne wilde Spekulationen und ohne diese angeblichen Manipulationen beim Fleisch."

„Die sie abgestellt hat."

„Sie hat den ermordeten Direktor bedroht, das will ich lesen. Das ist ein Faktum."

„Sie war unbequem. Man hat schon einmal versucht, sie zum Schweigen zu bringen. Jetzt ist sie verschwunden."

„Hören Sie eigentlich zu, wenn ich mit Ihnen rede? Vielleicht wird es Zeit, dass Sie sich nach einem anderen Arbeitgeber umsehen?"

Ich stand auf. Wir waren gleich alt. Wir waren, da ich zum Glück meine Stiefel mit Absatz trug, gleich groß. Er war der Chef. Aber jetzt war ich wütend. Wir starrten einander wortlos an. Nach ein paar Sekunden klopfte er mir auf die Schulter und murmelte: „Nichts für ungut, aber Sie steigern sich da in etwas hinein", und ging in Richtung Chefsekretariat davon. Hatte ich nun gewonnen oder verloren? Vielleicht kam es gar nicht darauf an. Ich würde meine Beweise finden.

[12.]

Ich fuhr mit Vesna aufs Land. Hätte mich Grete Berger nicht auf Karins Unfall im Lager angesprochen, mir wäre wahrscheinlich bis jetzt, abgesehen vom Mord, nichts von dem aufgefallen, was sich in meiner Stammfiliale tat. Ich mochte die rote Karin mit ihrem Mundwerk, ihrem lauten Lachen, ihren trotz fortgeschrittenen Alters gefärbten Haaren. Ich machte mir Sorgen um sie, obwohl ich wusste, dass sie immer auch ihr eigenes Spiel spielte.

Vesna und ich hatten beschlossen, uns mit Grete abseits des Supermarktes über ihre Kollegin zu unterhalten.

Es war für Vesna nicht schwierig gewesen, herauszufinden, wo Grete wohnte. Wenn es nicht um Direktiven der Geschäftsleitung ging, war Feinfurter sehr kooperativ. Zwei Wohnsitze habe Grete, einen gleich in der Nähe des Ultrakaufs und einen in Rohlsdorf im Weinviertel. Diese Woche, das wisse er genau, sei sie im Weinviertel auf dem Hof ihrer Eltern. Sie habe sich ein paar Tage freigenommen, weil ihre Mutter einen Unfall gehabt habe. Deswegen hatten wir sie also in letzter Zeit nicht gesehen.

Es ist erstaunlich, wie schnell man vom Norden Wiens aufs Land kommt. Die Brünnerstraße entlang, vorbei an den üblichen Einkaufszentren und Baumärkten, den vielen kleineren Geschäften und Unternehmen, die im Schatten der Großen auf Umsatz hoffen, dann kurz vor Wolkersdorf abbiegen. Nichts erinnert nun mehr an die Großstadt. Anders als im Süden und Westen Wiens, sind die Dörfer hier nicht zu Vororten der Stadt verkommen. Anfang Dezember, bei drei Grad und Regen wird allerdings jeder Gedanke an Idylle im Keim erstickt. Die Straßen waren grau, die Hausfassaden erschienen grau, die Bäume entlang der Hauptstraßen ragten ohne Laub anklagend in den grauen Himmel.

Manchmal nehme ich mir die Zeit, zu einem meiner Lieblingsweinbauern zu fahren. So weiß ich, dass es Idylle oder zumindest idyllische Momente im Weinviertel noch gibt. Wenn die Sonne scheint, wenn man in einer der Kellergassen unter einem großen Kastanienbaum sitzt und schon leicht angesäuselt überlegt, wie viel von welcher Sorte Wein man mitnehmen sollte und was maximal in einen kleinen Fiat passt.

Rohlsdorf lag nicht weit vom Dorf meines Weinbauern entfernt. Trotzdem verfuhren wir uns zweimal. Die Wegweiser der Gegend richten sich nicht an Touristen oder Leute wie uns, sie sind dazu da, für die Einheimischen zu dokumentieren, dass es eben noch andere Orte gibt.

Das Haus lag an der Hauptstraße. Drei Fenster, ein graues Metalltor. Blassgelbe, schon etwas verwitterte Fassade. Wir parkten am Straßenrand. Ich suchte nach einer Klingel und fand keine. Es war Vesna, die schließlich energisch die Klinke des Tores drückte.

„Bei uns hat jeder hereinkommen können. Nie hat es eine Klingel gegeben. Am Land ist das ganz normal. Kein Unterschied, ob Bosnien oder da."

Ich folgte ihr mit gemischten Gefühlen. Grete wusste nichts von unserem Besuch. Der Hof war betoniert. Noch mehr Grau. Auf der einen Seite lag das Haus, auf der anderen die Mauer zum Nachbargrundstück, auf der Schmalseite endete der Betonplatz in einer alten, zum Großteil aus Holz bestehenden Scheune. Der kalte Regen tropfte mir ins Gesicht. Vesna war schon vorgegangen und stand vor der Eingangstüre. Auch hier keine Klingel. Sie klopfte energisch und trat gleichzeitig ein. Ich hielt mich hinter ihr.

Im Vorraum standen zwei Paar lehmige Stiefel, an der Garderobe aus Holzimitat hingen ein paar alte Steppjacken. „Hallo", rief Vesna, „ist hier jemand?"

Die Küchentür ging auf. Heraus kam eine zirka siebzigjährige Frau in braunen Wollhosen und einem dicken blauen Pullover. Sie hinkte stark. „Ja?“, sagte die Frau abwartend.

„Wir suchen Grete Berger. Ich bin Arbeitskollegin, und das“, Vesna deutete auf mich, „ist Freundin.“

„Die Grete ist hinten, in der Schupfen, gemeinsam mit dem Vater. Sie haben Glück, dass es zu regnen angefangen hat, sonst wären sie draußen gewesen.“

Wir bedankten uns und liefen im Regen durch das halb offen stehende Tor der Scheune. Idylle hin oder her, das Landleben war nichts für mich. Auch Vesna schüttelte sich. Als sich unsere Augen an das Halbdunkel gewöhnt hatten, sahen wir zwei Gestalten neben einem blauen Traktor stehen.

Die eine trug ein Kopftuch und spähte zu uns herüber. „Vesna? Mira?“

„Hallo Grete“, rief ich viel zu laut. Sie band sich mit einer raschen Bewegung das klein geblümte Kopftuch ab und kam zu uns herüber. „Was macht ihr denn hier?“ Wie ihre Mutter vorher fügte auch sie hinzu: „Ihr habt ein Glück, dass wir wegen dem Regen nicht draußen sind.“

„Warum?“, fragte ich.

„EU-Bestimmungen“, seufzte sie, „die Grünbrache darf erst ab erstem Dezember gemäht werden.“

Ich nickte, als ob ich sie verstanden hätte.

„Warum seid ihr hier? Ist Karin wieder aufgetaucht? Die von der Kriminalpolizei haben bei mir angerufen, aber ich habe ihnen auch nichts sagen können.“

Vesna schüttelte den Kopf. „Wir haben einen Ausflug gemacht.“

„Bei diesem Wetter?“

Ich sprang in die Bresche und ärgerte mich, dass wir uns nicht rechtzeitig eine glaubwürdige Geschichte ausgedacht hatten. „Mein Weinbauer ist nur ein paar Orte weiter. Wir wollten Wein holen, aber er war nicht da. So haben wir gedacht, wir überraschen dich einfach.“

Grete lächelte ungläubig. „Dass ihr an mich gedacht habt ... Gehen wir doch ins Haus. Vater, brauchst du mich noch?“

Der Mann, der am Traktor herumgebastelt hatte, sah kurz zu uns herüber und murmelte dann mundfaul: „Nein."

Wenig später saßen wir in der geräumigen Küche. Ein leichter Essensduft hing noch in der Luft, es war angenehm warm. Grete hatte uns damit überrascht, dass auf ihrem Hof auch Wein produziert wurde. Sie schenkte uns Grünen Veltliner ein. „Prost", sagte sie.

Wir prosteten ihr zu und kosteten. Gar nicht übel. Leicht, fruchtig, ausreichend Säure. Grete freute sich über mein Lob. „Die meisten Weingärten sind verpachtet, seit mein Bruder gestorben ist. Die Eltern schaffen nicht mehr alles, auch wenn ich ihnen helfe, wo es geht. Na ja, hier ist es nicht so schick wie in der Stadt, aber ich mag es."

Über den Tisch war ein Tischtuch mit aufgedruckten Äpfeln und Birnen gebreitet. Das Tischtuch wurde durch eine durchsichtige Plastikauflage geschützt. Nicht schön, aber praktisch. Ich nickte. „Deine Mutter hatte einen Unfall?"

„Ja, sie ist gestürzt und hat sich den Knöchel geprellt. Jetzt muss sie sich eine Zeit lang schonen, also hab ich mir Urlaub genommen."

„Aber normalerweise wohnst du in Wien?"

Sie zögerte. „Ja, normalerweise schon. Außer an zwei, drei Tagen in der Woche, da fahre ich heraus und helfe mit. Sonst müssten sie den Hof aufgeben, und wer kauft schon so einen Hof?"

„Dein Mann ist mit dir?", fragte Vesna ohne viel Feingefühl.

„Mein Mann ist in Wien. Hans arbeitet bei der Post und hat Wechseldienst. Manchmal am Tag, manchmal in der Nacht. Da kann er nicht gut mit herausfahren. Außerdem mag er das Land nicht so. Er findet, dass es hier schmutzig ist."

Wir sahen uns in der blitzsauberen Küche um.

„Ich bin Expertin für so was und ich sage, hier ist es gar nicht schmutzig", meinte Vesna. „Ich komme vom Land, damals in Bosnien wir hatten auch einen Hof. Zwar war mein Mann ein Lehrer in der Volksschule, aber der ist ja dann gestorben. Kühe haben wir gehabt und auch Schafe und natürlich Felder. Viel Arbeit, aber nur zur Pacht. Gehört hat es dem Staat. Eigentlich. War aber auch egal."

Ich sah Vesna an. Ich hatte nicht gewusst, dass ihr früherer Mann Lehrer gewesen war. Ich wusste auch nach wie vor nicht, ob er im Krieg umgekommen war. Sie würde es mir erzählen, wenn sie es wollte.

„Ich wäre viel lieber Bäuerin geworden", erzählte Grete und nahm einen Schluck Wein. Hier, in ihrer eigenen Umgebung wirkte sie nicht so unsicher. „Ich bin vor fast zwanzig Jahren sogar zur Weinkönigin gewählt worden. Damals habe ich angefangen, mich nicht Grete, sondern mit meinem vollen Namen Margarita nennen zu lassen. Das klang so schön. Ich war viel fort und hab viel getanzt und gelacht. Aber auch vorher, in der landwirtschaftlichen Schule, war ich eine der Besten. Damals war klar, dass mein Bruder den Betrieb übernehmen wird. So bin ich arbeiten gegangen, zuerst in das Lebensmittelgeschäft bei uns im Ort, und natürlich hab ich weiter daheim mitgeholfen. Als Weinkönigin hab ich dann meinen Mann kennen gelernt. Er war schon bei der Post. Lustig war er, er ist mit mir nach Wien tanzen gefahren. Ich weiß nicht, ob ihr euch das vorstellen könnt, aber ich war als Mädchen so gut wie nie in Wien. Das war die große Welt für mich. Na ja. Dann wurde ich schwanger und wir haben geheiratet."

„Du hast Kinder?"

„Nein, habe ich nicht. Ich kann keine bekommen. Meine Eileiter waren verkümmert, aber das hat sich erst während der Schwangerschaft herausgestellt. Ich habe es nicht gewusst, auch wenn mir mein Mann ab und zu vorwirft, ich hätte ihn getäuscht. Dabei war ich ganz verzweifelt, als ich mit achtzehn schwanger geworden bin. Er war eben ein Lustiger damals und hätte sicher nicht so schnell heiraten wollen, aber es musste eben sein. Und dann war ich wieder verzweifelt, als ich das Kind verloren habe."

Das klang mir nicht gerade nach einer glücklichen Beziehung.

„Heirat muss nicht sein", sagte Vesna, „und außerdem kann man es immer ändern. Margarita ist ein sehr schöner Name. Wie Blume."

Grete sah sie freundlich an. „Ja, aber der passt wohl nicht so recht zu mir. Außerdem ist er zu lange. Wer nimmt sich schon Zeit, mich bei einem so langen Namen zu rufen?"

Eigentlich waren wir gekommen, um sie über die rote Karin auszufragen. Aber offenbar hatte Margarita-Grete wenig Gelegenheit, über ihr Leben zu erzählen.

„Warum arbeitest du beim Ultrakauf in der Mayerlinggasse?"

„Unsere Wiener Wohnung ist ganz in der Nähe."

So einfach war das.

„Wenn ich am Land leben will, ich lebe am Land", sagte Vesna, „aber mir gefällt es in der Stadt besser. Viel mehr los, mehr Leben."

Grete schenkte uns nach. Sie selbst hatte kaum etwas getrunken. „Das sagt mein Mann auch, und dass er nie mit den Bauern in ein Wirtshaus gehen würde. Dabei hat er selbst nicht einmal seine Lehre fertig gemacht. Und ich weiß nicht, ob die Gespräche mit seinen Freunden so viel klüger sind."

„Er geht gerne fort?", fragte ich sie.

„Ja, sehr gerne. Er ist lieber fort als daheim. Deswegen muss ich auch schauen, dass ich oft genug in Wien bin. Wenn ich nicht da bin, was soll er dann anders tun, als fortgehen, sagt er."

„Und wenn du da bist, bleibt er daheim?"

„Na ja, manchmal."

„Versauft das ganze Geld. Solche haben wir in Bosnien viele gehabt. Auch da in Wien Cousin von einer Freundin, an sich ein anständiger Mensch, aber ..."

Grete unterbrach sie: „Er sauft nicht. Ich habe ihn kaum jemals betrunken gesehen. Er geht einfach nur weg. Eine Zeit lang hab ich mir schon eingebildet, er hätte eine Freundin. Aber da war nichts, da bin ich mir inzwischen ziemlich sicher. Er will nur einfach unterwegs sein mit seinen Freunden, aber nicht mit mir. Na ja. Früher war ich ganz hübsch, haben zumindest andere gesagt. Aber er hat eigentlich schon als ganz Junger gesagt, dass bei mir vorne und hinten nichts dran ist, dass ich gar keine richtige Frau bin. Das hat mich schon immer getroffen, wo ich doch keine Kinder kriegen kann. Wenn ich versuche zuzunehmen, dann werde ich nur fett. Tolle Kurven kriege ich keine. Dabei ist er immer schon auf solche ... ihr wisst schon ... solche mit großen Brüsten gestanden."

„Du brauchst Selbstbewusstsein. Karin hat Selbstbewusstsein genug“, sagte Vesna und lenkte damit über zum Grund unseres Besuches.

„Ja, die rote Karin hat Selbstbewusstsein und Temperament für zwei. Dabei ist sie schon über fünfzig. Wisst ihr, was sie vor kurzem zu einer ekelhaften Kundin gesagt hat, die ihre rote Mähne ‚unappetitlich und obszön‘ genannt hat? ‚Ich hab wenigstens Feuer, gnädige Frau.‘ Und dabei hat sie die Kundin ganz breit angelächelt. So etwas könnte ich nie. Aber sie sagt, sie muss eben selbst was dafür tun, dass ihr die Arbeit Spaß macht. Also redet sie mit den Leuten. Und ansonsten lässt sie sich nichts gefallen.“

Ich nickte. So hatte ich als Kundin die rote Karin von den anderen uniformierten Verkäuferinnen zu unterscheiden gelernt. Eine herausragende Figur, nicht nur was die Größe anging.

„Sie kann aber auch ganz schön wütend werden“, fügte ich hinzu.

„Ja, kann sie. Aber sie ist nie lange böse, das habe ich noch nie erlebt. Auch wenn sie mit dem Filialleiter Feinfurter manchmal wild gestritten hat, sie war es, die ihn gegen den Regionaldirektor in Schutz genommen hat. ‚Irgendwie gehört er ja doch zu uns, das Würstchen‘, sagt sie dann.“

„Nur Heller hat sie nicht ausstehen können.“

„Nein, aber den konnte wirklich niemand leiden. Seinen Vorgänger auch nicht. Klar gibt es welche, die sich einschmeicheln wollen. Aber da sollte so ein Regionaldirektor einmal hören, was die Schmeichler hinter seinem Rücken über ihn sagen. Aufmucken wie Karin, das kann ich nicht. Aber schmeicheln kann ich auch nicht. Dazu hab ich zu viel Stolz, glaube ich.“

„Ich frage mich, wie Karin wirklich ist“, sagte ich langsam. „Auf der einen Seite ist sie impulsiv, auf der anderen hat sie uns nicht erzählt, dass Heller die Kartons umgestoßen hat. Kann es sein, dass sie einfach beschlossen hat wegzugehen? Warum?“

Grete sah uns an. „Deswegen seid ihr gekommen.“ Sie sagte es ohne jedes Selbstmitleid in der Stimme, so, als hätte sie ohnehin nie wirklich angenommen, wir seien wegen ihr nach Rohlsdorf gefahren.

Ich schwieg kurz, dann sagte ich: „Es geht uns um deine Einschätzung. Wir versuchen, die Fäden zu entwirren."

„Also?", sagte Vesna aufmunternd.

„Ich weiß nicht", begann Grete zögerlich. „Ich will ihr nicht Unrecht tun. Ich habe keine Ahnung, warum sie verschwunden ist. Es schaut ihr auch nicht ähnlich. Eines stimmt schon, sie ist eine Einzelkämpferin. Aber sie setzt sich für andere ein. Sie ist, glaube ich, außerdem ziemlich verletzlich. Die meisten mögen Karin, sie gilt nicht als etwas Besseres, weil sie Abteilungsleiterin ist. Wenn ich da an die vom Obst und Gemüse denke ... Könnt ihr euch erinnern, wie Karin durchgedreht hat, als die Anschuldigungen gegen sie in der Zeitung gestanden sind? Ich glaub, es hat ihr an sich gar nicht so viel gemacht. Was ihr etwas gemacht hat, war das Gefühl, von Kolleginnen verraten worden zu sein. Es ist ihr wichtig, dass alle sie mögen."

„Aber trotzdem geht sie immer wieder auf Konfrontation."

„Ja, aber nicht mit den eigenen Leuten, sondern mit den Chefs. Nicht, dass ich mich das trauen würde, aber ihr fällt das leicht. Für mich hat sie sich nach dem Überfall ja auch eingesetzt und von Heller gefordert, dass ich psychische Behandlung bekomme und alles Mögliche."

„Kann sie sich so hineinsteigern, dass sie etwas Drastisches tut?", fragte ich vorsichtig.

„Etwas Drastisches? Ja, dann kann sie schon herumbrüllen." Grete verstummte. „Aber das meint ihr nicht. Ihr meint Mord, nicht wahr? Das kann ich mir nicht vorstellen. Ich meine, ich kann mir vorstellen, dass sie im Zorn jemandem einen Stoß gibt und der fällt dann gegen eine Kante und stirbt. Solche Sachen liest man ja immer wieder. Aber einen Mord mit Pistole ... Nie. Drohen könnte sie, aber abdrücken nicht. Und sie würde nie fliehen. Nie."

Ich sah erstaunt auf Vesnas Glas. An sich mochte Vesna nur Rotwein, vom Bergerschen Grünen Veltliner hatte sie nun aber schon das zweite Glas getrunken.

„Gibt es jemand, der die rote Karin nicht mag?", fragte ich.

„Einige haben lieber ihre Ruhe, denen ist Karin zu laut, wenn ihr versteht, was ich meine.“ Sie dachte nach, zögerte und sagte dann: „Der Capo von dem ... also von den Ausländern ...“

„Heißt Tschuschenblock“, warf Vesna ungerührt ein, „nicht schön, aber ist so.“

„Ja, der, den sie Capo nennen, ich weiß gar nicht, wie er wirklich heißt, der hat gegen Karin Stimmung gemacht. Das geht natürlich nur bei den Ausländern, aber da haben wir ja eine Menge. Er spielt lieber selbst den Boss und Beschützer. Es ist schon so, dass auch von den Ausländerinnen welche zur roten Karin gehen, wenn es zum Beispiel Unregelmäßigkeiten bei der Stundenabrechnung gibt. Karin gibt das dann an den zentralen Betriebsrat weiter und am Ende heißt es meistens, dass sich jemand geirrt hat, und die fehlenden Stunden werden gezahlt. Je öfter Geld dabei herausschaut, desto öfter gehen die Frauen zu Karin. Man sollte sie viel mehr unterstützen.“

Wo war sie jetzt?

In den Regen hatten sich in der Zwischenzeit große, nasse Schneeflocken gemischt. Sie würden in den Wiener Straßen nicht liegen bleiben, reichten aber aus, um die Stadt ins Chaos zu stürzen. Staus an allen Stadteinfahrten, Unfälle. Dabei hatte der Schnee es nicht einmal geschafft, einen schmierigen Film auf der Straßenoberfläche zu bilden. Offenbar genügte allein die Vorstellung, es könnte rutschig werden.

Ich hatte zwei Zwölferkartons Veltliner gekauft und sie trotz Gretes heftiger Gegenwehr auch bezahlt.

„Gibt es nicht, dass niemand weiß, wo sie hin ist“, sagte Vesna, während es uns wieder einmal gelang, den inneren Bezirken um ein paar Meter näher zu rücken. „Man muss noch einmal fragen. Ich werde morgen wieder mit den Leuten vom Fleisch reden.“

„Außer, man hat sie entführt.“

„Wegen Lösegeld kann das nicht sein, nur wegen etwas, das sie gewusst hat. Oder was sie getan hat.“

Ich räusperte mich und sagte dann schnell: „Glaubst du, dass sie noch lebt?“

„Tote findet man schneller als Lebende. Sie fallen mehr auf.“

Ich hätte es beinahe nicht mehr geschafft, Oskar rechtzeitig vom Flughafen abzuholen. Aber zum Glück herrschte nicht nur auf den Straßen, sondern auch in der Luft winterliches Chaos. Seine Maschine hatte eine Stunde Verspätung und so hatte ich nach all der Hetzerei Zeit genug, mich im Flughafencafé mit einer Tasse heißer Schokolade aufzuwärmen.

Als auf der Leuchttafel die Ankunft der Maschine aus Frankfurt gemeldet wurde, winkte ich ungeduldig nach der Rechnung. Nach der Landung würde noch einige Zeit vergehen, bis die Passagiere aus der automatischen Schiebetür in die Ankunftshalle kamen, aber ich wollte Oskar nicht verpassen. Er hatte keine Ahnung, dass ich da war, um ihn abzuholen. Hoffentlich freute er sich. Man stelle sich vor, er kommt mit einer Frau an. Was wusste ich schon, was er in Frankfurt getan hatte? Unsinn. Nicht Oskar, Oskar war zuverlässig. Oskar war ein feuriger Liebhaber, er sah auf seine Weise auch gut aus, zumindest fand ich das. Er war Rechtsanwalt, Mitte vierzig und ledig. So jemand musste sich erst gar nicht lange um Frauen umsehen, da gab es genug, die ihn von sich aus verfolgen würden. Ich stellte mir Oskar vor, wie er gejagt von einem Pulk aufgeregter Weiber durch die Gänge des Flughafens lief, und war wieder auf dem Boden der Tatsachen. Sicherheit gab es keine. Aber es gab Oskar. Hier und jetzt.

Ich war glücklich mit ihm. Ich hatte im Großen und Ganzen mit Männern Glück gehabt. Zumindest aber hatte ich immer die Fähigkeit besessen, mich rechtzeitig aus dem Staub zu machen, bevor ich dauerhaft unglücklich geworden wäre.

Ob Grete mit ihrem Mann zu Beginn auch glücklich gewesen war? Das ließ sich nicht vergleichen, ich war neununddreißig, sie war damals neunzehn gewesen. Sie hatte geheiratet, weil sie schwanger geworden war. Ich hatte noch nie begriffen, wozu es gut sein sollte, zu heiraten, es sei denn, man wollte der staatlichen Verwaltung oder der katholischen Verwandtschaft etwas beweisen. Sie hätte gerne auf dem Land gelebt. Warum tat sie es nicht? Wenn die Landwirtschaft nicht genug abwarf, einen Superkauf gab es in der nächsten Bezirksstadt sicher. Aber sie wollte sich nicht zwischen der

Abhängigkeit von ihren Eltern und der Abhängigkeit von ihrem Mann entscheiden. So versuchte sie, es allen recht zu machen. Aber wo blieb sie selber dabei? Vielleicht war es falsch, das Ganze von meiner Warte aus zu betrachten. Vielleicht mochte sie ihren Mann trotz allem, vielleicht half sie ihren Eltern gern. Vordergründiger Egoismus konnte auch Nachteile haben. Was, wenn sich herausstellte, dass man mit sich selbst dann plötzlich ziemlich allein war?

Ich winkte heftig, als Oskar mit seinem dicken Aktenkoffer und der großen, schwarzen Reisetasche in die Ankunftshalle kam. Er sah mich und strahlte. Wir lagen einander in den Armen, als hätten wir uns jahrelang nicht gesehen.

[13.]

Ich saß an meinem Schreibtisch in der Redaktion und überlegte missmutig, was ich meinen Eltern zu Weihnachten schenken sollte. Mutter hatte von mir schon eine Kollektion Kaschmirschals bekommen, mein Vater jede Menge Krawatten. Höchste Zeit, mir etwas Neues einfallen zu lassen. Aber die Logenkarten für „La Bohème" waren ungenützt verfallen, mein Vater ging nun einmal nicht gerne in die Oper, meine Mutter hatte sich entsprechend gekränkt. Der Gutschein für eine dreitägige Wandertour war noch nie eingelöst worden. Ich hatte keine Ahnung, was mich auf diese Idee gebracht hatte. Ich hasse es, in den Bergen herumzusteigen. Mein Vater gibt vor, keine Zeit zu haben. Meine Mutter hat keine Kondition.

Droch tippte mir auf die Schulter. Er konnte völlig lautlos herbeirollen und freute sich dann kindisch, wenn man erschrak. Er konnte sich wieder einmal freuen.

„Denkst wohl an den Herzallerliebsten?", stichelte er.

„Nein, daran, was ich meinen Eltern zu Weihnachten schenken soll."

Droch seufzte. „Weißt du etwas für meine Frau?"

„Handschellen?"

„Du bist geschmacklos."

„Ich rede nicht von Sex, mein Lieber. Wo du wieder hindenkst. Du hast mir doch selbst erzählt, wie sehr sie dich fesseln – oder heißt das anketten? – will."

Droch schnaubte bloß durch die Nase. Ich verließ den gefährlichen Boden, man scherzt nun einmal nicht über Ehefrauen, und fragte: „Was ist übrigens mit der Kommissarin? Warst du mit ihr essen?"

„Weißt du doch."

„Was Neues?"

„Sie mag Fisch lieber als Fleisch."

„Hat sie etwas über die verschwundene Fleischermeisterin erzählt?"

„Nur, dass sie verschwunden ist."

„Du bist schon genauso gesprächig wie nach deinen Mittagessen mit Zuckerbrot."

„Ich bin eben kein Spitzel."

Ich nickte. „Gilt sie als verdächtig? Als mögliches Opfer? Gibt es irgendeinen Hinweis?"

„Die Schneyder hat sich ziemlich über den Artikel im ‚Blatt' geärgert. Das ist ja auch zu verstehen. Immerhin kommt sie dort auch nicht gerade gut weg. Aber sie will sich nicht beeinflussen lassen. Natürlich ist die Fleischerin verdächtig. Wir haben wirklich kaum über den Fall geredet."

„Worüber sonst?"

„Glaube kaum, dass dich das etwas angeht."

„Als gute Freundin? Bevor du einer Frau verfällst, die deine Tochter sein könnte ..."

„Du könntest auch meine Tochter sein."

„Da hättest du aber verdammt früh anfangen müssen."

Mein Mobiltelefon läutete. Wie immer suchte ich erst verzweifelt am Schreibtisch, dann in meiner Handtasche. Endlich fand ich es und hielt es ans Ohr. „Vesna. Aus dem Supermarkt!", zischte ich Droch zu. Er schüttelte spöttisch den Kopf und machte sich davon.

„Moment, Vesna", rief ich und lief ihm nach. „Gehst du mit mir auch wieder einmal essen?"

Er sah mich beinahe zärtlich an. „Du rufst, ich eile. Ist doch immer so. Sagen wir morgen Mittag?"

Ich nickte und wusste nicht, warum ich darüber so froh war.

„Ist endlich Zeit, dass du zuhörst, Mira Valensky?"

„Ja, jetzt hab ich Zeit."

„Ich habe noch einmal mit Jitka gesprochen. Jitka hat was von ‚komischem Fleisch' erzählt. Zuerst habe ich gedacht, jetzt kommt die Geschichte wieder mit dem gewaschenen Fleisch, aber sie sagt, es war noch was anderes. Rote Karin hat sich beschwert bei den Chefs."

„Was heißt ‚komisches Fleisch'?"

„Jitka weiß nicht, sie ist nur Hilfskraft. Sie hat nichts Komisches gemerkt."

„Hat sie darüber mit jemandem vom Sicherheitsbüro geredet?"

„Sicher nicht, das wird nicht weitererzählt."

„Ich möchte selbst mit ihr reden. Vielleicht hat es mit dem zu tun, was mir Karin im Krankenhaus erzählt hat. Dass nämlich die Fleischqualität immer schlechter wird. "

„Also nichts Neues?" Vesna war enttäuscht.

„Wir sollten jedenfalls mit ihr reden."

„Mache ich ja."

„Ich wäre gern dabei."

„Bin ich nicht gut genug?"

„Vesna, darum geht es doch nicht. Aber ich will wissen, was sie mit ‚komischem Fleisch' gemeint hat. Und ob es mit der Geschichte zusammenhängt, die mir Karin erzählt hat. Am besten wäre es, wir beide könnten mit ihr reden. So bald wie möglich."

„Sie wird nicht mit dir reden, Mira Valensky. Du bist nicht vom Supermarkt. Du bist nicht aus Bosnien."

„Da kann man auch nichts machen. Ich bin deine Freundin, das muss ihr genügen."

„Ich weiß nicht. Warum interessiert du dich für die Sache? Was soll ich sagen?"

„Die Wahrheit."

„Geht nicht. Wenn sie es herumerzählt, ist meine Deckung weg. Und sie erzählt herum. Sie hat mir ja auch Dinge erzählt."

„Dann sag, ich bin Privatdetektivin."

„Dann glaubt Franjo, ich bin Detektivin, und Jitka glaubt, du bist Detektivin. Zu viele Detektive."

„Fällt dir was Besseres ein?“

„Du bist Schwester von Karin und suchst sie.“

„Sie ist sehr viel älter als ich.“

„Mira Valensky, sei nicht eitel. Jüngere Halbschwester, geht das? Wenn alles klappt, wir sind in einer halben Stunde beim Chicken-Jack. Das ist Hühnerstand am Ende vom Parkplatz.“

Jitka hatte zwei Piercings in der rechten Braue, die kurz geschnittenen Haare waren hellblond getönt, am Ansatz sah man, dass sie von Natur aus dunkel war. Sie war Mitte zwanzig, groß und kräftig genug, um große Fleischstücke zu schleppen. Jitka sah mich misstrauisch an. Ich zwang mich zu einem Lächeln. Vesna hatte mich als Karins Halbschwester vorgestellt und biss nun wieder in ihre Hühnerschnitzelsemmel. Wie bei diesem Wetter zu erwarten, waren wir die einzigen Gäste bei Chicken-Jack. Der rotgesichtige Jack, oder wie immer er in Wirklichkeit hieß, bestrich bleiche Hühnerleichen hingebungsvoll mit einer rötlichen Paste.

„Karin hat Ihnen etwas über ‚komisches Fleisch‘ erzählt?“

Jitka blickte mich abwartend an und antwortete dann: „Nicht mir, sie hat vor sich hingemurmelt. Als ich sie gefragt habe, was sie mit ‚komischem Fleisch‘ meint, hat sie gesagt, das geht mich nichts an. Aber ich weiß, dass sie sich darüber beschwert hat.“

„Bei Heller?“

„Woher kennen sie den?“ Jetzt war sie eindeutig misstrauisch.

Vesna drehte die Augen über. Ich wusste ja, sie hätte Jitka lieber alleine ausgefragt.

„Ich hab mich eben umgehört. Ich möchte meine Schwester finden.“

„Sie sehen aber ganz anders aus als Karin Frastanz und sie sind auch viel jünger.“

Jetzt sah ich Vesna triumphierend an. Ich hatte es ihr ja gesagt, ich war zu jung.

„Sie können ausgezeichnet Deutsch“, sagte ich zu Jitka im Versuch, ihr zu schmeicheln und sie abzulenken. Außerdem war es wahr. Sie sprach fast akzentfrei.

„Meine Eltern sind vor sechzehn Jahren gekommen, lange vor dem Krieg. Ich bin die meiste Zeit hier in die Schule gegangen."

„Karin hat sich bei Heller beschwert."

Jitka sah mich mürrisch an. „Nein, was haben Sie immer mit diesem Heller? Sie hat sich natürlich bei Feinfurter beschwert, unserem Filialleiter."

„Wissen Sie, was sie gesagt hat?"

„Feinfurter ist gekommen und Ihre Schwester hat gesagt, dass mit dem Fleisch was nicht in Ordnung ist. Feinfurter hat es angesehen und gesagt, er findet, das sieht ganz normal aus. Da ist die rote Karin explodiert und hat gesagt, dass er nichts davon versteht. Ich hab mich aus dem Staub gemacht, weil wenn sie schlechte Laune hat, ist es besser, man ist nicht da."

„Ist es um die Fleischqualität gegangen?"

„Ich weiß nicht. Etwas in die Richtung schon, würde ich sagen."

„Sie haben kein bisschen gelauscht?"

„Nein, war mir doch egal. Ich hab das Fleisch auch nicht komisch gefunden, es war wie immer. Fleisch eben."

Vesna redete in Serbokroatisch auf Jitka ein.

Jitka antwortete auf Deutsch: „Es ist, wie ich sage. Es war mir egal, also habe ich auch nicht zugehört."

Vesna schüttelte empört den Kopf. „Was kann Chefin mit ‚komisch' gemeint haben? Alt?"

„Keine Ahnung."

Ich versuchte einen anderen Weg. „Ist das Fleisch anders verpackt gewesen? Ist es vielleicht von anderen Bauern gekommen? Was für eine Art Fleisch war es überhaupt?"

Jitka grinste jetzt überlegen und schüttelte wieder den Kopf. „Das kommt nicht von den Bauern. Es kommt immer mit dem LKW aus dem Zentrallager. Und was für ein Fleisch sie gemeint hat, kann ich nicht ahnen. Es liegt bei uns eine Menge Fleisch herum."

Wenn ich Karin damals nur besser zugehört hätte. „Aber auf dem abgepackten Fleisch steht der Name eines Bauernhofes."

„Das Fleisch kommt mit dem Ultrakauf-LKW aus dem Zentrallager für Ostösterreich. Das hab ich in einer Schulung gelernt.

Außerdem steht der LKW ja immer wieder da und ich helfe beim Ausladen. Das Fleisch ist in große Kisten verpackt, in diesen Kisten sind dann die einzelnen Stücke in Vakuum eingeschweißt. Rostbraten, Schnitzelfleisch, Suppenfleisch. Wir zerkleinern es. Ein Teil wird abgepackt in Styroportassen und einen anderen Teil verkaufen wir so, je nach dem, wie viel eine Kundin will. Auf die abgepackten Stücke kommen Aufkleber mit dem Bauernhof. Die können wir mit dem Computer ausdrucken."

„Und woher wissen Sie, welches Fleisch von welchem Bauern kommt?"

„Ich möchte schon wissen, was das mit dem Verschwinden von Karin zu tun hat."

„Sie will eben jeder Spur nachgehen", mischte sich Vesna ungeduldig drein. „Wie also geht das mit den Aufklebern?"

„Auf den Kisten ist ein Code, da fährt man mit so einem Barcodegerät drüber und hat die Unterlagen im Computer. Von dort druckt man dann, nachdem das Fleisch gewogen worden ist, die Aufkleber aus."

„Aber das Fleisch vom Huberbauern sieht doch gleich aus wie das Fleisch vom Hanslbauern – vorausgesetzt, es handelt sich um dieselben Stücke."

„Eh. Ist ja auch völlig egal, welcher Bauer auf welchem Stück Fleisch steht. Jedenfalls kommt das Fleisch von Bauern. Auch wenn das keine kleinen Bauern sind, wenn man sich die Mengen anschaut, die die meisten liefern. Jedenfalls muss das Gewicht passen. Bei uns wird alles über den Computer kontrolliert. Das Gewicht, das auf den ausgedruckten Aufklebern steht, wird automatisch zusammengezählt und muss dann mit dem Gesamtgewicht vom Fleisch, das von einem Bauern geliefert wurde, übereinstimmen. Zumindest ungefähr, weil natürlich gibt es immer wieder Abfall. Dazu gerechnet wird dann noch das an der Theke verkaufte Fleisch. Nur damit wir uns ja nichts abzweigen können." Sie sah auf die Uhr. „Aber jetzt muss ich gehen. Viel Glück. Ich hab Karin Frastanz immer gut leiden können. War sehr okay als Chefin."

„War?", fragte ich.

„Na ja ... weil sie jetzt doch schon lange verschwunden ist." Jitka zog ihren grünen Parka enger um sich und eilte über den Parkplatz davon.

„Ich habe schon Schluss", sagte Vesna, „ich brauche viel Warmes zu trinken. Was kann die rote Karin mit ‚komischem Fleisch' gemeint haben?"

„Bei mir hat sie sich über schlechtere Fleischqualität beklagt, und dass niemand etwas dagegen unternimmt. Aber wir haben nur kurz darüber gesprochen, damals war anderes wichtiger. Wenn es stimmt, was Jitka sagt, dann weiß Feinfurter davon."

„Der wird nichts sagen. Außerdem ist er momentan nicht da. Weiß ich, weil es zwei Kisten mit gefrorenen Äpfeln gegeben hat. Die von dem Obst und Gemüse wollen die Ware zurückschicken, aber seine Stellvertreterin traut sich nicht entscheiden. Die will alles richtig machen, damit sie auch einmal Chefin wird." Vesna verzog den Mund.

„Was würdest du unter ‚komischem Fleisch' verstehen?", fragte ich meinen Kollegen am Nachbarschreibtisch. Er sah auf und runzelte die Stirn.

„Eine Erotikshow mit Clowns?"

Ich seufzte.

„Nackte Ulknudeln?"

„Ich rede von Fleischstücken, Beefsteak, Tafelspitz, so etwas."

„Was soll daran komisch sein?"

„Nicht witzig, sondern komisch im Sinn von seltsam."

„Was soll an einem Tafelspitz schon seltsam sein?"

Ich gab es auf und ging, um Droch von seinem Zimmer abzuholen. Heute hatten wir einen Termin, der unsere beiden Ressorts betraf. Der Kanzler hatte zu einer Weihnachtsfeier geladen. Ich würde darüber den üblichen Klatschbericht liefern. Droch, der derartige Anlässe, wo immer es ging, vermied, war Ungereimtheiten beim Kauf neuer Abfangjäger auf der Spur und hoffte, den eher unbedarften Verteidigungsminister in Feststimmung zum Plaudern zu bringen. Mir war klar, dass Droch schlechter Laune sein würde.

Es war noch schlimmer, als ich mir gedacht hatte. Statt einer Begrüßung knurrte er nur etwas.

„Gut siehst du aus“, sagte ich und meinte es auch so. In seinem dunkelbraunen Wollanzug mit dem dunkelblauen Polo sah Droch aus wie ein Filmschauspieler, der einen erfahrenen, grantigen Redakteur spielte.

Wir fuhren mit seinem Auto, es war größer als meines und auf seine Behinderung abgestimmt. Die Weihnachtsfeier sollte bereits um sechs Uhr beginnen, das war Taktik. Denn so hatte der Kanzler die Chance, in den Hauptnachrichtensendungen des Fernsehens vorzukommen.

„Dämlicher Kerl“, murmelte Droch und ich wusste nicht genau, ob er den Fahrer vor ihm oder den Kanzler meinte. Da fiel mir etwas ein.

„Haben wir noch etwas Zeit?“

„Jede Zeit der Welt, zu Beginn ist wahrscheinlich nicht einmal der Verteidigungsminister besoffen genug, um mir die richtigen Antworten zu geben. Überhaupt idiotisch, dorthin zu fahren.“

„Ich müsste einen Sprung beim Ultrakauf vorbei.“

„Kannst du nicht morgen früh einkaufen gehen?“ Charmant wie immer.

Ich setzte ein breites Lächeln auf. „Frauensache“, sagte ich und wusste, dass Droch dabei an Tampons, Binden und solchen Kram denken und nicht mehr weiterfragen würde. „Der Ultrakauf in der Mayerlinggasse ist ganz nah.“

„Ausgerechnet der?“

„Da gehe ich regelmäßig einkaufen. Und er liegt fast am Weg.“

Droch murmelte noch einmal etwas, ich hütete mich, mehr zu sagen. Schweigend fuhren wir auf den Parkplatz.

„Kommst du mit?“, fragte ich Droch, wissend, dass er es nicht tun würde.

„Nein, mit Sicherheit nicht. Ich hasse Supermärkte. Ich werde auf dich wie ein Hund im Auto warten.“

„Du kannst auch aussteigen. Das Wetter ist heute ausnahmsweise schön, etwas frische Luft kann dir nicht schaden.“ Wider Erwarten nickte er. Ich wuchtete seinen Rollstuhl aus dem Kofferraum, er griff nach seiner Schirmmütze und folgte mir bis fast vor die Drehtüre am Eingang.

„Vielleicht ganz lehrreich, sich die Menschen anzusehen, die einkaufen gehen“, knurrte er.

Ich konnte nicht widerstehen. „Wo glaubst du, kommen deine Semmeln, deine Nudeln, dein Fleisch her?“

„Das ist mir egal.“

Ich klopfte ihm aufmunternd auf die Schulter und eilte nach drinnen.

Ich fragte erst gar nicht lange, ob der Filialleiter schon zurück war, nickte Grete an der Kassa zu und startete sofort ins Eck des Supermarktes, in dem sein Büro lag. Alle aufmerksamen Kundinnen kannten es. Durch die gläsernen Wände sah ich die beiden zusammengeschobenen Schreibtische und einen Computer. Feinfurter war allein, er beugte sich über ein Blatt Papier. Ich öffnete die Tür, trat ein, schloss sie wieder.

Überrascht schreckte er hoch.

„Sie haben vergessen, der Polizei etwas zu erzählen“, beschuldigte ich ihn.

„Vergessen? Etwas zu erzählen?“

„Karin Frastanz hat sich bei Ihnen über die Fleischqualität beschwert.“

„Wer behauptet das, wer hat das gesagt?“

„Es ist Tatsache. Sie selbst hat es mir erzählt.“

„Sie ist verschwunden.“

„Das ist schon eine Zeit her. Besser Sie erzählen mir, worum es im Detail gegangen ist.“

„Sie war nicht bei mir wegen so etwas. Nein.“

„Sie waren bei ihr. Dafür gibt es Zeugen.“

„Ganz sicher nicht, nie in letzter Zeit. Das ist nur ein Gerücht, das Sie in die Welt setzen wollen. Was sollte ich mit ihrem Verschwinden zu tun haben? Ich?“

„Ich sage ja nicht, dass Sie etwas mit ihrem Verschwinden zu tun haben, aber die Polizei könnte es glauben, wenn sie von der Sache mit dem ‚komischen Fleisch‘ erfährt.“

„Komisches Fleisch?“ Ihm schien etwas zu dämmern, er versuchte ein ausdrucksloses Gesicht zu machen.

„Das Fleisch war nicht in Ordnung. Und jetzt ist Karin Frastanz verschwunden.“

„Das kann niemand sagen. Weil es nicht wahr ist. Das Fleisch ist in Ordnung. Sie hat sich in letzter Zeit nicht beschwert.“

„Wann dann?“

Er kratzte sich am Kinn und schien zu überlegen. „Das ist schon ein paar Wochen her. Sie hat sich geirrt. Sie hat immer alles Mögliche im Kopf gehabt, da passiert so etwas. Sie wollte das Fleisch lieber mehr oder auch weniger abgelegen, ich weiß es nicht mehr, aber darauf haben wir keinen Einfluss. Die Qualität war einwandfrei, einwandfrei. Fragen Sie ihre Mitarbeiterinnen.“

„Ich soll nicht mit den Verkäuferinnen reden, haben Sie das schon vergessen?“

„Ja, aber in dem Fall: Fragen Sie sie.“

„Die haben doch keine Ahnung. Das sind doch alles Ungelernte.“

„Da war nichts. Ultrakauf hat eine lückenlose Herkunftskontrolle beim Fleisch, das wird Ihnen jeder bestätigen. Das Fleisch kommt von ausgewählten Bauernhöfen aus Österreich und wird vom Hof bis zur Schlachtung und Zerteilung ständig von unseren Experten überprüft. Damit die Kunden wirklich sicher sein können, beste Qualität zu bekommen. Beste Qualität.“

„Das kenne ich aus der Fernsehwerbung. Aber in der Realität kann niemand sagen, welches Etikett auf welchem Stück Fleisch klebt.“

„Wir schon“, triumphierte er, „bei uns ist alles computerisiert. Die ausgedruckten Etiketten stimmen mit den Lieferlisten überein, das wird automatisch kontrolliert. Automatisch.“

„Warum ist Karin Frastanz verschwunden?“

Er sah mich hilflos an, zögerte und sagte dann leise: „Ich weiß es nicht. Ich weiß es einfach nicht, sie ist immer verlässlich gewesen. Es stimmt schon, wir hatten auch unsere Auseinandersetzungen. Aber ... Mein Gott, ich begreife nicht, was bei uns vorgeht. Ich begreife es nicht.“

Ich räusperte mich und antwortete: „Ich werde es herausfinden."

„Ultrakauf gefällt das nicht."

„Dann macht Ultrakauf einen Fehler. Oder die Geschäftsleitung hat mit den Vorfällen zu tun. Zumindest indirekt."

Er schüttelte unglücklich den Kopf.

Als ich an den Kassen vorbeiging, winkte mich Grete verstohlen zu sich. „Du warst bei Feinfurter?", zischte sie mir zu.

„Woher ...?"

„Glaswände. Was ist los?"

„Karin hat sich bei ihm über ‚komisches Fleisch' beschwert. Er streitet ab, dass irgendetwas dahinter war. Weißt du davon?"

Die Kundin mischte sich ein: „Ich hab's eilig."

Grete widmete ihr einen gehetzten Blick: „Sofort."

„Keine Ahnung, mir hat sie nichts gesagt. Aber das ist auch nicht meine Abteilung. Halte mich auf dem Laufenden."

Droch saß noch immer einige Meter vom Eingang entfernt. Ich hatte schon einen Scherz auf den Lippen, als ich bemerkte, dass er völlig verstört war. Er hielt mir seine Schirmmütze entgegen. In der Mütze lag ein Eurostück. „Was ist das?", fragte ich.

„Man hat mir eine Münze in die Mütze geworfen", sagte er erschüttert.

Am nächsten Tag wäre ich fast gefeuert worden. Als so genannte freie Journalistin habe ich keinen Dienstvertrag und keinen Kündigungsschutz. Wenn das „Magazin" mich nicht mehr will, kann es mich vor die Türe setzen. Normalerweise macht mir dieser Gedanke nichts aus. Er kommt in gewisser Weise sogar meiner Abneigung gegen alles Fixe entgegen. Aber in Wirklichkeit glaubt man einfach nicht, dass eine solche Situation eintreten könnte. Außerdem arbeitete ich gut und in der Branche hatte ich, auch wegen meiner Ausflüge ins kriminalistische Fach, einen besonderen Ruf.

Der Chefredakteur saß ausnahmsweise nicht weit zurückgelehnt in seinem imposanten Lederschreibtischsessel, sondern stand und hatte die Hände auf den Schreibtisch gestützt. „Ich habe Sie gewarnt", sagte er. „Sie haben nicht auf mich gehört. Sie haben meine

Anweisungen missachtet, sich als Journalistin des ‚Magazins' ausgegeben und weiter im Ultrakauf herumgeschnüffelt."

„Ich bin Journalistin des ‚Magazins'."

„Vielleicht nicht mehr lange."

„Ich habe nie vorgegeben, im Auftrag des ‚Magazins' nachzufragen."

„In welchem Auftrag denn?", brüllte er.

Ich zuckte unwillkürlich zurück.

„Sie sollen sehen, ich spiele mit offenen Karten. Zeit, dass Sie etwas über die Geschäftswelt lernen und nicht bloß das tun, was Ihnen gerade in den Sinn kommt. Die nächste Anzeigenserie für Ultrakauf ist auf Eis gelegt worden. Sie war mehr oder weniger fest gebucht, jetzt sagt die Marketingabteilung der Kauf-AG, man überlege für das kommende Jahr eine neue Strategie und werde erst danach entscheiden, ob die Inserate wie bisher geschaltet werden sollen. Wissen Sie, was das heißt? Millionenverluste."

„Noch ist nichts entschieden. Und: Wie hängt das mit mir zusammen?"

„Sind Sie wirklich so naiv? Also, ich erkläre es Ihnen: Unser Geschäftsführer erhielt den Anruf von Ultrakauf. In einem Nebensatz ließ der Marketingdirektor von Ultrakauf fallen, dass man dieser Journalistin, die noch immer wegen dem Mord an ihrem Regionaldirektor herumfragt, doch ausrichten möge, dass die Sache bei der Polizei in guten Händen sei und dass auch interne Ermittlungen ergeben hätten, dass der Ultrakauf nur zufällig der Tatort war. Der Geschäftsführer informiert den Herausgeber. Ich treffe die beiden zur routinemäßigen Sitzung. Sie fragen mich, wen ich da warum losgeschickt hätte und ob mir nicht bewusst sei, was das für finanzielle Auswirkungen haben kann. Ich muss den Kopf hinhalten für Ihren Alleingang! Ich denke nicht daran, das zu tun! Ich habe unserer Geschäftsführung gesagt, dass Ihr Verhalten Konsequenzen haben wird. Konsequenzen." Er sah mir ins Gesicht und mir dämmerte, dass er nicht wusste, was er tun sollte. Er wollte mich nicht feuern. Er hatte aber auch keine Idee, wie er sich sonst an mir ausreichend rächen konnte, um die Geschäftsleitung zufrieden zu stellen. Ein paar Seiten Anzeigen weniger brachten das „Magazin" schon nicht um, hier ging es wohl auch um einen internen Machtkampf in der Chefetage.

„Ich rede mit van der Fluh", sagte ich und überraschte mich selbst damit. „Immerhin bin ich in seinem Think-Tank und morgen ist Sitzung. Okay? Reicht das als Wiedergutmachung?"

„Wir brauchen die Inserate zurück. Was dann immer noch übrig bleibt, ist Ihr illoyales Verhalten."

„Illoyal? Wenn ich einer Story hinterher bin? Vielleicht sogar einer sehr guten Story?"

„Ich rede von den Anweisungen, die ich Ihnen gegeben habe. Und von der Vertrauenskrise zwischen unseren Unternehmen."

„Ich rede mit van der Fluh, mehr kann ich nicht tun."

Er nickte, ich ging und überlegte fieberhaft, was ich van der Fluh sagen würde, ohne zu Kreuze zu kriechen. Die Reportage über die Weihnachtsfeier des Kanzlers konnte noch warten. Niemand konnte mir verbieten, einkaufen zu gehen. Meine Strategie konnte es nur sein, am Ende Recht zu haben. Und ohne Job dazustehen? Unsinn, eine handfeste Story würde das „Magazin" mit Sicherheit keinem Konkurrenten überlassen wollen. Zuallererst brauchte ich jemand, der das Fleisch untersuchen konnte. Die Lebensmittelbehörde? Viel zu offiziell. Es gab ein Institut für Lebensmitteltechnik. Nur wäre es besser, dort jemanden zu kennen. Nicht gut, wenn Ultrakauf oder auch die „Magazin"-Geschäftsführung von meinen Aktivitäten erfuhren.

Ich wählte Oskars Nummer. Seine Sekretärin teilte mir mit, er sei „auswärts". Ob sie mich auch so abweisend behandeln würde, wenn ich mit Oskar ganz offiziell zusammenlebte? Oder gar, wenn wir verheiratet wären? Ich verscheuchte den Gedanken an weiße Brautkleider und weinende Brautmütter. Das war etwas für Komödien, nicht für das reale Leben der Mira Valensky. Ich probierte es bei Oskars Mobiltelefon. Er klang ziemlich gehetzt. „Du hast mich gerade zu einer ungünstigen Zeit erwischt, ich habe in zehn Minuten Verhandlungsbeginn. Was brauchst du? Jemanden, der dir Fleisch analysieren kann? Hast du was Falsches gegessen? Geht es dir nicht gut?"

„Mir geht es ausgezeichnet, es handelt sich um das ‚komische' Fleisch aus dem Ultrakauf, ich hab dir davon erzählt."

„Hör mal, geht das auch später? Ich kenne da wen, der das machen könnte. Aber mir fällt der Name nicht ein."

„Hauptsache, ich kann ihn anrufen."

„Sie, es ist eine sie."

„Auch gut."

„Ich melde mich in zwei Stunden oder so."

„Wir sehen uns morgen am Abend?"

„Ja, wie ausgemacht. Ich komme zu dir und freu mich schon. Jetzt muss ich ..." Er hielt das Telefon weg vom Mund und ich hörte ihn mit seiner tiefen Anwaltsstimme sagen: „Einen Moment noch, ich komme schon." Dann sprach er wieder zu mir: „Tschüs, Mira, Liebling."

„Ciao."

Das würde den Tagesumsatz von Ultrakauf heben. Ich nahm eine Packung von jeder Art Fleisch, die ich finden konnte. Der Filialleiter war zum Glück nirgendwo zu sehen. An einer der Kassen saß Grete. Ich stellte mich bei ihr an, auch wenn ich bei zwei anderen Kassen schneller an die Reihe gekommen wäre. Grete sah den Berg von Fleischtassen auf dem Förderband und sagte leise: „Was tust du damit?"

„Ich schicke es an eine Chemikerin, aber das bleibt unter uns."

„Ich tratsche nicht. Das kostet eine ganze Menge."

„Ich heb mir die Rechnung auf. Für den Fall, dass das ‚Magazin' vor mir auf die Knie fällt, mich um Verzeihung bittet und meine Recherchen zahlt."

„Hast du Ärger gehabt?"

„Feinfurter hat mich bei der Geschäftsführung verpetzt. Die macht Druck auf unsere Geschäftsführung. Der Chefredakteur macht Druck auf mich."

„Auch nicht viel anders als bei uns."

„Aber wenigstens besser bezahlt. Solange man nicht gefeuert wird."

„Sei vorsichtig."

„Bin ich. Wie geht es dir so? Bist du in Rohlsdorf oder in Wien?"

Grete seufzte. „In Wien."

„Lass dir eine andere Haarfarbe machen."

Sie schüttelte zweifelnd den Kopf, lächelte aber.

Ich deponierte die beiden prall gefüllten Einkaufstaschen mit Fleisch auf meinem Balkon. Im Sommer war er gerade groß genug, um darauf eine Hängematte aufzuspannen. Im Winter diente er mir bisweilen als zusätzliche Vorratskammer. Mein Balkon war mit der Terrasse von Oskars Wohnung nicht zu vergleichen, ein kleiner Vorsprung ins Freie mit Blick auf den, immerhin großen, Innenhof, ein Blick in hunderte Fenster, auf dutzende andere winzige Balkone. Trotzdem. Ich mochte ihn.

Als wenig später das Telefon läutete, sprang ich so schnell auf, dass mir Gismo vor Schreck – oder war es Rache, wer wusste das bei ihr schon so genau? – die Krallen in den Oberschenkel bohrte.

„Oskar?"

Es war die Lebensmittelchemikerin, Oskar hatte sie in einer Verhandlungspause verständigt und gebeten, mich so schnell wie möglich anzurufen. Ich erklärte ihr in groben Zügen, worum es ging, ließ aber zur Sicherheit viele wesentliche Details wie das Verschwinden von Karin Frastanz oder den Tod von Heller aus. Ob ich mich auf ihre Verschwiegenheit verlassen könne?

„Kein Problem, ich schulde Doktor Kellerfreund noch einen großen Gefallen."

„Wie kann ich Ihnen das Fleisch möglichst schnell zukommen lassen? Ich habe zweiundzwanzig Packungen mit verschiedenen Stücken."

Sie stöhnte hörbar auf. „Du liebe Güte, dann wird es etwas dauern, bis ich alle Ergebnisse habe. Ich brauche aber nicht die ganze Packung, fünfzig Gramm pro Stück genügen. Sie müssen sie nur ausreichend kennzeichnen, damit Sie sie nachher wieder zuordnen können. Am besten, Sie geben den Proben Ordnungszahlen."

„Müssen Sie wissen, von welchem Stück das Fleisch stammt?"

„Nein, das ist mir egal. Ich mache eine lebensmitteltechnische Analyse, keinen Eintopf."

„Wie lange sind Sie noch im Labor?"

„Etwa eine Stunde."

„Kann ich die Proben gleich vorbeibringen?"

„Das scheint ja wirklich dringend zu sein."

Gismo goutierte meine Aktion erst, als ich dreißig Deka Gulaschfleisch in Würfel geschnitten und in ihre Schüssel gelegt hatte. Was, verdammt noch einmal, würde ich mit dem übrigen Fleisch anfangen? Mein Gefrierschrank war randvoll. Das Fleisch sah allerdings gar nicht „komisch", sondern sehr appetitlich aus. Wir würden es in den nächsten Tagen essen müssen. Ich schnupperte noch einmal misstrauisch an einem Stück Lungenbraten. Was immer die Chemikerin herausfinden würde, mir lief das Wasser im Mund zusammen.

Ich steckte jede Probe in ein Plastiksäckchen, verpasste ihr eine Nummer und tippte die Nummern, gemeinsam mit den Angaben auf den jeweiligen Etiketten, in meinen Laptop. Dann wusch ich die Verpackungen ab und legte sie zum Trocknen auf den Küchentisch. Höchste Zeit, wenn ich nicht zu spät ins Labor kommen wollte. Das restliche Fleisch stopfte ich, entgegen allen Regeln, vorerst in die beiden Gemüseladen.

[14.]

Wir standen zu zwölft in der Bar des „Parkhotels Wien“, jeder mit einem Glas Champagner in der Hand. Van der Fluh persönlich hatte uns einander vorgestellt. Bis auf einen prominenten Gastronomiekritiker waren alle Mitglieder des Think-Tanks weiblich und, so wie van der Fluh sie präsentierte, hauptsächlich die Ehefrauen mehr oder weniger bedeutender Männer. Frau Direktor X, die Gattin von Herrn Direktor X, Sie wissen schon, vom Konzern Y. Frau Z, die Gattin von Professor Z, der diese internationale Studie über Lebensmittelmärkte im Zeichen der Globalisierung gemacht hat. Einkaufen galt eben offenbar noch immer überwiegend als Hausfrauensache.

Van der Fluh wurde von einer schlanken Frau in perfekt sitzendem Businesskostüm und von zwei jüngeren Männern begleitet. Die Frau hatte ungefähr mein Alter. Sie hielt sich nahe bei ihm und nickte mit nervtötender Ergebenheit zu allem, was er sagte.

Ich stand etwas abseits, nippte am Champagner, fand wie meist, dass Champagner zu viel Kohlensäure hat, und fragte mich, wann ich mit van der Fluh über die Sache mit den Anzeigen reden sollte. Der Gastronomiekritiker gesellte sich zu mir und stellte sich privat als Liebhaber deftiger Bauerngerichte heraus. Ich redete mit ihm über die venetische Landküche. Ich kannte sie eindeutig besser als er. Unsere Plauderei schleppte sich etwas dahin. Ich hatte den Eindruck, dass die meisten der geladenen Denkerinnen darauf warteten, nun endlich etwas zu essen zu bekommen, und wenn es denn sein musste, über die Zukunft des Einkaufens im Allgemeinen und die von Ultrakauf im Besonderen zu diskutieren. Mir jedenfalls knurrte der Magen.

Ein Ober kam und flüsterte van der Fluhs Begleiterin etwas ins Ohr. Sie flüsterte es van der Fluh weiter. Was wurde hier gespielt? Stille Post?

Van der Fluh räusperte sich und sagte dann mit lauter Stimme: „Meine Damen und Herren, darf ich Sie weiterbitten? Starkoch Martin Guttmayer erwartet uns!“

Tatsächlich stand Martin Guttmayer, den ich von einigen Society-Events kannte und recht sympathisch fand, in blütenweißer Kochtracht inklusive hoher weißer Kochmütze im Eingang zu einem der vielen Extraräume des Hotels.

Wenig später saßen wir an der zu Ehren von Ultrakauf blau-gelb gedeckten Tafel und ließen uns den Dialog von Gänselebercreme und Holunderschaum auf der Zunge zergehen. Schon wegen des Menüs hatte es sich gelohnt, an diesem etwas seltsamen Think-Tank teilzunehmen.

Während des Essens gab es jede Menge Smalltalk, dem ich mich verweigerte. Das stille Zwiegespräch mit feinen Teilen von Gans, Ente und Flusskrebschen war mir viel wichtiger.

Nichts wies darauf hin, dass es sich bei der Schlemmerei um eine Art von Geschäftsessen handelte. In mir wuchs der Verdacht, dass der Think-Tank einzig dazu geschaffen worden war, um bei der einen oder anderen für das Geschäft wichtigen Person, repräsentiert durch die jeweilige Gattin, gute Stimmung zu machen. Was mich anging, könnten sich van der Fluh und seine Strategen gedacht haben, dass es viel schwerer war, gegen Ultrakauf ins Feld zu ziehen, wenn man von Ultrakauf gut gefüttert wurde. Da war schon etwas dran.

In der Pause zwischen dem Entenfilet in Madeira-Orangensauce und dem Dessert schlug van der Fluh schließlich mit der Gabel an sein Glas, sorgte so für Aufmerksamkeit und erhob sich.

„Sehr geehrte Damen und Herren, herzlichen Dank noch einmal, dass Sie mir und unserem gemeinsamen Anliegen Ihre kostbare Zeit opfern. Ich hoffe, nein, ich bin mir sicher, dass Starkoch Martin

Guttmayer Sie dafür etwas entschädigen konnte. Nun aber kommen wir sozusagen" – er lächelte breit – „zum ernsten Teil unseres Treffens. Meine Marketingleute würden sagen, ich soll nicht von ‚ernst' reden, da Einkaufen in einem unserer Supermärkte doch in jedem Fall etwas Lustvolles sein sollte, aber ich bin nun einmal ein altmodischer Geschäftsmann. Ich habe Sie hierher gebeten, um gemeinsam mit unseren Experten darüber nachzudenken, wie Ultrakauf-Märkte noch besser, noch mehr kundenorientiert werden können. Meine Assistentin, Frau Vogel, wird Protokoll führen. Herr Magister Wannemacher von der Abteilung für strategische Marktentwicklung wird das Gespräch, soweit das nötig ist, moderieren. Ich bitte Sie, uns ohne Rücksicht auch zu kritisieren. Denn nicht Fehler sind das Problem, sondern nichts aus ihnen zu lernen."

Van der Fluh sah einen der beiden jungen Männer in seiner Begleitung an, prostete uns zu und setzte sich wieder. Magister Wannemacher stellte nach einigen Begrüßungsfloskeln seine erste Frage: „Was verbinden Sie spontan mit Ultrakauf? Sagen Sie einfach, was Ihnen in den Sinn kommt!"

Die Antworten hätten eins zu eins für eine Werbesendung mitgeschnitten werden können. Mir wäre noch anderes eingefallen als „gutes Angebot", „freundliche Bedienung" oder „die größte Kaffeeauswahl": ein toter Regionaldirektor, eine verschwundene Fleischermeisterin, ein vertuschter Überfall. Ein Marketingdirektor, der das „Magazin" unter Druck setzte. Ich musste in Gedanken gewesen sein, jedenfalls registrierte ich erst mit Verspätung, dass ich angesprochen worden war. Ich zuckte zusammen und kam mir vor wie in der Schule, wenn ich nicht aufgepasst hatte. „Sehr viel Fleisch", sagte ich, und einige lachten.

Wir sprachen über die Breite von Gängen, über die Marktchancen von Luxusdelikatessen wie echtem Kaviar, über die Schulung des Personals, Öffnungszeiten und spezielle Eventwochen in den Supermärkten. Nichts, was sich die Experten nicht auch alleine hätten ausdenken können. Ich mischte mich so wenig wie möglich ein.

Die Gruppe, die hier nach der Selektion französischer Weichkäse von dem halbgefrorenen Kastanieneis kostete, hatte kaum etwas mit dem durchschnittlichen Supermarktpublikum gemeinsam. Aber um abzutesten, was Kundinnen wirklich wollten, gab es ohnehin Marktforschungsinstitute.

Der Digestif wurde, wie schon der Aperitif, wieder in der Bar gereicht. Ich nahm mir einen Grappa und plante, mich jetzt endlich van der Fluh anzunähern. Er kam mir zuvor, prostete mir mit einem Cognac zu und meinte: „Sie waren so schweigsam heute. Warum?"

Ich sah ihn an und erwiderte: „Ich hatte den Eindruck, dass es genug andere gibt, die gerne reden. Vielleicht kommen sie sonst nicht so häufig dazu. Auch wenn ich ehrlich gesagt nicht weiß, was das Ganze dem Unternehmen bringen soll."

„Wahrnehmungen von außen, man wird schnell betriebsblind."

„Aber wäre es dafür nicht besser, Kundinnen und Kunden zu befragen?"

„Das tun wir ohnehin laufend. Hier geht es um Zukunftsstrategien."

„Und um die zu entwickeln, hat unsere erlauchte Runde besondere Fähigkeiten."

Er lächelte. „Ich sehe schon, Sie nehmen unseren Think-Tank nicht ganz ernst."

„Sie etwa?"

Sein Lächeln vertiefte sich. „Ich wäre sehr unhöflich, Ihren Verdacht zu bestätigen."

„Marketingstrategien, nicht wahr? Für das Unternehmen wichtige Personen, meistens vertreten durch ihre Ehefrau, sollen freundlich gestimmt werden. Ist ja nichts Böses. Ich habe hervorragend gegessen."

Dankbar wechselte er das Thema: „Nicht wahr? Guttmayer, das ist ein Koch!"

Ich musste wieder zurück zu den Marketingexperten und zu unseren Inseraten. „Ihre Marketingexperten sehen es nicht gerade gerne, dass ich mich für die Vorfälle im Ultrakauf in der Mayerlinggasse interessiere."

Er sah mich mit gut gespielter Unschuld an: „Ach, dafür interessieren Sie sich immer noch?"

„Ihr Marketingdirektor hat die Inserate im ‚Magazin' auf Eis gelegt und in einem Nebensatz erwähnt, dass ich doch endlich aufhören solle herumzuschnüffeln. Zuerst ist diese Aufforderung vom Filialleiter gekommen, ich habe Ihnen davon erzählt. Jetzt kommt sie mit deutlich mehr Nachdruck vom Marketingdirektor. Gleichzeitig laden Sie mich in Ihren Think-Tank ein. Ich kenne mich nicht aus. Was ist das? Zuckerbrot und Peitsche?"

Er schüttelte den Kopf, lächelte und zog mich etwas weiter weg von den verdauenden Gattinnen. „Zwischen der Sistierung der Inserate und Ihren Recherchen besteht kein Zusammenhang, sicher nicht. Derartige Detailentscheidungen trifft unsere Marketingabteilung außerdem eigenständig, ich weiß daher leider auch nichts über die wahren Ursachen. Es tut mir aufrichtig Leid, wenn Sie sich unter Druck gesetzt fühlen."

Mir ging seine freundlich-joviale Ignoranz immer mehr auf die Nerven. „Ich fühle mich nicht unter Druck gesetzt, sondern ich bin unter Druck. Mein Chefredakteur hätte mich wegen der Geschichte mit den Inseraten beinahe gefeuert. Warum wollen Sie nicht wissen, was in der Mayerlinggasse vorgeht? Weil Sie es ohnehin wissen?"

„Ich verstehe Ihren Unmut. Ich werde mit den zuständigen Marketingleuten reden und Sie dann informieren, das kann ich Ihnen versprechen. Ob Sie es mir glauben oder nicht: Es ist mir wirklich wichtig, Sie mit an Bord zu haben."

„Ich bin nicht an Bord. Ich schwimme lieber selbst. Um beim Vergleich zu bleiben: Vielleicht gehe ich dabei unter, aber ich möchte wissen, was geschehen ist."

„Das möchte ich auch. Aber Sie werden verstehen, dass die Ermittlungen in aller Ruhe geführt werden sollen. Verdächtigungen tun weh, auch unserem Unternehmen, auch finanziell, aber vor allem schaden sie Menschen. Mag sein, dass es nicht mehr modern ist, so zu denken. Aber ich denke so."

„Nicht ich, das ‚Blatt' hat haarsträubende Verdächtigungen gedruckt. Als ob die Fleischermeisterin mit der Sache zu tun hätte – eine ‚Gewerkschaftsfehde', so ein Unsinn."

„Andererseits kann man auch niemanden voreilig freisprechen.“

Ich nahm den letzten Schluck Grappa, sah ihn an und sagte auf die Gefahr hinauf, dass ich die Inserate endgültig verspielen würde: „Ihnen passt es eben besser, wenn eine Gewerkschafterin verdächtigt wird, als wenn jemand das Management unter die Lupe nimmt.“

Er lächelte immer noch, nur seine Lippen waren dabei etwas dünner geworden. „In alle Richtungen soll ermittelt werden, und das vorurteilsfrei und ohne öffentlichen Druck. Das ist mein Ziel. Unser Management kann jeder unter die Lupe nehmen.“

Mich ritt der Teufel. „Je niedriger die Kosten sind, desto höher sind die Prämien Ihrer Geschäftsführung.“

„Es ist doch völlig normal, Mitarbeiter für ihre Leistung zu belohnen. Was soll das außerdem mit den Vorfällen zu tun haben?“

„Fleisch“, sagte ich und redete rasch weiter, bevor ich es mir anders überlegen konnte, „Fleisch und Wurst mit schon abgelaufenem Datum wird gewaschen und neu verpackt. Oder es kommt in den Freiverkauf. So wird weniger Ware an die Zentrale zurückgeschickt, alle erfüllen ihr Plansoll, die Chefs bekommen ihre Prämien. Karin Frastanz, die verschwundene Fleischermeisterin, hat da nicht mehr mitgespielt.“

Van der Fluh sah mich empört an. „Vorgestrige Gerüchte. Nennen Sie mir einen Beweis, einen konkreten Anhaltspunkt und Sie werden sehen, dass ich sofort einschreite.“

„Niemand traut sich, offen darüber zu reden.“

„Das sollte aber so sein. Wer immer davon erfährt, soll es der Zentrale melden.“ Er seufzte. „Haben Sie sich schon einmal überlegt, wie viel Konkurrenz es am Lebensmittelsektor gibt? Alle wollen so billig wie möglich einkaufen, aber dafür Topqualität bekommen. Man verlangt eine Menge von uns: niedrige Preise, Erhaltung der Bauernschaft, hochwertige Qualität, gutes Service. Diskontanbieter verkaufen zwischen Hamburg und Wien und Stockholm und Neapel den gleichen Mist und sind nur mit dem Anspruch konfrontiert, möglichst kostengünstig zu sein. Damit möchte ich mich als Konsument nicht zufrieden geben. Und unsere Expertinnen“, er deutete auf das Damenkränzchen mit wenig Herrenassistenz, „auch nicht.

Entschuldigen Sie, dass ich mich in Rage geredet habe, aber wir arbeiten hart. Nicht nur für den eigenen Profit, sondern auch im Interesse der Zulieferer, der Kunden, der Mitarbeiter, egal, ob sie bei der Gewerkschaft sind oder nicht. Wobei es schon nett wäre, wenn die Gewerkschaft endlich die geänderten Wettbewerbsbedingungen begreifen würde."

Ich nickte. Mir schwirrte etwas der Kopf, aber vielleicht war das auch bloß die Folge des Grappas. Wenn van der Fluh das Süßholzraspeln sein ließ, fand ich ihn deutlich sympathischer. Nur eines musste ich noch loswerden: „Vielleicht hilft es Ihrem Unternehmen in der Zukunft, wenn Sie sich vom Gedanken lösen, dass nur Hausfrauen einkaufen gehen."

Van der Fluh seufzte. „Sie klingen wie meine Tochter. Sie macht mir dauernd solche Vorhaltungen, aber unsere Marketingstrategen wollen hier lieber auf traditionelle Muster setzen. Sie sagen, dass Einkaufen emotionelle Sicherheit und das Gefühl traditioneller Qualität auslösen muss. Ich bin eben auch ein Traditionalist."

„Sie reden von der Zukunft für Ultrakauf?"

Seine Assistentin kam näher und sah nervös auf die Uhr. „Darf ich stören?"

Ich war ihr dankbar, alles, was zu sagen war, hatte ich gesagt.

Van der Fluh schüttelte mir die Hand: „Sie hören von mir."

War das ein Versprechen oder eine Drohung?

Ich hatte noch keine Antwort bezüglich der Fleischproben. Aber im herkömmlichen Sinn verdorben konnte das Fleisch nicht sein, das hätte ich bemerkt. Also fand ich nichts dabei, am nächsten Abend ein Menü zu kochen, dessen Gänge mir helfen sollten, wieder mehr Platz im Kühlschrank zu schaffen.

Karotten, Zwiebel, ein kleines Stück Sellerie, eine gelbe Rübe in Scheibchen schneiden und in etwas Öl anrösten. Dann den Tafelspitz anbraten. „Was ist an einem Tafelspitz schon komisch?", hatte mich mein Kollege gefragt. Woher sollte ich das wissen? Vielleicht hatte sich die rote Karin doch getäuscht. Mit so viel Wasser aufgießen, dass das Fleisch gerade bedeckt war, Salz, Pfefferkörner, Neugewürzkörner, Lorbeerblatt, frische Petersilie, den Deckel des Druckkochtopfes aufsetzen, eine halbe Stunde kochen lassen.

Für Gismo schnitt ich einen Teil des Rindsschnitzelfleisches klein. Rindsschnitzel waren in meiner Kindheit immer zäh gewesen, und zwischen den Zähnen waren Fasern hängen geblieben. Ich hatte nie versucht, bessere Rindsschnitzel zu machen, ich mied diese Art von Fleisch einfach.

Als Nächstes schnitt ich zwei große Zwiebeln in dicke Ringe, röstete sie in Olivenöl an, gab eine Handvoll Rosinen, Salz und Pfeffer dazu und goss das Ganze mit reichlich Prosecco auf. Die Zwiebeln sollten leise vor sich hin köcheln, bis der Sud dicklich wurde.

Ob van der Fluh kochen konnte? So sah er mir nicht aus. Seine Welt war geteilt in eine der Männer und eine der Frauen. Frauen gingen einkaufen und kochten, Männer führten die Geschäfte. Er hatte sich selbst wiederholt als „altmodisch" bezeichnet. Das war als Koketterie gedacht, hatte aber wohl viel Wahres. Ein deutscher Patriarch mit roten Händen und manikürten Fingernägeln. Keiner, der sich seine Pläne durchkreuzen ließ. Nicht von Gewerkschafterinnen und auch nicht von neugierigen Journalistinnen.

Ich briet den Kalbslungenbraten an und schob ihn dann bei nur achtzig Grad ins Rohr. Er sollte die nächste Stunde durchziehen. Den Bratenrückstand goss ich mit trockenem, kräftigem Weißburgunder auf, ließ die Flüssigkeit einreduzieren, schenkte mir ein Glas vom selben Wein ein und nahm einen großen, kühlen Schluck.

Schon richtig, dass von guten Supermärkten viel mehr erwartet wurde als bloß ein entsprechendes Warenangebot. Es war nicht einfach, einen derartigen Konzern mit Erfolg zu managen. Entweder hatten van der Fluh und seine Leute in der Zentrale eine Menge Glück, oder sie waren ausreichend skrupellos, oder sie waren extrem gut. Warum entweder oder? Weder schwarz noch weiß, weder nur gut noch nur böse, sondern von allem etwas. Interessant war bloß, wie die Anteile gewichtet waren. Richtige Schurken waren mir lieber.

Ich gab ein paar Löffel Kapern in die Weinsauce, drückte etwas Sardellenpasta dazu und pürierte sie dann. Ich kostete. Noch etwas

Pfeffer. Vorerst fertig. Vor dem Servieren würde ich die Sauce wärmen und noch zwei Esslöffel Obers darunter ziehen.

Richtige Schurken, Mörder zum Beispiel. Hellers Mörder. Aber woher wusste ich, ob er oder sie aus Motiven gemordet hatte, die ausschließlich böse waren? Niemand im Supermarkt hatte Heller ausstehen können. Er hatte den Überfall auf Grete vertuscht und ihr Mitgefühl und Hilfe verweigert, er hatte die Cognac-Kartons umgestoßen, weil er die rote Karin aus dem Weg haben wollte. Es gab keine Entschuldigung für einen Mord, aber Beweggründe, die ich vielleicht verstehen konnte.

Ich schnitt den Schweinslungenbraten in möglichst kleine Stückchen, briet das Fleisch gemeinsam mit gehacktem Peperoncino und zerrissenen Salbeiblättern in Olivenöl und Butter scharf an und löschte mit etwas Weißwein ab. Mir selbst goss ich ein zweites Glas Weißburgunder ein. Ich spürte, wie mir der Wein in den Kopf stieg, ich fühlte mich leicht und entspannt.

Egal, was bei den Laborproben herauskommen würde, das Fleisch sah gut aus und es roch gut. Wahrscheinlich hätte ich mir diese Aktion schenken können. Außerdem war es schon einige Zeit her, seit sich Karin über das „komische Fleisch“ beschwert hatte. Irgendetwas war damals vielleicht faul gewesen, jetzt schien es wieder in bester Ordnung zu sein.

Ich nahm die beiden ausgelösten Schweinskoteletts, schnitt sie in jeweils vier dünne Scheiben und marinierte sie in mit Salz, Pfeffer und Thymian gewürztem Madeira. Das Menü im Parkhotel war hervorragend gewesen, die Kosten dafür fielen wohl unter Werbungskosten. Ob die Zutaten aus den eigenen Supermärkten stammten? Wohl kaum. Mir kam eine Idee: Was, wenn Ultrakauf in seinen Filialen hochklassige Menüs in Toprestaurants anbieten würde, gekocht ausschließlich mit Zutaten aus dem Ultrakauf? Offenbar wirkte die Strategie von van der Fluhs Marketingleuten, wenn ich mir neue Marketingideen ausdachte, statt zu klären, was mit Karin geschehen war.

Ich ließ Wasser mit etwas Weißwein aufkochen, blanchierte Radicchio-Trevigiano-Blätter und tropfte sie in einem Sieb ab. Laut

Filialleiter Feinfurter hatte sich Karin in der letzten Zeit nicht mehr beschwert. Konnte ich ihm glauben? Die Sache war noch vor Hellers Tod gelaufen. War Heller ermordet worden, weil er hinter Manipulationen beim Fleisch gekommen war? Ist Karin verschleppt worden, weil sie eins und eins zusammengezählt und auf eigene Faust nachgeforscht hatte?

Ich sollte die ganze Sache vergessen. Irgendwann einmal würde ich im „Magazin" nicht mehr mit einem blauen Auge davonkommen. Blieb nur zu hoffen, dass sich van der Fluh wirklich meldete und dann auch noch Anweisung gab, die Anzeigen wie geplant zu schalten. Ein langer Brief an das Christkind. Ich seufzte. Vielleicht wusste Jitka, ob Heller irgendeine Frage nach der Fleischqualität gestellt hatte.

Ein Dessert aus Fleisch kannte ich nicht. Vor einiger Zeit hatte ich ein großartiges Buch gelesen. Es trug den Titel „Beef", handelte von hormonverseuchtem Rindfleisch in den USA und einer witzigen japanischstämmigen Journalistin, die hinter den Skandal kommt. Unsere Lebensmittelgesetze waren viel strenger. Auch die letzte BSE-Krise war schon einige Zeit her. Jedenfalls hatte sich im Buch das Rezept einer fleischbegeisterten amerikanischen Hausfrau für einen süßlichen Fleischpudding gefunden. Es schüttelte mich allein beim Gedanken. Schlimmer war nur mehr das Rezept für Rindfleisch in Coca-Cola gewesen, aber das Ziel der Autorin war es wohl gewesen, ihr Publikum über den ganz normalen amerikanischen Fleischwahnsinn schaudern zu machen.

Ich hatte noch ein süditalienisches Orangensorbet im Gefrierschrank, das war nach so viel Fleisch genau das Richtige. Ich wartete, bis sich der Druckkochtopf öffnen ließ, nahm den Tafelspitz heraus und schnitt ihn mit meinem schärfsten Messer in möglichst dünne Scheiben. Über die Fleischscheiben schichtete ich die in Prosecco gedünsteten Zwiebelringe und wickelte die Platte in Klarsichtfolie. Am Balkon schlug mir kalte, klare Winterluft entgegen. Das Thermometer zeigte exakt null Grad. Ich atmete tief durch und stellte das „manzo in saor" auf den Plastiksessel. Je länger es durchziehen und auskühlen konnte, desto besser.

Summend räumte ich alles, was sich an Post, Zeitungen und anderem Kleinmist auf meinem großen Esstisch angesammelt hatte, auf den Schreibtisch um, gab zwei neue Kerzen in die Kerzenhalter, deckte den Holztisch mit weißen Stoffservietten und einer eindrucksvollen Menge an Besteck. Es blieb sogar noch Zeit, eine Menükarte zu schreiben. Als Titel wählte ich: „Variationen von komischem Fleisch".

Als ich zwei Stunden später beschwipst und beflügelt auf einem geölten Blech mariniertes Schwein, Radicchio und mit Trüffelpaste verrührten Frischkäse übereinander schichtete und dann für einige Minuten ins ganz heiße Rohr schob, musste Oskar unbemerkt ins Vorzimmer gegangen sein und etwas aus seiner Tasche geholt haben. Ich kam zurück, um einen Schluck Merlot zu nehmen. Auf meinem Platz lag eine kleine Schachtel. Oskar strahlte über das ganze Gesicht, die Kerzen flackerten, Gismo lag zusammengekringelt auf dem Teppich und gab vor lauter Wohlbehagen über die auch für sie reichlich ausgefallene Mahlzeit leise Grunzlaute von sich. Ich näherte mich der kleinen Schachtel so vorsichtig, als könne sie explodieren.

„Mach sie auf", sagte Oskar und strahlte weiter.

Ich klappte das elegante dunkelblaue Behältnis auf. In weißen Seidenstoff gebettet lag ein Ring aus einem breiten weißgoldenen Reif mit drei großen, einfach geschliffenen roten Steinen. Ich nahm ihn, steckte ihn an den Finger. Er passte. Ein Geschenk, einfach so, knapp zwei Wochen vor Weihnachten? Ein Ring, der mehr symbolisieren sollte als Zuneigung oder – warum immer so vorsichtig mit dem Wort? – Liebe? Ich sah Oskar an. Er stand langsam auf, kam zu mir herüber, nahm meine Hand und sagte mit einer Stimme, die wenig mit seiner mächtigen Anwaltsstimme gemeinsam hatte: „Ich will dich nicht drängen, ich will nur, dass du weißt, dass ich immer mit dir sein will."

Ich küsste ihn beinahe feierlich, er küsste mich wieder, wir hörten erst damit auf, als es aus der Küche gar nicht gut roch. Die „sfornati" waren nicht überbacken, sondern verbrannt. Aber was spielte das schon für eine Rolle? Schließlich wartete noch der Kalbslungenbraten, und ich wusste nicht, ob ich mich mehr über den Ring, über Oskars Worte oder darüber freute, dass er mir trotz allem keinen Heiratsantrag gemacht hatte. An einem Abend wie diesem hätte ich allzu leicht eine Menge lange gepflegter Überzeugungen vergessen können.

Schon am nächsten Tag wusste ich: Das Fleisch war lebensmitteltechnisch in Ordnung. Lediglich beim Gulaschfleisch hatte man ein paar Bakterien zu viel festgestellt, aber die hatten Gismo offensichtlich nicht geschadet. Ingesamt seien die Fleischproben sogar von „deutlich überdurchschnittlicher Qualität", konstatierte die Chemikerin.

Als ich am Abend heimkam, um meine Tasche für eine Übernachtung bei Oskar zu packen, warf ich die sorgfältig aufbewahrten Verpackungen in den Müll. Nach den Weihnachtsfeiertagen würde Zuckerbrot die polizeilichen Ermittlungen übernehmen, und wenn es eine Lösung gab, würde er sie wohl finden. Vielleicht aber war es ohnehin besser, wenn Hellers Mörder nicht gefunden wurde. Konnte ja sein, dass es sich um einen im Allgemeinen recht sympathischen Menschen handelte.

Karin Frastanz blieb verschwunden. Ich drehte den Ring an meinem Finger. Ein seltsames Gefühl, ich war es nicht gewohnt, Ringe zu tragen.

Ich sah gelangweilt die Post durch. Ein Schreiben von der Geschäftsführung der Kauf-AG enthielt ein Protokoll der Think-Tank-Völlerei. Ich überflog es, viele hohle Worte und die Bitte, doch im Jänner wieder mit dabei zu sein. Als ich sah, wer beim nächsten Mal aufkochen würde, wusste ich, dass ich nicht ablehnen konnte. Mein – abgesehen von Armando im Veneto – absoluter Lieblingskoch hatte sich vor einiger Zeit aus dem großen Business zurückgezogen und hatte nun, nach einer schöpferischen Pause, außerhalb von Wien ein Restaurant aufgemacht. Er war ebenso sehr Künstler wie Koch, und schon beim Gedanken an seine Kreationen lief mir das Wasser im Mund zusammen. Jetzt wusste ich auch endlich, was ich Oskar zu Weihnachten schenken konnte: einen Gutschein für ein Menü in diesem Restaurant.

Ich stopfte ein paar Kleidungsstücke in meine Tasche, da kam mir das Gefühl, ich hätte im Ultrakauf-Brief etwas Wichtiges überlesen. Ich las das so genannte Protokoll noch einmal und schüttelte den Kopf. Erst als ich die Wohnung verlassen wollte, fiel mir ein, welche Sätze mich verfolgt hatten: „Unsere Filialen sind individuell gestaltet, an dieser Unverwechselbarkeit soll nach Ansicht einiger Think-Tank-Mitglieder noch intensiver gearbeitet werden. Das kann und wird aber keinesfalls im Widerspruch zum Konzept stehen, überall dasselbe hochrangige Warenangebot anzubieten, es soll bloß durch ..."

Ich hatte einen großen Fehler gemacht. Ich hatte mich nur auf die Filiale in der Mayerlinggasse beschränkt. Das Fleisch kam vom Zentrallager, in alle Filialen wurde das gleiche Fleisch geliefert. Heller war Regionaldirektor gewesen. In seinen Zuständigkeitsbereich fielen alle Wiener Filialen.

Ich rief Vesna an und hörte im Hintergrund zwei laut streitende Kinder.

„Sie bringen mich noch um", fauchte Vesna, „sind so gescheit, in der Schule die Allerbesten. Aber streiten diese Trotteln, dass man eigenes Wort nicht versteht."

„Vesna, kannst du dich in eine andere Ultrakauf-Filiale versetzen lassen?"

„Warum? Ich kann nicht, ich kann nur bis Jänner bleiben, sonst verliere ich meine eigentlichen Jobs, wir haben das ausgemacht."

Ich schluckte. Darauf hatte ich ganz vergessen.

„Was ist los? Erzähl, Mira Valensky!"

Ich schilderte ihr meine Überlegungen und sie wurde ganz aufgeregt. „Man muss herausfinden, was für Feinde Heller in den anderen Filialen gehabt hat. Und: Karin hat sich gegen altes Fleisch gewehrt, gegen komisches auch. Andere vielleicht nicht. Man muss noch einmal Fleisch kaufen."

„Über zwanzig Packungen, und das in acht oder zehn Filialen?"

„Vielleicht reichen weniger Packungen."

Vesna hatte Recht. Das war etwas, was wir sofort angehen konnten. Gleich morgen würde ich alle Ultrakauf-Supermärkte abklappern. In der Redaktion war ohnehin schon Weihnachtsfriede ausgebrochen, die Doppelnummer für die Feiertage war so gut wie fertig, meine Reportage über die Weihnachtsgeschenke der Highsociety stand längst im Computer. Unglaublich, wie viele Promis weder etwas von materiellem Wert schenken noch geschenkt bekommen wollten. Dafür war von Zeit und Liebe die Rede. Vielleicht lebten wir doch in einer viel besseren Welt, als ich annahm. Oder aber ich hatte es mit einer besonderen Art der Weihnachtsheuchelei zu tun. Blieb nur zu hoffen, dass der Gefallen, den die Lebensmittelchemikerin Oskar schuldete, groß genug war. Ich musste ihn dringend danach fragen, wie er sich ihre Gunst erworben hatte.

Vesna brüllte auf ihre brüllenden Zwillinge ein und sagte dann: „Ich werde versuchen herausfinden, ob in den anderen Supermärkten auch Seltsames geschehen ist. Kein Mord, das nicht, das erfährt man, aber vielleicht ist noch wer vom Fleisch verschwunden. Oder verunfallt. Es gibt welche, die haben vorher in anderen Filialen gearbeitet. Die werde ich fragen."

Schrecklich! Ultrakauf hatte in Wien nicht acht oder zehn, sondern sechzehn Filialen. Auch wenn ich mich diesmal darauf beschränkt hatte, nur einige Portionen pro Filiale einzukaufen, der Kofferraum meines Autos war voll Fleisch. Ein Glück nur, dass es noch immer Temperaturen um den Gefrierpunkt hatte. Anderenfalls hätte ich mich einige Stunden später über verdorbenes Fleisch nicht wundern müssen.

Die meisten der Supermärkte waren deutlich älter als der in der Mayerlinggasse und lange nicht so geräumig. Aber überall trugen Kassierinnen und Verkäuferinnen dieselben unförmigen blau-gelben Kittel. Vielleicht sollte ich van der Fluh den Tipp geben, die Uniform abzuschaffen. Als Zeichen für Fortschritt und Bekenntnis zur Individualität. Noch etwas sollte ich ihm erzählen: Von sieben Filialleitern, die ich zu Gesicht bekommen hatte, waren sechs männlich gewesen. Aber wahrscheinlich fiel das unter Tradition, und die wollten er und seine Marketingstrategen ja hochhalten.

Ich ächzte beim Gedanken, die Säcke mit Fleisch nach oben in meine Wohnung schleppen zu müssen. Um die Kosten dieser Aktion hätte ich ein schönes Wochenende im Veneto verbringen können. Aber Oskar hatte momentan ohnehin eine Menge zu tun, und anders als bisher war mir nicht danach, alleine wegzufahren. Auch wenn mir der Gedanke an ein Menü mit Radicchio, Pilzen und venetischen Nudeln aller Art sofort das Wasser im Mund zusammenlaufen ließ.

Vielleicht hatte Vesna Zeit, mir mit dem Fleisch zu helfen? Und was war mit Grete? Immerhin war sie es gewesen, die mich in die Sache hineingezogen hat.

Vesna ging nach dem zweiten Läuten ans Mobiltelefon.

„Arbeitest du noch oder hast du Zeit?"

„Bin ich noch bei Arbeit, muss ich aufpassen, ist verboten, Handy bei der Arbeit mitzuhaben. Noch eine Stunde, dann es geht. Was ist?"

„Ich habe einen Kofferraum voll Fleisch. Kannst du Grete fragen, ob sie auch Zeit hat? Wir müssen das ganze Zeug für das Labor vorbereiten."

„Grete ist da. Ich gehe zu ihr. Wo bist du?"

„Im Auto, vor der Ultrakauf-Filiale im 21. Bezirk."

„Fahrst du heim oder holst du uns? Wie du möchtest, Mira Valensky."

„Ich warte auf euch im ‚Espresso Evi'."

Schön langsam begann ich mich an den Geruch von kaltem Rauch, alten Veloursmöbeln und Pissoir zu gewöhnen. Das Lokal war wie immer halb dunkel und so gut wie leer. Ich setzte mich in die übliche Nische, die Kellnerin begrüßte mich beinahe wie eine alte Freundin. Der Tee war grauenvoll gewesen, der Wein zumindest trinkbar. Obwohl der Raum überheizt war, zitterte ich. Mutig bestellte ich Glühwein. Guten Glühwein zu bekommen war beinahe so selten wie ein Lotto-Jackpot. Aber was soll's. Warmer Alkohol konnte jedenfalls helfen, eine heraufziehende Verkühlung im Keim zu ersticken.

Dass auch in anderen Filialen Mitarbeiterinnen aus der Fleischabteilung verschwunden waren, schien mir unwahrscheinlich. So etwas hätte sich mit Sicherheit herumgesprochen. Vielleicht wurden Fleischermeisterinnen anderswo einfach gekündigt und waren durch jemand ersetzt worden, der, ohne zu widersprechen, das tat, was die Geschäftsführung wollte? Bei Karin war mit Widerstand zu rechnen gewesen, bei vielen anderen wohl nur mit stiller Verzweiflung. Aber was wollte die Geschäftsführung? Im Ultrakauf in der Mayerlinggasse war das Fleisch laut Auskunft der Lebensmittelchemikerin von „überdurchschnittlicher Qualität“ gewesen und auch die Proben, die ich heute eingesammelt hatte, sahen appetitlich aus.

Ich zählte die Wasser- und Bierringe auf den Resopaltischen. Es waren achtzehn, wenn man die einander überlappenden mitrechnete. Wie oft wurden hier die Tische gewischt? Einmal pro Woche? Der Glühwein ließ auf sich warten, Vesna würde frühestens in einer halben Stunde kommen. Ich kramte nach meiner Liste mit den Wiener Ultrakauf-Filialen. Da stand jeweils auch eine Telefonnummer dabei. Vielleicht konnte ich klären, ob das Personal der Fleischabteilungen in den letzten Monaten gewechselt hatte. Filialen, in denen das der Fall war, würde ich mir besonders genau ansehen.

Wenig später tippte ich die erste Nummer ein und verlangte den Filialleiter.

Ich stellte mich vor: „Gasser hier von der Fleischer-Innung“. Gasser war mir eingefallen, weil auf den Tischen des Espressos offenbar selten verwendete, aber dennoch schmuddelige Bierdeckel mit der Reklame für Gösser Bier lagen. „Wir machen eine Umfrage über die Fluktuation von Fleischern. Können Sie mir bitte sagen, ob in Ihrem Geschäft im letzten Jahr beim qualifizierten Fleischpersonal ein Wechsel stattgefunden hat?“

Der Hinweis auf eine quasioffizielle Stelle reichte aus, um ohne langes Nachfragen Antwort zu bekommen. Nein, der Fleischermeister arbeite bereits seit mehreren Jahren im Betrieb, lediglich beim ungelernten Personal habe es einige Veränderungen gegeben. Ich machte mir Notizen. Als ich bei der siebenten Filiale angekommen war, brachte mir die Kellnerin eine dampfende Steinguttasse mit

Glühwein. Ich schnupperte. Er duftete hervorragend und so intensiv, dass er die muffige Geruchskombination des Espressos vergessen ließ.

„Es hat so lange gedauert, weil ich ihn nach einem Spezialrezept mache", flüsterte mir die Kellnerin zu, während ich darauf wartete, dass man mir den nächsten Filialleiter an das Telefon rief.

„Riecht großartig", flüsterte ich zurück.

„Meine Spezialität." Hätte ich das bloß schon bei meinem letzten Besuch gewusst.

Als ich die Nummer der fünfzehnten Filiale gewählt hatte, kamen Vesna und Grete herein und brachten einen Schwall kalte, abgasgeschwängerte Luft mit. Ich winkte sie zu meinem Tisch und telefonierte weiter.

Die beiden hängten ihre Mäntel an den Kleiderständer, rieben sich die Hände und nahmen Platz. Wenig später orderte ich drei Becher Glühwein und berichtete: „Jetzt hab ich alle Filialen durchgerufen. In den letzten Monaten hat es bei den gelernten Kräften in der Fleischabteilung keinen Personalwechsel gegeben. In der Filiale im 13. Bezirk ist die alte Fleischerin vor einem Jahr in Pension gegangen und durch einen jungen Kollegen ersetzt worden, das scheint die letzte Veränderung zu sein. Nur bei den ungelernten Leuten in der Fleischabteilung hat es in fast allen Filialen Änderungen gegeben."

„Das ist ganz normal, die Ungelernten wechseln andauernd", erklärte Grete. Wieder hatte sich ein möglicher Anhaltspunkt als haltlos erwiesen. Aber wenigstens war mir durch den Glühwein warm geworden.

„Deine Chemikerin ist wirklich bereit, noch vor Weihnachten alle siebenundachtzig Proben zu analysieren?", fragte Grete.

Wir standen in einem Chaos aus Styroportassen, Plastiksäckchen, Verschlüssen, Aufklebern, Fleischbrettern und vor allem Fleisch. Vesna schnitt Proben ab, Grete verpackte sie und den Rest der Portionen. Ich half ihr und kategorisierte alles mithilfe meines Laptops. Gismo hatte ich, allerdings mit einer großen Portion

Rindsgulaschfleisch, ins Badezimmer gesperrt. Sie wäre sonst vor Aufregung kollabiert.

Unsere Finger klebten vom Fleisch, überall, selbst auf meinem Computer, waren Blutspuren. Es sah aus, als hätten wir in der Küche einen Ochsen geschlachtet. Niemand hatte besondere Lust, etwas zu essen. Schon gar kein Fleisch.

„Die Chemikerin schuldet Oskar einen großen Gefallen. Sie sollte, ohne darüber Bescheid zu wissen, in einem großen Arzneimittelprozess Gefälligkeitsgutachten liefern. Oskar war der Anwalt des Pharmariesen, er kam hinter die Sache, hat sie gewarnt und dann den Fall niedergelegt. Ohne ihn wäre sie ihren guten Ruf schnell los gewesen." Ich war stolz auf Oskar. Welcher Anwalt ließ sich schon einen Pharmakonzern als Klienten durch die Lappen gehen?

„Du hast eben ein besonderes Glück. Allein der wunderschöne Ring, und was der gekostet haben muss", sagte Grete und schleppte die nächsten Fleischportionen auf den Balkon.

„Hab ich", erwiderte ich und wusste nicht, warum mir dabei nicht ganz wohl zumute war. Vielleicht, weil ich mir dachte, dass so viel Glück nicht lange dauern konnte?

Grete seufzte. „Er hat Nachtdienst, da schläft er am Tag, dann mache ich ihm was zu essen und dann geht er wieder." „Er" war ihr Mann Hans, das wussten wir inzwischen.

„Ignoriere ihn", riet Vesna.

„Du solltest nicht immer tun, was er von dir verlangt, vielleicht merkt er dann, was er an dir hat. Geh eine Zeit lang nach Rohlsdorf", meinte ich.

„Ausgerechnet jetzt im Winter? Da ist bei uns am wenigsten zu tun und Mutter ist auch wieder halbwegs auf den Beinen."

„Du tust, was du willst. Warte nicht, dass er plötzlich ein anderer wird und tut, was du willst. Das kannst du vergessen. Wenn du also bei ihm bleiben willst, bleibe, wenn nicht, gehe. Es ist deine Entscheidung." Vesna nummerierte die letzte Fleischprobe. „Weißt du überhaupt, was du willst?"

Grete sah sie zweifelnd an: „Dass alles so ist wie früher. Wir sind wenigstens noch hin und wieder gemeinsam weggegangen und er hat auch nicht so oft gesagt, dass an mir als Frau nichts dran ist."

„Wie früher reicht?"

„Na ja. Ich weiß nicht. Irgendwie schon. Man kann nicht alles haben, oder? Die Karin hat auch immer gesagt, dass ich mich auf eigene Beine stellen soll. Sie wollte mich zum Oktoberfest mitnehmen. Ich versteh nicht, was mit ihr geschehen ist."

Mir schauderte bei dem Gedanken an Massen Bier trinkender Bayern. Aber jeder das ihre. „Ich kapier es auch nicht", erwiderte ich.

„Weißt du übrigens, dass Mira Valensky die Freundin von dem berühmten Joe Platt war?" Offenbar hatte Vesna mit dem Oktoberfest die volkstümliche Musik assoziiert. Grete war hinreichend beeindruckt, und als Vesna dann auch noch erzählte, dass ich ihm wegen Oskar den Laufpass gegeben hatte, wollte sie meinen Wunder-Oskar so schnell wie möglich kennen lernen. Was musste das für ein Mann sein, der sogar jemanden wie Joe Platt ausstach? Eigentlich ein ganz normaler Mann. Mein Mann eben, dachte ich und mir wurde ganz warm inmitten unseres Schlachtfeldes.

„Der eine Fleischer ist ein Säufer", sagte Vesna und riss mich aus meiner Stimmung. „Ich habe herumgefragt und da haben sie gesagt, der in der Trittinstraße sauft."

„Schon lange?"

„Keine Ahnung, hat so geklungen."

Grete nickte. „Ich hab auch einmal mit so einem zusammengearbeitet, das war in einem anderen Supermarkt, einem viel kleineren. Da ist der Juniorchef besoffen ins Lager gefallen und ich hab dann alles wieder schlichten können. Außerdem hat er alle Verkäuferinnen angetätschelt. Ich war wirklich froh, dass ich von dort weggekommen bin."

„Sonst noch etwas Außergewöhnliches in anderen Filialen?", fragte ich.

„Wir haben nicht viel Kontakt miteinander", meinte Grete und wischte den Küchentisch sauber. „Wir kennen ja nicht einmal alle, die in unserer Filiale arbeiten, es sind immerhin achtzig, hundert Leute, weil viele nur stundenweise da sind."

„Ladendiebstähle gibt es", warf Vesna ein. „Das hat mir eine erzählt, die bis vor zwei Wochen im 19. Bezirk gearbeitet hat. Aber hat kaum was mit unseren Problemen zu tun."

„Hauptsache, es kommen in nächster Zeit keine Trickbetrüger. Zu Weihnachten passiert das gerne", seufzte Grete.

„Trickbetrüger?"

„Sie zahlen mit einer großen Note, lenken einen ab, geben Kleingeld dazu, du gibst heraus, und wenn du nicht aufpasst, dann nehmen sie mit dem Wechselgeld den großen Schein gleich wieder mit. Kann allen von uns passieren, die sind ganz schön raffiniert. Vor zwei Jahren gab es eine ältere Frau, die hat ganz lieb ausgesehen, eine echte freundliche Großmutter. Das Schlimme ist: Du kannst ihnen kaum etwas nachweisen, weil wenn uns die Betrügerei auffällt, tun sie so, als wäre alles ein Versehen gewesen."

„Das wird Ultrakauf auch nicht in den Konkurs treiben. Vielleicht wollte sie sich ihre Pension etwas aufbessern."

„Ultrakauf treibt das nicht in den Konkurs, aber uns. Wenn wir nicht nachweisen können, dass wir einem Trickbetrüger aufgesessen sind, müssen wir den Fehlbetrag aus der eigenen Tasche zahlen."

„Also nichts Auffälliges in anderen Filialen", stellte Vesna fest, als ich gerade anfangen wollte, eine empörte Tirade gegen die Geschäftsführung von Ultrakauf loszulassen. Bei ihren Think-Tank-Essen waren sie nicht so kleinlich. Aber worüber wollte ich mich beschweren? Ich hatte ja schließlich selbst mitgevöllert.

„Wenn diese Fleischproben auch in Ordnung sind, fällt mir nichts mehr ein", sagte ich.

Vesna nickte. „Stellt euch vor, nach Weihnachten meldet sich Karin und stellt uns ihren Ölscheich vor." Der Gedanke an Karin mit einem Scheich brachte selbst Grete zum Lachen.

„Wer nimmt welches Fleisch mit? Ich kann nicht alles brauchen", sagte ich und sah die beiden fragend an.

Vesna zögerte. „Momentan ich hab nicht viel Lust auf Fleisch.

Aber Mann isst immer gerne Fleisch, und Zwillinge essen alles, Hauptsache, es ist viel davon da."

„Nimm dir, was du willst." Ich hatte es leicht, großzügig zu sein. Denn erstens stand mir der Sinn auch nicht nach Fleisch, und zweitens hatte ich schon genug davon im Kühlschrank verstaut.

Grete meinte: „Ich kann in Rohlsdorf in der Gemeindekühltruhe eine Menge einfrieren. Aber ich zahl es dir natürlich."

„Kommt gar nicht in Frage. Ich heb mir die Rechnungen auf, hoffe, dass wir so oder so Erfolg haben, und lasse mir im Nachhinein von meinem reuigen Chefredakteur die Spesen zahlen."

„Du glaubst wohl noch an Christkind, Mira Valensky?", spottete Vesna. „Natürlich wir zahlen."

Eine halbe Stunde später waren die rund dreißig Kilo Fleisch verteilt und standen in Ultrakauf-Säcken am Balkon bereit. Ich öffnete eine neue Flasche Jameson und zeigte meinen Mitstreiterinnen, wie man ihn nach guter irischer Sitte mit einem Tropfen Wasser verdünnte. Gegen Mitternacht sangen wir Weihnachtslieder. Doch Gismo hat mit Sicherheit nicht deswegen, sondern weil sie noch einmal mit einer großen Portion Rindfleisch gefüttert worden war, auf den Wohnzimmerteppich gekotzt. Am Ende waren wir uns einig: Das war die netteste Weihnachtsfeier gewesen, die wir je erlebt hatten.

[15.]

Das Wochenende begann äußerst harmonisch mit einem ausgiebigen Frühstück in Oskars Wohnung. Es dauerte so lange, dass wir danach das Bedürfnis hatten, uns sofort wieder niederzulegen. Der Himmel war grau und wolkenverhangen, wir dachten gar nicht daran, außer Haus zu gehen. Gegen Abend brachte ich Oskar bei, wie man die dicke venetische Bohnensuppe „pasta e fasoi" zubereitet. Nach Fleisch war mir immer noch nicht.

Später sahen wir uns drei alte Woody-Allen-Filme hintereinander an. Vielleicht sollte ich versuchen, Drehbücher zu schreiben?

Der Sonntag begann ähnlich wie der Samstag. Gismo wusste ich in guten Händen. Frau Schneider aus dem zweiten Stock hatte versprochen, sie zu füttern und zu streicheln. Gut möglich, dass Gismo nicht bloß das extra gekennzeichnete Rindfleisch, sondern auch einige ihrer über alles geschätzten schwarzen Oliven und danach noch von Frau Schneider selbst gebackene Schokokekse bekommen würde. Frau Schneider hatte, was ihre Enkelkinder und Katzen anging, eigene Diätvorstellungen: Je mehr Liebe, desto mehr Kalorien. Frau Schneider liebte ihre Enkelkinder und Gismo sehr. Die Enkelkinder waren inzwischen in einem Alter, in dem sie sich gegen diesen Ausdruck übergroßer Zuneigung zur Wehr zu setzen wussten. Gismo aber dachte nicht daran, sich derartigen Liebesbeweisen zu verweigern.

Wir hörten Carla Bley, spielten Backgammon und stellten fest, dass es an Wochenenden wie diesen schön war, wenn es früh dunkel wurde.

Als es Zeit zum Abendessen wurde, ging Oskar unschlüssig in der Küche herum, öffnete die Kühlschranktür, schloss sie wieder, öffnete den Gefrierschrank, schloss ihn wieder, sah in die Regale und murmelte vor sich hin. Für gewöhnlich kochte derjenige von uns, in dessen Wohnung wir uns befanden. Die gestrige „pasta e fasoi“ war eine Ausnahme gewesen. Aber Oskar schien keine Idee zu haben, was er heute zum Abendessen servieren könnte. Ich lümmelte auf dem Sofa, hatte begonnen, einen wirklich netten Krimi zu lesen, und registrierte das alles nur im Hintergrund. Auch kein Problem, dachte ich träge.

Als Oskar aus der Küche kam, sah ich vom Buch auf und meinte: „Wir können auch essen gehen.“

Er sah mich etwas irritiert an.

„Weil du, nach dem Lärm in der Küche zu schließen, nicht weißt, was du kochen sollst.“

Er war eindeutig nicht bei der Sache. Ich sah ihn aufmerksamer an. Es war nicht das Abendessen, da war etwas anderes, das ihn beschäftigte. Ich rutschte zur Seite und deutete auf das Sofa. Oskar setzte sich zu mir.

„Was ist?“, fragte ich und war sofort besorgt. Ich hatte das Wochenende wunderbar entspannend gefunden. Wer sagte mir, dass er es nicht ganz anders wahrgenommen hatte?

„Du siehst es mir an, nicht wahr?“

„Was?“, fragte ich alarmiert. Ich sah ihm gar nichts an außer seine Unruhe. Manchmal hatte ich das Gefühl, zwar viel zu viel Fantasie, aber dafür gar nichts von der berühmten weiblichen Intuition zu haben.

„Na ja, ich wollte es dir schon vor ein paar Tagen sagen.“

Das klang schlimm, schlimmer, als gedacht. Jetzt würde er davon reden, dass wir immer noch gute Freunde bleiben könnten, bla, bla, bla.

„Hörst du mir überhaupt zu?“

Ich riss mich zusammen. „Aber sicher.“

„Also, ich sagte, ich habe mit meiner Mutter telefoniert. Sie hat uns zum Weihnachtsabendessen eingeladen, ich hab dir davon erzählt, das hat bei uns Tradition." Oskar sah mich aus den Augenwinkeln heraus an und murmelte dann schnell: „Sie musste schnell Bescheid wissen, also, ich habe zugesagt."

„Auch für mich? Ohne zu fragen?" Meine Befürchtungen hatten sich zerstreut, aber jetzt war ich wütend. Ich bin es nicht gewohnt, dass andere hinter meinem Rücken für mich Entscheidungen treffen.

„Na ja, ich dachte mir ..."

„Du hättest mich anrufen können."

„Hab ich ja, aber du warst ..."

„Du hättest mir das schon vor Tagen sagen können. Wann hast du mit deiner Mutter geredet?"

„Das spielt doch keine Rolle, ich ..." Er legte mir beschwichtigend die Hand auf den Arm. Ich schüttelte sie ab. Da galt es, etwas ein für alle Mal klarzustellen.

„Ich möchte ganz gerne gefragt werden, wo ich zu Weihnachten bin und wen ich wann warum besuche. Ich glaube es einfach nicht. Wir verbringen das ganze Wochenende miteinander und du findest es nicht der Mühe wert, mit mir darüber zu reden."

„Es war so schön und friedlich und ich dachte ..."

„... du dachtest, da störst du den Frieden lieber nicht und tust so, als wäre nichts gewesen. Wie kann man sich nur so verstellen?" Ich blitzte ihn wütend an.

„Ich dachte nicht, dass du das so wichtig nehmen würdest."

„Und hast es deswegen so lange wie möglich hinausgezögert, mit mir darüber zu reden? Vergiss es, ich bin keine Idiotin."

Ich wollte seine Mutter nicht kennen lernen. Noch nicht. Sie würde mich kritisch mustern und neben ihr würde zu Weihnachten die ganze Verwandtschaft hocken und überlegen, ob ich für ihren Oskar gut genug wäre. Ich hörte sie schon murmeln: „Was macht sie? Eine Lifestyle-Journalistin ist sie? Was ist denn das überhaupt? Und ich weiß nicht, Journalisten ..." Oskars Verwandtschaft bestand zum großen Teil aus pensionierten Hofräten und Mittelschulprofessorinnen im Ruhestand. Wiener Bürgertum. Sein Vater war schon vor Jahren gestorben, seine Mutter bewohnte das untere Geschoss einer Villa in Mauer bei Wien. Ich wollte sie nicht ausgerechnet zu

Weihnachten treffen, sondern irgendwann, jedenfalls aber erst später.

„Warum können wir Weihnachten nicht in Ruhe zu zweit feiern?"

„Du weißt, ich muss zum Weihnachtsabendessen meiner Mutter."

„Gut, dann gehst du hin, kommst in der Nacht zurück und wir feiern dann. Oder wir vergessen die ganze Feierei. Damit hab ich auch kein Problem."

Oskar streichelte meinen Unterarm. „Ich hab ihr doch schon gesagt, dass du mitkommst. Sie wird dir gefallen, sicher. Und du gefällst ihr auch."

„Nein. Du hättest mich fragen müssen."

„Ja, ich weiß. Entschuldige."

„Ich muss heim, Gismo wartet."

„Wolltest du nicht erst morgen ...?"

„Gismo war das ganze Wochenende allein, du kannst mitkommen." Aber ich war mir gar nicht so sicher, ob ich das heute wollte.

Er stand auf. „Überleg es dir."

„Was?"

„Du weißt schon."

„Ich will selbst entscheiden ..."

„Andere wären froh, wenn sie der Mutter vorgestellt würden", jetzt war auch Oskar gekränkt. Aber ich konnte nicht aufhören.

„Dann nimm dir eine andere mit heim, eine, die tut, was du beschlossen hast."

„Ich hab es nur gut gemeint."

Meine Güte, wie ich diesen Satz hasse. Ich warf die paar Kleidungsstücke in meine Reisetasche und ging zur Tür. Oskar war mit hängenden Armen vor dem Sofa stehen geblieben. Meine Wut verrauchte langsam, ein dumpfer Groll aber blieb. Ich stellte die Tasche ab, kam langsam zu Oskar zurück, gab ihm einen Kuss und sagte: „Du kannst mitkommen."

Er schüttelte den Kopf. „Ich muss morgen sehr früh anfangen. Immerhin hab ich gefaulenzt." Das klang fast wie ein Vorwurf. Wie hatte er nur das ganze Wochenende auf Harmonie und Idylle machen können, obwohl ihm das Weihnachtsabendessen im Kopf herumgespukt ist?

„Also dann ...", sagte ich und öffnete die Eingangstür.

„Vielleicht morgen", rief er, kam mir aber keinen Schritt entgegen.

Ich ließ die Tür hinter mir lauter als üblich ins Schloss fallen.

Meine Laune besserte sich nicht, als ich sah, dass Gismo schon wieder auf den Wohnzimmerteppich gekotzt hatte. Sie sah mich unschuldig mit kreisrunden, gelben Augen an.

„Du bist auf Diät", sagte ich zu ihr, knallte meine Reisetasche ungeöffnet in eine Ecke des Schlafzimmers und schenkte mir einen großen Whiskey ein. Dass er es zwei Tage geschafft hatte zu tun, als ob nichts wäre als Liebe, Wonne, Eierkuchen? Ein begabter Heuchler.

Ich nahm einen großen Schluck. Wahrscheinlich war ich nur so sauer, weil ich mich vor dem Treffen mit seiner Mutter fürchtete. Ich habe ein gewisses Bild von Hofratswitwen. Und ich hatte den Verdacht, dass Hofratswitwen ein gewisses Bild von mir hatten. Weihnachten, im Kreis der Großfamilie – das war der denkbar schlechteste Zeitpunkt, um sich vorsichtig einander zu nähern.

Oskar hatte mir von seinen Weihnachtsabendessen schon zu einer Zeit erzählt, zu der weder er noch seine Mutter auf die Idee gekommen waren, mich einzubeziehen. Zu Weihnachten stellten sie eine Frau an, die das Essen zubereitete und servierte. Das ganz besonders feine Porzellan wurde herausgesucht, das weiß-damastene Tischtuch, das es schon seit Oskars Kindertagen gab. Normalerweise saßen neun Personen bei Tisch: Oskar, das Einzelkind, war bei weitem der Jüngste der Gesellschaft. Drei Schwestern seiner Mutter, zwei davon mit Mann, ein Cousin und eine Tante, die schon über neunzig war. Nach dem Essen entzündete Oskar die Kerzen am Christbaum und läutete mit einem alten Glöckchen, das es auch schon seit seiner Kinderzeit gab. Dann wurden Weihnachtslieder gesungen, die beiden Tanten, die Mittelschulprofessorinnen gewesen waren, sangen die zweite Stimme. Es folgte die Bescherung. Mir schauderte. Diesmal wäre der Höhepunkt des Festes die Vorführung von Oskars neuer Liebe. Ich konnte mir lebhaft vorstellen, wie die älteren Damen Oskar vergötterten. Nichts und niemand war für ihn gut genug.

Ich schenkte mir einen zweiten Whiskey ein. Ich würde ihm vorschlagen, seine Mutter in neutraler Atmosphäre irgendwann nach Weihnachten zu treffen. Wenn es schon sein musste. Wir waren einigermaßen erwachsen. Warum konnten wir dann nicht einfach für uns leben?

Er war stur geblieben, verständnisvoll in gewisser Weise, aber in der Sache stur. Was soll's. Ich fühlte mich allein auch wohl. Zumindest war es bisher meistens so gewesen. Ich sah nach, was es im Kühlschrank außer Fleisch noch gab. Nun erst bemerkte ich, dass der Anrufbeantworter im Vorzimmer blinkte. Oskar wollte einlenken. Zeit genug, um zurück zu ihm zu fahren. Ich würde ihm verzeihen. Das schöne Wochenende sollte auch schön ausklingen.

Ich drückte die Taste. Am Band war die Stimme der Lebensmittelchemikerin: „Ich wollte mich sofort melden. Keine der Proben ist gesundheitsgefährdend."

Noch ein Flop. Ein doppelter Flop. Es war nicht Oskar gewesen, der angerufen hatte, und bei der Fleischgeschichte hatten wir uns gründlich geirrt. Ich schenkte mir einen nächsten Whiskey ein und hörte mit einem halben Ohr weiter zu.

„Ich habe das Wochenende ohnehin bei ein paar komplizierten Analysen im Labor verbracht und nebenher mit zwei Praktikanten die Fleischanalysen gemacht. Etwas Eigenartiges ist uns aber schon aufgefallen: Bei fünfzehn der Rindfleischproben handelt es sich um aufgetautes Fleisch. Haben Sie das Fleisch tiefgefroren? Die Qualität der Fleischproben entspricht trotzdem annähernd unserem Lebensmittelgesetz, es ist durchaus genießbar, wenn auch Fleisch von minderer Qualität als das Frischfleisch. Zumindest aber dürfte man das Fleisch nicht noch einmal einfrieren. Die anderen Proben waren, mit den üblichen paar Abweichungen, in Ordnung. Ich bin morgen ab neun Uhr wieder im Labor zu erreichen und freue mich, wenn Sie sich melden!“

Ich war mit meinem Whiskey im Vorzimmer stehen geblieben. Aufgetautes Fleisch. Ultrakauf warb mit der „Frischfleischgarantie“. Fleisch, das tiefgefroren gewesen war, musste entsprechend gekennzeichnet sein.

Offenbar mischte die Geschäftsführung zum frischen Rindfleisch eine gewisse Menge aufgetautes Fleisch. Der roten Karin könnte das aufgefallen sein. Mir nicht, aber sie war immerhin Fleischermeisterin. Der Filialleiter hatte auch nichts bemerkt. Das war in diesem Fall glaubhaft. Vielleicht aber wusste er von dem Schwindel. Nein, das hielt ich für unwahrscheinlich. Er war nur ein kleines Rädchen im Unternehmen. Warum war die Aktion sonst niemandem vom qualifizierten Personal aufgefallen? Wahrscheinlich, weil niemand etwas merken wollte. Zwischen der einen oder anderen Umpack- und Fleischverjüngungsaktion im Kleinen und dem Verkauf von aufgetautem Fleisch im Großen bestand ja nun wirklich kein besonderer Unterschied. Der Profit wurde erhöht, niemand erlitt ernsthaften Schaden. Die Gewinnspanne war eben niedrig, darüber hatte sich van der Fluh mir gegenüber beklagt, also wurde sie etwas ausgedehnt.

Aber warum war Karin verschwunden und wer hatte Regionaldirektor Sascha Heller ermordet? Van der Fluh? Der von nichts etwas zu wissen vorgab, was seine Hilfsdirektoren anstellten? Er hatte einen guten Vertrag, ging es mit Ultrakauf bergab, dann nahm er eben den nächsten Managementjob in Deutschland. Allerdings: Vielleicht war das gar nicht so einfach.

Es musste zumindest einige Menschen geben, die in der Kauf-AG vom aufgetauten Fleisch wussten. Die Einkäufer, die Leute in der Finanzabteilung, die die Käufe in die Bilanz aufnahmen, oder, was wahrscheinlicher war, diese fälschten. Die Leute, die das Fleisch transportierten und auftauten. Konnte man sie alle ruhig stellen? Etwas Geld, Angst vor dem Jobverlust und das weit verbreitete Bedürfnis nach Harmonie halfen wohl. Aber war das genug? Immerhin: Es gab auch nach wie vor keine Beweise, dass jemals Fleisch und

Würste gewaschen und umgepackt worden waren. Trotzdem geschah es.

Ich konnte mit den Ergebnissen der Proben und den kategorisiert verwahrten Verpackungen nun endlich daran denken, meine Reportage zu schreiben. Dieser Story würde der Chefredakteur zustimmen. Ein Fleischskandal kurz vor Weihnachten war etwas, auf das auch die Konkurrenzmedien reagieren würden. Eine Exklusivgeschichte des „Magazins" – das würde selbst die Geschäftsführung überzeugen. Möglicherweise.

Was aber, wenn Ultrakauf alles abstritt und mir vorwarf, die Proben getürkt und das Fleisch selbst eingefroren zu haben? Ich war schon eine Zeit lang hinter dem Unternehmen her, die findigen Typen in der Marketingabteilung konnten mir Verfolgungswahn vorwerfen. Vielleicht wäre es sehr rasch möglich, die Zulieferung von gefrorenem Rindfleisch zu stoppen, und wenn dann Lebensmittelinspektorat, Marktbehörde und Kriminalpolizei kamen, war alles wieder in bester Ordnung. Ich hatte die ersten Beweise. Aber ich brauchte mehr. Ich musste wissen, woher das aufgetaute Fleisch kam, wer von der Aktion wusste, wie es geliefert wurde. Morgen.

Ich schlief schlecht, hatte wilde, im wachen Zustand nicht nachvollziehbare Träume, in denen Oskar, sprechende halbe Rinder und Tango tanzende Tanten eine Rolle spielten. Die rote Karin ließ sich von van der Fluh die Fingernägel polieren, bis sie blutete. Ich schreckte aus dem Schlaf auf. Mein Herz klopfte laut. Vor einem Jahr hatte ich in der Nacht regelrechte Panikattacken gehabt. Jetzt wartete ich besorgt, ob es wieder so weit wäre. Nein, der Herzschlag beruhigte sich langsam, und bevor ich noch mit dem Nachdenken beginnen konnte, schlief ich wieder ein.

Ich hatte den Wecker auf halb acht gestellt. Fürchterlich früh, vor allem im Winter. Draußen war es noch beinahe finster. Einer der Vorteile meines Berufes war es, dass ich meistens lange schlafen konnte. Aber heute wollte ich so schnell wie möglich ins Labor, um mit der Lebensmittelchemikerin zu reden und zu überprüfen, welche unserer siebenundachtzig Proben gefroren gewesen waren.

Gismo drehte sich empört auf die andere Seite. Ich duschte schnell, nahm mir Jeans, ein langärmliges T-Shirt, ein bequemes Wollstoffsakko und trank rasch einen doppelten Espresso.

Ich wollte gerade die Eingangstür abschließen, als das Telefon läutete. Gehetzt stellte ich die Tasche mit meinem Laptop ab, lief zurück ins Vorzimmer und hob ab. „Ja?"

„Sehen wir uns heute?" Es war Oskar.

„Ich hoffe. Ich weiß nur noch nicht, wann und wo. Stell dir vor, ein Teil der Fleischproben stammt von aufgetautem Rindfleisch. Offenbar haben die Herren bei der Kauf-AG schlechteres Fleisch dazugeschmuggelt. Erhöht die Gewinnspanne, freut die Aktionäre und all so was. Ich bin gerade auf dem Weg zur Lebensmittelchemikerin."

„Ach", sagte Oskar nur.

„Ich hab es eilig, ich melde mich."

Erst auf dem Weg zum Auto dämmerte mir, dass er sich unser Versöhnungstelefonat wohl anders vorgestellt hatte. Ich würde ihn später anrufen. Der Streit war lächerlich gewesen. Wir würden einen Kompromiss finden.

Gemeinsam mit der Lebensmittelchemikerin ging ich die Liste mit den Proben durch. Sie zeigte mir, wie man im Mikroskop einfach erkennen konnte, ob das Fleisch frisch oder aufgetaut war: Die Zellwände waren bei den einen Proben intakt, bei den anderen durchbrochen, zerstört, die Struktur sah aus wie nach einem Mikro-Bombenanschlag. Dafür erzählte ich ihr, worum es bei der ganzen Analyse eigentlich ging. Die gefrorenen Rindfleischstücke stammten ausschließlich aus sechs Filialen. Schweinefleisch, Kalbfleisch und Biofleisch waren in Ordnung. Wir konnten uns beide keinen Reim darauf machen. War das mit den sechs Filialen Zufall? Wurden nur Filialen, bei denen man wusste, dass die Fleischer nicht aufmucken würden, beliefert? Die Chemikerin schärfte mir ein, nicht übertrieben zu reagieren. Gesundheitsschädlich war das Fleisch trotz einiger kleinerer Verstöße gegen das Lebensmittelgesetz nicht.

„Es ist Betrug", sagte ich, „sie werben mit Frischfleischgarantie."

„Seien Sie vorsichtig. Wenn das in ganz Österreich gespielt wird, geht es um sehr viel Geld. Und um die Reputation von Ultrakauf, vielleicht auch von Superkauf."

„Sie bleiben trotzdem dabei, ich darf Ihre Ergebnisse veröffentlichen?"

„Ja, das geht in Ordnung. Ich kann beweisen, was ich analysiert habe. Ich kann aber nicht beweisen, woher das Fleisch stammt. Ich halte es für unwahrscheinlich, dass es aus dem Zentrallager kommt. Wenn sie dort regelmäßig Fleisch auftauen, müsste es auffallen. Es wird ständig kontrolliert, und so einfach ist es nicht, sich alle Kontrolleure zu kaufen."

„Das werde ich herausfinden."

„Grüßen Sie Doktor Kellerfreund von mir, er ist ein großartiger Kerl."

„Ja, das ist er." Ich hatte mit ihm gestritten. Ich hatte die Versöhnung verpatzt.

Vesna ging aufgeregt vor dem Chicken-Jack-Stand auf und ab. „Ich werde nachsehen, woher Fleisch kommt. Fahrer kommt mit LKW, meist in der Früh, gleich wenn das Geschäft aufsperrt. Manchmal auch am Nachmittag. Er kommt vom Zentrallager, sagt Jitka. Das wird stimmen. Das Fleisch wird im Zentrallager in die LKWs verladen. Dort kommt das aufgetaute Fleisch dazu oder eben nicht. Ich muss im Zentrallager nachschauen. Es gibt Schulungen für Personal. Aber sicher nicht mehr vor Weihnachten. Das dauert zu lange. Ich muss so ins Zentrallager kommen. Am besten mit LKW, als blinder Passagier. Ich horche Jitka aus oder vielleicht wen, der sich noch besser dort auskennt. Dann sehe ich nach."

„Und verschwindest, wie Karin verschwunden ist. Das ist zu gefährlich. Ich werde vorgeben, für irgendeine Story zu recherchieren. Dann müssen sie mich ganz legal hineinlassen."

„Das glaubst du selbst nicht. Wo sie schon dem ‚Magazin' drohen und die dir. Wenn die merken, du bist ihnen jetzt eng auf der Spur, da wehren sie ab. Deinen Job bist du dann vielleicht auch los. Und was mache ich? Ich brauche Kundin Mira Valensky, ganz abgesehen von Freundin. Außerdem sie zeigen dir nicht, was du sehen willst, und lassen dich keine Sekunde aus den Augen."

Ich seufzte. Ich mochte solche Aktionen nicht, aber trotzdem sagte ich zu Vesna: „Dann fahre ich mit im LKW. Wenn du dich verstecken kannst, dann kann ich das auch. Zu zweit kann weniger geschehen. Wenn alles schief geht, kann ich mich noch immer als Journalistin zu erkennen geben und versuchen, die Geschäftsführung mit dem aufgetauten Rindfleisch unter Druck zu setzen."

Vesna nickte sofort. „Ich werde sehen, wie das am leichtesten geht und wie wir im Zentrallager nicht auffallen. Vor Weihnachten ist besonderer Wirbel, wo Chaos ist, ist es leichter. Ich überlege mir Weg und dann fahren wir."

[16.]

Zwei Tage später war es so weit. Laut Vesna war es kein großes Problem, sich ins Zentrallager einzuschmuggeln. Weiße Mäntel, große Plastikschürzen, Überschuhe aus Plastik und ein Haarschutz waren für alle vorgeschrieben, die dort arbeiteten. Es war dieselbe Ausrüstung, wie sie auch im Ultrakauf beim Zerteilen des Fleisches getragen werden sollte. Mit Karins Schlüsselbund holte Vesna ihren Mantel aus dem Spind, einen zweiten, Schürzen, Schutzhauben und -schuhe bekam sie von Jitka, der sie eine haarsträubende Geschichte von einer verfrühten Faschingsparty erzählt hatte.

Nun musste es uns nur noch gelingen, unbemerkt bis zum Zentrallager zu kommen. Vesna hatte den LKW-Fahrer beobachtet.

„Er ist mit dem Ausladen beschäftigt und dann geht er und raucht in einer Ecke." Der Laderaum des LKWs, so hatte Vesna geklärt, war nach dem Ausladen leer. Offenbar lag die Filiale in der Mayerlinggasse am Ende seiner Tour. Aber es gab ein paar Decken, unter denen man sich verstecken konnte.

Lange bevor der Morgen dämmerte, wartete ich zitternd bei der LKW-Zufahrt des Supermarktes auf ein Zeichen von Vesna. Sie war, obwohl sie keine Frühschicht hatte, mit der ersten Mannschaft in den Supermarkt gekommen. „Wird nicht auffallen", hatte sie optimistisch gemeint. Es gab eine ganze Menge von Dingen, die nicht auffallen durften. Trotz Jeans, dicken Strumpfhosen, einem Sweatshirt und meinem alten Daunenanorak fror ich erbärmlich. Es war sechs Uhr in der Früh, ich hatte viel zu wenig geschlafen und ein eisiger Wind blies. Oskar hatte ich von der Aktion sicherheitshalber nichts erzählt. Vielleicht war das ein Fehler gewesen. Wir hatten uns seit dem missglückten Wochenendfinale nicht mehr gesehen, allerdings mehrmals und lange telefoniert. Trotzdem: Eine gewisse Missstimmung zwischen uns bestand immer noch. Ich war verrückt, hier herumzustehen, statt zu Oskar ins warme Bett zu schlüpfen und ihm ausgiebig zu verzeihen. Was war ein Weihnachtsbesuch bei seiner Verwandtschaft schon gegen eine Aktion wie diese? Man würde uns festnehmen lassen oder etwas machen, von dem die Polizei nichts erfahren durfte. Warum ließ ich mich von Vesna immer wieder mitreißen? Aber: Hätte ich sie allein lassen können?

Zuerst hörte ich den Lärm des mächtigen Dieselmotors, dann erst sah ich den langen, blau-gelb lackierten Kühl-LKW. Er bog in die Einfahrt. Das riesige, hydraulische Tor schwenkte nach oben. Schwaches Neonlicht erhellte nun Teile des Vorplatzes. Der LKW fuhr mit dem Heck voran in die Lagerhalle. Ich lief wie vereinbart auf den Platz vor dem Lager und drückte mich hinter einen Berg aufgeschichteter leerer Paletten.

Wieder schien die Zeit stillzustehen. Was mache ich, wenn Lagerarbeiter kommen? Was, wenn der LKW-Fahrer kommt, um ausgerechnet hier eine Zigarette zu rauchen? Noch immer war es finstere Nacht. Ich registrierte, dass der Straßenverkehr langsam zunahm. Welche Leute, abgesehen von denen, die im Supermarkt arbeiteten, mussten so früh schon unterwegs sein?

Vesna erschien im rechten Eck der Toreinfahrt und streckte dreimal die rechte Hand in die Höhe. Das war unser Zeichen, dass alles nach Plan lief. Ich sah mich um und trabte los.

„Komm", flüsterte sie, „Decken sind da, Fahrer ist weit weg, er hat mit Stapler die letzten Kisten genommen, Fleischleute sind im Fleischraum." Der Weg zwischen der Lagerecke und dem LKW schien unüberwindlich weit. Wir rannten von Warenstapel zu Warenstapel. Die letzten paar Meter gab es keinen solchen Sichtschutz mehr. Jetzt schwitzte ich unter meinen dicken Kleidungsschichten. Nie hätte ich mir vorgestellt, dass die Ladefläche eines LKWs so hoch oben ist. Ich schaffte es erst im zweiten Anlauf, hineinzuklettern, und riss mir dabei das Knie blutig. Vesna war flinker gewesen, sie deutete auf die Decken. Wir krochen darunter. Die Decken rochen muffig nach Staub und nach schmutziger Kälte. Nur ein paar Augenblicke später hörten wir den LKW-Fahrer kommen. Mit lautem, im Laderaum widerhallendem Ton ließ er die Hecktüren zufallen und schob einen Riegel vor.

„Eingesperrt", dachte ich im Stockdunkeln und in mir stieg Angst auf. Ich hasse es, nicht einmal eine Spur von Licht zu sehen. Ich schob den Kopf aus den Decken, bekam nun wenigstens mehr Luft, aber an der totalen Finsternis hatte sich nichts geändert. Es war ein Kühl-LKW, natürlich, er musste entsprechend dicht abschließen. Das Geräusch, das neben dem Motorengeräusch zu hören war, stammte wahrscheinlich von Ventilatoren. Mit Schaudern erinnerte ich mich daran, wie ich vor mehr als einem Jahr in einem Kühlkeller eingesperrt worden war. Damals hatten mich Vesna und Joe befreit. Es war Sommer gewesen und ich hatte nur ein T-Shirt und Baumwollhosen getragen. Hier war ich mehr oder weniger freiwillig, ich hatte gewusst, was auf uns zukommen würde, wir würden nicht ewig im LKW bleiben müssen und ich war warm genug angezogen. Kein Grund, sich aufzuregen. Der LKW bog rasch um eine Ecke. Ich verlor den Halt und wurde zur anderen Seitenwand geschleudert. Ein dumpfer Aufprall, ein heller Schmerz an der Hüfte. Ich versuchte etwas zu finden, woran ich mich festhalten konnte. Eisenringe. Ich wollte keinen Lärm machen und traute mich nicht, nach Vesna zu rufen. Eine Hand auf meinem Arm. „Vesna", zischte ich.

„Du bist verletzt, Mira Valensky?"

„Nein, alles in Ordnung, wird nur ein großer blauer Fleck." Hoffte ich zumindest.

„Du musst festhalten."

„Hoffentlich hat er es nicht gehört."

„Glaube ich nicht."

Wieder eine Kurve, aber diesmal ließ ich mich nicht herumschleudern. Wie schlecht so ein LKW gefedert war. Das Fleisch in den Kisten würde sich nicht beschweren.

Ich wusste, dass das Zentrallager rund vierzig Kilometer außerhalb von Wien lag, noch waren wir in der Hauptstadt unterwegs. Immer wieder musste der LKW anhalten, wahrscheinlich war der Frühverkehr inzwischen voll im Gang.

Ich ärgerte mich, dass ich nicht daran gedacht hatte, eine Uhr mit beleuchtbarem Ziffernfeld mitzunehmen.

„Ich habe Taschenlampe, aber nur für den Notfall. Weiß nicht, ob der Fahrer etwas sehen kann. Fenster hat der Laderaum keines, an Kamera glaube ich nicht, aber was weiß man. Besser, es ist finster. Aber das Handy hat eine Uhr. Das kann er nicht sehen, wenn du unter der Decke einschaltest."

Ich tappte in meiner Jackentasche nach dem Mobiltelefon, kroch wieder unter die Decke, tippte blind meinen Code und freute mich über den schwachen Lichtschein. Es war kurz vor sieben. Wir konnten höchstens eine Viertelstunde unterwegs sein.

„Bald kommt Autobahn", flüsterte Vesna, „das ist ruhiger."

Sie behielt teilweise Recht. Die Stopps und die Kurven wurden seltener, dann beschleunigte der LKW. Ruhiger wurde es dadurch im Laderaum nicht. Durch das Tempo entstand ein heller, bedrohlicher Vibrationston, der durch den leeren Raum nervtötend verstärkt wurde. Nie hatte ich geahnt, wie viele Bodenunebenheiten die Westautobahn hat.

Ich untersuchte mein Knie und ertastete, dass die Jeans ganz geblieben waren. Darunter tat es weh, aber es war wohl nur eine kleine Schürfwunde. Die Hüfte allerdings brannte noch immer wie Feuer.

Wir zogen die Mäntel und die Schürzen über, die Vesna in ihrem kleinen Rucksack mitgenommen hatte, und verstauten Schutzhauben und Überschuhe griffbereit in den Jackentaschen. Es ist nicht einfach, sich in einem LKW bei mindestens Tempo hundertzwanzig anzuziehen. Erschöpft kauerten wir uns wieder an die Wand.

Irgendwann verlangsamte der LKW seine Fahrt, es kam eine scharfe Rechtskurve, die uns fast ausgehoben hätte. Dann zuckelten wir in gemäßigterem Tempo auf einer Landstraße dahin.

Plötzlich enorm laute Töne, sie rissen mich hoch, versetzten mich mit ihrer Aneinanderreihung zu einer penetrant fröhlichen Melodie in Panik. Ich hatte vergessen, mein Mobiltelefon abzuschalten. Auch jetzt wirkte der leere Laderaum wie ein riesiger Resonanzkörper. Ich kramte in meinen Jackentaschen. Schließlich fand Vesna das Mobiltelefon auf der Decke, drückte es mir im Stockfinsteren in die Hand, ich tastete mit zitternden Fingern nach dem Knopf zum Ausschalten. Spät, sehr spät wurde es wieder totenstill. Wir lauschten. Hatte der Fahrer etwas gehört? Der LKW wurde noch langsamer.

„Unter die Decken", zischte Vesna.

Wir zogen die muffigen Decken über uns, drückten uns in einer Ecke zusammen. Der LKW fuhr einen engen Halbkreis, blieb stehen, schob zurück. Ich tastete nach Vesnas Hand. Sie drückte meine, versuchte mich wohl zu beruhigen, aber ich merkte, dass auch sie zitterte.

„Wir bleiben liegen. Vorerst", flüsterte Vesna.

Die Hecktüren gingen auf, auch unter den Decken konnte man helles Licht erkennen. Schien wieder einmal die Sonne? War es nicht noch zu früh für so viel Licht? Stimmen waren zu hören, Motorengeräusche. Jemand in schweren Schuhen sprang in den Laderaum. Ich atmete flach und bemerkte, wie Vesna ganz vorsichtig, Zentimeter für Zentimeter, ihren Kopf aus den Decken schob.

„Zentrallager", flüsterte sie dann. „Vorne steht einer, der was einladen will." Unmöglich, an ihm vorbeizukommen. Es schien Verzögerungen zu geben.

„Was is?", schrie der Mann. „Warum kommt Ladung nix?"

„Ein Bosnier", zischte ich, fast beruhigt, Vesna zu.

„Nichts Bosnier, das ist ein Türke oder so was."

Wir hörten, wie der Mann vom LKW sprang. Vesna streckte ihren Kopf in Richtung Halle. „Komm", sagte sie dann, „schnell."

Sie zog mich mit, wir rannten durch den Laderaum nach vorne, unfassbar, wie lang so ein LKW ist. Er hatte mit dem Heck direkt an das Ladesystem des Zentrallagers angedockt. Ein schmales Förderband endete hier, mindestens vierzig oder fünfzig solcher Förderbänder gab es in der riesigen Halle, jedes reichte bis zu einem

LKW-Stellplatz. Bei rund der Hälfte von ihnen war Betrieb. Wir zogen die Mützen über und gingen möglichst unauffällig ins Innere der Halle, dorthin, woher die Förderbänder mit den wohl dreißig, vierzig Kilo schweren Fleischkartons kamen. Woran wir nicht gedacht hatten: Im Ladebereich trug niemand Schutzkleidung. Wir fielen schneller auf, als uns lieb war.

„Was macht ihr Süßen denn hier?", rief uns ein Arbeiter, der Kartons auf einem Förderband kontrollierte, zu.

„Inspektionsrunde", rief Vesna zurück.

„Wollt ihr mich näher inspizieren?"

„Kein Bedarf, Pause ist gleich aus."

Wir gingen schneller. Durch Wände aus Metallstreben und Glas konnten wir sehen, wo das Fleisch zerteilt und verpackt wurde. Von dort kamen, ähnlich wie bei den automatischen Förderbändern auf Flughäfen, die Kartons gefahren.

Vesna öffnete die erstbeste Türe aus Metall. Der Lärm wurde intensiver, das Licht war heller. Wir streiften uns die Schutzschuhe aus dünnem Plastik über. Frauen in Schutzkleidung standen an einem Fließband und legten in Folie eingeschweißte, mehrere Kilo schwere Fleischstücke in Kartons. Eine andere Brigade an einem anderen Fließband portionierte Fleisch und legte es auf Styroportassen.

Der Großteil der Anlage funktionierte automatisch. Das Fleisch wurde verpackt, die großen Kartons wurden sortiert, gestapelt, bei Bedarf von elektronischen Hebemaschinen erfasst und auf die Förderbänder geschickt.

Weiter hinten war die Zerlegestation. Sie sah aus wie ein gigantischer Fleischhauereibetrieb, eine Fabrik voll mit plastikbemützten Fleischheinzelmännchen und vor allem -frauchen, die halbe Rinder und Schweine mit Elektromessern zerlegten, die aussahen wie Waffen aus einem Sciencefictionfilm. Die Fleischteile kamen auf Fließbänder, gingen weiter zu jenen, die Knochen, Fett, Sehnen entfernten, dann weiter zu jenen, die das Fleisch für die Verpackungsanlage vorbereiteten.

Es roch unangenehm nach einer Mischung aus Blut und Stahl. In unseren Mänteln mit dem Ultrakauf-Emblem wurden wir nicht als

Außenseiterinnen wahrgenommen. Manchmal haben Uniformen eben doch auch ihre Vorteile. Nur einmal redete uns eine Vorarbeiterin an. „Was macht ihr denn hier? Wo gehört ihr hin?“

„Wir kommen von der Ultrakauf-Zentrale, sind von der Marketingabteilung. Van der Fluh hat uns persönlich hergeschickt, damit wir uns umsehen.“

„Ganz allein?“

„Das ist die Idee der Sache, wir sollen uns unvoreingenommen umsehen.“

„Brauchen Sie Hilfe?“

„Nein, danke.“

Wir gingen in Richtung Fleischzulieferung. Hier, auf der anderen Seite der Halle, wurde das Fleisch von den Schlachthöfen angeliefert. Wieder gab es Laderampen, diesmal aber keine Förderbänder, sondern Gestänge, an denen Rinder- und Schweinehälften aufgehängt und elektronisch in Richtung Zerteilstation gefahren wurden. Die Metallkonstruktion glich einer Ansammlung monströser Garderobenständer, nur dass auf dieser Art von Gestellen keine Mäntel, sondern halbe tote Tiere hingen.

„Wenn, dann haben sie Fleisch schon im Schlachthof aufgetaut“, sagte Vesna. Zwei Männer gingen mit Klemmbrettern durch die Fleischgarderobe, verglichen aufgedruckte Nummern mit denen auf ihren Listen. Zwei ähnliche Gestalten hatten wir auch schon bei der Fleischzerteilung gesehen. Sie hatten Fleischproben genommen und, nicht viel anders als wir vor einigen Tagen, diese in kleine Säckchen gefüllt.

Wir hatten es geschafft, wir waren im Zentrallager. Aber wir hatten nichts entdecken können, was auf gefrorenes Fleisch schließen ließ. Natürlich konnte es sein, dass das Management der Kauf-AG mit einigen Schlachthöfen ein entsprechendes Übereinkommen hatte. Aber dann mussten die Kontrolleure dort bestochen sein. Mutlos sah ich mich in dem Tohuwabohu um.

„Wir fahren zurück“, sagte Vesna, „nicht mit Eisenbahn, wie geplant. Vielleicht ist LKW noch da. Vielleicht er hat jetzt was anderes geladen und fahrt zu anderer Filiale. In anderen war aufgetautes Fleisch, in der Mayerlinggasse nicht. Nicht mehr, wahrscheinlich. Vielleicht ist das noch eine kleine Chance. Vielleicht wir hören etwas, wenn sie ausladen."

Sehr viele „Vielleicht".

„Ja, ihr Geschrei, wenn sie uns entdecken. Wer weiß, wohin der LKW jetzt fährt?"

„Eben. Komm. Er wird nach Wien fahren, weil LKW-Fahrer haben immer ähnliche Routen."

„Woher weißt du das?"

„Glaube, das habe ich gehört. Ist auch logisch, so kennen sie sich besser aus."

Es war einmal gut gegangen. Würde es ein zweites Mal gut gehen? Für Vesna schien das klar zu sein. Meine Hüfte schmerzte. Wir hatten schon zu viel getan, um jetzt aufzugeben. Ich eilte hinter ihr her, vorbei an den beinahe lautlosen Sciencefictionmessern und dem Fleisch und den Knochensplittern, vorbei an sauber eingeschweißten Fleischstücken, Stapeln mit Kartons und Förderbändern. Welcher, verdammt noch einmal, war unser LKW gewesen? Oder sollten wir einfach irgendeinen nehmen?

„Siebenunddreißig, er ist noch da", sagte Vesna.

Über jeder der LKW-Andockstationen stand eine Nummer. Ich bemerkte sie erst jetzt.

Aber wer sagte uns, dass hier nun nicht ein ganz anderer LKW stand? Immerhin war mehr als eine Dreiviertelstunde vergangen, seit wir uns ins Zentrallager geschmuggelt hatten. Wir sahen, dass der LKW fast zur Gänze gefüllt war. Zwei Arbeiter waren damit beschäftigt, Kartons vom Förderband zu nehmen und im LKW zu stapeln.

„Wir müssen warten, bis LKW voll ist", zischte Vesna.

„Und wo sollen wir uns dann verstecken?"

„Wird schon wo Platz sein am Rand."

Ich sah mich schon von Tonnen Schweinsschnitzeln erdrückt. Auf dem Förderband standen jetzt nur mehr drei Kisten, Platz genug würde also im LKW sein, aber wo gab es ein Versteck?

Ein Gabelstapler kam mit elektrischem Surren herbeigesaust. Der Fahrer bremste elegant vor dem LKW und stellte seinen Stapel mit

Kartons direkt im Laderaum ab. Die grüne Aufschrift „Bio“ war deutlich zu erkennen. Das Biofleisch wurde also offenbar in einem Extrabereich zerlegt und verpackt. Was hatten wir noch alles übersehen?

Die beiden Packer rückten die letzten Kartons zurecht und gingen. Man hörte, dass sie miteinander türkisch sprachen.

Wir sahen uns um. Alle Arbeiter waren beschäftigt, niemand schien uns Aufmerksamkeit zu schenken. Wir gingen bis auf einen Meter zum LKW hin, gaben vor, nach draußen zu schauen. Die Sonne schien. Noch ein schneller Blick, dann waren wir im Laderaum. Vesna drückte sich am Rand entlang, sie war schmal, aber für mich war es nahezu ein Ding der Unmöglichkeit. Ich zog den Bauch ein, machte mich so flach wie nur möglich. Nur die Angst, entdeckt zu werden, ließ mich vorwärtskommen. Ich würde es nicht aushalten, im Stockfinsteren eingeklemmt zu fahren. Fleischskandal hin oder her, was, wenn in einer Kurve die ganzen Kisten auf uns rutschten?

„Vesna, ich kann nicht“, keuchte ich.

„Komm, ganz hinten ist Platz. Genug Platz.“

Ich sah den LKW-Fahrer näher kommen. Ich presste mich weiter. Ein metallener Gegenstand drückte mir schmerzhaft in den Oberschenkel. Mit einem Ruck riss ich mich los, quetschte mich weiter hin zu Vesna, hinein ins Dunkel. Hätte der LKW-Fahrer genau auf sein Ladegut gesehen, er hätte mich entdeckt. Aber er schloss bloß die Türen, zum zweiten Mal am heutigen Tag wurde es stockfinster. Ich zwängte mich weiter und hatte die Panik, er könnte losfahren, bevor ich bei Vesna angelangt war.

Da, mehr Platz, Luft. Vesna tastete nach mir.

„Haben nicht bis ganz hinten gefüllt, das ist Glück.“ Der Motor wurde gestartet, der ganze Laderaum vibrierte, diesmal war der Ton nicht hell und metallisch, es war ein dunkles, sattes Grollen. Ein Tier mit gefülltem Bauch. Wir fuhren los.

„Jetzt können wir nur hoffen, dass die Ladung nicht rutscht.“

„Nur bei Notbremsung“, sagte Vesna.

„Ich will raus“, antwortete ich.

„Wenn Notbremsung ist, du springst so weit wie möglich nach oben, auf die Kartons. Dann passiert nichts."

„Woher willst du das wissen?"

„Bin oft genug in LKW mitgefahren, früher in Bosnien."

„In solchen?"

„Natürlich nicht Kühl-LKW, sondern offene Pritschen, aber auch ganz beladen. Straßen waren viel schlechter als hier."

Jeden Moment hatte ich das Gefühl, der LKW könnte plötzlich abbremsen, immer war ich auf dem Sprung.

„Du musst Schürze ausziehen und auch Mantel", flüsterte mir Vesna zu, als wir auf der Autobahn waren. Ein Gutes hatte die Ladung, sie dämpfte die Schläge bei den Straßenunebenheiten. Ich fingerte an den Knöpfen, drückte Vesna dann meine Schutz- und Tarnkleidung in die Hand.

„Jetzt wir sehen nach, was genau geladen ist."

„Wie?"

„Mit Taschenlampe. Ganz vorsichtig, mit der Jacke vor dem Licht."

Ich ächzte, stellte mich neben sie, half ihr, den Lichtschein abzudecken, war dankbar für das bisschen, was ich sah. Wo Licht war, war auch Hoffnung.

Auf jeden der großen Kartons war das Firmenlogo von Ultra- und Superkauf gedruckt, ansonsten sahen wir bloß einen großen Barcode und die jeweilige Fleischbezeichnung. Auf den Kisten in meiner Kopfhöhe stand zweimal „Schweinskarree" und einmal „Schweinsstelzen". Aufgetaut war nur das Rindfleisch gewesen.

Der LKW wurde langsamer, es folgte eine enge Rechtskurve.

Waren wir schon in Wien? Aber die Westeinfahrt ging schnurgerade nach Wien hinein, keinerlei Notwendigkeit, abzubiegen, soweit ich mich hier, eingepfercht zwischen toten Schweinen und Rindern, erinnern konnte.

„Das geht schnell", flüsterte Vesna und richtete den Lichtstrahl auf ihre Uhr. „Er kann nicht mit Ladung nur eine Viertelstunde auf der Autobahn brauchen", fügte sie dann irritiert hinzu.

Sie drehte das Licht ab. Vesna sollte die Taschenlampe brennen lassen, dann würde es mir vielleicht auch nicht mehr so kalt vorkommen.

„Hörst du, Mira Valensky, was ich sage? Das ist nicht Wien. Er fahrt woanders hin."

„Hauptsache, wir kommen endlich hier heraus."

„Vielleicht gibt es auch anderswo aufgetautes Fleisch."

„Sieht aber nicht so aus, als ob wir welches geladen hätten."

„Ich weiß nicht, Mira Valensky", klang es entmutigt aus dem Dunkel zurück.

Wenn ich wenigstens gewusst hätte, wie ich sitzen oder stehen sollte. Zu stehen hieß, nur allzu leicht von Bodenwellen und Straßenunebenheiten umgeworfen zu werden, vom Sitzen mit angezogenen Beinen tat mir aber bereits alles weh. Wir bogen ein paarmal ab, die Straßen wurden holpriger. Ich dachte an Vesnas Rat, falls die Ladung ins Rutschen kommen sollte, und stand wieder auf. Es schien keine Ampeln zu geben. In welches verlassene Kaff fuhren wir, um es mit Fleisch zu versorgen, das angeblich direkt von glücklichen Bauern mit glücklichen Tieren stammte?

Rund fünf Minuten nachdem wir die Autobahn verlassen hatten, ging die Straße in einen Feldweg über. Die Kisten sprangen auf und ab, ich war an die Rückwand des Laderaums gepresst, bereit, jeden Moment nach oben zu springen, um wenigstens dem größten Druck der auf uns stürzenden Kartons zu entkommen. Jedenfalls konnte man mir keinen mangelnden Einsatz vorwerfen. Aber wer verlangte Einsatz von mir? Niemand, im Gegenteil: Sie hatten alles getan, um mich davon abzuhalten.

Der LKW hielt an. Stille. Dann gingen die Hecktüren auf.

Eine Männerstimme sagte: „Wir warten schon eine halbe Stunde. Was ist los? Du weißt, dass du pünktlich sein musst."

Der LKW-Fahrer antwortete: „Bin aufgehalten worden, irgendwelche Probleme mit der Ladung. Weihnachten kommt, da geht alles drunter und drüber. Was kann ich dafür?"

Die unbekannte Männerstimme: „Jetzt aber schnell!"

Wir hatten uns sicherheitshalber wieder unter den Decken versteckt. Die Ladeplattform wurde nach unten gelassen und wenig später wieder nach oben gefahren. Jetzt konnten wir zwei unbekannte Männerstimmen und die Stimme unseres LKW-Fahrers unterscheiden. Die drei standen am Ende des LKW-Laderaums und wuchteten offenbar Kartons auf die Plattform.

Ein Mann sagte: „Endlich scheint einmal die Sonne."

Ansonsten wurde kaum etwas geredet. Karton um Karton wurde gehoben. Nach einiger Zeit war die Ladeplattform offenbar voll, sie wurde nach unten gefahren und die Männer ließen die Kartons unsanft auf einen Metallboden fallen. Eine andere Ladeplattform? Wo waren wir? Vesna versuchte auf Zehenspitzen ins Freie zu linsen, als ich unter meinen Decken hervorkroch. Ich war ein schönes Stück größer als sie, und wenn ich mich streckte, konnte vielleicht ich über die verpackten Fleischberge hinwegsehen. Wir standen Heck an Heck mit einem anderen LKW. Die Männer luden die Kartons um.

„Hast du noch Rostbraten? Wie brauchen drei Stück. Und noch zwei Lungenbraten. Nur vom Besten, wie immer. Rindsschnitzelfleisch auch, da haben wir noch vier Kartons."

Wieder wurde der hydraulische Mechanismus betätigt. Wieder wurden Kartons verfrachtet. Das hier war Fleischdiebstahl im großen Stil. Ich rechnete. Eine Kiste mit fünfunddreißig Kilo Lungenbraten war am Markt an die tausend Euro wert. Aber der Diebstahl würde doch sofort auffallen ...

„Schnell, wir müssen den Zeitverlust aufholen", rief der eine. Sie waren jetzt alle drei in den anderen LKW geklettert. Was für ein Glück, dass sie es nur auf Rindfleisch abgesehen hatten. Das Schweinefleisch stand hinten und gab uns Deckung. Oder war es kein Zufall, wie das Fleisch in den LKW geschlichtet worden war? Arbeitete das Management der Kauf-AG mit irgendwelchen Fleischdealern zusammen? Wie? Man bestahl das Unternehmen doch. Wer schnitt mit?

Vesna winkte, ich schob mich weiter nach vorne.

„Das Kauf-Fleisch kommt heraus, dafür kommt anderes Fleisch in die Kisten."

Komisches Fleisch, die schlechtere Fleischqualität, von der die rote Karin gesprochen hatte, aufgetautes Fleisch. Ich hatte für alle

Fälle einen kleinen Fotoapparat mitgenommen. Im Zentrallager hatte ich nichts gesehen, was das Risiko wert gewesen wäre, es zu fotografieren. In der Kamera war ein hoch empfindlicher Film. Ich konnte nur hoffen, dass die automatische Blitzfunktion tatsächlich ausgeschaltet war.

Ich visierte die Männer im anderen LKW an und drückte ab. Sie waren zu beschäftigt, um etwas zu merken. Vesna schlich weiter nach vorne, ich kam zu spät, um sie daran zu hindern. Sie versuchte sich hinter den Kartons mit Biofleisch zu verstecken. Ich machte noch zwei Bilder und wartete voll Angst darauf, dass Vesna endlich wieder zu mir, wo es etwas sicherer war, zurückkam. Ob Karin dasselbe wie wir entdeckt hatte? Ich traute es Karin zu, ganz allein als blinde Passagierin im LKW mitgefahren zu sein. Warum hatte sie uns davon nicht erzählt? Weil sie keine Gelegenheit mehr dazu gehabt hatte?

Jedenfalls schien der Fleischtausch gut organisiert zu sein und schon seit längerer Zeit zu laufen. Heller hatte überall herumgeschnüffelt. Er bekam die Umtauschaktion heraus und wurde erschossen. Dann hatte die Bande erfahren, dass auch Karin von ihren Manipulationen wusste.

Und wir hockten im LKW. Gefangen. Wenn es eine Fluchtmöglichkeit gegeben hätte, ich hätte sie genutzt.

Vesna schlich zu mir zurück, wir kauerten uns wieder hinter die Kartons mit dem Schweinskarree.

„Sie schneiden Verpackungsbänder auf, füllen Fleisch um, geben neue Verpackungsbänder herum. Sieht aus wie vorher. Wir sind auf einem alten Parkplatz, er ist ganz verwachsen, daneben ist irgendeine Ruine, kann sein, von einer Fabrik. So gut habe ich nicht gesehen. Aber ich habe die LKW-Aufschrift gesehen. Am LKW steht ‚Rindvieh Tod komm‘."

„Reichlich makaber", wunderte ich mich.

„Warum?", antwortete Vesna leise, „Internet hat heute bald jeder."

Es war wohl meiner Angst zuzuschreiben, dass ich eine Zeit lang brauchte: rindvieh.com.

„Natürlich“, flüsterte Vesna, „was hast du gedacht?“

Wir duckten uns. Die Männer wuchteten die umgefüllten Kisten zurück in den Laderaum und verabschiedeten sich voneinander.

„Schau, dass du morgen pünktlich bist, sonst kommt alles durcheinander“, befahl einer der beiden Männer aus dem anderen LKW. Wieder wurden die Türen zugeschlagen, wieder wurde es stockfinster und wir hörten, wie der Riegel vorgelegt wurde. Wieder ging es zuerst über einen Feldweg, dann über kleine Straßen, schließlich auf die Autobahn.

„Weiß Ultrakauf davon?“, flüsterte Vesna.

Ich murmelte: „Was sollte die Kauf-AG davon haben?“

„Vielleicht der van der Fluh persönlich.“

„Rindvieh.com kauft billiges, aufgetautes Fleisch und ersetzt es durch Frischfleisch mit deutlich besserer Qualität. Dieses Frischfleisch wird dann teurer verkauft. Van der Fluh schneidet mit. Oder doch die Kauf-AG? Im Endeffekt kommen sie so zu billigerem Fleisch, das geht natürlich nur illegal. Den Arbeitern wird etwas Schweigegeld gezahlt und der Fall hat sich.“

„Aber sie haben in Bilanz etwas anderes, können nur das Frischfleisch hineinschreiben.“

„Dann wird sie eben gefälscht.“

„Ich weiß nicht, Sache ist zu kompliziert“, flüsterte Vesna zweifelnd. Mir kam das Ganze auch nicht eben schlüssig vor.

„Wie viel Preisunterschied ist zwischen aufgetautem und frischem Rindfleisch?“, wollte ich von Vesna wissen.

„Keine Ahnung, aber schon einer. Vor allem rund um Feiertage, wo alle kaufen, als es gäbe gleich eine Hungersnot.“

„Karin ist dahinter gekommen und verschwunden“, murmelte ich dumpf.

„Keine Angst, Mira Valensky. Jetzt ist nur mehr LKW-Fahrer vorne, er ist von Ultrakauf und sieht er harmlos aus. Habe ihn in den letzten Tagen beobachtet.“

„Was glaubst du?“

„Wenn es nicht zweite Schweinerei gibt im Ultrakauf, dann muss die Sache mit Heller und Karin mit Fleischtausch zu tun haben. Irgendwie zumindest."

Wir fuhren wieder durch Wien. Bei welchem Supermarkt würden wir Halt machen?

„Besser, wir ziehen Mantel über", meinte Vesna.

„Aber sie merken doch, dass wir nicht in ihrer Filiale arbeiten."

„Kann schon sein, aber sie sehen Ultrakauf-Mäntel und glauben, wir arbeiten zumindest in gleicher Firma. Außerdem weißt du, wie viele Leute nur stundenweise arbeiten. Wir können neu sein."

„Und werden wie das angebliche Frischfleisch direkt per LKW geliefert."

„Man muss ein Stück Fleisch aus umgepackten Kisten klauen", meinte Vesna.

„Ich habe Fotos, falls auf ihnen etwas zu sehen ist."

Es war zu spät, wir bogen ab, fuhren eine steile Kurve, der LKW schob zurück, der Motor verstummte. „Tot", schoss es mir durchs Hirn. Vesna drückte mir den Mantel in die Hand. Hastig streifte ich ihn über, konnte gerade noch zwei Knöpfe schließen, bevor die Türen aufgingen. Wir duckten uns. Schweinefleisch war eindeutig zu etwas gut, auch wenn es in meiner Küche kaum Verwendung fand. Ein Gabelstapler surrte herbei, nahm die ersten Kartons auf, fuhr wieder weg. Vom LKW-Fahrer kein Laut. Diesmal war der Spalt zwischen Laderaumwand und Fleischkartons etwas größer. Vesna arbeitete sich blitzschnell nach vorne und deutete mit der Hand, ich solle nachkommen. Ich musste mich auf sie verlassen. Ich holte tief Luft und lief im Seitenschritt nach vorne. Unmittelbar nach Vesna sprang ich vom LKW. Wir waren in einem ähnlichen Lager wie dem von Ultrakauf in der Mayerlinggasse. Nur zwei Meter und wir wären im Freien. Frei. Der Gabelstapler kam schneller, als wir hätten fliehen können.

„Was macht denn ihr da?", rief uns der Fahrer, ein pickliger Jüngling mit fettem schwarzem Haar zu.

„Wir sind neu", sagte Vesna, „sollen Lager ansehen und Platz vor dem Lager. Da hinaus?" Sie deutete dorthin, von wo die Dezembersonne hell hereinschien.

„Klar, wo sonst?“

Vesna winkte ihm, ich hielt mich mit wackligen Knien neben ihr. Noch am Lieferantenparkplatz zogen wir die Mäntel aus. Ich sah mich um. Vor ein paar Tagen war ich schon einmal hier gewesen. Die Ultrakauf-Filiale im 13. Bezirk hatte zu denen gehört, deren Rindfleisch aufgetaut gewesen war.

Niemand hatte uns entdeckt. Wenig später waren wir nichts anderes als zwei Passantinnen auf der belebten Straße. Vesna atmete hörbar durch. Sie sah auf ihre Uhr. „Gut, gleich in der Nähe ist die U-Bahn. Es ist erst halb elf. Kann ich noch Mittagessen vorkochen für Zwillinge und dann pünktlich in die Arbeit.“

Ich starrte ungläubig auf meine eigene Uhr. Richtig, es war erst halb elf.

[17.]

Ich hätte heulen können. Auf den Fotos war nichts zu sehen als die Umrisse des rindvieh.com-LKWs. Was sich in seinem Laderaum abgespielt hatte, blieb im wahrsten Sinn des Wortes im Dunkeln.

Ich saß mit Vesna wieder einmal im „Espresso Evi“. Wir warteten auf Glühwein. Wenigstens ein Lichtblick.

„Man muss den LKW-Fahrer zum Reden bringen“, schlug Vesna vor.

„Wie? Er steckt doch mit drinnen.“

„Er ist nur so was wie Bote, da bin ich sicher. Die LKW-Fahrer bekommen nicht viel Gehalt, man kann ein paar Hunderter extra gut brauchen. Wenn er nicht ganz ehrlich ist, geht es schnell und man ist mit dabei.“

„Aber irgendjemand hat für Ruhe gesorgt. Durch den Überfall, durch Karins widerspenstige Art hat es Aufregung gegeben, dann wurde Heller erschossen und Karin ist verschwunden. Und aufgetautes Rindfleisch gibt es nur mehr in anderen Filialen.“

„Dort, wo den Leuten vom Fleisch nichts auffällt oder sie nichts sagen.“

„Wer weiß, in welchen Filialen die Leute den Mund halten? Wer teilt die LKW-Fuhren so ein, dass alles klappt?“

„Man braucht einen Chef. Ist klar. Am besten, der Personalakten kennt. Außerdem gibt es Schleimer, die Chefs alles erzählen. Ist in der Mayerlinggasse auch so, wenn ich an die vom Gemüse denke oder an die Stellvertreterin von dem Filialleiter.“

Ich sah Vesna an und sagte dann langsam: „Die Regionaldirektoren sind für das Personal in den Supermärkten zuständig."

„Ja, aber Heller ist tot."

Der aromatische heiße Glühwein trug dazu bei, dass ich unendlich müde wurde. Immerhin war ich kurz nach vier Uhr aufgestanden und man konnte nicht sagen, dass der Tag ereignisarm verlaufen war. Ich lehnte mich an die muffige Velourslehne der Sitzbank und schloss die Augen.

„Nicht einschlafen, Mira Valensky, wir müssen denken."

„Wir sollten der Schneyder erzählen, was wir wissen."

„Wir wissen nichts, Mira Valensky, bis auf die Fleischsache. Gibt es nicht einmal Fotos. Geschichte klingt ziemlich abenteuerlich, nicht?"

„Mir tut die Hüfte weh."

„Wird schon wieder. Besser, wir fragen weiter."

„Warum überprüfen wir nicht Heller?", murmelte ich, bemüht, am Ball zu bleiben. In einem Traum hatte ich gerade Heller mit einer Pistole gesehen.

Ich war wieder eingenickt, als Vesna mich schüttelte. „Vielleicht du hast gar nicht Unrecht. Heller ist nicht nur Opfer, war auch Täter. Man sollte sehen, wie er gelebt hat."

„Das hat die Kriminalpolizei sicher gemacht."

„Ja, aber wir haben andere Perspektive. Perspektive mit Fleisch."

„Er muss Freunde gehabt haben."

„Wenn sie sind Burschen wie er, du kannst sie ausfragen, wie du nur willst, Mira Valensky. Du tust, als wenn sie in deinen Klatschspalten vorkommen, dann sagen sie alles. Das macht die Eitelkeit."

„Ich schreibe keine Klatschspalten, jedenfalls nicht immer. Lifestyle."

„Auch recht. Man findet Freunde heraus oder Freundin, wenn er eine gehabt hat. Nicht einmal das wissen wir. Es steht sicher in Polizeiakten. Wenn man an den Computer herankommen würde ..."

„Vergiss es."

„Vielleicht kann ich mich als Putzfrau einschleichen und ..."

„Vergiss es."

„Wahrscheinlich hast du Recht. Was man jedenfalls auch wissen muss: Wie viele LKW-Fahrer haben mitgemacht? War es nur der eine, der auch in die Mayerlinggasse kommt, oder sind es mehr? Zumindest sechs Supermärkte haben aufgetautes Fleisch gehabt. Es kann noch andere geben. Denke daran, wie viele Superkauf es gibt."

„Die meisten von ihnen bekommen das Fleisch schon portioniert in den Tassen geliefert. Nur die großen Superkauf-Geschäfte und die Ultrakauf-Märkte haben eine eigene Fleischereiabteilung und bekommen ganze Fleischstücke. Damit werben sie." Das eine oder andere hatte ich bei der Think-Tank-Völlerei gelernt.

„Werben tun sie auch mit Fleisch direkt vom Bauern. Hast du in Fleischfabrik einen einzigen Bauern gesehen, Mira Valensky?"

Ich schüttelte den Kopf, besondere Illusionen, was die Massenvermarktung von Fleisch angeht, hatte ich mir allerdings nie gemacht.

Vesna überlegte weiter: „Gut, wenn die Kommissarin den LKW-Fahrer so richtig ins Verhör nehmen könnte. Der gesteht alles, das sage ich dir. Das ist ein Weicher."

„Das wird sie aber nicht tun. Selbst wenn: Wir erfahren nicht, was er gesagt hat."

Vesna schlug aufgeregt auf den Tisch. „Ich habe eine Idee. Du musst Kommissarin spielen. Mich kennt er vom Sehen, aber dich nicht. Du spielst einfach Kommissarin und horchst ihn aus."

„Was ist mit einer Dienstmarke? Außerdem ist es gut möglich, dass die echte Kommissarin schon mit ihm geredet hat. Überhaupt: Mir nimmt diese Rolle niemand ab."

Vesna seufzte. „Ich kann sie nicht spielen, leider. Mir man hätte sie geglaubt."

„Eine Kommissarin mit bosnischem Akzent?"

„Warum nicht?", kam es etwas beleidigt zurück, „ist Wiener Dialekt vielleicht schöner?"

„Nach den Feiertagen kommt Zuckerbrot zurück, dann übernimmt er wieder die Ermittlungen."

„Wenn dann noch viel zu ermitteln ist. Vielleicht geht Bande auch in Winterferien." Vesna stutzte. „Das ist es, jetzt weiß ich, wie wir es machen: Oskar muss Kommissar sein. Ganz einfach. Dem glaubt man das. Ich bereite LKW-Fahrer vor. Oskar muss nicht einmal sagen, dass er Kommissar ist. Wir sagen immer nur ‚Herr Doktor', und das ist er ja. Keine Lüge also. Aber ich sorge dafür, dass LKW-Fahrer das falsch versteht und glaubt, Oskar ist Chef der Kriminalpolizei. Trifft ihn irgendwo an einem stillen Ort, weil er ihn als Zeugen haben will – keine Strafe, wenn er aussagt."

„Das können wir nie versprechen."

„Aber er kann es glauben. Du selbst hast gesagt, er hat was angestellt, also muss er vielleicht büßen. Ist nur gerecht. Du bringst Oskar bei, wir brauchen ihn."

„Ich hatte Streit mit ihm."

„Ernsthaften Streit?"

„Ich weiß nicht, nein, wohl eher nicht."

„Dann du kochst ihn ein und bittest ihn um kleinen Gefallen."

„Er kann seine Zulassung als Anwalt verlieren."

„Weil er mit einem Verdächtigen redet? Das tun Anwälte immer. Du rufst ihn an, du gehst einkaufen, du kochst am Abend gut und erzählst. Musst ihm ohnehin erzählen, was wir gesehen haben, oder? Sagst, du hast Sehnsucht nach ihm, stimmt doch. Also?"

Ich rief Oskar an. Es gäbe Neuigkeiten, erzählte ich ihm, ich müsse ihn treffen, am besten noch heute. „Ich hab Sehnsucht nach dir", fügte ich nach einer kurzen Pause hinzu. Es war wahr und trotzdem ein Trick. Ich schämte mich etwas, als Oskars Stimme daraufhin ganz weich wurde.

„Ich sehne mich auch nach dir, Mira. Nur habe ich heute jede Menge zu tun, der letzte Termin ist erst um acht."

„Ich warte. Ich koche uns ein ganz leichtes Menü, sicher nicht mehr als drei Gänge, egal, wann du Zeit hast: Bitte komm!"

„Ich versuche die Besprechung kurz zu halten. Ich komme, so schnell ich kann."

„Gut", seufzte ich und der Seufzer kam aus ganzem Herzen. Ich würde ihm reinen Wein einschenken und nicht versuchen, ihn zu manipulieren. Wenn er trotzdem mit dem LKW-Fahrer redete, umso besser. Anderenfalls müssten wir uns eben etwas Neues einfallen lassen.

Ich schleppte mich gerade die letzten Stiegen zu meiner Wohnung hinauf, als ich das Telefon klingeln hörte. Ein kurzer Endspurt, die Einkaufstasche ließ ich auf der Treppe stehen.

„Ja?"

„Vesna. Ich weiß, wo wir Freunde von Heller finden."

„Wo?"

„Im Porscheklub. Da du schaust, was? Er hat immer sehr stolz getan mit seinem schwarzen Porsche, da hab ich mir gedacht, es gibt doch solche Klubs für Autoliebhaber. Kann nicht sehr viele solche Klubs geben, Porsche ist teuer. Also ich finde auch wirklich im Telefonbuch einen Porscheklub Wien und rufe natürlich sofort an. War irgendeine Werbefirma dran, aber dort ist das Sekretariat. Hat mir Sekretärin gleich erzählt, der Chef hat einen Porsche und ist Chef vom Porscheklub. Ich sage zu ihr, dass Heller bei meiner Firma ein paar Extras bestellt hat, aber nun leider ja tot ist. Aber er hat damals gemeint, ein, zwei seiner besten Freunde seien auch interessiert. Wir machen Leder und so spezielle Innenausstattung. Ob sie mir Namen und Telefonnummer von Freunden geben kann. Die ist sehr nett und gibt mir Namen von seinen Freunden. Sie kennt sie, weil sie schreibt bei Sitzungen Protokoll. Mira Valensky, kannst du dir vorstellen, dass es sogar für Porscheklub Sitzungen gibt? Dachte, die fahren Auto und tratschen darüber. Na ja. Klingt wichtiger. Auf alle Fälle gibt sie mir zwei Namen und Telefonnummern, nur Firmennummern, sagt sie, weil private darf sie nicht so einfach weitergeben. Ist mir viel lieber, so weiß man, was die Porschefahrer tun, und du kannst leichter mit ihnen reden. Also, der eine ..."

Ich unterbrach Vesna. „Ich muss meine Einkaufstasche von der Treppe holen. Ich brauche Papier und Bleistift. Ich bin zu müde, um überhaupt noch irgendwas zu tun."

„Müde bin ich auch, gebe ich zu. Ich gehe jetzt schlafen und schlafe mindestens zwölf Stunden. Du solltest das auch tun."

„Oskar kommt."

„Großartig!“, jubelte Vesna.

Einige Minuten später hatte ich die Daten von Hellers Freunden notiert. Der eine hieß Gerschläger und war offenbar Chef einer Druckerei. Der mit dem Namen Hammerschmied arbeitete in einer Künstleragentur, vielleicht war er auch ihr Besitzer. Das war schon eher etwas, um ein Lifestyle-Geschichtchen zu basteln. Gismo war während des Telefonats ins Stiegenhaus entkommen. Ich hatte gar nicht bemerkt, dass die Türe offen gestanden war. Sollte sie tun, was sie wollte. Ich war zu müde, um mit ihr Fangen zu spielen.

Ob ich mich für eine Stunde schlafen legen sollte? Ich sah auf die Uhr. Es war schon gegen halb acht. Außerdem hielt ich es für gut möglich, dass mich in einer Stunde auch der lauteste Wecker nicht mehr aus dem Schlaf hätte reißen können. Ich schenkte mir einen Whiskey ein, öffnete die Eingangstüre und wollte „Gismo“ brüllen. Da saß sie ganz brav und mit fragendem Gesichtsausdruck auf der Fußmatte. Offenbar machte ihr ein Ausflug lange nicht so viel Spaß, wenn ich mich weigerte, hinter ihr herzujagen. „Futter, Gismo“, lockte ich und sie folgte mir bereitwillig. Ich nahm eine der letzten Portionen Rindfleisch von unserer Feldforschungsaktion aus dem Kühlschrank. Es roch schon ein wenig streng. Ob es von einem der Tiefkühlstücke stammte? Gismo jedenfalls fiel mit vor Entzücken zitternder Schwanzspitze darüber her.

Ich hatte mich für Seafood-Linguini entschieden, keine Vorspeise, vielleicht nachher etwas Käse. Auf keinen Fall sollte der Eindruck entstehen, ich wollte Oskar „einkochen“, wie es Vesna genannt hatte. Das Rezept kannte ich noch aus meinen New-Yorker-Jahren, es war einer der Renner im Lokal gewesen, das dem damaligen Mann in meinem Leben gehörte. Wie lange das schon zurückzuliegen schien. Waren elf Jahre eine lange oder eine kurze Zeit? Vor kurzem hatte mich eine Arbeitskollegin gefragt, ob ich mich schon vor meinem vierzigsten Geburtstag fürchte. „Warum?“, hatte ich ihr erstaunt geantwortet. Ich habe mit Zahlen und Ziffern immer Probleme gehabt. Sie sind für mich seltsam abstrakt.

Ich nahm aus dem Gefrierschrank Garnelen, Shrimps, Anglerfilet und Jakobsmuscheln. Vorsichtig taute ich sie in der Mikrowelle an. Besser, sie waren noch nicht ganz durch als schon warm.

In der Zwischenzeit schnitt ich drei Knoblauchzehen und eine halbe Zwiebel in möglichst feine Scheiben. Was Oskar zu unserem Ausflug sagen würde? Er hatte bisher nie versucht, sich in meine Arbeit einzumischen. Hoffentlich blieb das so. Oder würde ich es ihm sogar übel nehmen, wenn er nicht um mich besorgt war? Immerhin hatte ich mich heute genug gefürchtet. Wer weiß, was geschehen wäre, hätten uns die drei Männer am Parkplatz entdeckt. Aber Vesna hatte sicher wieder einmal Recht. Der Kopf der Bande würde das Fleisch nicht selbst umladen. Rindvieh.com – ob das eine offizielle Firma war? Schade, dass Vesna das Nummernschild am LKW nicht hatte erkennen können.

Ich konnte nur darauf vergessen haben, weil ich müde war. Rindvieh.com. Internet. Ungeduldig wartete ich, bis der Laptop sein Programm hochfuhr. Ich schloss das Modemkabel an, linkte mich ein, tippte www.rindvieh.com und wartete. „Seite gefunden." Es gab also eine solche Seite. Ich musste mir einen leistungsstärkeren Laptop kaufen, allzu lange dauerte es, bis sich die gelbe Schrift vor grünem Hintergrund aufbaute:

„Rindvieh.com – Rindvieh komm! Ihre Webpage zum schnellsten Fleischgenuss. Bestellen sie online!"

Darunter öffnete sich langsam das Bild einer gefleckten Kuh mit einer Butterblume im Maul.

„Oberbayrische Qualität", stand zu lesen. „Just-in-time-Lieferungen für die gehobene Gastronomie, den Einzelhandel und Großkunden."

Über Buttons, die der Butterblume im Maul der Kuh glichen, kam man auf die Subpages. „Unser Betrieb in Schönpolding." Man sah eine dralle junge Frau, die einen großen Teller rohes Rindfleisch präsentierte. Man sah Kühe auf einer Weide mit vielen bunten Blumen. Text gab es wenig: „Hier im idyllischen Schönpolding werden nur Rinder bester Qualität verarbeitet. Rufen Sie uns an oder schicken Sie ein Fax oder eine E-Mail – wir stellen zu." Es folgten die entsprechenden Nummern.

Ich ging auf einen anderen Butterblumen-Button. „Unsere Zweigstelle in Wien." Man sah einen Kühl-LKW mit der Aufschrift „rindvieh.com" vor blitzblauem Himmel stehen. „Oberbayrische Qualität gibt es jetzt auch in Österreich." Eine Wiener Telefonnummer war angegeben.

Beim dritten Butterblumenbutton stand: „Was Sie schon immer über Rindfleisch wissen wollten." Ich klickte auch den an. Wieder eine schwarz gefleckte Kuh wie auf der Startseite. Darunter der Text:

„Wer nichts für Rindviecher übrig hat, sollte auch keine essen. Übrigens: Wenn gutes Fleisch auf den Tisch kommt, dann stammt es nur von Ochsen und Stieren. Kühe sind, anders als mancher Liebhaber vermuten wird, nicht zart genug. Nur wenn das Fleisch gut abgelegen ist, bekommt es sein einzigartiges Aroma und zergeht, wie immer es auch zubereitet wird, beinahe auf der Zunge. Rindfleisch enthält eine Menge an wichtigen Nährstoffen und Spurenelementen, es ist fettarm und sehr gesund. Mit rindvieh.com ist es überdies so kostengünstig, wie Qualität nur sein kann. Mahlzeit!"

Unterschrieben war der halblustige Text von „Ihrem Fleischermeister Waldemar Zartl".

Rindvieh.com existierte also vielleicht tatsächlich, zumindest aber als Scheinfirma für den Fleischumtausch. Ein virtueller Fleischbetrieb war leicht zu gründen.

Ich probierte die Telefonnummern, auf beiden lief dasselbe Band mit dem Hinweis, dass nun gerade keine Geschäftszeit sei, man aber jedenfalls ein Fax schicken, auf das Band sprechen oder eine E-Mail senden könne. Ich speicherte die Homepage und ging zurück in die Küche.

Die Meerestiere waren aufgetaut, ich schnitt die Anglerfilets in große Würfel, zog den Panzer von den Garnelenschwänzen und entdärmte sie sorgfältig. Es war am einfachsten, wenn man einen legalen Fleischereibetrieb hatte. So konnte man ohne Probleme große Mengen an tiefgekühltem Fleisch einkaufen und sie dann gegen qualitativ besseres Frischfleisch austauschen. Fachleute würden sich kein aufgetautes Fleisch aufschwatzen lassen. Im Supermarkt konnte es hingegen lange dauern, bis der Unterschied auffallen würde. Die rote Karin hatte ihn offenbar bemerkt. Waldemar Zartl: War das der Chef von rindvieh.com oder bloß ein erfundener Name für einen erfundenen Fleischermeister?

Ich briet Knoblauch und Zwiebel in Butter und etwas Olivenöl an, gab einen geschnittenen Peperoncino dazu und rührte dann die Garnelenschalen ein. Bei kräftiger Hitze bräunen, dann einen Schuss Cognac in die Pfanne und flambieren. Ich war so sehr in Gedanken, dass ich mich beinahe mitflambiert hätte. Ich hielt die rechte Hand unter das kalte Wasser und fluchte. Das würde eine Brandblase geben. Als ob ich heute nicht schon Blessuren genug davongetragen hätte.

Unwahrscheinlich, dass rindvieh.com bei Ultrakauf keine anderen Verbindungsleute hatte als den oder die LKW-Fahrer. Sie wussten über den Ablauf in den Filialen nicht Bescheid. Wenn man davon ausging, dass Heller und Karin hinter den Betrug gekommen waren, dann musste jemand rindvieh.com davon erzählt haben. Etwa doch der Filialleiter? Jemand, an den wir gar nicht gedacht hatten? Vielleicht dieser Capo, der Anführer des Tschuschenblocks? Vielleicht hatte sich Karin getäuscht und es war nicht Heller, sondern Capo gewesen, der die Cognac-Kisten auf sie gekippt hatte? Der arbeitete immerhin im Lager. Heller war gekommen und hatte seltsame Fragen gestellt. Aber entsprach das nicht genau der Beschreibung, er sei eben immer ein schrecklicher Wichtigtuer gewesen?

Ich fischte die Garnelenpanzer heraus, gab mit Ausnahme der Shrimps alle Meeresfrüchte in die Pfanne, rührte gut um und goss mit etwas Wasser und Obers auf. In einem Gefäß versprudelte ich Weißwein mit einem Löffel Maisstärke.

Ich war gespannt, ob Oskar auf bessere Ideen als ich kommen würde. Vorausgesetzt, er war bereit, mit mir darüber zu reden. Ich hatte auf einmal Angst davor, wie er reagieren würde. Aber war er nicht Anwalt? Er war daran gewöhnt, dass nicht alle den ganz geraden Weg gingen.

Nach fünf Minuten rührte ich die Maisstärke ein, beobachtete, wie die Sauce dicklich wurde, ließ sie noch einmal aufkochen und drehte die Flamme ab. Ich füllte Wasser in meinen großen Nudeltopf, gab Salz dazu und stellte es am Herd bereit.

Oskar kam gegen zehn mit einer Flasche Bordeaux und einer roten, langstieligen Rose.

„Die hab ich einem Jungen gleich hier in der Gasse abgekauft. Er war mit einem riesigen Strauß von Lokal zu Lokal unterwegs."

Ich nickte. „Ich kenne ihn."

„Ich habe mit meiner Mutter telefoniert und ihr erzählt, dass du Weihnachten zu deinen Eltern fährst. Ihr tut es Leid, aber das hat sie natürlich eingesehen."

Wir saßen bei einem Glas Prosecco und ein paar gefüllten Oliven. Ich sah ihn liebevoll an.

„Ich werde sie kennen lernen, bald schon, wenn du möchtest. Bloß sollte nicht gleich die ganze Verwandtschaft mit dabei sein."

„Es wäre zu viel Familie auf einmal gewesen. Ich wollte dich nur so bald wie möglich vorführen."

Mich vorführen. Genau das war das Problem. „Reicht es nicht, wenn wir uns kennen? Für mich haben solche ‚Vorführungen' einen erschreckend offiziellen Charakter."

„Ich habe nichts dagegen, unsere Beziehung offiziell zu machen."

„Ich habe nicht das Gefühl, unsere Beziehung braucht das."

Jetzt erst bemerkte ich, dass ich seinen Ring nicht trug. Ich hatte ihn auf unserem Ausflug in die Welt der Fleischverarbeitung daheim gelassen und seither nicht daran gedacht, ihn wieder anzustecken. Wenn Oskar es bemerkt hatte, dann war seine Reaktion darauf zum Glück sehr zurückhaltend gewesen. Ach was, es gab keinen Zwang, den Ring immer am Finger zu haben.

„Das Nudelwasser kocht sicher schon", sagte ich und stand auf, ging aber nicht in die Küche, sondern zuerst ins Schlafzimmer, um den Ring vom Nachtkästchen zu nehmen.

Ich wärmte die Meeresfrüchtemischung vorsichtig auf. Nun die Shrimps dazu, zwei Minuten ziehen lassen, dann die Flamme wieder abdrehen. So blieben die Shrimps saftig und kringelten sich nicht wie gedörrte Obstmaden ein. Einen letzten großzügigen Schuss

Obers, durchrühren. Die Linguini waren inzwischen bissfest, ich seihte sie ab und vermischte Nudeln und Meerestiere. Wie lange ich wohl keinen Appetit auf Fleisch haben würde? Ich erinnerte mich an den feucht-kühlen Geruch nach Blut und Stahl und nahm aus der Cognacflasche, die noch neben dem Herd stand, einen großen Schluck.

„Ich habe dir eine ganze Menge zu erzählen“, sagte ich, als ich die Schüssel mit den Linguini zum Tisch trug.

Oskar reagierte etwas gekränkt, dass ich ihn nicht im Vorhinein von unserer Aktion verständigt hatte.

„Wir haben uns nicht gesehen und am Telefon wollte ich nicht darüber reden“, erklärte ich. Er wollte wohl nicht schon wieder Missstimmung aufkommen lassen und akzeptierte die Erklärung. Seiner Meinung nach wäre es am besten, der Kriminalpolizei endlich alle Fakten zu präsentieren. Das hatte ich mir fast gedacht.

„Machen wir“, beschwichtigte ich ihn, „bald.“

Ich lachte etwas nervös. „Vesna hatte eine Idee. Sie hat gemeint, ich soll dich ‚einkochen‘ und dann um Hilfe bitten.“ Ich genierte mich ein wenig dafür, Vesnas Berechnungen verraten zu haben. Andererseits: Es schien mir der kleinere Verrat zu sein.

„Natürlich helfe ich, du brauchst mich nicht ‚einzukochen‘, auch wenn die Seafood-Linguini dafür sehr geeignet sind.“ Er nahm sich eine zweite Portion. Ich hatte meine noch nicht einmal zur Hälfte gegessen.

„Sei vorsichtig, was Vesna vorgeschlagen hat, verlangt eine Menge von dir.“

„Ich hoffe, ich soll nicht auch als blinder Passagier in einem Fleisch-LKW herumfahren. Dafür bin ich einfach nicht gebaut. Ich bin nicht so mutig wie ihr.“

War ich mutig? Ich hatte mich heute früh jedenfalls nicht so gefühlt. „Vesna meint, der LKW-Fahrer ist nur ein kleines Rädchen beim Fleischbetrug. Aber er muss einiges wissen. Man müsste ihn nur zum Reden bringen. Zuckerbrot, du weißt schon, dem Leiter der Mordkommission, würde es gelingen.“

„Hast du nicht ohnehin erzählt, dass er nach den Feiertagen zurückkommt?“

„So lange wollen wir nicht warten. Karin ist schon seit Wochen verschwunden.“

„Ihr glaubt, dass sie noch lebt?“, sagte Oskar langsam.

„Ich weiß es nicht. Es muss einen Grund geben, warum sie nicht einfach wie Heller erschossen wurde.“

„Vielleicht hängen beide Vorfälle nicht miteinander zusammen.“

Ich zuckte mit den Schultern. „Jedenfalls möchten wir, dass du mit dem LKW-Fahrer redest.“

„Warum sollte er mir die Wahrheit sagen?“

„Vesna hat gemeint, sie bereitet ihn auf das Gespräch vor. Ein vertrauliches Gespräch mit einem Juristen, bei dem er sein Gewissen erleichtern kann und als Lohn für seine Zusammenarbeit keine oder eine geringere Strafe zu erwarten hat.“

„Wie sollte ich ihm so etwas zusichern können?“

„Kannst du nicht, das wird Vesna machen.“

Oskar sah mich misstrauisch an. „Was wird Vesna dem LKW-Fahrer sonst noch einzureden versuchen?“

Ich nahm einen Schluck Rheinriesling und sagte: „Dass du ein hohes Tier im Sicherheitsbüro bist.“

Oskar schüttelte den Kopf: „Schon einmal etwas von Amtsanmaßung gehört? Das ist ein Straftatbestand.“

„Du würdest bloß als ‚Doktor K.‘ auftreten, daran ist nichts gelogen.“

„Irgendwann, wenn alles so geht, wie ihr das euch vorstellt, werdet ihr ja die Behörden einschalten müssen. Spätestens dann kommt heraus, wie es zu der Aussage gekommen ist.“

„Weil der LKW-Fahrer einem Irrtum aufgesessen ist. Außerdem: Wem wird man mehr glauben: Uns, die wir die Sache aufgedeckt haben, oder dem LKW-Fahrer, der am Fleischbetrug beteiligt ist?“

„Ich dachte, du bist für Fairness.“

„Ich sehe die Sache eben realistisch. Tausendprozentig fair geht eben nicht oder ist dir das neu?“

„Wer sagt, dass er überhaupt etwas erzählt?“

„Vesna."

Oskar seufzte, schwieg eine Zeit lang und sagte: „Wir brauchen ein Tonband. Das ist zwar auch illegal, aber so kann, wenn es hart auf hart kommt, nicht nur seine Aussage nachgewiesen werden, sondern auch, dass ich mich nie als Beamter der Sicherheitsdirektion oder etwas Ähnliches ausgegeben habe."

Ich fiel ihm um den Hals.

Er murmelte, den Kopf in meinem Haar: „Warum habe ich nicht eine junge Lehrerin kennen lernen können? Oder eine Köchin? Vielleicht eine Stewardess?"

„Weil dir das zu langweilig wäre."

[18.]

„Hammer! Künstleragentur und Eventmarketing“ war auf dem Messingschild des Gassenlokals zu lesen. Telefonisch hatte ich einen Termin mit Günter Hammerschmied, dem Besitzer der Firma, vereinbart. Ein roter Porsche stand zu zwei Dritteln im Halteverbot am Straßenrand. Ich hatte das „Magazin“ über meinen Ausflug nicht informiert. Niemand hinderte mich daran, auf eigene Faust zu recherchieren. Wenn wir in einer der nächsten Ausgaben genug Platz haben würden, konnte ich ja wirklich einen kleinen Bericht darüber liefern, wie Künstleragenturen arbeiteten.

Eine Sekretärin in einem ultrakurzen pinkfarbenen Minirock öffnete mir. Ich hätte in einer solchen Aufmachung erbärmlich gefroren. Aber man musste neidlos anerkennen, ihre Beine waren in Ordnung. Eigentlich mehr als das.

„Herr Direktor Hammerschmied erwartet Sie schon“, sagte sie und ich stellte mit böser Befriedigung fest, dass ihre Augen wie kleine Knöpfe aussahen und zu nah beieinander standen.

Das Büro wirkte nicht, als ob hier außer der Sekretärin und Herrn Direktor Hammerschmied noch jemand arbeiten würde.

Ich trat mit strahlendem Lächeln in das Chefbüro. Hammerschmied war etwas über vierzig und versuchte auszusehen wie dreißig. An den Wänden hingen Künstlerfotos. Ich glaubte ein Popsternchen zu erkennen, das vor Jahren beim Eurovisions-Songcontest den vorletzten Platz gemacht hatte.

„Das", er machte eine ausladende Geste, „ist nur das Büro. Wir arbeiten weltweit!"

Ich nickte. Die nächste halbe Stunde fragte ich ihn, wie er zu diesem Beruf gekommen war, wie man denn einen Star „mache", wer die Stars der Zukunft sein würden, ob es einen Unterschied in der Vermarktung von Schauspielerinnen, Popsängern und Operntenören gäbe. Die Antworten waren nicht weiter interessant, aber ich zeichnete alles auf und nickte immer wieder bekräftigend mit dem Kopf. So viel Schauspieltalent hatte ich allemal. Am besten gefiel mir, wie er zu seinem Job gekommen war: Seinem Großvater hatte das Gassenlokal gehört, ursprünglich war es ein Modelleisenbahngeschäft gewesen. Am Anfang also war das Büro.

Ich schwenkte langsam zum eigentlichen Thema um. „Ich habe auf der Straße einen wunderschönen roten Porsche stehen gesehen – ich nehme an, dass er Ihnen gehört?"

„Ja, der gehört mir. Wenn Sie möchten – wir können auch draußen Fotos machen. Die Sonne scheint."

„Ich recherchiere und schicke danach eine Fotografin zu den Agenturen, die in der Reportage vorkommen. Ist Ihnen das recht?"

„Ja ... also, natürlich."

„Fein, darf ich, ohne indiskret sein zu wollen, vom Porsche darauf schließen, dass die Künstleragentur zufrieden stellenden Gewinn macht?"

„Klar! Wobei wir erst am Anfang stehen. Wissen Sie, um ehrlich zu sein: Ich will meine Klienten nicht ausnehmen. Ich kann es mir leisten, mein Großvater hat mir nicht nur das Gassenlokal, sondern das gesamte Gebäude vermacht."

Es handelte sich um ein schönes, großes Altbauhaus mit Geschäftslokalen und Wohnungen in einer guten Gegend. Das erklärte den Porsche schon viel eher als die unscheinbare Agentur.

„Ich kenne, das heißt, ich kannte jemanden, der Mitglied im Porscheklub war. Sie sind wohl nicht in diesem Klub?"

„Aber ja, ich bin auch Mitglied. So ein Zufall. Wer ist es denn?"

„Sascha Heller, eine ganz schlimme Geschichte. Soviel ich weiß, haben sie den Mörder noch immer nicht gefunden."

„Sascha Heller“, sagte der Künstlervermittler und runzelte die Stirn.

„Sie haben ihn gekannt? Waren vielleicht sogar mit ihm befreundet? Ich kannte ihn nicht besonders gut, aber mir kommt vor, er hat einmal etwas von einem Freund erzählt, der eine erfolgreiche Vermittlungsagentur hat.“

„Wir haben uns gelegentlich im Porscheklub getroffen. Dass wir befreundet waren, möchte ich nicht direkt sagen. Wissen Sie ... er war noch recht jung.“

„Er war sehr stolz auf seinen schwarzen Porsche, man könnte fast sagen, er hat mit dem, was er besaß, manchmal ein wenig dick aufgetragen“, forderte ich ihn heraus.

„Ich will über Tote wirklich nichts Schlechtes sagen. Er war ein netter Kerl. Aber so Unrecht haben Sie nicht. Wobei sich einige von uns schon gefragt haben, wie er sich seinen Lebensstil leisten konnte. Immerhin“, Hammerschmied rümpfte die Nase, „war er bloß Angestellter bei Ultrakauf.“

„Regionaldirektor war er. Außerdem dürfte seine Mutter vermögend sein.“

„Wenn er etwas getrunken hatte, beklagte sich Sascha, dass sie ihm nie genug Geld gab. Wissen Sie, wir veranstalten Wochenendtouren in 1A-Hotels. Bis vor einem halben Jahr hatte er einen alten Porsche, keinen Oldtimer, sondern eben ein billiges Auto. Wir wollen niemanden ausschließen, bloß weil seine Klasse nicht ganz der unseren entspricht. Damals konnte er kaum jemals zu den Reisen mitkommen, und wenn doch, so war klar, dass sie an der Grenze oder eigentlich schon jenseits seiner finanziellen Belastbarkeit lagen.“

„Und dann?“

„Plötzlich hatte er einen fast neuen schwarzen Porsche und schmiss mit Geld nur so herum. Er hat etwas von einem glücklichen Zufall geredet. Vielleicht ein Lottogewinn, habe ich mir gedacht. Jetzt ist er tot. Wissen Sie, woher er das Geld hatte?“

„Keine Ahnung, wie gesagt, so gut habe ich ihn nicht gekannt. Ich weiß nicht einmal, ob er eine Freundin hatte oder wo seine Mutter wohnt.“

„Seine Mutter verbringt die meiste Zeit in der Karibik. Ohne ihm etwas Schlechtes nachsagen zu wollen: Aber ich habe manchmal schon überlegt, ob er während ihrer Abwesenheit nicht das Konto geplündert oder Familienschmuck verkauft hat."

„Das halten Sie für möglich?"

„Eigentlich nicht. Aber er war eben sehr bedacht darauf, mithalten zu können. Auch wenn es um Mädchen ging."

„Und?"

„Da hatte er wenig Glück, soviel ich weiß. Er war wohl etwas zu aufdringlich. Er hat mich sogar einmal gefragt, ob ich nicht ein kleines, nettes Sternchen für ihn im Programm hätte. Ich war wirklich verärgert. Als ob ich eine Begleitagentur hätte und keine seriöse Künstleragentur."

In mir wuchs der Verdacht, dass genau das der Fall sein könnte. Die Empörung des Herrn wirkte etwas dick aufgetragen. Vielleicht sollte ich für eine der Jännernummern eine Reportage über Begleitagenturen vorschlagen? So etwas würde, anders als eine Story über Supermärkte, von unserem Chefredakteur sicher akzeptiert.

Ich stellte der Höflichkeit halber noch ein paar belanglose Fragen und verabschiedete mich mit dem Versprechen, eine Fotografin vorbeizuschicken.

Regionaldirektor Heller hatte also nicht nur im Supermarkt mit Porsche und Designerklamotten geprotzt. Er wollte mithalten mit den anderen Porschefahrern. Doch erst seit einem halben Jahr hatte er ausreichend Geld dazu gehabt.

„Heller war bei Fleischbetrug mit dabei", mutmaßte Vesna, als ich mit ihr telefonierte. „Diese Rindvieh-Firma muss Vertrauensmann bei Ultrakauf gehabt haben, das haben wir uns schon gedacht. Heller war Personalchef in Wien. Er hat viel gewusst und vollen Zugang zum Computer gehabt. Wir müssen mit Grete reden. Sie hat ihn gekannt. Ich schlage vor, wir treffen uns am Abend im Wirtshaus."

„Nein, bei mir. Vielleicht brauchen wir einen Computer."

„Aber du machst dir nicht die Arbeit mit Kochen. Du hast zu viel zu tun. Wir nehmen Essen mit. Du erinnerst, was alles auf der Liste steht?"

„Ich rufe bei rindvieh.com an, gleich wenn ich vom ‚Magazin' heimkomme. Und ich finde einen Platz, an dem Oskar mit dem LKW-Fahrer reden kann und ..."

„Gut, dann wir sind da. Um acht."

Morgen war der endgültige Redaktionsschluss für die Feiertagsdoppelnummer. Bis zum Beginn des nächsten Jahres gab es dann keine Chance mehr, etwas über den Fleischbetrug unterzubringen. Andererseits hatten wir so etwas Zeit, näher an die Hintermänner heranzukommen und weitere Beweise zu sammeln. Ich überarbeitete den im „Magazin" abgedruckten Terminkalender mit den „tollsten Christmas-Events" und war mir sicher, dass ich zu keiner einzigen dieser Veranstaltungen gehen wollte. Musste ich auch nicht.

Droch lud mich zum Mittagessen ein und wieder einmal versuchte ich, ihn über seine Gespräche mit der interimistischen Leiterin der Mordkommission auszuhorchen. Offenbar kam man mit den Ermittlungen nicht weiter. Im Ultrakauf in der Mayerlinggasse hatte sich schon länger niemand von der Kriminalpolizei sehen lassen. Ich überlegte, Droch vom Fleischbetrug zu erzählen. Was, wenn er es Schneyder weitergab?

„Du bist so schweigsam", meinte Droch.

„Ich bin müde."

„Das macht die Gesellschaft eines alten Krüppels."

„Du spinnst."

Er grinste. „So mag ich dich schon eher."

„Hast du die Privatnummern dieser Kommissarin?"

„Sag nicht immer ‚diese Kommissarin', sie ist eine aufgeweckte junge Frau und hat einen Namen: Sie heißt Katharina Schneyder. Es klingt fast, als wärest du eifersüchtig. Was willst du? Einen ganzen Männerchor?"

„Es kann sein, dass ich demnächst einmal ihre Nummern brauchen werde."

Jetzt war Droch alarmiert. „Was ist los?", fragte er scharf.

„Nichts. Aber es kann sein, dass wir etwas herausfinden. Dann möchte ich sie auch zu den Feiertagen erreichen können."

„Kann sein, kann sein", äffte er mich nach. „Wir machen einen Deal. Du erzählst mir endlich, was läuft, und ich besorge dir die Telefonnummern."

„Du musst dichthalten, bis ich will, dass wir mit der Kriminalpolizei reden."

„Das hängt davon ab."

„Du kannst mir vertrauen."

„Das haben schon viele gesagt", spottete er. „Also gut, alles läuft, wie du es willst. Ich schweige wie ein Grab, wenn du den melodramatischen Ausdruck gestattest. Aber er scheint mir zu deiner Stimmung zu passen."

Ich erzählte. Droch unterbrach mich selten, schüttelte bisweilen den Kopf und sagte dann: „Du solltest mit diesem van der Fluh darüber reden. Wäre nur fair."

„Besonders fair sind die auch nicht. Außerdem: Noch ist nicht klar, ob er mit drinhängt."

„Hat er nicht nötig. Ich sage ja nicht, dass du mit ihm reden sollst, weil du ihn so nett findest, aber er gehört informiert. Immerhin wird seine Firma betrogen."

„Ultrakauf überlebt das bisschen Gefrierfleisch schon. Es entsteht ihnen ja kein finanzieller Schaden und das ist für sie das Wichtigste."

„Du hast zu romantische Vorstellungen, liebe Mira. Eine Firma muss Profit machen, schließlich müssen auch die Gehälter gezahlt werden."

„Aber der Großteil des Geldes geht an die Aktionäre und zu den Firmenbossen."

„So ist das Leben, Klein Mira", spottete er.

„Man kann es anders haben wollen. Ich hab keine besondere Lust, mit ihm zusammenzuarbeiten."

„Spätestens zu Jahresbeginn rufst du ihn an, okay?"

„Man wird sehen. Was machst du über die Feiertage?"

„Jedenfalls keine Fleischbetrüger jagen. Wir feiern wie jedes Jahr."

Das klang wenig animierend. Würde ich auch so reden, wenn ich zwanzig und mehr Jahre mit Oskar zusammen wäre? Wie kam ich darauf, plötzlich in so langen Zeiträumen zu denken? Wer sagte mir, dass nicht heute in einem Monat, in einem halben Jahr, in einem Jahr alles ganz anders sein würde?

Anruf bei der Wiener Nummer von rindvieh.com. Der Schreibtisch meines Kollegen war verwaist, ich konnte in Ruhe telefonieren.

„Rindvieh.com – was kann ich für Sie tun?"

Die Stimme hatte eine bayrische Klangfarbe. Vielleicht trug auch das dazu bei, dass ich zum zweiten Mal schon Rindvieh Tod komm verstand.

„Ich möchte bei Ihnen Fleisch bestellen."

„Um welche Menge geht es denn?"

„Ich plane eine große Party", antwortete ich vage.

„Darf ich fragen, wo? Ihre Nummer scheint in meiner Telefonanlage nicht auf."

Mir wurde heiß. Daran hatte ich nicht gedacht, was für ein Glück, dass das „Magazin" ein Programm installiert hatte, das die Nummernanzeige bei digitalen Anlagen unterdrückte.

„Wien. Sie stellen doch auch in Wien zu?"

„Selbstverständlich, unsere Mindestabsatzmenge sind allerdings fünfundzwanzig Kilo."

Ich schluckte. Ich hatte im letzten Monat mehr als genug Fleisch gekauft. „Das geht in Ordnung."

Ich erfand rasch eine Liste mit Fleischstücken und fragte dann, was das kostete. Die Preise lagen mindestens dreißig Prozent unter denen im Supermarkt. Kein Wunder, wenn man gefrorenes Fleisch gegen frisches tauschte.

„Ich brauche das Fleisch erst am 28. Januar. Wann können Sie liefern?"

„Wie wäre es am 26. Januar?"

„Gut."

„Ich brauche eine Anzahlung von zwanzig Prozent, wo kann ich Ihnen einen Erlagschein hinschicken?"

Sicher war sicher. „Geben Sie mir die Kontonummer."

Ich hoffte, dass die Sache bis Ende Jänner geklärt sein würde. Ansonsten musste ich langsam daran denken, selbst einen Handel mit Rindfleisch aller Art aufzumachen.

Rindvieh.com existierte also jedenfalls. Es schien, als könnte man über die Firma tatsächlich Fleisch beziehen.

Wo sollte sich Oskar mit dem LKW-Fahrer treffen? Vorausgesetzt, dieser spielte überhaupt mit. Ich hatte ein zunehmend schlechtes Gewissen, Oskar in die Ultrakauf-Geschichte zu verwickeln. Andererseits: Es war unsere größte Chance, Antwort auf einige Fragen zu bekommen, mit denen wir uns schon lange herumschlugen. Ich wollte dabei sein, wenn Oskar mit dem LKW-Fahrer redete. Nur für alle Fälle. Vielleicht schätzte Vesna den Mann falsch ein. Was, wenn er erkannte, dass ihm eine Falle gestellt wurde? Was, wenn doch er es gewesen war, der Heller ermordet hatte? In wessen Auftrag?

Ich zermarterte mir auf dem Heimweg das Hirn. Ein stiller, neutraler Platz. Ein Platz, wo man ungestört ein Tonband mitlaufen lassen und ich ungesehen mit dabei sein konnte. Wie sollte ich Oskar helfen, wenn etwas schief lief?

Unsere Wohnungen schieden aus. Oskars Büro auch. Im Sommer hätte man sich im Freien treffen können. Einem Museum. Nein, wir waren nicht in einem Film. Obwohl ich mir Oskar und den LKW-Fahrer unter einem Dinosaurierskelett oder einem Rembrandt schon gut vorstellen konnte. Der Vorteil eines solchen Ortes wäre, dass er öffentlich genug war, um drastische Aktionen zu verhindern. Aber wo hätte man ein Tonband verstecken sollen? In den Rippenbögen des Sauriers?

Ich trabte gerade die ersten Treppen zu meiner Wohnung nach oben, als mir das Naheliegende einfiel: „Espresso Evi". Klein, verschwiegen, wenig besucht. Wenn ich jetzt noch einen Weg fand, lauschen zu können ... Natürlich konnte ich an einem der Nebentische Kaffee trinken. Aber sollte unsere Inszenierung glaubhaft sein, dann musste das Gespräch im vertraulichen Rahmen stattfinden, so, dass niemand, auch nicht zufällig, mithören konnte. Es gab im „Espresso Evi" ein Extrazimmer. Ich war noch nie in diesem Raum gewesen, keine Ahnung, ob er irgendein Versteck bot.

Ich lief die Treppen wieder nach unten, die Gasse entlang, dann in die Quergasse und startete mein Auto.

Die Kellnerin im „Espresso Evi" kannte mich inzwischen gut. Sie hatte wohl schon einiges erlebt und stellte keine Fragen, als ich nach einem Platz für ein vertrauliches Gespräch fragte. Sie öffnete die Tür zum Extrazimmer und drehte das Licht auf. Wenn das möglich war, roch es hier noch etwas strenger als im Rest des Lokals. So weit ich sehen konnte, gab es kein Fenster.

„Denken Sie nichts Falsches, aber da ist noch etwas, das ich Sie fragen möchte: Gibt es eine Möglichkeit, das Gespräch mitzuverfolgen, ohne dass man gesehen wird?"

Ihre Augen wurden groß. „Sind sie etwa Detektivin?", sagte sie mit Hochachtung in der Stimme. „Ich verschlinge Detektivromane, diese Hefte, Sie wissen schon. Die sind nicht so lang wie Bücher."

„Ich bin Journalistin, aber das ist eine ganz andere Geschichte. Wenn Sie schweigen, werden Sie bald alles erfahren." Das war der richtige Ton. Sie nickte bedeutungsschwer.

„Es gibt eine Möglichkeit, theoretisch. Sehen Sie dort?" Sie deutete auf ein Stück wellige, groß geblümte Tapete. „Dahinter ist ein Fenster, das in einen Lüftungsschacht geht, Sie wissen schon, in einen winzigen Innenhof. Wir haben das Ganze lebensmittelpolizeilich zumachen müssen. Aber wir haben es nur mit Tapete überklebt, damit wir hie und da lüften können. Wenn man den äußeren Fensterflügel aufmacht, er geht nach außen auf, und den inneren nur anlehnt, dann kann man sicher alles hören. Vielleicht kann man sogar etwas sehen, wenn die Tapete nicht ganz blickdicht ist. Ich weiß es nicht."

„Ist der Raum immer frei?"

„Übermorgen Abend haben wir eine Weihnachtsfeier. Morgen ist er frei. Wann brauchen Sie ihn denn?"

„Ich weiß es noch nicht genau. In den nächsten Tagen, noch vor Weihnachten."

„Morgen ist der Senioren-Schachklub da. Aber die gehen immer schon gegen sechs."

„Und: Sie halten dicht?"

Die Kellnerin nickte eifrig. Unser Gespräch schien das Aufregendste zu sein, was ihr in letzter Zeit passiert war.

„Was glaubst du: War Heller am Fleischbetrug beteiligt?", fragte ich Grete.

Sie dachte nach und sagte dann langsam: „Gut möglich. An sich hätte ich ihn für zu feige gehalten, aber wenn es sich ergibt ... Jedenfalls hat er Geld gebraucht, um angeben zu können. Schließlich hat er nur aufpassen müssen, dass im Ultrakauf niemand etwas mitbekommt und dass alle ruhig bleiben. Karin ist aber dann doch etwas aufgefallen. Aber warum hat sie nichts davon erzählt?"

„Sie hat mir von der schlechten Fleischqualität erzählt, schon im Krankenhaus. Aber sie schien die Sache zumindest damals nicht so wichtig zu nehmen. Einfach ein Grund mehr zur Beschwerde, das war es."

„Aber wenn Heller bei dem Betrug dabei war, warum ist sie erst verschwunden, als er schon tot war?", warf Vesna ein.

„Weil sie alle Mitwisser beseitigen wollten? Ich weiß nicht." Grete schüttelte zweifelnd den Kopf. „Es wäre fürchterlich, wenn sie Karin ... Ich meine, ich kann es mir einfach nicht vorstellen."

Ich nickte. Vesna hatte einen Berg kalter Cevapcici und ihre Spezialsenfsauce mitgebracht. Ich nahm mir noch eines. Meine Abneigung gegen Fleisch hatte sich offenkundig gelegt. Oder war bloß der Hunger groß genug? Ich hatte heute außer einer Käsesemmel in der Redaktion noch nichts zu essen bekommen. Heller war für den Fleischbetrug sehr nützlich gewesen, wenn er aber nützlich war und sie ihn trotzdem umgebracht hatten ...

„Es kommt nur davon, weil Karin sich überall einmischt. Immer hat sie den Mund aufgemacht", redete Grete weiter.

Karin hatte Heller im Wissen gedroht, dass er den Stapel Cognac-Kisten auf sie gekippt hatte. Ich war mir beinahe sicher, dass sie ihn damals noch nicht mit dem Fleischbetrug in Verbindung gebracht hatte. Es ging um seine Rolle als Personalchef.

„Karin hat mir erzählt, dass sie mit Heller immer wieder Auseinandersetzungen gehabt hat. Stimmt das, Grete?"

Sie überlegte keinen Augenblick. „Natürlich, ich war einmal durch Zufall sogar mit dabei, sie hat ihm immer wieder die Hölle heiß gemacht."

„Mit welchen Worten?"

„Ich weiß nicht ... Sie hat ihm eben Dampf gemacht, gesagt, dass sie alles weiß, was läuft, und dass er das nicht mehr machen kann. Aber vergiss nicht: Er war es, der sie angegriffen hat."

„Wann war das?"

Grete zögerte. „Das ist noch nicht so lange her, es war kurz nach dem Überfall. Deswegen war ich ja auch mit dabei, Karin wollte mir damals helfen und ist so mit Heller aneinander geraten."

„Also noch bevor sie unter den Cognacstapel gekommen ist?"

„Ja, vielleicht ein paar Tage vorher."

Ich versuchte meine kleinen grauen Zellen zu einem neuen Muster zu ordnen. „Sie kommt also zu ihm und sagt, dass sie weiß, was vorgeht. Er denkt natürlich an die Fleischsache, sie denkt an seine Arbeit als Personalchef. Er bekommt die Panik, und als die Gelegenheit günstig ist, stößt er den Stapel mit Cognac-Kisten um. Vielleicht hat er auch mit dem Boss von rindvieh.com geredet und der hat ihm aufgetragen, sie ruhig zu stellen. Wer weiß? Jedenfalls überlebt Karin und droht ihm noch einmal, diesmal massiver. Er beginnt sich zu fürchten und sagt rindvieh.com, dass er aussteigen will. Man trifft sich in der Nacht im Lager, man will Heller nicht ziehen lassen, Heller wird erschossen."

Vesna stimmte zu. „Er hat vielleicht Angst gehabt nach den Drohungen von Karin. Man muss Filialleiter fragen, ob er Heller erzählt hat, dass sie sich über ‚komisches Fleisch' beschwert hat. Ist möglich. Damit die Sache gut geht, muss Ruhe sein. Solange alles ruhig ist, traut sich Heller, Geld zu kassieren. Aber dann wird es ihm zu gefährlich. Eigentlich hat die Unruhe schon mit Überfall angefangen. Da kann der Supermarkt näher angeschaut werden, von den Chefs, von der Polizei, von Medien."

„Deswegen wollte er auch keine Polizei", rief Grete.

Ich bremste ihre Euphorie. „Wir haben keine Beweise, nur das Indiz, dass Heller seit einem halben Jahr mehr Geld als zuvor gehabt hat. Was, wenn er wirklich im Lotto gewonnen hat?"

„Warum sollte er dann die Kartons auf Karin werfen? Wegen der Gewerkschaftssachen? Mir ist das immer schon komisch vorgekommen", warf Grete ein, „die sitzen doch am längeren Ast und wissen das auch."

„Kommt mir auch komisch vor", meinte Vesna, „jetzt müssen wir warten, ob Gespräch mit Dr. Oskar etwas bringt."

„Hast du mit dem LKW-Fahrer schon geredet?"

„Nein, kann ich nicht. Was, wenn er den Fleischbetrügern alles erzählt? Dann ist allen klar, dass ich von der Sache weiß."

Ich nickte. Darüber hatte ich mir ohnehin schon Sorgen gemacht.

„Glaube mir, der ist harmlos. Aber wir müssen aufpassen, dass er nicht mit denen redet statt mit Oskar."

„Und wenn es nicht gelingt?"

„Gehen wir zur Kommissarin Schneyder."

„Ich hoffe, dass es dann nicht zu spät ist."

„Ich bin gewarnt. Was ist? Wann hat Oskar Zeit?", bohrte Vesna nach.

„Ich weiß nicht ..."

„Dann rufe ihn an. Bitte."

Neben den beiden Frauen, die natürlich voller Neugier auf jeden Unterton lauschten, mit Oskar zu telefonieren war mir nicht sehr angenehm. Ich erreichte ihn noch in der Anwaltskanzlei und gab ihm gleich zu verstehen, dass ich nicht allein war.

Übermorgen Abend würde er es schaffen, meinte er.

„Übermorgen ist das Extrazimmer nicht frei, sie haben eine Weihnachtsfeier."

„Morgen? Morgen?", fragte Vesna dazwischen.

„Wie ist es mit morgen?"

„Ich muss einen wichtigen Fall abschließen, das geht ganz schlecht."

„Wenn der Fahrer zusagt, ist ihm die Zeit wahrscheinlich egal."

Oskar seufzte. „Wenn ich heute bis Mitternacht durchhalte, dann müsste es sich morgen so um acht ausgehen. Schlimmstenfalls muss ich eben morgen Abend noch einmal zurück ins Büro. Soll ich?"

„Na ja, wenn du es schaffst?"

„Wenn du dir etwas in den Kopf gesetzt hast ..."

„Es geht immerhin um Betrug, vielleicht auch um Mord und Entführung. Um Karin."

„Ja, leider. Ich wünschte, du hättest damit nichts zu tun."

„Ich liebe dich", sagte ich leise und legte auf. Ich hatte es noch nicht sehr oft zuvor gesagt. Vesna und Grete taten, als hätten sie nichts gehört, und schauten drein wie zwei Schafe. Ich begann zu grinsen, sie lächelten zurück. Bald kamen die Feiertage. Ultrakauf hin oder her, ich würde sie in Ruhe und Harmonie verbringen. Mit Oskar.

Wir wälzten weiter Theorien, aßen eine Menge und tranken drei Flaschen Merlot. Als die beiden schließlich gingen, entkam Gismo wieder einmal ins Stiegenhaus. Nicht mit mir. Ich erinnerte mich, wie sie fünf Minuten nach ihrem letzten Ausbruch brav auf der Fußmatte gesessen war, schloss die Tür und startete meinen Laptop. Besser, ich schrieb unsere Verdachtsmomente nieder.

Nun schien sich alles nahtlos ineinander zu fügen: der Überfall, der zwar mit der ganzen Sache nichts zu tun hatte, der aber der erste Anlass für die Unruhe gewesen war, die Heller nicht brauchen konnte. Karin, deren Drohungen er missverstanden hatte. Karin, die sich bei Filialleiter Feinfurter auch noch über die Fleischqualität beklagt hatte, Karin, die den Anschlag überlebte und Heller zu verstehen gab, dass ihr klar war, wer es gewesen ist. Das war zu viel. Heller wollte aussteigen.

Warum hatte ich die bayrische Stimme am Telefon von rindvieh.com nicht gefragt, ob Waldemar Zartl der Chef der Firma war? Man sollte sich den Betrieb in Oberbayern ansehen. Glückliche Kuh mit Butterblume, dass ich nicht lache. Tiefgefrorene Rinder, die gegen etwas Besseres getauscht wurden. Ich schenkte mir einen Whiskey ein. Vielleicht würde der LKW-Fahrer mehr wissen. Meinetwegen hockte Oskar wahrscheinlich jetzt noch immer in seinem Büro.

Ich ging zur Wohnungstür, öffnete sie und war mir sicher, Gismo auf der Fußmatte zu finden. Keine Spur von der Katze. Ich fluchte. Um die Uhrzeit konnte ich im Stiegenhaus schlecht laut nach ihr rufen. Ich schnappte den Wohnungsschlüssel, ging die Sache strategisch an und nahm die letzte Treppe zum Dachbodenaufgang. Hier oben war sie jedenfalls nicht. Wahrscheinlich würde sie vor der Tür von Frau Schneider hocken. Stockwerk um Stockwerk ging ich nach unten. Keine Spur von Gismo. Sie hatte keine Möglichkeit, sich im Stiegenhaus zu verstecken. Die Kellertreppe. Die Tür zu den Kellerabteilen war verschlossen. Ich sperrte auf, rief nach Gismo. Wie sollte sie in den Keller gekommen sein?

Ich spürte eine Mischung aus Wut und Angst. Es blieb nur mehr eine Möglichkeit. Sie war auf die Straße entwischt. Wie sollte ich sie in den Straßen Wiens finden? Zum Glück war um diese Zeit nur mehr wenig Verkehr. Ich lief durch die schlecht beleuchtete Hauseinfahrt nach draußen und fror in Hausschuhen und T-Shirt erbärmlich.

„Gismo?“, rief ich und es hallte wider.

Die Gasse hinauf, immer wieder halblaut nach der Katze rufend. Geparkte Autos, dunkle Eingänge, ein abgestelltes Motorrad, Mülleimer. Da sah ich ein Bündel am Gehsteigrand, es glich einer weggeworfenen alten Jacke. Ich ging schneller, lief. Gismo lag regungslos da. Aus ihrem Mund tropfte Blut. Ich kniete nieder, bemerkte nicht, wie der Asphalt mir die Knie aufriss, ich rief nach ihr, ich bettelte. Ihre Augen waren halb offen, blicklos. Ich weinte, drückte mein Ohr an ihre weiche Flanke. Hatte sie wirklich geatmet? Bildete ich mir das nur ein? Ich tastete mit nervösen Fingern dorthin, wo ich ihr Herz vermutete. Hoffentlich tat ich ihr nicht zusätzlich weh. Herzschlag. Schwach, langsam. Ich wusste nicht, wie ihr Herz für gewöhnlich schlug. „Gismo“, flüsterte ich wieder. Keine Reaktion.

Die Tierärztin hatte ihre Praxis nur vier Gassen entfernt. Konnte ich die Katze aufheben, ins Auto packen und auf gut Glück zu ihr fahren? Schneller wäre es, zu Fuß zu gehen. Was, wenn Gismo eine Rückgratverletzung hatte? Was war die Alternative? Sie hier liegen zu lassen?

Ein älteres Ehepaar kam mir entgegen. Vielleicht würden sie ...

„Was haben Sie denn? Ist Ihnen schlecht?“, fragte der Mann misstrauisch.

„Lass sie, wahrscheinlich ist sie drogensüchtig“, zischte ihm die Frau zu.

„Meine Katze“, stammelte ich, „sie ist überfahren worden.“

„Lassen Sie einmal sehen.“ Der Mann kam her, starrte, ohne auch nur in die Knie zu gehen, von oben auf Gismo herunter und sagte dann: „Die ist hin. Da kann man nichts machen. Sie finden schon eine andere.“

Meine Entscheidung war getroffen. Ich nahm Gismo so vorsichtig wie möglich in die Arme, ihr Kopf fiel kraftlos auf die Seite. Ich stützte ihn und lief mit meiner Katze in Hausschuhen und T-Shirt die Straßen entlang. Sieben endlose Minuten durch die Nacht. Dann läutete ich bei der Tierärztin Sturm. Zum Glück wusste ich, dass Praxis und Wohnung nebeneinander lagen. Es dauerte, bevor sich eine verschlafene Stimme meldete: „Ja?“

„Mira Valensky, meine Katze wurde überfahren. Sie scheint noch zu leben. Ich bin bei Ihnen ...“

Der Türöffner summte.

Eine Stunde später lebte Gismo immer noch. Sie hatte sogar kurz einmal den Kopf gehoben. Schädel-Hirn-Trauma.

„Entweder sie überlebt die heutige Nacht, oder ...“, sagte die Tierärztin mit Mitleid in der Stimme. „Mehr, als ihr unterstützende Spritzen und eine Infusion zu geben, kann ich nicht für sie tun. Ihr Hinterbein ist gebrochen, aber das ist kein besonderes Problem, das heilt mit der angelegten Schiene wieder. Es ist das Trauma, das mir Sorgen macht.“

„Kann ich irgendetwas tun?“

Sie schüttelte den Kopf. „Sie können eigentlich nur abwarten. Kommen Sie, ich fahre Sie heim.“

Erst als ich mit Gismo wieder die Stiegen zur Wohnung hinaufgegangen war, als ich sie auf ihrem Lieblingsplatz am Fußende des Bettes abgesetzt hatte und mich nach einem Taschentuch umsah, bemerkte ich, dass ich die Arme vor Anstrengung kaum mehr heben konnte. Gismo wog immerhin gute sechs Kilo. Ich kniete vor dem Bett und streichelte sie. Die Atmung war jetzt schneller, laut Tierärztin ein gutes Zeichen. Aus dem Maul floss dicker, gelber Speichel.

Ich holte eine Schüssel mit Wasser und benetzte ihren Mund.

„Wasser“, sagte ich, dann streichelte ich sie wieder. Vielleicht sollte ich eine schwarze Olive holen? Vielleicht würde sie davon aufwachen?

Das Telefon läutete. Ich fuhr hoch, hatte keine Lust, Gismo aus den Augen zu lassen. Es klingelte weiter.

„Ja?“, fauchte ich in den Apparat und zog ihn gleichzeitig in Richtung Schlafzimmer.

„Ich hab schon einige Male angerufen, ich war in Sorge, weil du nicht abgehoben hast. Versteh mich nicht falsch, aber bei dem ganzen Fleisch ...“

„Oskar, Gismo ist überfahren worden.“

„Wie?“

„Sie ist mir entkommen, ich bin selbst schuld.“

„Ist sie ... Wie geht es ihr?“

„Sie hat ein Schädel-Hirn-Trauma, sagt die Tierärztin.“

„Soll ich kommen?“

„Nein, man kann nichts tun.“

„Du bist sicher?“

„Ja, geh schlafen, morgen wissen wir mehr.“

„Ich umarme dich.“

„Ich dich auch.“

Gismo machte einen tiefen Seufzer und sah mich an.

Erst später, als sie längst wieder in tiefe Bewusstlosigkeit geglitten war, merkte ich, wie zottig ihr sonst so seidiges Fell war. War es der Straßenschmutz? Waren es die Verletzungen? Ich holte einen Waschlappen und versuchte sie vorsichtig und fast trocken abzuputzen. Auf Wasser reagierte Gismo wie allergisch. Sie hob für einen Moment, unwillig, wie mir schien, den Kopf. Ich streichelte ihr sanft über das Fell. „Du bekommst Schokokekse, so viel du willst. Und ein ganzes Glas schwarze Oliven. Ich werde dich nie mehr vom Tisch scheuchen, wenn Gäste da sind."

Ich musste eingenickt sein. Meine Arme schmerzten höllisch. Ich saß noch immer auf dem Boden, Gismo lag noch immer auf dem Bett. Ängstlich starrte ich auf ihre Flanke. Sie atmete. Flach, aber regelmäßig. Ich dachte an das ältere Ehepaar in der Gasse. „Die ist hin", hatte er von oben herab gesagt. So, als wäre das völlig egal. Sachlich, nicht einmal unfreundlich. Eine desinteressierte Feststellung. Wer hatte sie auf dem Gewissen? Wahrscheinlich war der Idiot einfach weitergefahren und hatte sich gedacht: War zum Glück eh nur eine Katze. Ein Tier. Ein Ding.

Ich schreckte in die Höhe, als ein Schlüssel im Schloss gedreht wurde. Oskar kam herein. Zum ersten Mal hatte er nicht vorher angeläutet.

„Wie geht es ihr?", sagte er.

Ich deutete auf das Bett.

Er streichelte sie, redete abwechselnd auf sie und auf mich ein.

„Ich hatte daheim keine Ruhe, also bin ich wieder aufgestanden und hergefahren."

„Du musst morgen arbeiten", protestierte ich schwach.

„Das ist wichtiger. Wenn du willst, dass ich bleibe."

Mir kamen die Tränen, ich wischte sie nicht weg. „Natürlich", schniefte ich.

„Wenn du mich brauchst, dann sag mir das bitte", flüsterte er leise.

„Ich bin es nicht gewohnt", flüsterte ich zurück.

„Ich will gebraucht werden."

„Ich auch."

Als es Tag wurde, hob Gismo den Kopf, sah uns mit klaren Augen an und zuckte beim Versuch zu gähnen zusammen. Am Vormittag biss sie die Tierärztin mit aller Kraft in den Finger. Die Tierärztin fluchte und lachte zur gleichen Zeit: „So fest, wie sie zugebissen hat, können keine wesentlichen Schädelknochen gebrochen sein. Sie ist, glaube ich, über den Berg. Sie werden staunen, wie rasch sie sich erholt. Was sie jetzt braucht, ist eine Menge Ruhe."

„Kann ich weggehen? Nur, wenn es für kurze Zeit sein muss."

„Ja, gar kein Problem. Sie schläft sich gesund, Sie werden sehen."

Ich taumelte etwas, als ich der Tierärztin noch einmal dankte und sie zur Tür begleitete.

„Sie machen mir mehr Sorgen", sagte sie zu mir und sah mich skeptisch an. „Sie haben wohl gar nicht geschlafen?"

Ich schüttelte den Kopf. „Aber ich bin zäh. Zumindest so sehr wie Gismo."

Oskar war vor einer Stunde aufs Gericht gefahren. Ausgerechnet heute hatte er Prozesstag.

Meine Katze hingegen rollte sich ein, nur das rechte Hinterbein stand weiß verbunden eigenartig steif weg, so als würde es gar nicht zu ihr gehören. Ich legte mich, wie ich war, zu ihr auf das Bett.

Gismo maunzte an meinem Ohr, bis ich aufwachte. Sie sprang mit drei halbwegs gesunden und einem gebrochenen Bein auf den Boden, sie wusste, was sie wollte, und hinkte in die Küche.

Ich sah auf den Wecker. Halb sechs am Abend. Wir hatten beide den Tag verschlafen. Die Nacht war schlimm genug gewesen. Ich überlegte. Etwas Leichtes, Krankenkost. Ich taute rasch etwas Kalbfleisch auf und vermischte es mit in Milch eingeweichter Semmel. Gismo schien wenig begeistert. Oder merkte sie erst jetzt, dass sie doch noch keine Lust zu fressen hatte?

Ich jedenfalls spürte plötzlich enormen Appetit und durchstöberte den Kühlschrank. Da lagen vier kalte Cevapcici von gestern Abend. Ich halbierte eine Semmel, bestrich die eine Seite mit Ketchup, die andere mit Senf, schnitt eine Essiggurke auf und legte sie gemeinsam mit zwei Cevapcici in die Semmel. Gismo starrte gierig zu mir hoch. Ich ließ sie vom scharf gewürzten Faschierten kosten. Nicht eben die Diät für eine Schwerkranke. Gismo fiel voller Gier darüber her. Den nächsten Teil des Kalbfleisches gab ich ihr ohne Semmel. Das war schon mehr nach ihrem Geschmack. Sie sah mich aufmerksam aus ihren gelben Augen an, als wäre nie etwas passiert.

Erst nachdem ich eine zweite Semmel mit Cevapcici aufgegessen hatte, erinnerte ich mich an meine Vorsätze der letzten Nacht, ab nun vielleicht gar kein Fleisch, sicher aber keines von Tieren aus Fabrikshaltung mehr zu essen.

[19.]

Ich wollte mich gerade wieder niederlegen, als es Sturm läutete. Ich sprang auf und ging zur Gegensprechanlage.

„Vesna ist da. Was ist los? Warum du gehst nicht zum Telefon? Habe x-mal versucht, dich anzurufen. Man macht sich Sorgen."

Ich sah irritiert zum Telefonapparat. Jemand musste den Anrufbeantworter eingeschaltet haben. Er sprang nach dem zweiten Läuten an, zu rasch, als dass mich die sechs Anrufe, die am Band verzeichnet waren, heute aus dem Schlaf hätten reißen können.

„Du weißt, dass heute die Sache mit dem LKW-Fahrer ist? Er hat zugesagt, er ist ganz froh, dass für ihn die Sache aus ist, hat er gesagt. Er redet mit Doktor K. und erzählt."

Darauf hatte ich vollständig vergessen.

„Komm rauf."

„Wir müssen los."

„Hoffentlich hat Oskar nicht vergessen."

„Ich glaube nicht. Ich komme."

Als Vesna vor der Tür stand, hatte ich den Anrufbeantworter abgehört. Vier der Anrufe stammten von Vesna, zwei von Oskar. Er fragte, ob es trotz allem bei dem geplanten Gespräch bleibe. Ich erreichte ihn, wir vereinbarten, uns so schnell wie möglich im „Espresso Evi" zu treffen.

Zwei Tische waren besetzt, als Vesna und ich ankamen. Ein Pärchen, beide schienen nicht älter als fünfzehn zu sein. Eine ältere Dame, die einen ramponierten Fuchskragen mit Glasaugen um den Hals trug und in Illustrierten blätterte.

„Der Herr ist schon im Extrazimmer", flüsterte die Kellnerin konspirativ.

Oskar saß am Tisch, der dem zugekleisterten Fenster am nächsten stand. „Wisst ihr, warum ich mich ausgerechnet da hersetzen musste?"

Ich deutete auf die Tapete. „Dahinter ist ein Luftschacht, ich werde auf dich aufpassen."

„Das meinst du nicht im Ernst."

„Natürlich. Wie geht es dir?"

Oskar hatte tiefe Ringe unter den Augen, grinste aber fröhlich. „Hab schon lange keine Nacht mehr durchgemacht. Wie geht es Gismo?"

„Sie wollte mir die Cevapcici wegfressen. Jetzt schläft sie."

Er nickte zufrieden. „Irgendwelche Anweisungen?", fragte er Vesna und mich. Ich hatte das Gefühl, er nahm uns nicht ganz ernst. Vesna hatte es entweder nicht bemerkt, oder sie schien sich nicht darum zu kümmern.

„Sie müssen vor allem nach Karin fragen. Und wer im Ultrakauf mit den Fleischbetrügern unter einer Decke gesteckt hat. Wer der Boss ist. Wer Heller ..."

„Geht in Ordnung. Ich habe ein Aufnahmegerät in der Tasche, es funktioniert zuverlässig."

„Ich lausche mit", wiederholte ich.

„Ich auch", assistierte Vesna.

Oskar seufzte. „Was soll mir der LKW-Fahrer tun? Glaubt mir, ich hab im Laufe der Jahre schon mit schwereren Jungs geredet."

„Aber nicht unter solchen Voraussetzungen."

„Das kann man wohl sagen. Glaubt ihr, er wird einen Kriminalbeamten eher erschießen als einen Anwalt?"

Vesna schüttelte genervt den Kopf: „Natürlich nicht. Er erschießt Sie nur, wenn er dahinter kommt, was wir vorhaben. Vielleicht jedenfalls. Mir wirkt er harmlos. Und froh, dass er reden kann."

Wir gingen mit der Kellnerin durch die winzige Küche in den

Lichtschacht. Zum Glück bestand das gesamte Personal des Espressos aus ihr allein. „Außer am Samstag, da habe ich frei und der Chef kommt." Misstrauisch sah ich nach oben. Der Taubendreck stand zentimeterhoch.

„In der Nacht schlafen sie." Die Kellnerin hatte meinen Blick richtig verstanden. Die Temperatur war gestiegen, der typische Warmwettereinbruch vor Weihnachten kündigte sich an. Wir öffneten das Außenfenster zum Extrazimmer und stießen das Innenfenster einen kleinen Spalt auf.

„Sieht man was?", rief ich Oskar zu. Ich konnte seine Umrisse erkennen, als er näher kam.

„Nein, alles bestens. Man hört euch ausgezeichnet, seid bloß ruhig, wenn er kommt."

„Das kommt von der Kaminwirkung", erklärte die Kellnerin.

Der LKW-Fahrer schob sich durch die Türe, schloss sie wieder. Seine Umrisse wirkten bedrohlich. Er war fast so groß wie Oskar, aber zehn Jahre jünger und sehr muskulös. Musste man wohl sein, wenn man schwere Fleischkartons klaute.

„Kommen Sie, nehmen Sie Platz", sagte Oskar mit seiner tiefen, autoritären Anwaltsstimme.

„Ich weiß nicht genau, worum es geht", kam es zurück. Bildete ich mir den aggressiven Unterton nur ein? Ein Stuhl scharrte, der LKW-Fahrer setzte sich.

„Sie wissen es sehr gut. Es geht um rindvieh.com."

„Was wissen Sie?"

„Ich möchte, dass Sie erzählen und mit uns zusammenarbeiten."

„Und was hab ich davon?"

„Ich kann nichts versprechen" – Vesna schüttelte empört den Kopf –, „aber ich werde versuchen, dass ich etwas für Sie tun kann. Auf alle Fälle wirkt Ihre Zusammenarbeit strafmildernd."

„Was ist denn da strafbar daran?", sagte der LKW-Fahrer lauernd.

„Diskutieren wir nicht." So bestimmt kannte ich Oskar gar nicht. „Sie erzählen jetzt. Wie sind Sie angeworben worden?"

„Ich möchte wissen, was ich bekomme."

„Wollen Sie wegen Mithilfe zum Mord verurteilt werden? Das kann Ihnen ganz leicht passieren."

„Von diesen Sachen weiß ich nichts, ehrlich", rief der LKW-Fahrer aufgeregt.

Vesna sah mich zufrieden an. Es war verdammt eng im Lichtschacht und es stank erbärmlich.

„Also los. Von Beginn weg."

Kurze Stille. Räuspern. „Es ist zirka ein halbes Jahr her. Da hat mich ein anderer LKW-Fahrer, den ich zufällig in einem Lokal getroffen habe, in dem wir oft Pause machen, gefragt, ob ich gern ein paar tausend Schilling extra verdienen würd. Wir verdienen beschissen, klar hab ich Ja gesagt."

„Sein Name?"

„Kenn ich nicht, er ist einer von denen, die mit dem LKW kommen und das Fleisch umladen."

„Wer ist der Boss?"

„Weiß ich nicht, wirklich nicht. Ich werde von den LKW-Fahrern bezahlt. Sie reden aber öfter von einem Wladi. Vielleicht ein Russe, hab ich mir gedacht."

„Wie oft tauschen Sie das Fleisch aus?"

„Ich kriege meine Anweisungen per Handy. Normalerweise alle zwei, drei Tage, jetzt vor Weihnachten aber täglich. Ich weiß nicht, warum."

„War Ihnen nicht klar, dass das strafbar ist?"

„Was macht es, wenn die einen das eine und die anderen das andere Fleisch kriegen?"

„Das nennt man Betrug."

„Hören Sie, das lasse ich mir ..."

„Wo haben Sie das Fleisch umgeladen?"

„Da gibt es mehrere Plätze. Alle an der Autobahnstrecke. Ich erfahr übers Handy, welchen ich anfahren soll."

„Genauer, bitte."

„Das ist nicht so leicht zu sagen, es sind aufgelassene Fabriken oder irgendwelche Wege, die dann einfach aufhören."

„Ich brauche exakte Wegbeschreibungen."

„Kann ich machen, aber das dauert. Da muss ich nachschauen, was ich mir aufgeschrieben habe, auswendig weiß ich das nicht. Außerdem: Niemand darf wissen, dass Sie das von mir haben. Die machen keine Witze."

„Wenn Sie morgen früh im Ultrakauf in der Mayerlinggasse sind, geben Sie die Wegbeschreibungen Frau Krajner."

„Was hat die übrigens mit der ganzen Sache zu tun?"

„Nicht Ihr Bier, und wehe, Sie reden mit Kollegen darüber. Erzählen Sie weiter. Woher ist das Fleisch gekommen?"

„Irgendwo aus Bayern. Die LKWs haben bayrische Nummerntafeln. Irgendjemand hat eine billige Quelle dort, wahrscheinlich dieser Wladi, sie haben von irgendwelchen Interventionen geredet."

„Interventionen bei wem?"

Womöglich spielte hier auch noch die bayrische Landespolitik hinein. Ich dachte sofort an den Bullen von Tölz. Man musste mit ihm ... Das war eine Fernsehfigur. Kein Wunder, dass meine Gedanken auf Abwege gerieten, ich hatte zu wenig geschlafen und der Gestank vernebelte mir das Hirn.

Der LKW-Fahrer schien nicht so viel zu wissen, wie wir gehofft hatten.

„Wer war von Ultrakauf an dem Fleischbetrug beteiligt?"

„Keine Ahnung, man hat mir nur gesagt, dass wir im Ultrakauf ‚Deckung von oben' haben. Wer das ist, weiß ich nicht. Eine Zeit lang ist ja auch alles wie geschmiert gelaufen. Bis dann die Probleme anfingen."

„Sie meinen den Mord an Heller? Ein Geständnis wirkt auch bei Mord strafmildernd."

„Um Gottes willen, ich kann doch niemanden umbringen, mir wird ja schon schlecht, wenn ich mit den halben Schweinen und Kühen fahren muss. Das Fleisch in den Kisten ist mir da viel lieber."

„Wer war es dann?"

„Keine Ahnung."

„Der Mord hängt mit dem Fleischbetrug zusammen."

„Die bayrischen Fahrer haben darüber nie geredet, die wissen sicher auch nichts."

„Und das Verschwinden von Karin Frastanz?"

Ein ganz kleines Zögern, dann kam wieder: „Keine Ahnung."

„Sagen Sie, was los war."

„Das kann ich nicht."

„Warum sind Sie dann überhaupt gekommen? Wegen dem bisschen Fleisch?"

„Das waren viele Tonnen."

„Hat es außer Ihnen noch LKW-Fahrer von Ultrakauf gegeben, die an der Sache beteiligt waren?"

„Beteiligt? Wir haben pro Fuhre bloß hundert Euro bekommen. Es sind, glaube ich, drei, aber ich weiß nicht, wer sie sind."

„Sie hatten nichts dagegen, mitzumachen und von so gut wie nichts zu wissen?"

„Ich dachte mir, dass es da nicht viel zu wissen gibt und dass das vielleicht eh besser so ist."

„Zurück zu Karin Frastanz."

Vesna machte eine anerkennende Handbewegung.

„Wer?"

„Die Leiterin der Fleischabteilung aus der Mayerlinggasse, die entführt wurde."

„Die wurde nicht entführt."

„Die ist wohl freiwillig mitgekommen?"

„Ja."

„Mit Ihnen?"

Ein ganz leises „Ja". „Aber ich hab sie nur abliefern müssen. Ich sollte ihr sagen, dass der Boss mit ihr über die Sache mit dem Fleisch reden will. Ihr ist aufgefallen, dass das Fleisch anders war als üblich. Sie hat herumgeschnüffelt und intrigiert und sich beschwert. Auch mich hat sie versucht auszufragen. Also wollte der Boss, eben dieser Wladi, mit ihr reden. Ich hab sie zu einem unserer Parkplätze gebracht und dort ist sie in einen der Rindvieh-LKWs umgestiegen. Mehr weiß ich nicht."

„Sie haben auch nicht danach gefragt, nachdem sie verschwunden ist?"

„Hab ich schon, die haben gesagt, ich soll mir keine Sorgen machen, die hat der Chef auf einen langen Urlaub geschickt, damit sie nicht im Weg ist."

„Haben Sie diesen Wladi jemals gesehen?"

„Nein."

„Was hat die Fleischerin mit Ihnen auf der Fahrt geredet?"

„Sie hat gefragt, was hinter der ganzen Sache steckt. Ich hab ihr gesagt, dass der Boss ihr das schon sagen wird."

„Sie hatte keine Angst, mit Ihnen mitzukommen?"

„Woher denn, sie war neugierig. Der macht so schnell nichts Angst. Und sie hat mich ja gekannt. Das ist jetzt aber wirklich alles, mehr weiß ich nicht. Aber ich bin froh, dass ich das mit der Fleischerin los bin."

„Warum haben Sie es nicht schon früher den Kriminalbeamten erzählt? Sie wissen, dass Sie der Polizei wichtige Informationen vorenthalten haben? Sie sind doch einvernommen worden?"

„Ja, aber dann wäre alles aufgeflogen. Und immerhin weiß ich, dass es der Frau gut geht. Soll ihr gegönnt sein, der Urlaub. Sie ist ja noch gut beieinander und Witwe, sie will eben auch endlich was vom Leben haben. Das kapier ich. Aber auf Dauer ist schon besser, man bleibt bei der Wahrheit. Sie sorgen jetzt dafür, dass ich keine Anzeige bekomme?"

„Da geht es nicht um Schnellfahren, sondern zumindest um Teilnahme an einem gemeinschaftlichen Betrug. Sie scheinen außerdem einem Irrtum aufzusitzen: Wie soll ich als Anwalt dafür sorgen können? Das, was ich Ihnen anbieten kann ..."

Vesna zog deutlich hörbar die Luft ein und krallte sich in meinen Unterarm. Ich schüttelte wild den Kopf. Davon hatte ich keine Ahnung gehabt. Was tat Oskar da?

„Sie haben mich hereingelegt!", schrie der LKW-Fahrer und sprang auf. Wir starrten gebannt nach drinnen. Oskar blieb ganz ruhig.

„Ich wollte Sie eben nicht hereinlegen. Was Sie getan haben, war richtig. Helfen Sie, die Sache zu klären, und ich helfe Ihnen, möglichst billig davonzukommen. Mein Ruf ist nicht schlecht."

„Ich habe kein Geld."

„Ich rede nicht von einem Anwaltshonorar, verteidigen kann ich Sie nicht. Aber ich kann meinen Einfluss geltend machen und Ihnen, wenn Sie wollen, zu einem guten Anwalt verhelfen. Je mehr Sie erzählen, desto besser. Wenn Sie sich die Sache anders überlegen, können Sie das Gespräch mit mir noch immer abstreiten. Ich bin ja kein Kriminalbeamter."

Der LKW-Fahrer setzte sich wieder. „Wer sagt mir, dass Sie nicht doch ein Kommissar sind?"

Man sah, wie Oskar ihm seinen Ausweis hinüberschob. Auch das noch. Wollte er die ganze Bande auf sich hetzen?

„Ich hab alles gesagt, was ich weiß." Pause. „Bis auf eines vielleicht. Der Ort, wo die Rindfleischfirma ist, heißt Schönpolding. Das liegt irgendwo in Bayern, nahe der österreichischen Grenze. Aber von dem Mord an Heller weiß ich wirklich nichts. Das kann ich beschwören."

„War er die Deckung von ‚oben'?"

Der LKW-Fahrer dachte nach. „Keine Ahnung, ich weiß es nicht. Aber es muss schon jemand gewesen sein, der weiß, was in den Filialen läuft. Vielleicht war er es. Vielleicht."

„Wissen Sie, wo Karin Frastanz ihren ‚Urlaub' verbringt? Irgendjemand muss doch darüber geredet haben."

„Nein, ganz sicher nicht. Die anderen Fahrer wissen das auch nicht, ich hab sie gefragt. Für alle Fälle."

Oskar gab ihm seine Mobiltelefonnummer. „Vielleicht finden Sie mehr heraus. Gut, dass Sie gekommen sind."

Der LKW-Fahrer stand auf, ein langer, bedrohlicher Schatten. Er murmelte ein paar Grußworte und ging. Vesna und ich drängten zurück in die Küche.

Hatte sich die rote Karin tatsächlich kaufen lassen? Jeder Mensch hat seinen Preis, heißt es. Lebenslustig war sie, das stimmte. Ihre Wohnung war klein, kalt und unpersönlich gewesen. Der Traum vom Süden. Hatte sie nicht einmal erzählt, dass sie gerne im Süden leben würde, dort, wo es immer warm war und die Sonne schien?

Wir warteten, bis wir von der Kellnerin ein Zeichen bekamen.

„Sie haben uns sehr geholfen", sagte ich und gab ihr ein großzügiges Trinkgeld.

„Ist das eine Kollegin von Ihnen?"

„Gewissermaßen."

Oskar kam aus dem Extrazimmer.

„Warum haben Sie Tarnung aufgegeben?", bestürmte ihn Vesna.

„Sagt ihr mir immer, was ihr vorhabt? Es war eine spontane Entscheidung. Und sag bitte endlich du zu mir."

„Nicht ablenken, es war anders vereinbart, Oskar Kellerfreund."

„Du hattest Recht, er ist an sich harmlos. Gefährlich macht ihn nur seine Dummheit. Solche Typen kenne ich. Man trifft sie in den Gerichten viel häufiger als die angeblich cleveren Verbrecher. Wenigstens vertraut er einem Anwalt noch immer etwas mehr als einem Polizeibeamten."

„Na hoffen wir."

„Du hast das großartig gemacht, trotzdem", lobte ich ihn. „Ob sich Karin wirklich bestechen hat lassen?"

„Kann ich mir nicht vorstellen", meinte Vesna, „aber wir werden es herausfinden. Ich fahre zu Grete, man muss mit ihr reden."

„Wir müssen nach Schönpolding", widersprach ich, „für den Fall, dass der Fahrer doch redet und sie warnt. Wir müssen schneller sein."

Oskar schüttelte den Kopf: „Ihr müsst endlich die Kriminalpolizei informieren."

„Bis die in Bayern ermitteln kann, sind die über alle Berge."

„Wir fahren. Jetzt sofort", assistierte mir Vesna.

„Es ist nach zehn am Abend", warf Oskar ein.

„Eben. Dann sind wir zeitig in der Früh dort", konterte ich.

Gismo. Konnte ich sie schon allein lassen?

„Ich habe morgen Gerichtstermine, versuchen wir es doch auf dem vernünftigen Weg."

„Ich weiß nicht, ob ich Gismo ..."

Vesna fiel mir ins Wort. „Dann machen wir es so: Oskar kümmert sich um Gismo und ist Außenstelle in Wien. Wenn was schief geht, rufen wir ihn an. Wir fahren und sehen, was lauft."

„Wenn was schief geht, rufen wir ihn an", äffte Oskar Vesna nach. „Wenn das irgendwo in Bayern, nicht weit von Österreich entfernt ist, braucht man maximal fünf Stunden. Wenn ihr jetzt wegfahrt, seid ihr um zwei Uhr in der Früh dort. Was wollt ihr zu dieser Uhrzeit machen?"

Vesna rechnete blitzschnell nach. „Wir fahren um fünf. Dann sind wir zwischen neun und zehn dort. Am Abend ist Mira Valensky schon zurück bei Gismo. Ich fahre mit ihrem Auto, mir macht das nichts."

Oskar schüttelte nur den Kopf.

„Einverstanden – vorausgesetzt, Gismo geht es halbwegs", erwiderte ich.

[20.]

Irgendwann einmal würde ich eine Woche durchschlafen. Vesna holte das Letzte aus meinem kleinen Fiat heraus, keine Chance für mich, trotz aller Müdigkeit einzunicken. Ich beneidete Gismo, die sich gesundschlief und zwischendurch nur zum Fressen aufstand. Wir waren zu dritt. Als Vesna mich abgeholt hatte, saß Grete bereits im Auto.

„Mit Grete hat alles angefangen", erklärte sie, „außerdem hat ihr Karin versprochen, dass es einen Ausflug nach Bayern gibt. Den machen wir jetzt, wenn auch anders."

Grete schien dieser eher gönnerinnenhafte Zugang nicht zu stören. Mir war nicht wirklich klar, wie wir in Schönpolding konkret vorgehen sollten. Dass wir zu dritt waren, würde es nicht eben erleichtern, unentdeckt zu bleiben.

Der Name Wladi klang, als könnte man ihn von Waldemar ableiten. Dann war er kein Russe, wie der LKW-Fahrer vermutet hatte, sondern vielleicht Waldemar Zartl, nicht bloß virtueller Fleischermeister und vermutlich Oberbayer.

Es war knapp vor halb zehn, als wir die Ortseinfahrt von Schönpolding passierten. Im Sommer gab es hier sicher eine Menge Balkonblumen, jetzt wirkte der Ort wie irgendein trostloses Kaff am Ende der Welt. „Schönpolding grüßt seine Gäste", stand auf einer Tafel, bei der, schlammbespritzt und schmutzig wie sie war, der ehemals blau-weiße Untergrund nur mehr zu erahnen war.

„Groß ist der Ort nicht. Wenn wir die paar Straßen abfahren, haben wir rindvieh.com bald gefunden“, sagte ich.

„Wir fahren ins Wirtshaus“, entschied Vesna. „Dort erfahren wir am meisten.“

„Um zehn in der Früh?“

„Wir sind in Bayern.“

Das Wirtshaus „Zum braunen Bären“ lag, wie sich das gehörte, direkt neben der Kirche. Wir parkten ein, und noch ehe ich meine müden Glieder durchstrecken konnte, war Vesna schon auf dem Weg zur Eingangstür. Grete hatte die Fahrt über fast nichts gesagt.

„Ich hoffe, ich bin euch nicht im Weg“, murmelte sie jetzt.

„Nein“, erwiderte ich, „eher ist sich Vesna mit ihrer Ungeduld im Weg.“ Längst bereute ich meine Idee. Ich würde versuchen, unsere Spritztour als netten Ausflug mit Freundinnen zu nehmen. Zumindest, nachdem ich einen großen, starken Kaffee bekommen hatte.

An der Bar lehnten drei Männer, zwei waren um die fünfzig, der dritte Mitte dreißig. Fast war ich erstaunt darüber, dass keiner von ihnen Lederhosen trug. Sie musterten uns neugierig.

Wir setzten uns an einen der hellen Holztische und bestellten Frühstück. „Drei Bier für die Herren!“, rief Vesna hinüber.

Ich sah sie strafend an.

„Lass mich nur machen, das kenne ich.“

Die Männer prosteten uns zu.

„Wir sind auf Betriebsausflug“, rief Vesna ihnen zu, „arbeiten in Fleischhauerei.“

„In Jugoslawien oder wo?“ Das klang nicht besonders freundlich.

„In Wien, wenn es die Herren wissen wollen.“

„Nur drei Weiber?“, fragte der andere.

„Ja, Männer brauchen wir keine.“

„Zu gar nichts?“

„Na verheiratet sind wir schon, da brauchen Sie gar nichts denken.“

„Und wer ist die Chefin?“

„Ich natürlich, sieht man das nicht?“

Ich stöhnte. Die Männer stießen sich an und flüsterten miteinander. Sie lachten.

„Und der Chef? Da hast du wohl gut eingeheiratet aus dem Ausland?"

„Der Chef muss arbeiten, und er hat bei mir eingeheiratet, wenn es genau sein soll. Hier gibt es wohl keinen Fleischhauer mehr, oder?"

Zwei der drei Männer kamen näher.

„Wieso kommts ihr ausgerechnet zu uns?"

Gute Frage. Ich nahm noch einen großen Schluck von meinem Kaffee und beobachtete das Ganze, als ob es mich nichts anginge.

„Wir sind auf Durchfahrt. Wir schauen uns alles an, außer es hat was mit Fleisch zu tun. Weil heute ist frei."

„Die täten dem Wladi gefallen."

„Wer ist das?"

„Na unser Über-drüber-Fleischermeister. Ziemlich nah beim Konkurs, wenn ihr mich fragts."

„Mit Fleisch kann man nicht in Konkurs gehen, das wird immer gegessen", grinste Vesna, ganz Geschäftsfrau.

Die beiden Männer um die fünfzig setzten sich, ohne zu fragen, zu uns. „Hast du eine Ahnung. Wenn man größenwahnsinnig wird, dann geht das schnell mit dem Konkurs. Sein Vater, der alte Zartl, hat noch ein kleines Fleischgeschäft gehabt, aber der Junge hat ja alles niederreißen wollen."

„Wie alt ist er denn?"

„Na jetzt so gegen vierzig. Auf alle Fälle hat er geglaubt, dass er groß ins Verdienen kommt, hat eine richtige kleine Fabrik hingestellt und von uns gar nichts mehr wissen wollen, sondern nur mehr nach München und Salzburg und so geliefert. Wir brauchen dem sein Fleisch eh nicht. Eine ziemliche Villa hat er sich hingebaut beim Wald draußen, wo er auch den Betrieb hat. Aber ich frag mich, was das euch angeht."

„Klingt doch gut."

„Gut?" Der andere Wirtshausbesucher machte ein Geräusch, als ob er gleich ausspucken wollte. „Gut ist es ein paar Jahre gegangen.

Dann hat er eine Riesenlagerhalle für Tiefgefrierfleisch dazugebaut und wollte einen großen Fleischimport-Fleischexport mit solchen von euch aus dem Osten machen."

„Ich bin aus Süden, nicht Osten."

„Egal, du weißt schon, was ich meine. Früherer Kommunismus. Da hat es ja kein Fleisch gegeben. Und sonst auch nix."

„Wir haben immer Fleisch gehabt."

„Jedenfalls hat die Halle so viel gekostet, dass dann alles andere niedergegangen ist. Der Schlachthof ist noch immer behördlich gesperrt, weil er irgendwelche Auflagen nicht erfüllt hat."

„Und die Halle?", mischte ich mich ein.

Vesna sah mich strafend an.

„Na die gibt es noch, da hat er Glück gehabt, da ist jetzt Fleisch von der EU drinnen. Wir zahlen alle brav dazu, dass der Herr Großkotz überleben kann. Interventionslager heißt das, interveniert haben für den genug, der hat noch immer gute Beziehungen im Landkreis."

„EU-Fleisch?", fragte ich nach.

„Na sie haben jede Menge tiefgefroren, als wegen dem BSE der Markt zusammengebrochen ist. Das müsst ihr doch auch haben in Österreich?"

„Klar", antwortete Vesna, „haben wir. Aber das Fleisch sollen sie gefälligst lassen, wo es ist. Die Preise sind schlecht genug."

„Eh wahr. Warum sagt sie überhaupt nix?" Der gesprächige Bayer deutete auf Grete. „Kann die vielleicht gar kein Deutsch?"

Grete wurde rot. Bevor sie noch etwas erwidern konnte, antwortete Vesna für sie: „Die kann Deutsch, weil es ist ihre Muttersprache. Sie denkt nur lieber, als sie redet ununterbrochen."

Er schien die Anspielung nicht bemerkt zu haben. Außerdem: Seine Geschwätzigkeit war ein reines Glück für uns.

„Und was machts ihr heute noch so?"

Ich überlegte. Der LKW-Fahrer hatte im Zusammenhang mit Wladi von „Interventionen" gesprochen. Vielleicht war das Interventionslager gemeint gewesen. Ich wusste, dass solche Lager existierten. Was, wenn rindvieh.com das Fleisch nicht kaufte, sondern aus dem eigenen Interventionslager stahl? Das würde den Gewinn deutlich erhöhen.

„Hat der Fleischbetrieb offen?", fragte ich wenig diplomatisch.

„Ich hab geglaubt, ihr wollts heute nichts von Fleisch wissen."

„Na so ein großer Betrieb interessiert mich doch."

„Das ist unsere Streberin", sagte Vesna, „sie hat sogar höhere Schule."

„Wie man es nimmt. Offen und nicht offen. Nicht offen für die normalsterblichen Eingeborenen. Aber seit einiger Zeit ist wieder mehr Betrieb dort. Er hat so eine Fleischfirma im Computer."

„Internet heißt das, du Trottel", besserte ihn der andere aus. „Rindvieh heißt die Firma, ich sag euch, das Rindvieh ist er!"

Darüber schütteten sich die zwei aus vor Lachen. Vesna lachte lauthals mit. Grete versuchte immerhin ein Lächeln.

„Und den Bauern hier kauft er das Fleisch ab?", wollte ich wissen.

„Wo denkst du denn hin? Der doch nicht, der hat billigere Quellen. Keine Ahnung, woher er das hat. Will es auch gar nicht wissen, der geht uns nichts an. Ist eine komische Partie dort."

Dafür, dass es sie nichts anging, konnten sie viel davon erzählen.

„Eine komische Partie?", fragte Vesna.

„Na solche wie du, nichts für ungut, lauter Ausländer eben. Das haben sie ihm auch politisch gemacht, normalerweise geht so was bei uns in Bayern nicht so einfach. Aber es wollte auch niemand bei ihm arbeiten, seit er damals die Gehälter nicht gezahlt hat. Das hat niemand bei uns notwendig. Jetzt hat er zwei Polen und zwei andere, die kommen, glaube ich, gar aus Russland. Nur bei den LKW-Fahrern sind Bayern dabei, aber auch keine aus der Gegend. Für die Ausländer hat er gleich neben dem Betrieb so ein Fertigteilhaus hingebaut, das heißt, Haus würde ich das nicht nennen, aber für die wird es schon reichen."

Wir hatten unser Frühstück gegessen, die zweite Schale Kaffee getrunken, jetzt fiel auch Vesna nichts mehr ein, was sie fragen konnte.

„Ist der Herr Zartl verheiratet?", wollte Grete dann mit leiser Stimme wissen.

„Schau an, die kann ja wirklich reden. Ja. Die Frau arbeitet auch mit, ob sie will oder nicht. Die ist aus dem Ort, war früher eine sehr fesche Person, aber jetzt ..."

„Sie entschuldigen, meine Herren", sagte Vesna, stand auf und gab mir ein Zeichen, mitzukommen.

Auf der Toilette flüsterte sie: „Wir müssen in dieses Interventionslager. Was, wenn er dort Fleisch stielt?"

„Das Fleisch bleibt dort oft ein, zwei Jahre eingelagert, habe ich gelesen."

„Da kann Diebstahl lange unentdeckt bleiben."

„Es wird Kontrollen geben."

„Ja, aber wie oft? Außerdem, er hat politische Freunde."

Wir waren schon wieder auf dem Weg in die Gaststube, als Vesna mich am Ärmel zurückzog. „LKW-Fahrer hat gesagt, Karin macht einen langen Urlaub. Der glaubt viel. Was ist, wenn sie sehr lange Urlaub im Tiefkühllager hat?"

Keine Chance, in das Interventionslager hineinzukommen. Anders als im Zentrallager der Kauf-AG fuhren hier keine LKWs ein oder aus. Die graue, mit gewelltem Metall verkleidete Halle lag wie verlassen da. Davor war ein Parkplatz, auf dem nur ein alter Golf stand, rundherum winterbraune Wiesen und eine Straße, die fünfzig Meter weiter an einer kleineren Halle und einigen Nebengebäuden vorbeiführte, dann eine Kurve hinauf zum bewaldeten Hügel zog und dort bei einem Haus zu enden schien.

Wir waren fast bis zur großen Halle gefahren, als uns klar wurde, dass alles Fremde hier sofort erkannt wurde, hatten rasch umgedreht und uns dem Gelände dann von der Rückseite über einige bewaldete Hügel genähert. Mein Fiat stand am Rand eines Waldweges. Wir waren einige Meter durch Wald und Gebüsch geschlichen, bis wir eine gute Position gefunden hatten, von der man auf den Betrieb hinuntersehen konnten, ohne gleich entdeckt zu werden. Vor der kleineren Halle standen zwei rindvieh.com-LKWs, wir konnten drei Männer sehen, die Kartons von einem Gabelstapler in den LKW-Raum verluden.

„Das Interventionslager hat nur einen Wächter, haben die Männer im Wirtshaus gesagt“, flüsterte Vesna.

„Der sieht uns“, erwiderte ich ebenfalls leise, „es ist nichts los im Lager, alles fällt auf.“

„Irgendwann sie müssen Fleisch holen“, flüsterte Vesna, „wenn es stimmt, was wir denken.“

„Vielleicht in der Nacht“, sagte ich und räusperte mich. Kein Grund zu flüstern. Der Ort Schönpolding war drei Kilometer entfernt, von der Tiefgefrierhalle trennten uns hundert Meter abschüssige Wiese. Und hier an den Waldrand kam im Winter mit Sicherheit niemand.

„In der Nacht? Da merken es sogar die Männer aus dem Wirtshaus“, meinte Vesna.

Grete schwieg wie meistens.

Lächerlich. Da standen drei Frauen und bildeten sich ein, Betrüger, Mörder, eine Bande ausheben zu können. Die eine war Mitte dreißig, schmächtig, schüchtern, gelbhaarig und Kassierin, die zweite Anfang vierzig, klein, muskulös, mutig bis abenteuerlustig und Putzfrau, die dritte knapp vor ihrem vierzigsten Geburtstag, Lifestyle-Journalistin, etwas übergewichtig, mit langen, dunklen Haaren, einem Hang zum guten, gemütlichen Leben.

„Gehen wir“, sagte ich.

Niemand bewegte sich. Gespannt starrten wir weiter auf das Gelände von rindvieh.com.

„Ich glaube nicht, dass sie sich auf Urlaub hat schicken lassen. Sie macht so etwas nicht. Sie haben sie ermordet und ins Tiefkühllager gebracht. Deshalb hat sie niemand gefunden“, sagte Grete dann laut und bestimmt.

Ich wollte schon widersprechen, als ich sah, wie Grete eine Träne über die Wange lief. „Sie war so mutig. Immer hat sie sich für andere eingesetzt.“

„Wer weiß?“, sagte ich. „Vielleicht ist sie doch irgendwo in der Karibik. Wir werden sie besuchen.“

Grete schüttelte energisch den Kopf.

Wir hatten wenig Zeit. Was, wenn der LKW-Fahrer mit den Leuten der Fleischfirma geredet hatte? Was, wenn sich herumsprach, dass wir uns im Wirtshaus „Zum braunen Bären“ sehr ausführlich über rindvieh.com und seinen Besitzer Waldemar Zartl erkundigt hatten? Was, wenn Karin noch lebte, eingesperrt in ein verlassenes Haus, seit Wochen gefangen in einem Schuppen, entführt an einen abgelegenen Platz? Solche Plätze schien es in Schönpolding und Umgebung mehr als genug zu geben.

„Zeit für die Kriminalpolizei“, sagte ich mit rauer Stimme. „Ende mit dem Räuber-und-Gendarm-Spiel. Wir müssen es riskieren. Wir erzählen, dass das Interventionslager fast leer ist und dass es gut sein könnte, dass die rote Karin ...“

Vesna unterbrach mich: „Dann müssen wir die ganze Geschichte erzählen. Bis wir fertig sind, dauert das Tage. Bis sie entscheiden, eine Haussuchung zu machen, auch. Und dann ist das bayrische Polizei.“

Sackgasse. Wir waren weit gekommen, jetzt saßen wir fest. Ich hatte die Telefonnummern der jungen Kommissarin. Sie war ehrgeizig. Ich diskutierte nicht mehr, sondern fingerte nach meinem Telefonbuch und dem Mobiltelefon.

„Was ist?“, fragte Vesna.

„Ich rufe die Kommissarin Schneyder an.“

„Die?“

Ich wartete. In ihrem Büro hob niemand ab. Es war der 22. Dezember, heute stieg bei uns in der Redaktion die traditionelle Weihnachtsfeier. Vielleicht war das bei der Polizei nicht viel anders. Aber schon am Vormittag? Bevor ich noch in die Zentrale zurückgeschaltet werden konnte, gab ich auf und versuchte ihre Mobiltelefonnummer. Zweimal, dreimal läutete es.

„Schneyder?“

„Mira Valensky, ich hoffe, Sie können sich noch ...“

„Klar, Sie sind die Journalistin, ich hab mit Dr. Droch über Sie geredet.“

Na wunderbar. Er erzählte mir nichts über ihre Gespräche, aber sie tratschten beim Mittagessen über mich.

„Ich kann nur hoffen, dass Sie das, was ich Ihnen jetzt erzähle, ernst nehmen. Es klingt zugegebenermaßen abenteuerlich. Deswegen habe ich mich auch noch nicht bei Ihnen gemeldet. Also: Heller ist wahrscheinlich von jemandem aus der oberbayrischen Fleischfirma namens rindvieh.com erschossen worden. Die Firma ...“

„Rindvieh Tod komm? Sind Sie betrunken?“

„Internet. Rindvieh, Punkt, com. Die Firma hat Ultrakauf-Fleisch gegen aufgetautes Fleisch aus einem Interventionslager umgetauscht. Wir sind in der Nähe des Betriebes in Oberbayern.“

Das Gespräch dauerte geraume Zeit. Sie riet uns, heimzufahren und alles Weitere den Behörden zu überlassen.

Vesna nahm mir den Hörer aus der Hand: „Sie hören nach Weihnachtsfeiertagen auf, die machen alles dicht. Im neuen Jahr ist überall Großinventur, nicht nur im Supermarkt, sondern auch in Fleischlager der EU. Wenn nicht gleich was passiert, sind sie entkommen. Das wird eine dumme Geschichte im ‚Magazin‘.“

Ich nahm Vesna den Hörer weg, keine gute Idee, der Kommissarin zu drohen. „Wer war das?“, fragte sie.

„Meine Putzfrau“, sagte ich wahrheitsgemäß.

Stille am anderen Ende der Leitung.

„Sie arbeitet momentan bei Ultrakauf, so sind wir hinter den Fleischbetrug gekommen. Was kann Ihnen passieren, wenn Sie sofort etwas unternehmen? Schlimmstenfalls haben wir Sie reingelegt. Aber warum sollten wir das tun?“

„Und wenn Sie sich täuschen? Das ist genauso schlimm. Ich kann keine grenzüberschreitende Polizeiaktion auslösen, nur weil Sie mir eine abenteuerliche Geschichte erzählen.“

„Reden Sie mit Droch“, bettelte ich, „er wird Ihnen bestätigen, dass ich nicht durchgeknallt bin.“ Hoffentlich.

„Ich weiß nicht, warum ich das tue“, sagte die Kommissarin langsam. „Aber ich werde sehen, was sich machen lässt. Sie unternehmen inzwischen gar nichts. Ich rufe Sie zurück. Keine Ahnung, ob ich die Kollegen in Bayern überhaupt erreiche. Wie heißt der Ort?“

„Schönpolding. Rindvieh.com, an einer Seitenstraße drei Kilometer außerhalb des Ortes, Abzweigung am Ortsende. Oder, wenn man nicht gesehen werden will, über den Waldrücken hinter dem Gelände."

„Das müssen meine Kollegen wissen. Ich melde mich."

„Wann?"

„Am besten, Sie fahren heim."

„Sie werden uns vor Ort brauchen können, wir wissen eine ganze Menge."

„Also gut, bleiben Sie von mir aus dort. Aber keine Alleingänge, wenn ich bitten darf. Das ist jetzt eine Polizeiaktion. Ich rufe in der nächsten halben Stunde zurück."

Der eine rindvieh.com-LKW fuhr ab, die drei Männer begannen, den nächsten zu beladen.

„Wie ist dir das mit der Inventur eingefallen?", fragte ich Vesna.

„Weil es wahr ist. Wir haben im Ultrakauf Großinventur im Jänner. Zum Glück bin ich nicht mehr da."

Grete seufzte. „Ich schon."

Es begann zu nieseln.

Endlich das Telefon. „Ich bringe Sie eigenhändig um, wenn nicht wenigstens ein Teil von dem stimmt, was Sie erzählt haben. Ich komme mit dem Hubschrauber, bilden Sie sich nichts ein, das ist ein Zufall, weil der sowieso nach Salzburg fliegen muss. Das nächste Einsatzkommando ist verständigt, es wird einen Durchsuchungsbefehl geben. Zum Glück gab es schon einmal Verdachtsmomente gegen den Besitzer der Firma, das hat es leichter gemacht. In zirka zwei Stunden sind wir da. Sie bleiben, wo Sie sind. Vorausgesetzt, Sie sind gut genug getarnt. Wenn nicht, suchen Sie sich ein sicheres Versteck."

Langsam wurde ich wütend: „Wir haben ein geeignetes Versteck, wir waren es auch, die der Sache überhaupt auf die Spur gekommen sind, nur falls Sie das vergessen haben sollten."

„Wenn Sie irgendwelche Veränderungen wahrnehmen, dann melden Sie sich sofort."

Genau das, was ich schon immer hatte sein wollen: polizeiliche Hilfskraft.

„Und wehe, Sie sprengen die Aktion, indem Sie Interviews machen."

Bevor ich noch etwas erwidern konnte, hatte Schneyder das Gespräch beendet. Wie sehr mir zur Schau getragene Autorität auf die Nerven ging.

Der Ärger legte sich, was folgte, war eine Mischung aus Anspannung und totaler Langeweile. Zwei Stunden Zeit. Wir hatten vor dem immer stärker werdenden Nieselregen, so gut es ging, unter den Bäumen Schutz gesucht.

„Man muss was tun", sagte Vesna und scharrte im Laub.

Ich hatte meinen besseren Fotoapparat mitgenommen, holte ihn jetzt aus dem Auto und machte einige Aufnahmen. Ansichten von rindvieh.com. Immerhin hatte mich die Kommissarin an meinen Job erinnert. Herzlichen Dank auch.

„Drüben am Wald ist das Wohnhaus", überlegte Grete. „Vielleicht ist die Frau dort oder sonst jemand."

„Gute Idee", assistierte Vesna.

„Man kann den Hügel entlang ein Stück Richtung Haus fahren und sich dann durch den Wald nähern", schlug Grete vor.

„Aber was dann?" Mir war nicht nach Waldmärschen. Außerdem: Sollten wir läuten, uns vorstellen und sagen: „Entschuldigen Sie, Ihr Mann ist ein Verbrecher, haben Sie das gewusst?"

Laut erwiderte ich: „Die Männer im Wirtshaus haben gesagt, dass die Frau mitarbeitet. Dann ist sie auch im Betrieb."

Grete gab nicht auf: „Es wird Mittag. Da kann sie hinaufgehen und kochen."

„Wir haben niemand gesehen."

„Haben wir darauf geachtet?"

Wenn Grete einmal von etwas überzeugt war, ließ sie nicht mehr los, das hatte ich ja schon ganz zu Beginn der Supermarktgeschichte erfahren.

Vesna streckte sich. „Für den Fall, dass Polizei versagt: Sie wollen sich vielleicht im Haus verstecken oder was holen – besser, wir wissen, wie wir schnell dort sind. Nur Weg kundschaften."

Ich war überstimmt. Außerdem zerrte die Warterei auch an meinen Nerven. Wir kehrten zum Auto zurück, fuhren einige hundert Meter auf dem Waldweg, der am Hügelrücken entlangführte, und kämpften uns anschließend zu Fuß durch den Wald. Hier kannte sich Grete aus. „Wir schlagen selbst Holz", erklärte sie. Ich hätte mich längst verirrt, aber sie schien einen Kompass eingebaut zu haben und führte uns zu einer Lichtung direkt oberhalb des Hauses. Von hier betrachtet, handelte es sich um eine stattliche Villa. Kein Wunder, dass da mancher Dorfbewohner neidisch war. Der Swimmingpool war winterfest abgedeckt, es gab zur Straße hin einen Vordereingang mit der obligaten Freitreppe. Hinten, auf der Waldseite, war ein weniger pompöser Seiteneingang.

„Man müsste wissen, ob Hintereingang offen ist", flüsterte Vesna.

„Wehe", sagte ich, „wenn wir die Aktion jetzt verpatzen ..."

Vesna war schon davongeschlichen, einige Meter am Wald entlang, ein schneller Blick, drei Meter bis zur Hausmauer. Ich hielt den Atem an. Vesna war bei der Tür und drückte die Klinke. Offenbar verschlossen. Sie zuckte zurück und presste sich flach an die Hausmauer. Wir verzogen uns ins dichtere Gebüsch. Niemand kam. Nach einer Weile rannte Vesna die paar Meter zum Wald zurück und war wieder bei uns.

„Tür ist offen, jemand ist im Haus, war ganz nah an der Tür, deswegen bin ich zurück. Müssen wir der Kommissarin sagen. Auf alle Fälle."

„Ich muss vor allem schauen, dass ich den Polizeieinsatz nicht verpasse, immerhin hab ich auch einen Job", erwiderte ich und klopfte auf meine Kamera.

Wir arbeiteten uns zurück durch den Wald. Keine Chance, sich ungesehen von der Zufahrtsstraße aus den Hallen zu nähern. Also bezogen wir wieder dort Posten, wo wir schon geraume Zeit gewartet hatten.

„Man kann über die Wiese nach unten zum Fleischlager", sagte Vesna.

Ich stöhnte. Drei inzwischen patschnasse Frauen in reiferem Alter, die eine braune Winterwiese nach unten stürmten, um bei der Hausdurchsuchung, der Razzia, der Festnahme dabei zu sein.

Ich wartete auf die grünen Einsatzfahrzeuge der bayrischen Polizei, auf Sirenen und Blaulicht. Das sah man ja immer wieder im Fernsehen. Ein weißer BMW und zwei dunkle Audi näherten sich vom Ort her.

„Kunden?“, fragte Vesna.

Ich zuckte mit den Schultern und sah angespannt auf die Straße. Warum hatte ich mir, obwohl ich seit Jahren kurzsichtig war, keine Brille verschreiben lassen? Idiotische Eitelkeit. Oder einfach Bequemlichkeit? Ich sollte die Kommissarin anrufen, hier lief etwas schief.

Die Autos hielten vor der kleineren Halle. Ein Mann in Jeans und Lederjacke stieg aus und schien den Gabelstaplerfahrer etwas zu fragen. Er winkte seinen Kollegen. Sechs Personen kletterten aus den Autos, die Türen wurden nicht mit dem üblichen Knall geschlossen, sondern bloß angelehnt. Alles geschah schnell, geplant, präzise.

„Die Kommissarin“, zischte Grete.

Ich zog die Augen zusammen, um schärfer zu sehen.

„Ja“, bestätigte Vesna. „Wir müssen runter.“

Ich steckte die Kamera unter meine Jacke und wir rannten über die feuchte Wiese. Zuerst rutschte Grete aus, dann ich. Hoffentlich war der Kamera nichts geschehen. Ich spürte nasse Erde im Gesicht, rappelte mich wieder hoch. Es war wie in einem seltsamen Traum, man rannte, rannte und wusste nicht, warum. Wir liefen auf das Interventionslager zu, über den Parkplatz, die Straße zum Betriebsgebäude hinunter. Niemand bemerkte uns, alle waren längst im Gebäude verschwunden. Das Tor stand offen, wir gingen langsam und so lautlos wie möglich hinein.

Das Innere der Halle glich mit seinen langen Edelstahlbänken einer kleineren Ausgabe der Zerlegeeinheit im Zentrallager der Kauf-AG. Aber hier stand alles still, niemand war zu sehen, bloß auf einer der Edelstahlbänke lag eine Reihe von Fleischstücken, sorgsam nebeneinander gereiht. Vielleicht Fleisch, das hier aufgetaut wurde, ging es mir durch den Kopf. Große Stapel Fleischkartons mit der Aufschrift „rindvieh.com“. Gerade noch sichtbar für uns, am anderen Ende der Halle, baumelten zwei halbe Rinder. Nicht eben viel, für ein Geschäft wie das hier. Wir hörten aufgeregte Stimmen aus dem Büroraum, der etwas erhöht hinter einem Verschlag aus Holz und Glas lag. Wir schlichen näher heran. Ich versuchte, ruhig zu atmen. Meine Lungen brannten. Ich zog den Fotoapparat heraus, fotografierte die Halle, schoss ein paar Aufnahmen von den Köpfen, die hinter der Glaswand zu sehen waren.

Eine autoritäre Männerstimme sagte: „Wenn Sie sich widersetzen, müssen wir Sie festnehmen.“

„Ich werde mit dem Landrat reden, das wird Sie Ihren Job kosten. Das ist Hausfriedensbruch!“, schrie jemand mit sich überschlagender Stimme zurück. Waldemar Zartl.

„Wir haben einen Durchsuchungsbefehl für das gesamte Betriebsgelände.“

Dann ein Tumult, wir sahen einen kleinen, rundlichen Mann zur Türe stürzen, er wurde von anderen Männern zurückgehalten.

„Was haben wir denn da?“, fragte offenbar der Chef der Truppe und wedelte mit einem Papier, das er vom Schreibtisch genommen hatte. „Ein Ticket nach Argentinien.“

„Man wird wohl auf Urlaub fahren dürfen.“

„Ein einfaches Ticket.“

„Ich mache eine Rundfahrt. Ich protestiere ...“

Zwei Männer und eine Frau kamen durch die Halle gelaufen.

„Es gibt eine unterirdische Verbindung zum Lager, kommt. Die Ausländer haben sich dort verschanzt“, rief einer von ihnen in Richtung Büro.

„Ich protestiere!“, schrie Zartl noch einmal.

Die drei hatten uns entdeckt.

„Rühren Sie sich nicht vom Fleck!“, schrie der eine.

Ich hob unwillkürlich die Hände. „Wir gehören nicht zum Betrieb, wir haben Kommissarin Schneyder verständigt.“

„Das sind also die Weiber, von denen die Wienerin geredet hat", sagte der eine Beamte abschätzig zu seinen Kollegen. „Wir haben jetzt keine Zeit für Sie, das ist eine Amtshandlung, verlassen Sie umgehend das Gebäude, vielen Dank auch, auf Wiedersehen."

Was glaubte er, dass wir widerspruchslos verschwinden würden? Sollte ich mich als Journalistin zu erkennen geben? Taktisch unklug im Moment. Wir mussten mit hinein ins Interventionslager. Zwei Männer kamen aus dem Büro und führten den noch immer lautstark protestierenden Zartl in Handschellen ab. Er war klein, hatte auf der Stirne schon kaum mehr Haare und gleich einem rundlichen, rosigen Ferkel. Der sollte den Auftrag gegeben haben, Heller zu erschießen?

Jetzt kamen auch Kommissarin Schneyder und der Chef der bayrischen Truppe mit raschen Schritten aus dem Büroverschlag.

„Die Bücher sehen wir uns später an", sagte er zu ihr.

„Wo ist der Gang zum Lager?", rief er mit lauter Stimme seinen Kollegen zu. Sie deuteten auf das gegenüberliegende Ende der Halle, dorthin, wo die halben Tiere baumelten.

„Sind welche von uns drinnen?"

„Ja, drei Mann. Die Verstärkung ist schon da. Alles in Ordnung. Niemand scheint sich zu wehren. Da dürften wir ein ganzes Rudel Illegale erwischt haben."

Deswegen hatte ich die Polizei eigentlich nicht verständigt.

Wir hetzten hinter den anderen her.

„Stehen bleiben!", befahl einer der Beamten.

„Ich denke nicht daran", fauchte ich.

Die Kommissarin kam auf mich zu und legte mir für einen Moment ihre Hand auf den Arm. Sie wirkte in Jeans und Parka jünger denn je. Ihr Gesicht war angespannt. „Jetzt werden wir gleich sehen, ob Sie Recht gehabt haben", sagte sie.

„Wir wollen es selbst sehen."

„Tut mir Leid, unmöglich. Außerdem habe hier nicht ich das Kommando."

„Wenn wir trotzdem mitkommen?"

„Die stoppen Sie, sorry. Warten Sie am Parkplatz, ich erzähle Ihnen dann, ob ich mich um eine andere Arbeit umsehen muss."

Zwei Bullen mit sturen Gesichtern hatten sichtlich ihre Freude daran, uns aus dem Betriebsgelände zu drängen. Ich riss meine Kamera hoch und schoss noch ein paar Bilder, der eine Polizeibeamte griff nach meinem Apparat.

„Wehe, wenn Sie das tun, haben Sie die ganze österreichische Presse am Hals", fuhr ich ihn an.

Das wollte er denn doch nicht, sie gaben sich damit zufrieden, dass wir wieder auf der Straße standen.

„Zum Gefrierlager", zischte Vesna, „es gibt auch oberirdisches Tor, vielleicht geht es auf. Jetzt ist egal, wenn wir auffallen."

Wir rannten die hundert Meter zur metallverkleideten Halle. Der alte rote Golf stand immer noch einsam auf dem Parkplatz.

In das riesige Tor, durch das sichtlich LKWs aus- und einfahren konnten, war eine kleinere Tür eingelassen. Vesna rüttelte daran. Sie war verschlossen.

„Diese Arschlöcher jagen nur Illegale, Rest kümmert sie nicht", fauchte sie.

Sie rüttelte noch einmal und wäre beinahe gestürzt, denn plötzlich gab die Tür nach, heraus rannten vier Frauen und zwei Männer.

„Sie fliehen", schrie einer der Beamten, gemeinsam mit zwei Kollegen in Uniform stürzte er ihnen nach, einer zückte seine Waffe und schrie: „Halt, stehen bleiben!"

Die Flüchtenden hatten offenbar nichts zu verlieren, sie rannten weiter, drei Richtung Wald, drei zum Golf, sie rissen die Türen auf, sprangen hinein, starteten das Auto, rasten in Richtung Schönpolding davon. Der Beamte schoss in die Luft. Ich zuckte zusammen. Ein Streifenwagen nahm die Verfolgung auf. Derjenige, der geschossen hatte, lief den Hang nach oben, rutschte aus, verlor seine Mütze, lief weiter. Slapstick vom Feinsten. Wäre das alles ein Film gewesen, ich hätte gelacht. Aber in der Realität machen mir Waffen Angst, und derartige Polizeieinsätze auch.

Der Eingang zum Lager stand nun offen, wir schlüpften hinein und befanden uns in einem Vorraum. Ein Hubstapler stand da, eine schmale Treppe führte nach unten, dicht daneben gab es einen Lift für große Lasten. Alles menschenleer.

Ein riesiges Schiebetor, daneben eine kleine Tür, die bloß angelehnt war und durch die etwas wie weißer Nebel drang. Vesna öffnete sie, wir folgten ihr. Eisige Kälte umfing uns. Wir waren in einem unvorstellbar großen Gefrierschrank, einer Gefrierkathedrale. Die Luft schien nicht mehr gasförmig, sondern schwer und fest, ein bisher unbekannter Aggregatzustand, sie klebte an den Lippen. Nahezu erstarrt sahen wir uns um. Gänge von gut achtzig Meter Länge, links und rechts ragten acht, vielleicht auch zehn Meter hohe Türme von rostroten und bleichblauen Metallcontainern nach oben. Wir gingen vorsichtig die Vorderfront entlang, so als ob wir jeden Moment ausrutschen konnten. Kälte hatte mit Glatteis zu tun, sagte uns die Erfahrung. Doch der Boden war trocken. Sieben, zehn, zwölf Gänge zählten wir, verbunden durch schmälere Wege. Kein Stück Fleisch zu sehen, offenbar wurde es in den Containern transportiert und aufbewahrt. Hunderte, tausende Tonnen von Fleisch. Wem würde da schon auffallen, wenn etwas fehlte?

„Die Leute vom Lebensmittelamt und von der Landwirtschaftsabteilung müssen gleich da sein", hörten wir einen der Beamten einige Gänge entfernt sagen. „War gar nicht so leicht, sie so kurz vor Weihnachten aufzutreiben." Selbst der Schall schien durch die eisige Luft gedämpft und verzögert zu werden.

Vesna zog mich am Arm. „Wir müssen Karin finden."

„Hier?"

„Ist leider logisch."

„Wie?"

„Nicht!", schrie einer der Beamten. „Nicht das Metall mit bloßen Händen anfassen! Du bleibst kleben!"

Viel länger würde ich es hier drinnen nicht mehr aushalten. Vesna zog Handschuhe an, wickelte zum Schutz noch ihren Schal um die Hand und öffnete den Container, vor dem wir gerade standen. Er war voll mit roten und blauen Plastikkisten, in denen unter Folie Fleisch lagerte. Hier jedenfalls war nichts gestohlen worden. Was, wenn wir uns geirrt hatten?

Sie lief zu einem anderen Container. Voll. Noch einer. Voll.

Mir wurde übel. Sinnlos, von den vollen Containern Fotos zu machen.

„Wir brauchen Stapler“, zischte sie.

„Dann bemerken sie uns.“

„Egal.“

„Wer kann so was fahren? Niemand.“

„Ich“, sagte Grete zu unserer Überraschung, „hab ich gelernt. Ich fahre mit allem, was man in der Landwirtschaft braucht.“

Am Rand der Halle standen riesige Hubstapler. Solche Apparate hatte Grete mit Sicherheit noch nie bewegt.

Grete sah sich eines der Monster an, zögerte kurz, kletterte in die Fahrerkabine und startete. Vesna stand neben dem Stapler, rannte die fünf Meter bis zu den nächsten Containern und stieg dann auf einen der langen Zinken des Hubfahrzeuges. Ein Ruck und sie schwebte nach oben in die dritte Containeretage. Vesna kämpft mit dem Riegel, sie hatte nur eine Hand frei, klirrend fiel ein Metallstück nach unten, dann war die Containertür offen. Der Container war leer. Ich fotografierte, immer wieder, eines der Bilder musste etwas werden. Die Beamten hatten den Lärm gehört, riefen, liefen in unsere Richtung. Vesna ließ sich nicht beirren. Sie deutete nach oben. Grete hob sie noch höher. Wieder der Kampf mit dem Riegel.

„Was machen Sie …?“, schrie der Chef der bayrischen Einsatztruppe und brach mitten im Satz ab. Der nächste Container ging auf. Auch er war leer.

„Nach unten“, rief Vesna.

Grete brachte sie heil zur Erde zurück.

Ich sah die Kommissarin an. Sie nickte mir zu und lächelte. Das Risiko hatte sich gelohnt.

„Wir warten auf die Spezialisten, bevor wir weitermachen“, befand der Polizeichef.

Ich ging nach draußen. Unglaublich, wie warm einem der Winter vorkommen kann. Der Nieselregen hatte aufgehört. Grete stand einige Meter von mir entfernt und sah zum Betriebsgebäude hinüber.

„Die Frau“, sagte sie, „vielleicht ist seine Frau noch im Haus.“

Wir stiegen, so schnell es uns möglich war, die glitschige Wiese bergauf, quer durch das Gebüsch, hinein ins Auto, fuhren einige hundert Meter, liefen hinein in den Wald, hin zur Lichtung. Vesna ging als Erste und drückte die Klinke. Sie nickte, die Türe war offen. Ich war die Nächste, dahinter folgte Grete.

Wir standen in einer großen Wohnküche. Dunkles Holz, ein Tisch für sechs Personen, gepolsterte Eckbank. Nicht eben mein Stil. Niemand zu sehen.

„Ich bleibe hier“, zischte Grete, „falls sie flüchten will.“

Ich sah sie erstaunt an, nickte und schlich mit Vesna weiter. Ein breiter Vorraum, Rumoren in einem der Zimmer. Vesna nickte mir zu und öffnete energisch die Tür.

Eine Frau stand über einen Koffer gebeugt und sah gehetzt auf.

„Wir sind nicht Polizei“, sagte Vesna.

„Ich hab mit dem Ganzen nichts zu schaffen“, sagte die stämmige Frau. Sie war um die vierzig, eine brünette Strähne hing ihr ins Gesicht. Vor zwanzig Jahren konnte sie eine ländliche Schönheit gewesen sein, jetzt wirkte sie erschöpft.

„Sie haben im Betrieb mitgearbeitet, Sie müssen alles gewusst haben“, sagte ich. „Ihr Mann hat schon gestanden.“

Sie sah uns verzweifelt an, fast tat sie mir Leid.

„Das hat er nicht. Nie hat er das. Wer sind Sie?“

„Ich bin Journalistin.“

„Ich habe in Supermarkt gearbeitet, wo das aufgetaute Fleisch war.“

Sie versuchte sich an uns vorbeizudrängen. Vesna hielt sie an der Hand zurück. Grete kam angelaufen.

„Wie viele gibt es noch?“, fragte die Frau entsetzt.

„Das reicht“, sagte ich. „Sie erzählen jetzt.“

„Lassen Sie mich los!“

Grete sah Frau Zartl an und sagte dann knallhart und spöttisch: „Sie glauben doch nicht im Ernst, dass Ihr Mann Sie nach Argentinien mitnehmen wollte? Wofür packen Sie? Man hat bloß ein Ticket gefunden. Wir wissen von seiner Freundin. Wenn Sie ihn decken wollen, bitte. Gewissen Frauen ist nicht zu helfen.“

Frau Zartl erstarrte.

„Nur ein Ticket“, wiederholte Grete.

Schweigen.

„Das Schwein“, sagte Frau Zartl dann leise und setzte sich auf die Bettkante. „Dieses Schwein. Zuerst hetzt er mich in die ganze Sache hinein und dann will er mich zurücklassen. So nicht. Nicht mit mir.“

Niemand von uns hatte an ein Aufnahmegerät gedacht.

„Mit mir nicht.“

„Dann erzählen Sie.“

Sie sah uns lange an. Dann seufzte sie und sagte: „Es war alles seine Idee. Wir waren pleite, er hat sich übernommen, komplett. Dann kam diese BSE-Krise, so komisch das klingt, uns hat sie geholfen. Waldemar hat das gesamte nagelneue Lager vermietet, um Interventionsfleisch einzulagern. Aber es ging trotzdem nicht recht aufwärts. Die Schulden waren zu hoch, die Zinsen haben uns aufgefressen. Wir sind selbst mit einem LKW gefahren und haben Fleisch verkauft, gutes Fleisch. Kaum ein Gewinn. Unser Sohn hat eine Internetseite gebastelt, wir haben die Firma rindvieh.com genannt, das hat meinem Mann gefallen. Im Ort haben sie über uns gespottet, aber er ist ja nie hinuntergegangen, ich bin es, die einkaufen gehen muss. Aber bei denen waren wir ja schon lange unten durch. Die halten es nicht aus, wenn jemand etwas Neues versucht. Wir haben Pläne gehabt, Pläne ...“

„Das Fleisch im Interventionslager“, half ich ihr weiter.

„Ich wollte es nicht, ich hab ihn immer davor gewarnt. Er hat zwei Hilfskräfte angeheuert und dann noch ein paar Illegale, die kosten ja fast nichts und müssen jedenfalls den Mund halten. Mit ihnen hat er das gefrorene Fleisch genommen, aufgetaut und verkaufen wollen. Doch einige Kunden haben gemerkt, dass das Fleisch nicht so gut ist, gerade in der Gastronomie muss es zwar billig sein, aber gut auch.

Durch Zufall hat er einen Direktor von Kauf kennen gelernt, man hat geredet und Waldemar hat ihm dann einen Vorschlag gemacht. Ich weiß nicht genau, wie alles gelaufen ist. Ich war immer im Betrieb und hab Fleisch aufgetaut und gemeinsam mit den Illegalen gewogen und verpackt. Ab und zu haben wir auch noch geschlachtet, damit die Aktion nicht so auffällt. Die LKW-Chauffeure müssen gemerkt haben, was läuft. Das heißt, das mit dem Fleischtausch haben sie gewusst, natürlich, aber das mit dem gestohlenen EU-Fleisch ..."

„Es muss doch Kontrollen gegeben haben."

„Ja, schon. Aber selten. Es war ja nichts anderes eingelagert als Interventionsfleisch. Keinerlei Bewegung. Der Kontrolleur hat außerdem Höhenangst gehabt."

Das erklärte, warum die unteren Container voll waren.

„In Wirklichkeit wollte das Fleisch niemand haben."

Ich sah ihr ins Gesicht. „Und was ist mit Karin Frastanz? Der verschwundenen Leiterin der Fleischabteilung? Und was mit dem ermordeten Regionaldirektor Heller, dem, mit dem Ihr Mann offenbar alles eingefädelt hat?"

Sie sah uns entsetzt an. „Ich weiß nicht, wovon Sie sprechen."

„Der Mittelsmann bei Ultrakauf, Regionaldirektor Heller, ist erschossen worden."

„Ich weiß nicht", stammelte sie, „ich weiß nichts davon. Er hat einmal gesagt, dass es mit Wien Probleme gibt, mehr brauche ich nicht zu wissen. Das war alles. Wir haben darüber nicht viel geredet."

Ich hatte den Eindruck, dass man ihr glauben konnte. Aber ich konnte mich täuschen.

Wir fragten sie nach Karin, wieder entsetzte Rückfragen.

„Ist sie seine Freundin? Hat er sie nach Südamerika vorausgeschickt?"

„Unwahrscheinlich", sagte Vesna trocken, „die hat er eher auf Eis gelegt. Ins Kühlhaus. War eine Freundin von mir. Der soll mir nicht in die Finger kommen."

„Mich mit der ganzen Hölle allein zu lassen ..." Frau Zartl flüsterte nur noch. „Er hat gesagt, mit dem Geld fangen wir in Argentinien neu an. Weg aus Schönpolding. Er war schon zweimal drüben und hat ein passendes Geschäft gefunden. Nie hat er mich mitgenommen. Da hat er dann wahrscheinlich auch ... Argentinien, das Rindfleischland. Er ist tüchtig im Geschäft, nur hat er Pech gehabt. Wir wollten es noch einmal probieren."

„Wann hätten Sie fliegen sollen?"

„Nach den Feiertagen. Im Januar wäre eine große Inspektion gekommen, da mussten wir über alle Berge sein."

„Sie sagen vor der Polizei aus?", fragte ich.

„Tue ich ja gerade."

„Vor der Polizei."

„Ja, er soll nicht so davonkommen. Aber ich schwöre es, von einem Mord weiß ich nichts, ich kann das nicht glauben." Frau Zartl begann leise zu weinen. Grete nahm sie bei der Hand und setzte sich zu ihr auf das Bett.

„Es zahlt sich nicht aus, wegen Ihrem Mann zu weinen. Ihnen wird man nicht viel anhaben können. Sie sind jung genug, Sie können noch einmal anfangen, ohne ihn."

„Die Kinder", schluchzte Frau Zartl jetzt laut.

„Seien Sie froh, dass Sie Kinder haben. Dann sind Sie nicht allein. Begleiten Sie uns?"

Das war eine ganz neue Grete. Sie redete weiter beruhigend auf die Fleischersfrau ein und führte sie hinunter zum Betriebsgelände. Inzwischen standen bereits sechs Einsatzfahrzeuge vor der Halle. Grete klopfte an einen Streifenwagen. Ein uniformierter Beamter ließ das Fenster herunter und sagte ärgerlich: „Was ist?"

„Frau Zartl möchte eine Aussage machen. Holen Sie Ihren Chef. Aber schnell."

Einige Minuten später ließ sich Frau Zartl widerstandslos von einer Beamtin abführen. Grete sprach ihr noch einmal Mut zu. Ich brachte es nicht fertig, Fotos zu machen.

„Woher hast du das mit dem Flugticket gewusst?", fragte ich Grete.

Sie lächelte traurig. „Hat mit mir selbst zu tun. Mein Mann sagt es immer wieder, so halb im Spaß, wenn ihr versteht, was ich meine, dass er irgendwann nach Südamerika geht. Dorthin, wo die glutäugigen und rassigen Frauen daheim sind. Deswegen ist mir aufgefallen, dass sie nur von einem Ticket geredet haben, und ich hab mir gedacht, er nimmt sie nicht mit, wenn er ein neues Leben anfangen will. Ich weiß ja nicht, ob es so ist, aber ich glaube, ich habe Recht. So hat sie immerhin gestanden. Auch wenn sie nicht alles weiß."

Vesna sah Grete beinahe hochachtungsvoll an. „Das hätte ich dir nicht zugetraut."

„Bei mir braucht es eben immer länger", antwortete Grete.

[21.]

Ich verbrachte die Weihnachtsfeiertage größtenteils damit, Material zu sichten und an meiner Reportage über den Fleischbetrug zu arbeiten. Sie sollte in der ersten Jännerausgabe des „Magazins" erscheinen. Noch hatten die österreichischen Medien wenig von dem mitbekommen, was in Schönpolding gelaufen war. Zum Glück lag das Land in weihnachtlichem Tiefschlaf. Zwar hatten die oberbayrischen Lokalzeitungen berichtet, aber die örtliche Polizei hatte sie offenbar so wenig wie möglich informiert. Es war viel von gestohlenem BSE-Fleisch aus einem EU-Lager, etwas von geflüchteten Illegalen, mehr aber von einer tiefgefrorenen, mit einem Schlachtschussapparat getöteten Frau die Rede gewesen. Ich konnte mir immer noch nicht vorstellen, dass die große, laute, mutige rote Karin tot war. Viel eher sah ich sie in einem wallenden Gewand in der Karibik am Strand entlanggehen, das Gesicht der Sonne zugewandt, das rote Haar leuchtend, einen langen Urlaub vor sich. Ultrakauf wurde in den Medienberichten übrigens nicht einmal erwähnt. War mir auch lieber so. Ich schien die einzige Journalistin zu sein, die über Hintergründe und Zusammenhänge Bescheid wusste. Die Story würde einigen Staub aufwirbeln.

Allerdings hatte mich der Chefredakteur angewiesen, genau darauf zu achten, dass die Supermarktkette ausschließlich als Opfer vorkam. Van der Fluh hatte mir noch am Vormittag des 24. Dezember ein Interview gegeben, in dem er sich über Betrug und Todesfälle – er vermied es strikt, von Mord zu reden – entsetzt zeigte, noch strengere Kontrollen ankündigte und ansonsten das Engagement seiner Mitarbeiterinnen, das ja letztlich zur Aufklärung geführt hatte, in höchsten Tönen lobte. Auf Karin hielt er einen rührenden Nachruf, der ihr bei Lebzeiten wohl Tränen in die Augen getrieben hätte. Zornestränen, wegen so viel Heuchelei. Oder gehörte es womöglich zum Erfolgsrezept derartiger Manager, selbst alles zu glauben, was sie so von sich gaben? Der LKW-Fahrer war ebenso wie seine Kollegen fristlos entlassen worden. Man hatte ihre Telefonnummern in den Bürounterlagen von Waldemar Zartl gefunden.

Zartl selbst saß in Untersuchungshaft und leugnete weiterhin, mit den Morden etwas zu tun zu haben. Im Sicherheitsbüro war man gerade dabei, einige Haare, die am Tatort im Lager in der Mayerlinggasse gefunden worden waren, ausführlichen Tests zu unterziehen. Schneyder hatte mir informell erzählt, dass die ersten Ergebnisse eine mehr als neunundneunzigprozentige Übereinstimmung mit Zartls Haaren gebracht hatten.

Gismo ging es wieder gut, sie biss an ihrem Verband am Hinterbein herum. Wurde sie allzu terroristisch, sagte ich ihr, dass sie eben einen Dachschaden hat. Aber ich sagte es freundlich.

Selbst das Weihnachtsessen mit meinen Eltern war friedlich verlaufen. Meine Mutter hatte Nervenkekse gebacken, sie schwamm momentan auf einer neuen Esoterikwelle. Die Kekse schmeckten wie Sägespäne, aber das musste ich ihr ja nicht sagen.

Mit Grete und Vesna hatte ich mich am zweiten Weihnachtsfeiertag im „Espresso Evi" getroffen. Die Kellnerin war auf Urlaub, der Glühwein, den der Chef fabrizierte, war grauenvoll. Grete hatte sich die Haare kurz schneiden und rotbraun tönen lassen.

Gleich würde Oskar kommen und mit mir verspätet Weihnachten feiern. Auf dem Tisch waren sieben Kerzen und die Weihnachtsgeschenke für Oskar aufgebaut: der Gutschein für das neue Spitzenlokal bei Wolkersdorf, eine Doppel-CD alter Miles-Davis-Songs, ein Designerkugelschreiber, ein Schlüssel, der zu jenem meiner Kästen passte, den ich für ihn leer geräumt hatte. Im Rohr schmorten Wachteln mit Trüffelfüllung. Die Schuldigen waren gefunden, für die, die überlebt hatten, konnte das Leben endlich wieder seinen normalen Gang nehmen.

Ultrakauf würde Fleisch verkaufen, das zwar nicht direkt von saftigen Almen kam, aber immerhin frisch und halbwegs kontrolliert war. Regionaldirektoren würden weiterhin Prämien bekommen, wenn sie die Personalkosten so niedrig wie möglich hielten. Filialleiter würden mehr verdienen, wenn sie darauf achteten, dass möglichst viel verkauft und nichts zurückgeschickt wurde. Frauen würden weiterhin um zu wenig Geld arbeiten und nicht aufmucken, weil sie es eben nicht gewohnt waren aufzumucken oder glaubten, sich das nicht leisten zu können. Karin, die rote Karin, war tot.

Wie immer klingelte Oskar, bevor er hereinkam. Er trug zwei schwere Säcke mit diversen Vorspeisen und eisgekühltem Champagner. Ich nahm sie ihm ab und wir umarmten einander.

„Schöne Weihnachten, Mira“, sagte er ganz nahe an meinem Ohr. Wieder einmal hatte ich Schmetterlinge im Bauch. Aus seiner Jackentasche zog Oskar ein kleines Briefchen.

Einen Moment lang war ich enttäuscht. Ich bin kindisch, was Geschenke angeht. Ich mag es, wenn ich viel auszupacken habe. Ich öffnete das Kuvert und faltete einen Gutschein auseinander:

„Gutschein für fünf Tage Veneto mit Oskar. Abfahrt: 27. Dezember nach dem Frühstück. Okay?“

„Sehr okay“, strahlte ich, „aber da muss ich noch eine Menge organisieren.“

„Hab ich schon gemacht“, antwortete Oskar und ging in die Küche, um die erste Flasche Champagner zu öffnen. „Ich hab bei Gianni angerufen und ein Zimmer bestellt, ich hab Armando und Ave ein Fax geschickt und einen Tisch reserviert. Ich habe Frau Schneider gebeten, auf Gismo Acht zu geben. Ich habe dich sogar in der Redaktion abgemeldet.“

Diesmal hatte ich gegen Oskars Eigenmächtigkeit nichts einzuwenden, gar nichts. Die rote Karin hätte gesagt, dass nichts so sehr aufbaut, wie Essen in angenehmer Gesellschaft. Ich würde noch lange an sie denken. Das sollte mich aber keinesfalls daran hindern, die schönen Seiten des Lebens zu genießen. Fünf Tage Veneto. Exakt das, was mir jetzt gut tat.

// Danke!

... zu allererst an meine Informantinnen, die in Supermärkten arbeiten. Eine von ihnen konnte mir auch als engagierte Betriebsrätin spannende Einblicke verschaffen. Leider ist es in diesem Fall besser, keine Namen zu nennen.

... an Ministerialrat Matthias Reeh und seine Mitarbeiter im Landwirtschaftsministerium; er ist der Fleischexperte schlechthin, hat mich vor einigen Dummheiten gewarnt und mir überdies tolle Geschichten aus der Praxis des Fleischbetrugs erzählt.

... an den Chef der Logistik des Kühlhauses Frigoscandia, Rainer Schreckenthaler; er hat mir die Tore zu den eisigen Kühlhallen geöffnet und mich gebeten, darauf hinzuweisen, dass Tiefgekühltes nicht automatisch minderwertig ist – natürlich ist es das nicht!

... an Manfred Buchinger, der mit Kreativität und Hingabe nicht nur einige der Kochrezepte verfeinert hat – und das gesamte Team seines Gasthauses „Zur alten Schule“ in Riedenthal; sie haben mich (auch) kulinarisch inspiriert.

... an meine anderen Lieblingswirtshäuser: den „Gasthof Sommer“ in Auersthal und das „Tre Panoce“ im Veneto, für viele schöne Stunden, in denen ich Kraft sammeln konnte.

... an das Auersthaler Weingut Döllinger, dessen Weine nicht nur Mira besonders gerne trinkt.

... an meinen Lektor Franz Schuh. Einen Besseren gibt es einfach nicht! Das Manuskript werde ich mir allein schon wegen seiner Randbemerkungen aufheben.

... an meine Freundinnen Maria und Gerda, auch dafür, dass sie mir beim Laufen in den Weinviertler Hügeln und bei zahlreichen Abendessen immer wieder zugehört haben, wenn ich laut über das Manuskript nachgedacht habe.

... an meine Freundin Romana; sie hat als Fachfrau sofort den Titel gefunden, nach dem ich ein halbes Jahr gesucht hatte.

... an das Team des Folio Verlages. Es tut gut, mit Menschen zu arbeiten, die man auch privat mag.

... und dann danke ich natürlich noch Ernest.

... weitere Mira-Valensky-Krimis

Wahlkampf
Hardcover, 252 S., ISBN 3-85256-117-5

„Der Krimi ‚Wahlkampf' liest sich spannend, amüsant und sinnlich." *ORF*

„Commissario Brunetti auf österreichisch." *Libro Journal*

„Brisanter Politkrimi mit richtig ‚menschelnden' Kandidaten, schlechten Journalisten, intriganten ‚spin-doctores' und ansehnlich gebauter Handlung."
Buchkultur

Ausgejodelt
Hardcover, 228 S., ISBN 3-85256-139-6

„Originell und amüsant." *Bayerischer Rundfunk*

„Rossmann schlägt die US-Tante mit ihrem venezianischen Kieberer um Längen." *Die Presse*

„Ein gutes Stück österreichischer Unterhaltungsliteratur." *ORF*

„Rossmann schildert mit boshafter Detailversessenheit, wie es bei den ‚echten' Volksmusikshows zugeht." *Die Welt*

Freudsche Verbrechen
Hardcover, 283 S., ISBN 3-85256-163-9

Die Story nimmt im Wiener Freud-Museum ihren Anfang – und von hier aus werden Zeitgeschichte, Witz und ein guter Plot so verwoben, dass daraus das entsteht, woraus ein Krimi gemacht sein muss: Spannung.
Oberösterreichische Nachrichten

Eva Rossmann kann nicht nur spannende Handlungen stricken, sondern versteht sich offenbar auch auf Krimi-Handlungen, die auf politsch und zeitgeschichtlich neuralgische Punkte zielen. *Die Furche*

Aufregend bis zur letzten Seite! *Brigitte*

FOLIO VERLAG **Transfer**

Sämtliche Bände 13,5 x 21 cm

Michael Hamburger **Bd. II**
Die Erde in ihrem langen langsamen Traum. Gedicht
Franz. Broschur, 117 S., ISBN 3-85256-016-0

Michael Hamburger **Bd. IV**
Wahrheit und Poesie. Spannungen in der modernen Lyrik von Baudelaire bis zur Gegenwart
Franz. Broschur, 352 S., ISBN 3-85256-022-5

Norman Lewis **Bd. V**
Neapel '44. Ein Nachrichtenoffizier im italienischen Labyrinth
Franz. Broschur, 208 S., ISBN 3-85256-029-2

Miljenko Jergović **Bd. VII**
Sarajevo Marlboro. Erzählungen
Franz. Broschur, 136 S., ISBN 3-85256-038-1

Michael Hamburger **Bd. VIII**
Traumgedichte
Franz. Broschur, 64 S., ISBN 3-85256-048-9

Miljenko Jergović **Bd. XII**
Karivani. Ein Familienmosaik
Franz. Broschur, ca. 184, ISBN 3-85256-056-X

Michael Hamburger **Bd. XIII**
Baumgedichte
Franz. Broschur, 64 S., ISBN 3-85256-064-0

Ivan Lovrenović **Bd. XIV**
Bosnien und Herzegowina. Eine Kulturgeschichte
Franz. Broschur, 240 S., ISBN 3-85256-082-9

Rebecca Brown **Bd. XV**
Annie Oakley's Girl
Hardcover, 153 S., ISBN 3-85256-090-X

Tahar Djaout **Bd. XVI**
Die Wächter. Roman
Hardcover, 167 S., ISBN 3-85256-091-8

Michael Hamburger **Bd. XVII**
Todesgedichte
Franz. Broschur, 144 S., ISBN 3-85256-092-6

Zoran Ferić **Bd. XVIII**
Walt Disneys Mausefalle. Zehn Erzählungen
Hardcover, 139 S., ISBN 3-85256-085-3

... weitere Mira-Valensky-Krimis

Wahlkampf
Hardcover, 252 S., ISBN 3-85256-117-5

„Der Krimi ‚Wahlkampf' liest sich spannend, amüsant und sinnlich." *ORF*

„Commissario Brunetti auf österreichisch." *Libro Journal*

„Brisanter Politkrimi mit richtig ‚menschelnden' Kandidaten, schlechten Journalisten, intriganten ‚spin-doctores' und ansehnlich gebauter Handlung."
Buchkultur

Ausgejodelt
Hardcover, 228 S., ISBN 3-85256-139-6

„Originell und amüsant." *Bayerischer Rundfunk*

„Rossmann schlägt die US-Tante mit ihrem venezianischen Kieberer um Längen." *Die Presse*

„Ein gutes Stück österreichischer Unterhaltungsliteratur." *ORF*

„Rossmann schildert mit boshafter Detailversessenheit, wie es bei den ‚echten' Volksmusikshows zugeht." *Die Welt*

Freudsche Verbrechen
Hardcover, 283 S., ISBN 3-85256-163-9

Die Story nimmt im Wiener Freud-Museum ihren Anfang – und von hier aus werden Zeitgeschichte, Witz und ein guter Plot so verwoben, dass daraus das entsteht, woraus ein Krimi gemacht sein muss: Spannung.
Oberösterreichische Nachrichten

Eva Rossmann kann nicht nur spannende Handlungen stricken, sondern versteht sich offenbar auch auf Krimi-Handlungen, die auf politsch und zeitgeschichtlich neuralgische Punkte zielen. *Die Furche*

Aufregend bis zur letzten Seite! *Brigitte*

FOLIO VERLAG

Transfer

Sämtliche Bände 13,5 x 21 cm

Martin Kubaczek **Bd. XIX**
Hotel Fantasie. Roman
Hardcover, 132 S., ISBN 3-85256-107-8

Brunamaria Dal Lago Veneri **Bd. XX**
Der Traum der Vernunft. Von Einhörnern, Hippogryphen, Basilisken, Monstern und Sirenen
Hardcover, 262 S., ISBN 3-85256-115-9

Rebecca Brown **Bd. XXI**
Die Gaben des Körpers. Roman
Hardcover, 145 S., ISBN 3-85256-114-0

Josef Oberhollenzer **Bd. XXII**
Was auf der erd da ist. Geschichten
Hardcover, 84 S., ISBN 3-85256-118-3

Michael Hamburger **Bd. XXIII**
Das Überleben der Erde. Gedicht
Franz. Broschur, 105 S., ISBN 3-85256-119-1

Freimut Duve/Nenad Popović (Hg.) **Bd. XXIV**
Verteidigung der Zukunft. Suche im verminten Gelände
Franz. Broschur, 187 S., ISBN 3-85256-136-1

Miljenko Jergović **Bd. XXV**
Mama Leone. Erzählungen
Hardcover, 315 S., ISBN 3-85256-120-5

Olga Sedakova **Bd. XXVI**
Reise nach Brjansk. Zwei Erzählungen
Hardcover, 129 S., ISBN 3-85256-127-2

Freimut Duve/Nenad Popović (ed.) **Bd. XXVII**
In Defence of the Future. Searching in the Minefield
Franz. Broschur, 195 S., ISBN 3-85256-147-7

Zoran Ferić **Bd. XXVIII**
Engel im Abseits. Neun Erzählungen
Hardcover, 140 S., ISBN 3-85256-085-3

Michael Hamburger **Bd. XXIX**
In einer kalten Jahreszeit. Gedichte
Franz. Broschur, 58 S., ISBN 3-85256-154-X

Freimut Duve/Heidi Tagliavini (Hg.) **Bd. XXX**
Kaukasus – Verteidigung der Zukunft
24 Autoren auf der Suche nach Frieden
Franz. Broschur, 310 S., ISBN 3-85256-161-2

FOLIO VERLAG

Transfer

Sämtliche Bände 13,5 x 21 cm

Freimut Duve/Heidi Tagliavini (ed.) **Bd. XXXI**
The Caucasus – Defence of the Future. 24 Writers in Search of Peace
Franz. Broschur, 281 S., ISBN 3-85256-171-X

Drago Jančar **Bd. XXXII**
Die Erscheinung von Rovenska. Erzählungen
Hardcover, 194 S., ISBN 3-85256-160-4

Martin Kubaczek **Bd. XXXIII**
Strömung. Erzählung
Hardcover, 175 S., ISBN 3-85256-162-0

Alexander Pjatigorskij **Bd. XXXIV**
Erinnerung an einen fremden Mann
Hardcover, ca. 194 S., ISBN 3-85256-188-4

Luis Stefan Stecher **Bd. XXXV**
Korrnrliadr
Hardcover mit Audio-CD, ca. 140 S., ISBN 3-85256-189-2

Andrej Blatnik **Bd. XXXVI**
Das Gesetz der Leere
Hardcover, ca. 180 S., ISBN 3-85256-187-6

Drago Jančar **Bd. XXXVII**
Brioni. Und andere Essays
Hardcover, 218 S., ISBN 3-85256-202-3

Theater m.b.H. (Hg.) **Bd. XXXVIII (Bd. I)**
Schutzzone. Und andere neue Stücke aus Exjugoslawien **Bd. XXXIX (Bd. II)**
Hardcover, beide Bände zus. 758 S., ISBN 3-85256-204-X (Bd. I), 3-85256-205-8 (Bd. II)

Igor Štiks **Bd. XL**
Ein Schloß in der Romagna. Roman
Hardcover, 143 S., ISBN 3-85256-203-1

Sabine Gruber/Renate Mumelter (Hg.) **Bd. XLI**
Das Herz, das ich meine. Essays zu Anita Pichler.
Franz. Broschur, 202 S., ISBN 3-85256-206-6

Martin Kubaczek **Bd. XLII**
Amerika. Roman
Hardcover, ca. 180 S., ISBN 3-85256-222-8

Arno Widmann **Bd. XLIII**
Sprenger. Roman
Hardcover, 313 S., ISBN 3-85256-221-X

Freimut Duve/Achim Koch (Hg.) **Bd. XLIV**
Balkan – die Jugend nach dem Krieg. Verteidigung unserer Zukunft
Franz. Broschur, 280 S., ISBN 3-85256-226-0